Blake Crouch
Wayward

Blake Crouch

Wayward

Ein Wayward-Pines-Thriller

Band 2

Aus dem amerikanischen Englisch
von Kerstin Fricke

GOLDMANN

Die amerikanische Originalausgabe erschien 2013 unter dem Titel »Wayward« bei Thomas & Mercer, Las Vegas.

Dieses Buch ist auch als E-Book erhältlich.

Textnachweis: Zitat aus *Das verlorene Paradies* von John Milton. Übersetzt von Adolf Böttiger. Verlag Philipp Reclam jun., Leipzig.

Verlagsgruppe Random House FSC® N001967

1. Auflage
Taschenbuchausgabe November 2019

Deutsche Erstveröffentlichung bei AmazonCrossing,
Luxembourg, August 2014

Umschlaggestaltung: UNO Werbeagentur, München
Umschlagmotiv: Tim Robinson / Trevillion Images; FinePic®, München
An · Herstellung: kw
Satz: Vornehm Mediengestaltung GmbH, München
Druck und Bindung: GGP Media GmbH, Pößneck
Printed in Germany
ISBN: 978-3-442-48974-9
www.goldmann-verlag.de

Besuchen Sie den Goldmann Verlag im Netz

Für Chad Hodge

Es ist der Geist sein eigner Raum,
er kann in sich selbst einen Himmel aus der Hölle
und aus dem Himmel eine Hölle schaffen.

John Milton, Das verlorene Paradies

Sieht man sich die Natur an,
dann glaubt man ebenso den Scheintod zu erkennen
wie die Unsterblichkeit.

Dr. Mark Roth, Zellbiologe

GESTERN IST GESCHICHTE.
MORGEN IST EIN MYSTERIUM.
HEUTE IST EIN GESCHENK.
DARUM MACHEN SIE DAS BESTE
DARAUS.
ARBEITEN SIE HART,
SEIEN SIE GLÜCKLICH
UND GENIESSEN SIE IHR LEBEN
IN WAYWARD PINES!

Nachricht an alle Einwohner von
Wayward Pines (gut sichtbar in jedem Wohnhaus
und jedem Geschäft anzubringen)

I

KAPITEL 1

Mustin hatte die Kreatur schon seit fast einer Stunde durch das Zielfernrohr beobachtet. Sie war bei Tagesanbruch in der Schlucht erschienen und hatte innegehalten, als die ersten Sonnenstrahlen auf ihre durchschimmernde Haut fielen. Danach war sie langsam und vorsichtig zwischen den herumliegenden Felsen durchgehuscht, um gelegentlich an den Überresten ihrer toten Artgenossen zu schnüffeln, die Mustin zum Opfer gefallen waren.

Der Scharfschütze justierte sein Zielfernrohr neu und visierte das Wesen dann an. Die Umstände waren ideal: gute Sicht, milde Temperaturen, kein Wind. Als er das Fadenkreuz auf fünfundzwanzigfachen Zoom gestellt hatte, hob sich die geisterhafte Silhouette der Kreatur vor den grauen Felsen deutlich ab. Auf eine Entfernung von zweieinhalb Kilometern war ihr Kopf nicht größer als ein Sandkorn.

Wenn er jetzt nicht schoss, musste er sein Ziel neu anvisieren. Außerdem bestand die Möglichkeit, dass die Kreatur aus seinem Sichtfeld verschwunden war, bevor er sie erneut erfassen konnte. Das wäre noch kein Weltuntergang. Eine halbe Meile weiter die Schlucht entlang stand ein Elektrozaun. Falls es der Kreatur jedoch gelang, den Stacheldraht mithilfe der Felsen zu überwinden, hätte er ein Problem. Dann musste er das Ganze per Funk melden, und das bedeutete ein Team rufen, mehr Arbeit, größerer Zeitaufwand. Man würde alles versuchen, um zu verhindern, dass die Kreatur die Stadt erreichte. Und Pilcher würde ihm ordentlich den Arsch aufreißen.

Mustin holte tief Luft.

Er atmete ein.

Stieß die Luft wieder aus.

Sein Brustkorb fiel zusammen.

Seine Lunge war leer.

Sein Zwerchfell entspannte sich.

Er zählte bis drei und drückte den Abzug.

Das AWM prallte fest gegen seine Schulter, und der Knall wurde durch den Schalldämpfer gemindert. Nachdem sich Mustin von dem Rückstoß erholt hatte, entdeckte er sein Ziel mithilfe des Zielfernrohrs, und es kauerte noch immer auf einem flachen Felsen am Boden der Schlucht.

Verdammt.

Er hatte es verfehlt.

Die Entfernung war größer als bei vielen anderen Schüssen, und selbst unter perfekten Bedingungen gab es zahlreiche Faktoren zu beachten. Den Luftdruck. Die Luftfeuchtigkeit. Die Luftdichte. Die Temperatur des Laufs. Selbst die durch die Erdrotation hervorgerufene Corioliskraft musste er miteinbeziehen. Er hatte geglaubt, alles miteinberechnet zu haben, aber …

Der Kopf der Kreatur verschwand in einem rötlichen Nebel.

Mustin grinste.

Es hatte etwas über vier Sekunden gedauert, bis das .338er-Lapua-Magnum-Geschoss das Ziel erreicht hatte.

Was für ein Schuss.

Mustin setzte sich auf und erhob sich.

Er streckte sich.

Es war mitten am Vormittag. Der Himmel war stahlblau, und es war keine Wolke zu sehen. Von seiner Position auf dem zehn Meter hohen Wachturm, der auf dem felsigen Berggipfel errichtet worden war, konnte er über die Baumwipfel sehen. Er hatte von der offenen Plattform aus einen Panoramablick auf die Gipfel in der Umgebung, die Schlucht, den Wald und die Stadt Wayward Pines, die aus der Entfernung von fast tausenddreihundert Metern kaum mehr als ein Gitter aus miteinander verwobenen Straßen war, das geschützt in einem Tal lag.

Sein Funkgerät piepte.

»Mustin, over«, meldete er sich.

»Es gab gerade einen Angriff auf den Zaun in Zone vier, over.«

»Augenblick.«

Zone vier bestand aus dem Teil des Pinienwaldes, der an den Südrand der Stadt grenzte. Mustin hob sein Gewehr und nahm den Zaun unter den Baumwipfeln in diesem Bereich in Augenschein. Zuerst sah er den Rauch, kleine Wölkchen, die von der versengten Haut eines Tieres aufstiegen.

»Ich habe Sichtkontakt«, meldete er. »Es ist nur ein Hirsch, over.«

»Verstanden.«

Mustin schwenkte das Gewehr nördlich in Richtung Stadt.

Nun sah er Gebäude, farbenfrohe viktorianische Häuserfronten mit perfekten Rechtecken aus leuchtend grünem Gras davor. Weiße Lattenzäune. Er visierte den Park an, in dem eine Frau zwei Kinder auf Schaukeln anstieß. Ein kleines Mädchen glitt eine Rutsche herunter, die im Sonnenschein schimmerte.

Er schwenkte zum Schulhof.

Zum Krankenhaus.

Den Gemeindegärten.

Der Main Street.

Dabei musste er den vertrauten Anflug von Neid herunterschlucken.

Stadtbewohner.

Sie waren so ahnungslos. Sie alle. So wunderbar unwissend.

Nein, er hasste sie nicht. Er wollte auch nicht ihr Leben haben. Er hatte schon vor langer Zeit seine Rolle als Beschützer akzeptiert. Er war ein Wächter. Er wohnte in einem sterilen, fensterlosen Raum in einem Berg und hatte mit dieser Tatsache so weit Frieden geschlossen, wie es ihm möglich war. Aber das bedeutete noch lange nicht, dass er keinen Hauch von Nostalgie verspürte, wenn er an einem schönen Morgen auf das herabsah, was im wahrsten Sinne des Wortes das letzte Paradies auf Erden war. Vielleicht hatte er auch Heimweh nach dem, was einst gewesen war.

Denn es war unwiederbringlich verloren.

Ein Stück die Straße entlang sah Mustin durch das

Zielfernrohr einen Mann, der schnell den Gehweg entlanggging. Er trug ein tannengrünes Hemd, eine braune Hose und einen schwarzen Stetson-Cowboyhut.

In dem Messingstern an seinem Revers spiegelte sich das Sonnenlicht.

Der Mann ging um eine Ecke, und das Fadenkreuz war nun auf seinen Rücken gerichtet.

»Guten Morgen, Sheriff Burke«, sagte Mustin. »Kribbelt es gerade zwischen Ihren Schulterblättern?«

KAPITEL 2

Es gab immer noch Momente wie diesen, in denen sich Wayward Pines wie ein wirklicher Ort anfühlte.

Das Tal war in Sonnenlicht getaucht.

Der Morgen war noch immer angenehm kühl.

Gänseblümchen blühten in einem Beet unter einem offenen Fenster, aus dem köstliche Essensgerüche nach draußen wehten.

Zahlreiche Menschen machten einen Morgenspaziergang.

Sprengten ihren Rasen.

Holten die Tageszeitung herein.

Tautropfen glitzerten auf einem schwarzen Briefkasten.

Ethan Burke geriet in Versuchung, den Augenblick zu genießen und so zu tun, als wäre alles genau so, wie es schien. Als würde er mit seiner Frau und seinem Sohn in einer perfekten kleinen Stadt leben, in der er der angesehene Sheriff war. In der sie Freunde hatten. Ein schönes Haus. Alles, was sie zum Leben brauchten. Indem er sich das vorstellte, begriff er erst so richtig, wie gut die Illusion funktionierte. Wie die Menschen ihr erliegen und in der wunderbaren Lüge aufgehen konnten, die sie alle umgab.

Eine Glocke klingelte über der Tür, als Ethan das »Steaming Bean« betrat. Er blieb vor dem Tresen stehen und lächelte die Barista an, eine Hippiebraut mit blonden Dreadlocks und seelenvollen Augen.

»Morgen, Miranda.«

»Hi, Ethan. Wie immer?«

»Ja, bitte.«

Während sie den Espresso für seinen Cappuccino zubereitete, blickte sich Ethan im Laden um. Alle Stammgäste waren da, natürlich auch die beiden alten Männer, Philipp und Clay, die sich über ein Schachbrett beugten. Ethan ging hinüber und sah sich das Spiel an. Wie es aussah, waren die beiden schon eine Weile da, da jeder nur noch einen König, eine Königin und mehrere Bauern hatte.

»Das scheint ja auf ein Patt hinauszulaufen«, kommentierte Ethan.

»Nicht so voreilig«, erwiderte Philipp. »Ich hab noch ein Ass im Ärmel.«

Sein Gegner, ein grauhaariger Bär von einem Mann, grinste durch seinen wilden Bart. »Damit will er sagen, dass er für jeden Zug so verdammt lange braucht, weil er darauf hofft, dass ich sterbe und er auf diese Weise gewinnen kann.«

»Ach, halt doch den Mund, Clay.«

Ethan ging an einem zerschlissenen Sofa vorbei zum Bücherregal und strich mit den Fingern über die Buchrücken. Hier standen lauter Klassiker. Faulkner. Dickens. Tolkien. Hugo. Joyce. Bradbury. Melville. Hawthorne. Poe. Austen. Fitzgerald. Shakespeare. Auf den ersten Blick sah es aus wie eine Sammlung abgegriffener Taschenbücher. Er zog einen Band aus dem Regal. »Fiesta«. Auf dem Titel war eine impressionistische Stierkampfszene abgebildet. Ethan schluckte schwer, weil ihm ein Kloß die Kehle eng werden ließ. Diese Ausgabe von Hemingways erstem Roman mit ihren dünnen, zerschlissenen Seiten war vermutlich das einzige Exemplar, das davon noch existierte. Er bekam eine Gänsehaut und fand es gleichzeitig aufregend und tragisch, sie in den Händen zu halten.

»Der Kaffee ist fertig, Ethan!«

Er nahm noch ein weiteres Buch für seinen Sohn mit und ging zum Tresen, um seinen Cappuccino in Empfang zu nehmen.

»Danke, Miranda. Ich werde mir diese Bücher ausleihen, wenn das okay ist.«

»Natürlich.« Sie lächelte. »Und halten Sie die Straßen sauber, Sheriff.«

»Ich gebe mein Bestes.«

Ethan tippte sich an die Hutkrempe und ging zur Tür.

* * *

Zehn Minuten später drückte er die Glastür auf, über der folgendes Schild hing:

BÜRO DES SHERIFFS VON WAYWARD PINES

Der Empfang war leer. Das war nichts Neues.

Seine Sekretärin saß an ihrem Schreibtisch und sah so

gelangweilt aus wie immer. Sie spielte Solitär und legte die Karten in einem ruhigen, mechanischen Rhythmus ab.

»Guten Morgen, Belinda.«

»Guten Morgen, Sheriff.«

Sie sah nicht einmal auf.

»Irgendwelche Anrufe?«

»Nein, Sir.«

»Ist jemand vorbeigekommen?«

»Nein, Sir.«

»Wie war Ihr Abend?«

Diese Frage überraschte sie, und sie sah auf, während sie mit der rechten Hand das Pikass umklammerte.

»Was?«

Das war das erste Mal, seitdem er Sheriff geworden war, dass Ethan etwas anderes als ein paar flüchtige Worte zur Begrüßung oder zum Abschied für sie übrig hatte oder Verwaltungsangelegenheiten mit ihr besprach. Sie war früher einmal Kinderkrankenschwester gewesen, und er fragte sich, ob sie wusste, dass er darüber informiert war.

»Ich habe Sie nur gefragt, wie Ihr Abend gewesen ist. Ich möchte nur wissen, ob Sie einen schönen Abend hatten.«

»Oh.« Sie zupfte an ihrem langen silbergrauen Pferdeschwanz. »Er war nett.«

»Haben Sie etwas Besonderes unternommen?«

»Nein, eigentlich nicht.«

Er glaubte schon, sie würde sich ebenfalls nach seinem Abend erkundigen, doch nach fünfsekündigem betretenem Schweigen wandte sie den Blick ab und sagte noch immer nichts.

Schließlich klopfte Ethan auf den Schreibtisch. »Ich bin dann in meinem Büro.«

* * *

Er legte die Stiefel auf den massiven Schreibtisch, nahm den Becher mit dem heißen Kaffee in die Hand und lehnte sich auf dem Lederstuhl zurück. Der Kopf eines riesigen Elchs starrte ihm von der Wand gegenüber entgegen. Dank ihm und den drei alten Waffenschränken hinter dem Schreibtisch hatte Ethan das Gefühl, alle Insignien eines wahren Dorfsheriffs um sich zu haben.

Seine Frau müsste jetzt bei der Arbeit sein. In ihrem vergangenen Leben hatte Theresa als Rechtsanwaltsgehilfin gearbeitet, doch hier in Wayward Pines war sie die einzige Grundstücksmaklerin der Stadt, was bedeutete, dass sie den ganzen Tag hinter dem Schreibtisch in einem Büro an der Main Street saß, das so gut wie nie ein Mensch betrat. Sie hatte ebenso wie die meisten anderen Stadtbewohner einen eigentlich überflüssigen Job. All diese Leute taten nur so, als würden sie diesen Job ausüben, um den Anschein aufrechtzuerhalten. Nur vier- oder fünfmal im Jahr half sie irgendjemandem wirklich dabei, ein neues Haus zu kaufen. Vorbildliche Bürger wurden dadurch belohnt, dass sie sich alle paar Jahre ein besseres Haus kaufen durften. Die Einwohner, die schon am längsten hier lebten und nie gegen die Regeln verstoßen hatten, wohnten in den größten und schönsten viktorianischen Häusern. Außerdem durften auch Paare, die ein Kind bekamen, in ein neues, geräumigeres Haus umziehen.

In den nächsten vier Stunden hatte Ethan nichts zu tun und musste nirgendwohin.

Er schlug das Buch auf, das er aus dem Café mitgenommen hatte.

Es war spannend und großartig geschrieben.

Als er bei der Beschreibung des nächtlichen Paris angelangt war, bekam er einen Kloß im Hals.

Die Restaurants, die Bars, die Musik, der Rauch.

Die Lichter einer echten, lebendigen Stadt.

Das Gefühl einer ganzen Welt voller unterschiedlicher und faszinierender Menschen.

Die Freiheit, alles zu erkunden.

Nachdem er vierzig Seiten gelesen hatte, schloss er das Buch. Er konnte es einfach nicht ertragen. Hemingway lenkte ihn nicht ab, konnte ihn nicht aus der Realität von Wayward Pines entführen. Stattdessen wurde sie ihm nur umso deutlicher bewusst. Hemingway schüttete vielmehr Salz in eine Wunde, die niemals heilen würde.

* * *

Um 13:45 Uhr verließ Ethan zu Fuß das Büro.

Er schlenderte durch die ruhige Stadt.

Jeder, an dem er vorbeikam, lächelte, winkte ihm zu und begrüßte ihn mit einem Enthusiasmus, der ernst gemeint zu sein schien, als würde er schon seit Jahren hier leben. Falls sie ihn insgeheim fürchteten oder hassten, verbargen sie es gut. Warum sollten sie es auch nicht tun? Soweit er wusste, war er der einzige Einwohner von Wayward Pines, der die Wahrheit kannte, und es war sein Job, dafür zu sorgen, dass es auch so blieb. Er musste den Frieden wahren. Die Lüge. Alles selbst vor seiner Frau und seinem Sohn geheim halten. In seinen ersten Wochen als Sheriff hatte er die meiste Zeit damit verbracht, die Dossiers über jeden einzelnen Bewohner zu lesen und alles über sein vorheriges Leben in Erfahrung zu bringen. Er wusste jetzt alles über ihre Integration, kannte die Überwachungsberichte über ihr Leben danach. Inzwischen kannte er die Lebensgeschichte der halben Stadtbevölkerung. Ihre Geheimnisse und ihre Ängste. Er wusste, wem man vertrauen konnte, um diese wacklige Illusion aufrechtzuerhalten, und bei wem es erste Risse in der Fassade gab.

Er war zur Ein-Mann-Gestapo geworden.

Natürlich war ihm klar, dass es nicht ohne ging.

Dennoch hasste er es.

* * *

Ethan bog auf die Main Street ein und lief in Richtung Süden, bis der Bürgersteig endete und er nicht mehr von Gebäuden umgeben war. Die Straße führte weiter, und er ging am Straßenrand in einen Wald aus hoch aufragenden Pinien. Die Stadtgeräusche wurden immer leiser und waren schließlich nicht mehr zu hören.

Fünfzehn Meter hinter einem Straßenschild, das vor einer scharfen Kurve warnte, blieb Ethan stehen. Er warf einen Blick zurück nach Wayward Pines. Die Straße war leer. Alles war ruhig. Außer dem gelegentlichen Zwitschern eines Vogels war alles ruhig.

Er verließ die Straße und ging weiter in den Wald hinein.

Die Luft duftete nach Piniennadeln.

Ethan ging über den weichen Waldboden durch Flecken aus Licht und Schatten.

Er lief so schnell, dass sich auf seinem Hemdrücken der Schweiß abzeichnete und seine Haut an den Stellen, an denen der Stoff an ihr klebte, kühl wurde.

Es war ein schöner Spaziergang. Keine Überwachung, keine anderen Menschen. Nur ein Mann, der allein durch den Wald lief, allein mit seinen Gedanken.

Als er sich knapp zweihundert Meter von der Straße entfernt hatte, kam er zu den Felsen, einer Ansammlung von Granitblöcken, die zwischen den Pinien herumlagen. An einer Stelle, an der der Wald den Berghang hinaufreichte, ragte ein Felsvorsprung aus der Erde.

Aus etwa drei Meter Entfernung sah der glatte, vertikale Felsen, durch den sich eine Quarzader zog und der mit Moos und Flechten bewachsen war, ziemlich echt aus. Doch je näher man kam, desto weniger überzeugte die Illusion, da die Dimensionen irgendwie zu eckig waren.

Etwa einen Meter davor blieb Ethan stehen.

Schon bald hörte er das leise mechanische Summen der Zahnräder, die sich in Bewegung setzten. Die gesamte Felsfläche wurde wie eine riesige Garagentür nach oben aufgeklappt, und die Öffnung war breit und groß genug, dass ein Sattelschlepper hindurchfahren konnte.

Ethan duckte sich unter der sich öffnenden Tür hindurch und betrat den dunklen, unterirdischen, kühlen Raum.

»Hallo, Ethan.«

»Marcus.«

Derselbe junge Mann, der Mitte zwanzig sein mochte und zerzaustes Haar sowie den kantigen Kiefer eines Soldaten oder Polizisten hatte, empfing ihn. Er trug eine gelbe Windjacke, und Ethan bemerkte, dass er mal wieder vergessen hatte, eine Jacke mitzubringen. Jetzt musste er bei der Fahrt wieder einmal frieren.

Marcus hatte den tür- und dachlosen Jeep im Leerlauf stehen lassen und bereits in die Richtung gewendet, aus der er gekommen war.

Ethan setzte sich auf den Beifahrersitz.

Das Tor schloss sich donnernd wieder hinter ihnen.

Marcus löste die Handbremse und legte einen Gang ein, während er in sein Headset sagte: »Ich habe Mr Burke. Wir sind unterwegs.«

Der Jeep fuhr an und beschleunigte auf der einspurigen Fahrbahn aus makellosem Asphalt.

Sie sausten eine Anhöhe hinauf. Die Wände des Tunnels bestanden aus nacktem Stein. An einigen Stellen flossen Rinnsale aus den Felswänden und zogen sich wie Spinnweben über die Straße. Hin und wieder klatschte ein Wassertropfen auf die Windschutzscheibe.

Die fluoreszierenden Leuchtstreifen an der Decke verschwommen zu blassem Orange.

Es roch nach Stein, Wasser und Abgasen.

Aufgrund des Motorengeräuschs und des Windes war es zu laut, um sich zu unterhalten. Aber das war Ethan ganz recht. Er lehnte sich auf dem grauen Vinylsitz zurück und unterdrückte den Drang, sich die Arme zu reiben, da er in der kalten, feuchten Luft fror.

In seinen Ohren baute sich Druck auf, sodass er das Dröhnen des Motors kaum noch hören konnte.

Er schluckte schwer.

Der Krach kehrte zurück.

Sie fuhren weiter bergan.

Mit fünfundfünfzig km/h dauerte die Fahrt nur vier Minuten, doch sie kam ihm deutlich länger vor. Die Kälte, der Krach und der Wind wirkten irgendwie desorientierend und verzerrten sein Zeitgefühl.

Überdies war der Gedanke beunruhigend, sich innerhalb eines Berges zu bewegen.

Doch vor allem belastete es ihn, dass er *ihn* gleich sehen würde.

* * *

Der Tunnel ging in eine riesige Höhle über, in der zehn Lagerhäuser nebeneinander Platz gefunden hätten. Sie musste gute hunderttausend Quadratmeter groß sein und hätte einige Jets oder Raumschiffe aufnehmen können. Doch stattdessen wurden hier Lebensmittel gelagert. Riesige zylindrische Reservoirs voller Nahrung. Lange Reihen aus zwölf Meter hohen Regalen, in denen Holz und Vorräte lagerten. Alles, was die letzte Stadt auf Erden brauchte, damit ihre Einwohner die nächsten Jahre überlebten.

Marcus fuhr an einer Tür mit einer Glasscheibe vorbei, auf der »Suspension« stand. Dahinter leuchtete ein schwaches blaues Licht, und es lief Ethan eiskalt den Rücken herunter, als er daran denken musste, was sich dort befand.

Pilchers Suspensionseinheiten.

Hunderte davon.

Jeder Einwohner von Wayward Pines, auch er selbst, war in diesem Raum tausendachthundert Jahre lang in einem chemischen Tiefschlaf gehalten worden.

Neben einer Doppeltür aus Glas blieb der Jeep stehen.

Noch während Marcus den Motor ausschaltete, stieg Ethan aus.

Sein Begleiter gab über ein Tastenfeld einen Code ein, und die Türen glitten zur Seite.

Die beiden Männer gingen an einem Schild vorbei, auf dem »1. Etage« stand, und in einen langen, leeren Korridor.

Keine Fenster.

Die fluoreszierenden Lampen sirrten.

Der Boden war mit schwarz-weißen Kacheln ausgelegt. In einem Abstand von jeweils drei Metern befanden sich Türen mit einem kleinen, runden Fenster. Sie hatten weder Türklinke noch -knauf, sondern wurden per Schlüsselkarte geöffnet.

Hinter den meisten Fenstern war es dunkel.

Doch hinter einem stand eine Abscheulichkeit mit großen milchigen Augen, deren Pupillen vergrößert waren, und gebleckten rasiermesserscharfen Eckzähnen und klopfte mit einer schwarzen Klaue an das Glas.

Diese Wesen suchten ihn in seinen Albträumen heim. Wenn er schweißgebadet aufwachte, nachdem er den Angriff noch einmal durchlebt hatte, tätschelte ihm Theresa den Arm und flüsterte ihm zu, dass er zu Hause sei und dass er keine Angst haben müsse.

Sie blieben in der Mitte des Korridors vor einer nicht gekennzeichneten Tür stehen.

Marcus öffnete die Tür per Schlüsselkarte.

Ethan betrat die kleine Kabine.

Sein Begleiter steckte einen Schlüssel in eine Chromtafel und drückte den Knopf, als dieser zu blinken begann.

Mit einer sanften Bewegung fuhren sie los.

In Ethans Ohren knackte es bei dieser Fahrt immer, aber er wusste nie, ob sie jetzt nach unten oder nach oben fuhren.

Es nervte ihn ungemein, dass er noch immer wie ein Kind oder eine Bedrohung von einem Begleiter hergebracht wurde, obwohl er seinen Job jetzt schon seit zwei Wochen ausübte.

Zwei Wochen.

Großer Gott.

Es kam ihm so vor, als wäre es erst gestern gewesen, dass er Adam Hassler, dem leitenden Special Agent im Büro von Seattle, am Schreibtisch gegenübergesessen und den Auftrag erhalten hatte, in diese Stadt zu kommen und seine verschwundene Ex-Partnerin Kate Hewson zu suchen. Doch jetzt war er kein Agent des Secret Service mehr. Mit dieser Tatsache hatte er sich jedoch noch nicht ganz abgefunden.

Sie merkten nur, dass sie angehalten hatten, weil sich die Türen des Fahrstuhls öffneten.

Das Erste, was ihm ins Auge stach, war ein Picasso, den Ethan für echt hielt.

Sie gingen durch ein piekfeines Foyer. Hier gab es keine fluoreszierenden Lampen und kein kariertes Linoleum, sondern Marmorfliesen und prächtige Wandleuchter. Stuck unter der Decke. Selbst die Luft war angenehmer und nicht so abgestanden und schal wie im Rest des Komplexes.

Sie gingen an einem tiefer gelegenen Wohnzimmer vorbei.

Einer riesigen Küche.

Einer Bibliothek voller in Leder gebundener Bände, die samt und sonders antik und kostbar waren.

Nachdem sie um eine Ecke gegangen waren, konnten sie endlich die Doppeltür aus Eiche am Ende des Ganges sehen.

Marcus klopfte zweimal an, und eine Stimme rief von der anderen Seite: »Herein!«

»Gehen Sie nur, Mr Burke.«

Ethan öffnete die Tür und betrat ein spektakuläres Büro.

Der Boden bestand aus einem dunklen exotischen Hartholz, das auf Hochglanz poliert war.

Das Kernstück des Raumes war ein großer Tisch, auf dem unter Glas eine Miniatur von Wayward Pines zu sehen war, bei der sogar die Farbe von Ethans Haus stimmte.

An der linken Wand hingen Werke von Vincent van Gogh.

Die Wand gegenüber war vom Boden bis zur Decke mit Monitoren bestückt, neun übereinander und vierundzwanzig nebeneinander. Vor den Bildschirmen, die simultan zweihundertsechzehn Bilder aus Wayward Pines – Straßen, Badezimmer, Küchen und Hinterhöfe – zeigten, standen Ledersofas.

Immer wenn Ethan diese Bildschirme sah, verspürte er den unbändigen Drang, jemandem den Kopf abzureißen.

Er verstand zwar den Grund für diese Überwachung, aber dennoch …

»Diese Wut …«, sagte der Mann, der hinter dem mit feinen Schnitzereien verzierten Mahagonischreibtisch saß. »Sie spiegelt sich jedes Mal auf Ihrem Gesicht wider, wenn Sie mich aufsuchen.«

Ethan zuckte mit den Achseln. »Sie spionieren das Privatleben anderer Menschen aus, da ist das eine nur natürliche Reaktion.«

»Finden Sie, dass es in unserer Stadt eine Privatsphäre geben sollte?«

»Natürlich nicht.«

Ethan ging auf den riesigen Schreibtisch zu, während sich die Türen hinter ihm schlossen.

Er schob seinen Stetson unter seinen rechten Arm und ließ sich auf einem der Stühle nieder.

Dann starrte er David Pilcher an.

Er war der Milliardär (aus der Zeit, als Geld noch etwas bedeutete) und Erfinder, der hinter Wayward Pines steckte und der auch den Komplex innerhalb des Berges errichtet hatte. 1971 hatte Pilcher entdeckt, dass sich das Genom der Menschen nach und nach zersetzte, und er hatte vorausgesagt, dass die Menschheit innerhalb der nächsten dreißig bis vierzig Generationen aussterben würde. Daher hatte er diese Suspensionsanlage bauen lassen, um eine bestimmte Anzahl reiner Menschen zu erhalten, bevor die Genomverseuchung die kritische Masse erreichte.

Neben seinem inneren Kreis aus einhundertsechzig wahren Gläubigen war Pilcher für die Entführung von sechshundertfünfzig Menschen verantwortlich, die ebenso wie er selbst in einem Suspensionszustand geschwebt hatten.

Dann war Pilchers Vorhersage wahr geworden. In diesem Augenblick lebten außerhalb des Zauns, der Wayward Pines umgab, mehrere Hundert Millionen dieser Wesen, zu denen sich die Menschen weiterentwickelt hatten – wahre Abscheulichkeiten.

Trotz allem sah Pilcher ganz anders aus, als man ihn sich vorstellen würde. Er sah nicht im Geringsten bedrohlich aus, war vielleicht 1,65 Meter groß und bis auf einen feinen silberfarbenen Flaum, der eher an Chrom als an Winterwolken erinnerte, glatzköpfig. Nun blickte er Ethan mit winzigen Augen an, die ebenso schwarz wie undurchdringlich aussahen.

Pilcher schob einen Aktenordner über die mit Leder bezogene Schreibtischplatte.

»Was ist das?«, wollte Ethan wissen.

»Ein Überwachungsbericht.«

Ethan schlug den Ordner auf.

Er enthielt einen Schwarz-Weiß-Screenshot eines Mannes, den er kannte: Peter McCall. Der Mann war Chefredakteur der einzigen Zeitung der Stadt, des »Wayward Light«. Auf dem Foto lag McCall auf seiner Seite des Bettes und starrte mit leeren Augen ins Nichts.

»Was macht er da?«, erkundigte sich Ethan.

»Tja, er macht nichts. Genau das ist das Problem. Peter ist seit zwei Tagen nicht zur Arbeit gegangen.«

»Vielleicht ist er krank?«

»Er hat über keinerlei Beschwerden geklagt, und Ted, mein Überwachungstechniker, hat ein ungutes Gefühl.«

»Glaubt er, McCall würde über eine Flucht nachdenken?«

»Vielleicht, oder er hat etwas Unüberlegtes vor.«

»Ich habe seine Akte gelesen«, sagte Ethan. »Aber da stand nichts von größeren Integrationsproblemen. Bisher hat er kein ungewöhnliches Verhalten an den Tag gelegt. Hat er etwas Irritierendes gesagt?«

»McCall hat seit achtundvierzig Stunden keinen Ton von sich gegeben und nicht einmal mit seinen Kindern gesprochen.«

»Was genau erwarten Sie von mir?«

»Behalten Sie ihn im Auge. Gehen Sie mal vorbei und sehen Sie nach dem Rechten. Sie sollten nie unterschätzen, welche Auswirkungen Ihre Anwesenheit haben kann.«

»Sie haben doch kein Fest im Sinn, oder?«

»Nein. Feste sind jenen vorbehalten, die tatsächlich Verrat begehen und versuchen, andere mit hineinzuziehen. Sie tragen ja gar nicht Ihre Waffe.«

»Ich finde, damit vermittle ich die falschen Signale.«

Pilcher grinste breit und zeigte dabei seine winzigen weißen Zähne. »Ich würde es zu schätzen wissen, wenn Sie an die Signale denken würden, die meine einzige Autoritätsperson in der Stadt *meiner Meinung nach* ausstrahlen sollte. Das ist mein voller Ernst. Was möchten Sie ausstrahlen, Ethan?«

»Dass ich hier bin, um zu helfen. Zu unterstützen. Zu beschützen.«

»Aber das alles tun Sie doch eigentlich gar nicht. Ich habe mich unklar ausgedrückt, das muss ich zugeben. Ihre Anwesenheit soll nur an *meine* Gegenwart erinnern.«

»Verstanden.«

»Kann ich also davon ausgehen, dass Sie Ihre größte, gemeinste Waffe bei sich tragen, wenn ich Sie das nächste Mal auf einem meiner Bildschirme über die Straße gehen sehe?«

»Natürlich.«

»Hervorragend.«

Ethan spürte, wie sein Herz schnell und wild gegen seine Rippen donnerte.

»Bitte glauben Sie jetzt nicht, dieser geringfügige Tadel würde meine Meinung über Ihre Arbeit hier widerspiegeln, Ethan. Ich finde, dass Sie sich sehr gut in Ihre neue Position einfügen. Sind Sie da meiner Meinung?«

Ethan sah über Pilchers Schulter. Die Wand hinter dem Schreibtisch bestand aus robustem Stein. In der Mitte war ein Fenster eingelassen worden, durch das man die Berge, die Schlucht und Wayward Pines sehen konnte, das sechshundert Meter unter ihnen lag.

»Ich finde mich mit jedem Tag besser zurecht«, erwiderte Ethan.

»Haben Sie die Akten der Einwohner genau studiert?«

»Ich habe sie alle einmal durchgesehen.«

»Ihr Vorgänger, Mr Pope, kannte sie auswendig.«

»Da komme ich auch noch hin.«

»Freut mich, das zu hören. Aber Sie haben sie heute Morgen nicht gelesen, nicht wahr?«

»Haben Sie mich überwacht?«

»Ich habe Sie nicht überwacht, nur gesehen. Ihr Büro ist einige Male auf den Bildschirmen aufgetaucht. Was haben Sie da gelesen? Ich konnte es nicht genau erkennen.«

»›Fiesta‹.«

»Ah, Hemingway. Einer meiner Lieblingsautoren. Ich glaube immer noch, dass wir hier große Kunstwerke schaffen werden. Aus genau diesem Grund habe ich auch unseren Pianisten Hecter Gaither mitgenommen. In der Suspension sind auch noch andere bekannte Autoren und Maler. Poeten. Und wir halten weiterhin nach Talenten Ausschau, die wir in der Schule fördern können. Ben zeichnet sich im Kunstunterricht aus.«

Innerlich widerstrebte es Ethan, den Namen seines Sohnes aus Pilchers Mund zu hören, aber er meinte nur: »Die Einwohner von Pines sind nicht in der Stimmung, Kunstwerke zu erschaffen.«

»Wie meinen Sie das, Ethan?«

Pilcher stellte die Frage so, wie sie ein Therapeut stellen würde – mit intellektueller Neugier, nicht voller Aggression.

»Sie leben unter ständiger Beobachtung. Sie wissen, dass sie nie von hier wegkönnen. Was für Kunstwerke würden in einer unterdrückten Gesellschaft denn schon entstehen?«

Pilcher lächelte. »Ethan, wenn ich Sie so reden höre, frage ich mich, ob Sie wirklich auf meiner Seite stehen. Ob Sie wirklich an das glauben, was wir tun.«

»Natürlich glaube ich daran.«

»Natürlich tun Sie das. Ich hatte heute einen Bericht

von einem meiner Nomaden auf dem Tisch, der von einer zweiwöchigen Mission zurückgekehrt ist. Er hat eine Herde aus geschätzten zweitausend Abbys gesehen, die gerade mal dreißig Kilometer vom Stadtzentrum von Wayward Pines entfernt war. Sie waren östlich der Berge auf den Ebenen hinter einer Büffelherde her. Ich werde jeden Tag daran erinnert, wie gefährdet wir in diesem Tal sind. Wie unsicher und wacklig unsere Existenz ist. Und Sie sitzen hier und sehen mich an, als wäre ich das Oberhaupt der DDR oder der Roten Khmer. Es gefällt Ihnen nicht, und das kann ich respektieren. Mir wäre es doch auch lieber, wenn die Dinge anders stünden. Aber es gibt Gründe für das, was ich tue, und einer dieser Gründe ist die Erhaltung von Leben, von unserer Spezies.«

»Gibt es nicht immer Gründe?«

»Sie haben ein Gewissen, und das weiß ich zu schätzen«, entgegnete Pilcher. »Ich möchte auch niemanden in Ihrer Position haben, bei dem das anders ist. Jede Ressource, die mir zur Verfügung steht, jeder Mensch, der für mich arbeitet, alles ist nur einer Sache gewidmet: die vierhunderteinundsechzig Menschen, die in diesem Tal leben und zu denen auch Ihre Frau und Ihr Sohn gehören, am Leben zu halten.«

»Was ist mit der Wahrheit?«, fragte Ethan.

»Unter gewissen Umständen schließen Sicherheit und Wahrheit einander aus. Ich bin davon ausgegangen, dass ein ehemaliger Angestellter der Regierung dieses Konzept verinnerlicht hätte.«

Ethan starrte die Monitorwand an. Auf einem Bildschirm in der linken unteren Ecke war seine Frau zu sehen.

Sie saß allein in ihrem Büro an der Main Street.

Reglos.

Gelangweilt.

Auf dem Monitor daneben war ein Kamera-Feed zu sehen, den Ethan bisher noch nicht kannte: eine Vogelperspektive von etwas, das sich etwa dreißig Meter über dem dichten Wald befand und mit beachtlicher Geschwindigkeit fortbewegte.

»Was ist das für eine Kamera?«, wollte er wissen und deutete auf die Wand.

»Welche?«

Das Bild wurde durch die Innenansicht des Opernhauses ersetzt.

»Jetzt ist es weg, aber es sah aus, als würde etwas über den Bäumen fliegen.«

»Ach, das ist nur eine meiner Drohnen.«

»Drohnen?«

»Unbemannte Flugzeuge. Das ist eine MQ-9-Reaper-Drohne. Wir schicken sie hin und wieder auf Erkundungsmissionen. Sie hat eine Reichweite von etwa 1,6 Kilometern. Ich glaube, heute fliegt sie einen Bogen um den Großen Salzsee.«

»Haben Sie schon mal etwas gefunden?«

»Noch nicht. Passen Sie mal auf, Ethan. Ich bitte Sie nicht darum, das zu mögen. *Mir* gefällt es ja auch nicht.«

»Aber wo soll das hinführen?«, fragte Ethan, als das Bild seiner Frau von dem zweier Jungen ersetzt wurde, die in einem Sandkasten Burgen bauten. »Wie soll es mit uns als Spezies weitergehen?« Erneut starrte er Pilcher an. »Mir ist durchaus bewusst, was Sie hier erreicht haben.

Sie haben unsere Existenz weit über das, was die Evolution für uns geplant hatte, erhalten. Aber nur für das hier? Damit eine kleine Gruppe Menschen unter ständiger Beobachtung in einem Tal leben kann? Abgeschirmt von der Wahrheit? Und gelegentlich gezwungen ist, einen der ihren zu töten? Das ist doch kein Leben, David. Das ist ein Gefängnis. Und Sie haben mich zum Wärter gemacht. Ich möchte das Beste für diese Leute. Für meine Familie.«

Pilcher schob seinen Stuhl vom Schreibtisch weg, drehte ihn herum und starrte durch das Fenster auf die Stadt herab, die er geschaffen hatte.

»Wir sind jetzt seit vierzehn Jahren hier, Ethan. Es gibt weniger als eintausend von uns und mehrere Hundert Millionen von ihnen. Manchmal ist das Beste einfach zu überleben.«

* * *

Der getarnte Tunneleingang schloss sich hinter ihm.

Ethan stand allein im Wald.

Er entfernte sich von dem Felsvorsprung und ging zurück zur Straße.

Die Sonne war bereits hinter der westlichen Bergkette untergegangen.

Der Himmel hatte sich golden verfärbt.

Eine nächtliche Kühle machte sich in der Luft breit.

Die Straße, die nach Pines hineinführte, war leer, und Ethan ging direkt auf dem Mittelstreifen entlang.

* * *

Sein Zuhause war in einem viktorianischen Gebäude in der 1040 Sixth Street, nicht weit von der Main Street entfernt. Das Haus war gelb und hatte weiße Fensterrahmen. Es sah hübsch und ordentlich aus. Ethan ging über die Steinplatten zur Veranda.

Er öffnete erst die Fliegengittertür und danach die robuste Holztür.

Er betrat das Haus.

Rief: »Schatz, ich bin zu Hause.«

Doch er bekam keine Antwort.

Da war nichts als die lautlose, geballte Energie eines leeren Hauses.

Er legte seinen Cowboyhut auf die Garderobe und setzte sich auf einen Stuhl mit Lederlehne, um sich die Stiefel auszuziehen.

Auf Socken ging er in die Küche. Die Milch war geliefert worden. Die vier Glasflaschen klirrten, als er die Kühlschranktür öffnete. Er nahm sich eine und ging damit durch den Flur in sein Arbeitszimmer, sein Lieblingszimmer im ganzen Haus. Wenn er in dem riesigen Sessel am Fenster saß, hatte er die Gewissheit, dass er nicht beobachtet wurde.

In den meisten Gebäuden in Pines gab es ein oder zwei blinde Flecken. Bei seinem dritten Besuch in der Suprastruktur war er auf die Überwachungspläne für sein Haus gestoßen. Er hatte sich die Position jeder Kamera gemerkt. Natürlich hatte er Pilcher darum gebeten, dass sie entfernt würden, und diese Bitte war ihm abgeschlagen worden. Pilcher wollte, dass Ethan ebenso wie alle anderen unter ständiger Beobachtung lebte, damit er *die Menschen, auf die er aufpasste, verstehen konnte.*

Doch es tröstete ihn ungemein, dass ihn in diesem Moment niemand sehen konnte. Selbstverständlich wussten sie dank des Mikrochips unter seiner Achillessehne zu jeder Zeit genau, wo er sich aufhielt. Ethan hatte gar nicht erst versucht, sich dieser Sicherheitsmaßnahme zu entziehen.

Er schraubte die Glasflasche auf und trank einen Schluck.

Das gehörte nicht zu den Dingen, die er Theresa sagen konnte (wenn niemand zuhörte), aber er dachte oft, dass trotz all der schrecklichen Umstände, die ihr Leben in Pines mit sich brachte – keine Privatsphäre, keine Freiheit, ständige Todesgefahr –, diese täglich frische Milch aus der Molkerei in der südöstlichen Ecke des Tals einen der positiven Aspekte darstellte.

Sie war kalt, cremig, frisch und süß.

Durch das Fenster sah er den Garten ihrer Nachbarn. Jennifer Rochester kniete vor einem Hochbeet und schaufelte mit den Händen Erde aus einer roten Schubkarre hinüber. Er dachte an ihre Akte, bevor er überhaupt wusste, was er da tat. In ihrem früheren Leben war sie Professorin für Pädagogik an der Washington State University gewesen. Hier in Pines arbeitete sie an vier Abenden in der Woche als Kellnerin im Biergarten. Abgesehen von ihrer brutalen Integration, die beinahe gescheitert wäre, war sie eine vorbildliche Bürgerin.

Hör auf.

Er wollte nicht an die Arbeit oder Einzelheiten aus dem Privatleben seiner Nachbarn denken.

Was sie wohl insgeheim über ihn denken mochten?

Er erschauderte bei dem Gedanken daran, was aus seinem Leben geworden war.

Diese Augenblicke der Verzweiflung überkamen ihn gelegentlich. Es gab keinen Ausweg, und er konnte kein anderer Mann sein – nicht, wenn er seine Familie beschützen wollte.

Das hatte man ihm in aller Deutlichkeit zu verstehen gegeben.

Ethan wusste, dass er sich den Bericht über McCall durchlesen sollte, aber stattdessen zog er die Schublade des Beistelltischs neben sich auf und nahm einen Gedichtband heraus.

Robert Frost.

Eine Sammlung seiner Naturgedichte.

Während ihn Hemingway an diesem Morgen deprimiert hatte, fand er stets Trost bei Frost.

Er las etwa eine Stunde lang in dem Buch.

Vom Flicken von Mauern, verschneiten Wäldern und Wegen, die man nicht beschritten hatte.

Der Himmel wurde dunkler.

Er hörte die Schritte seiner Frau auf der Veranda.

Ethan ging zur Tür, um sie zu begrüßen.

»Wie war dein Tag?«, erkundigte er sich.

Theresas Augen schienen ihm zuzuflüstern: »*Ich habe acht Stunden an einem Schreibtisch gesessen, einen bedeutungslosen Job gemacht und mit keiner Menschenseele gesprochen*«, aber sie zwang sich zu einem Lächeln und antwortete: »Er war toll. Und deiner?«

»*Ich habe mich mit dem Mann getroffen, der für dieses*

Gefängnis verantwortlich ist, das wir unser Zuhause nennen, und eine geheime Akte über einen unserer Nachbarn abgeholt.«

»Ich hatte auch einen schönen Tag.«

Sie strich ihm mit der Hand über die Brust. »Schön, dass du dich noch nicht umgezogen hast. Ich sehe dich so gern in Uniform.«

Ethan umarmte seine Frau.

Atmete ihren Duft ein.

Ließ seine Finger durch ihr langes blondes Haar gleiten.

»Ich habe nachgedacht.«

»Ja?«

»Ben ist noch etwa eine Stunde bei Matthew.«

»Ach was?«

Sie nahm Ethans Hand und zog ihn in Richtung Treppe.

»Bist du sicher?«, fragte er. In den zwei Wochen seit ihrem Wiedersehen waren sie erst zweimal intim geworden, und beide Male auf Ethans Lieblingssessel im Arbeitszimmer, während Theresa auf seinem Schoß saß und er die Hände auf ihren Hüften liegen hatte – bequem war etwas anderes.

»Ich will dich«, sagte sie.

»Lass uns ins Arbeitszimmer gehen.«

»Nein«, beharrte sie. »Ins Bett.«

Er ging hinter ihr die Treppe hinauf und den Flur im ersten Stock entlang, wobei der Hartholzboden unter ihren Füßen knarrte.

Sie taumelten ins Schlafzimmer und küssten sich dabei,

während ihre Hände den Körper des anderen erforschten. Ethan versuchte, nur in diesem Augenblick zu sein, aber er bekam den Gedanken an all die Kameras einfach nicht aus dem Kopf.

Eine hinter dem Thermostat an der Wand neben der Badezimmertür.

Eine in der Lampe unter der Decke, die direkt auf ihr Bett gerichtet war.

Er zögerte, da er sich unsicher war, und Theresa spürte es.

»Was ist los, Schatz?«

»Nichts.«

Sie standen neben dem Bett.

Draußen vor dem Fenster gingen in Pines die Lichter an, die Straßenlaternen, Verandalampen, Hausbeleuchtungen.

Das Zirpen einer Grille war durch das offene Fenster zu hören.

Das sprichwörtliche Geräusch einer friedlichen Nacht.

Nur dass nichts davon real war. Es gab keine Grillen mehr. Das Geräusch kam aus einem winzigen Lautsprecher, der in einem Busch verborgen war. Er fragte sich, ob seine Frau das wusste, überlegte, wie viel von der Wahrheit sie bereits erraten hatte.

»Willst du mich denn nicht?«, fragte Theresa in diesem todernsten Tonfall, in den er sich schon bei ihrer ersten Begegnung verliebt hatte.

»Natürlich will ich dich.«

»Dann benimm dich auch entsprechend.«

Langsam knöpfte er ihr weißes Sommerkleid auf. Er

war aus der Übung, und das hatte etwas ebenso Wunderbares wie Schreckliches an sich. Es war nicht wie in der Highschool, aber auch nicht weit davon entfernt. Dieser Mangel an Kontrolle hatte ihm bereits auf dem Flur eine Erektion beschert.

Er versuchte, die Bettdecke über ihre Körper zu ziehen, aber sie ließ es nicht zu, sondern sagte, sie wolle die kühle Brise, die durch das Fenster hereinwehte, auf ihrer Haut spüren.

Das Bett war altmodisch und knarrte ebenso stark wie der Rest des Hauses.

Die Federn quietschten, und als Theresa stöhnte, versuchte Ethan, jeden Gedanken an die Kamera über ihnen aus seinem Kopf zu verbannen. Pilcher hatte ihm versichert, dass es streng verboten war, Paare in derart intimen Augenblicken zu beobachten. Dass die Kamera-Feeds in dem Moment unterbrochen wurden, in dem man sich auszog.

Aber Ethan fragte sich, ob das wirklich stimmte.

Oder sah einer der Überwachungstechniker Ethan gerade dabei zu, wie er mit seiner Frau schlief? Begutachtete Ethans nackten Hintern. Wie sich Theresas Beine um seinen Körper wickelten.

Bei den ersten beiden Malen war Ethan vor Theresa gekommen. Doch jetzt störte der Gedanke an die Kamera über ihm seine Leidenschaft. Er nutzte seine Wut, um länger durchzuhalten.

Theresa kam so heftig, dass Ethan daran erinnert wurde, wie gut sie zusammenpassten.

Als auch er den Höhepunkt erreicht hatte, lagen sie still

nebeneinander. Sie waren atemlos, und er konnte spüren, wie ihr Herz gegen seine Rippen schlug. Die Abendluft fühlte sich fast schon kalt an, als sie seine schweißbedeckte Haut traf. Es hätte ein perfekter Moment sein können, aber das Wissen über alles um ihn herum brach erneut durch. Würde er eines Tages einen Punkt erreichen, an dem er es abblocken konnte? Würde er den unerwarteten Frieden und die Schönheit solcher Augenblicke irgendwann genießen und den darunterliegenden Schrecken vergessen können? War es das, was die Menschen hier seit Jahren machten, damit sie nicht den Verstand verloren?

»Das können wir also immer noch«, sagte er, und sie mussten beide lachen.

Er drehte sich auf den Rücken, und Theresa kuschelte sich an ihn.

Ethan vergewisserte sich, dass sie die Augen geschlossen hatte.

Dann sah er grinsend direkt nach oben und hob den Mittelfinger.

* * *

Ethan und Theresa bereiteten gemeinsam das Abendessen zu und standen nebeneinander in der Küche an der Arbeitsplatte.

Es war Erntezeit in den Gemeindegärten, das Ende der Saison, und der Kühlschrank der Burkes quoll über mit frischem Obst und Gemüse. Das waren vermutlich die Monate, in denen in Wayward Pines die köstlichsten Gerichte auf den Tisch kamen. Sobald die Blätter Frost bekamen und die Schneegrenze schnell bis auf den Boden des Tals herabsank, nahm der Speiseplan jedoch eine schaurige Wendung zu Gefriergetrocknetem. Von Oktober bis März erwarteten sie sechs Monate lang abgepackte, getrocknete Langeweile. Theresa hatte Ethan schon gewarnt, dass man sich im Dezember im Supermarkt vorkam, als wäre man auf einer Weltraummission, da man nichts als chromfarbene Pakete in den Regalen sah, auf deren Etiketten die erstaunlichsten Dinge standen: Crème brulée, gegrilltes Käsesandwich, Filet Mignon, Hummerschwanz. Sie hatte ihm gedroht, gefriergetrocknetes Steak und Hummer als Weihnachtsessen zu servieren.

Sie hatten gerade einen herzhaften Salat aus Zwiebeln, Rettich und Himbeeren auf einem Bett aus Spinat und rotem Salat angerichtet, als Ben mit roten Wangen durch die Tür stürmte und nach Schweiß und dem Spielen im Freien roch.

Er befand sich noch auf dieser schmalen Schwelle zwischen Junge und Mann.

Theresa ging zu ihrem Sohn, küsste ihn und erkundigte sich, wie sein Tag gewesen war.

Ethan schaltete das uralte Philips-Radio, ein Röhrenradio aus den 1950er-Jahren, das in einem einwandfreien Zustand war, ein. Seltsamerweise hatte Pilcher ein solches Gerät in jedes bewohnte Haus stellen lassen.

Die Sendersuche war einfach, da es nur einen Sender gab. Die meiste Zeit empfingen sie bloß statisches Rauschen, aber es gab auch ein oder zwei Talkshows und jeden Abend zwischen 19:00 und 20:00 Uhr »Dinner mit Hecter«.

Hecter Gaither war in seinem früheren Leben ein relativ berühmter Konzertpianist gewesen.

In Pines gab er jedem Lernwilligen Klavierunterricht und spielte an jedem Abend für die Stadt.

Ethan drehte das Radio lauter.

»*Guten Abend, Wayward Pines. Hier ist Hecter Gaither.*«

Als Familienoberhaupt war es Ethans Aufgabe, den Salat zu verteilen.

»*Ich sitze an meinem Steinway, einem wunderbaren Boston Baby Grand.*«

Zuerst bekam seine Frau etwas.

»*Heute Abend werde ich die ›Goldberg-Variationen‹ spielen, ein Werk, das Johann Sebastian Bach eigentlich für das Cembalo komponiert hat.*«

Danach sein Sohn.

»*Dieses Werk ist eine Arie, der dreißig Variationen folgen. Viel Spaß.*«

Als Ethan sich selbst Salat auftat und Platz nahm, war das Knarren der Klavierbank deutlich im Lautsprecher zu hören.

* * *

Nach dem Essen nahmen die Burkes Schalen mit selbst gemachtem Eis mit auf die Veranda.

Sie setzten sich auf Schaukelstühle.

Aßen und lauschten.

Durch die offenen Fenster der Häuser in der Nachbarschaft konnte Ethan Hecters Musik hören.

Sie erfüllte das Tal.

Saubere und wunderbare Töne stiegen zwischen den vom Alpenglühen geröteten Berghängen auf.

Sie blieben lange dort sitzen.

Dank eines Jahrtausends ohne Luft- und Lichtverschmutzung war der Himmel pechschwarz.

Die Sterne erschienen nicht einfach nur.

Sie schienen förmlich zu explodieren.

Wie Diamanten auf schwarzem Samt.

Man konnte den Blick einfach nicht davon abwenden.

Ethan nahm Theresas Hand.

Bach und Galaxien.

Die Nachtluft wurde kalt.

Als Hecter aufhörte, klatschten die Menschen in ihren Häusern.

Auf der anderen Straßenseite rief ein Mann: »Bravo! Bravo!«

Ethan sah zu Theresa hinüber.

Ihr standen Tränen in den Augen.

»Ist alles okay?«, fragte er.

Sie nickte und wischte sich über die Wangen. »Ich bin nur froh, dass du wieder zu Hause bist.«

* * *

Ethan spülte das Geschirr ab und ging dann nach oben. Bens Zimmer lag am Ende des Flurs, und die Tür war geschlossen, nur ein schmaler Lichtstreifen war darunter zu sehen.

Ethan klopfte an.

»Komm rein.«

Ben saß auf dem Bett und zeichnete – er machte mit Kohle eine Skizze auf Kraftpapier.

Ethan setzte sich. »Darf ich mal sehen?«

Ben hob die Arme.

Die Skizze zeigte das, was der Junge momentan von seiner Position auf dem Bett aus sah: die Wand, den Schreibtisch, den Fensterrahmen, die Lichtpunkte, die durch die Fensterscheibe zu sehen waren.

»Das ist richtig gut«, sagte Ethan.

»Es ist noch nicht so, wie ich es haben wollte. Die Nacht hinter dem Fenster sieht noch nicht richtig aus.«

»Das kriegst du auch noch hin. Hey, ich habe dir heute aus dem Café ein Buch mitgebracht.«

Das schien Ben aufzumuntern. »Welches denn?«

»Es heißt ›Der Hobbit‹.«

»Nie davon gehört.«

»Das war eines meiner Lieblingsbücher, als ich in deinem Alter war. Ich hatte überlegt, es dir vorzulesen.«

»Ich kann selbst lesen, Dad.«

»Das weiß ich. Aber ich habe es selbst seit Jahren nicht gelesen. Es macht bestimmt Spaß, wenn wir es zusammen lesen.«

»Ist es unheimlich?«

»Es hat einige gruselige Stellen. Geh dir die Zähne putzen, dann fangen wir an.«

* * *

Ethan lehnte sich ans Kopfende des Bettes und las im Licht der Nachttischlampe.

Ben war schon vor Ende des ersten Kapitels eingeschlafen, und Ethan hoffte, dass er jetzt von tiefen, uralten Höhlen träumte. Von irgendetwas anderem als Wayward Pines.

Ethan legte das Taschenbuch zur Seite und schaltete die Lampe aus.

Er zog seinem Sohn die Bettdecke über die Schultern.

Legte die Hand auf Bens Brust.

Es gab nichts Schöneres auf der Welt als dieses Gefühl, wie sich die Brust seines schlafenden Kindes hob und senkte.

Ethan hatte sich noch immer nicht von dem Schock erholt, dass sein Sohn in Wayward Pines aufwachsen musste. Er bezweifelte, dass er sich je damit abfinden würde. Allerdings gab es da die kleinen Dinge, die besser waren – zumindest versuchte er, sich das einzureden. Der heutige Abend beispielsweise. Wäre Ben in der alten Welt aufgewachsen, dann hätte Ethan das Zimmer seines Sohnes betreten und ihn vermutlich mit einem iPhone in der Hand angetroffen.

Wie er einem Freund eine SMS schrieb.

Oder Fernsehen guckte.

Ein Videospiel spielte.

Twitter und Facebook nutzte.

Ethan vermisste all diese Dinge nicht. Er bedauerte es nicht, dass sein Sohn nicht in einer Welt aufwuchs, in der die Menschen nur den ganzen Tag auf irgendwelche Bildschirme starrten. Wo sich die Kommunikation darauf beschränkte, winzige Tasten zu drücken, und die Menschheit vor allem darauf wartete, den nächsten

Endorphinkick durch das Ping einer eintreffenden SMS oder einer neuen E-Mail zu bekommen.

Stattdessen traf er seinen Sohn, der fast schon ein Teenager war, dabei an, wie er auf dem Bett saß und zeichnete.

Daran gab es ja wohl nichts auszusetzen.

Doch die Aussicht auf die kommenden Jahre ließ Ethans Herz schwer werden.

Worauf konnte sich Ben freuen?

Er konnte keine höhere Schule besuchen, keine Karriere machen.

Verschwunden waren die Zeiten, in denen es hieß …

Du kannst werden, was immer du willst.

Was du dir auch in den Kopf setzt.

Folge einfach deinem Herzen und lebe deine Träume.

Die guten alten Plattitüden einer ausgestorbenen Spezies.

Wenn die Menschen nicht von allein einen Partner fanden, wurden die Ehen in Pines oft *arrangiert*. In jedem Fall war die Auswahl potenzieller Partner erschreckend klein.

Ben würde nie nach Paris fahren können.

Oder den Yellowstone-Park besuchen.

Sich vielleicht nie verlieben.

Er würde nie wissen, wie es war, aufs College zu gehen.

Oder Flitterwochen zu machen.

Oder einfach so aus einer Laune heraus durch das Land fahren, nur weil er zweiundzwanzig Jahre alt war und das tun konnte.

Ethan hasste die Überwachung, die Abbys und die Illusionskultur in Pines.

Aber was ihn bis spät in die Nacht beschäftigte, waren die Gedanken an seinen Sohn. Ben lebte seit fünf Jahren in Pines, fast so lange, wie er zuvor in der alten Welt gelebt hatte. Während die erwachsenen Einwohner von Pines jeden Tag von den Erinnerungen an ihr früheres Leben gepeinigt wurden, war Ben ebenso ein Kind dieser Stadt, dieser seltsamen, neuen Zeit. Nicht einmal Ethan wusste, was sein Sohn in der Schule lernte. Pilcher ließ ständig einige seiner Männer in Zivilkleidung auf dem Schulgelände patrouillieren, das die Eltern nicht betreten durften.

* * *

3:30 Uhr.

Ethan lag wach im Bett und hielt seine Frau in den Armen.

An Schlaf war nicht zu denken.

Er spürte Theresas Wimpern, die seine Brust bei jedem Blinzeln kitzelten.

Was denkst du?

Diese Frage war schon früher ein Knackpunkt in ihrer Beziehung gewesen, doch seitdem sie in Pines lebten, hatte sie eine völlig neue Bedeutung bekommen. In den vierzehn Tagen, die sie jetzt wieder zusammen waren, hatte Theresa nie die oberflächliche Illusion gebrochen. Natürlich hatte sie Ethan zu Hause willkommen geheißen. Sie hatten ein tränenreiches Wiedersehen gehabt, aber nach fünf Jahren in Pines war sie ein steinharter Profi. Sie sprachen nicht darüber, wo Ethan gewesen war oder dass seine Integration überaus turbulent verlaufen war. Die seltsamen Ereignisse, die seine Ernennung zum Sheriff begleitet hatten, wurden nie erwähnt. Auch nicht das, was er möglicherweise wusste. Manchmal glaubte er, ein verdächtiges Glitzern in Theresas Augen zu sehen, als wollte sie ihm zu verstehen geben, dass sie um ihre Umstände wusste und den unterdrückten Drang verspürte, auf einer verbotenen Ebene mit ihm darüber zu sprechen. Aber wie eine gute Schauspielerin fiel sie nie aus ihrer Rolle.

Ihm wurde mehr und mehr klar, dass das Leben in Pines so war, als würde man in einem komplizierten Theaterstück mitspielen, bei dem der Vorhang niemals fiel.

Jeder hatte seine zugewiesene Rolle.

Shakespeare hätte über Pines vermutlich geschrieben: *Die ganze Welt ist eine Bühne, und alle Männer und Frauen sind bloße Darsteller. Sie haben ihre Auftritte und Abgänge, und jeder hat dabei viele Rollen zu spielen.*

Ethan hatte selbst schon einige gespielt.

Im Erdgeschoss klingelte das Telefon.

Theresa setzte sich kerzengerade auf und war sofort hellwach und angespannt, während sich die Angst auf ihrem Gesicht abzeichnete.

»Ist das für uns alle?«, fragte sie mit verängstigter Stimme.

Ethan stand auf.

»Nein, Schatz. Schlaf weiter. Das ist nur für mich.«

* * *

Nach dem sechsten Klingeln nahm Ethan den Hörer ab. Er stand in Boxershorts im Wohnzimmer und klemmte sich den Hörer zwischen Schulter und Ohr.

»Ich hatte mich schon gefragt, ob Sie überhaupt noch drangehen.«

Es war Pilchers Stimme. Er hatte Ethan noch nie zu Hause angerufen.

»Wissen Sie, wie spät es ist?«, fragte Ethan.

»Tut mir schrecklich leid, wenn ich Sie geweckt haben sollte. Haben Sie sich den Überwachungsbericht von Peter McCall schon durchgelesen?«

»Ja«, log Ethan.

»Aber Sie waren noch nicht bei ihm, obwohl ich Sie darum gebeten hatte?«

»Das wollte ich gleich morgen früh tun.«

»Die Mühe können Sie sich sparen. Er hat beschlossen, uns noch heute Nacht zu verlassen.«

»Er ist draußen?«

»Ja.«

»Vielleicht macht er einen Spaziergang.«

»Vor dreißig Sekunden kam sein Signal aus der Straßenbiegung am Stadtausgang, und er geht weiter in Richtung Süden.«

»Was soll ich jetzt tun?«

Am anderen Ende der Leitung herrschte Schweigen. Die Frustration schien aus dem Hörer zu quellen.

»Halten Sie ihn auf«, sagte Pilcher gelassen. »Bringen Sie ihn wieder zur Vernunft.«

»Aber ich weiß nicht, was ich ihm überhaupt sagen soll.«

»Mir ist bewusst, dass er Ihr erster Flüchtiger ist.

Machen Sie sich keine Sorgen wegen dem, was Sie sagen sollen. Hören Sie einfach auf Ihr Bauchgefühl. Ich werde Ihnen gut zuhören.«

Er wird mir zuhören?

Doch Pilcher hatte schon aufgelegt.

* * *

Er ging nach oben und zog sich im Dunkeln an. Theresa war noch wach, saß aufrecht im Bett und beobachtete, wie er den Gürtel durch die Schlaufen zog.

»Ist alles okay, Schatz?«, erkundigte sie sich.

»Alles bestens«, versicherte ihr Ethan. »Es gibt nur was zu tun.«

Ja, ich muss einen unserer Nachbarn daran hindern, mitten in der Nacht unser kleines Paradies zu verlassen. Keine große Sache. Nichts, was dir Sorgen bereiten sollte.

Ethan ging zu seiner Frau und küsste sie auf die Stirn.

»Ich bin so schnell es geht wieder zurück. Hoffentlich noch vor Morgengrauen.«

Sie sagte nichts, sondern nahm seine Hand und drückte sie so fest sie nur konnte.

* * *

Nacht in Wayward Pines.

Eine märchenhafte Stille.

Die Grillen waren ausgeschaltet.

Es war so ruhig, dass Ethan das Summen der Straßenlaternen hören konnte.

Ebenso wie seinen eigenen Herzschlag.

Er ging zum Gehweg und stieg in den schwarzen Ford Bronco mit dem Blaulicht auf dem Dach und dem Wayward-Pines-Emblem, das auch auf seinem Sheriffstern eingraviert war.

Der Motor sprang an.

Ethan legte den Gang ein.

Als er losfahren wollte, wurde ihm bewusst, wie laut der Motor eigentlich war.

Der Lärm würde zweifellos viele Menschen wecken.

In Pines fuhren nicht viele Autos, da man die ganze Stadt zu Fuß in fünfzehn Minuten durchqueren konnte.

Nachts und auch sonst war eigentlich *nie* ein Wagen unterwegs. Zwar parkten in vielen Straßen Autos, die größtenteils noch fahrtüchtig waren, und es gab sogar eine Tankstelle am Stadtrand, neben der ein Mechaniker seine Werkstatt hatte. Dennoch fuhren die Menschen selten mit dem Wagen. Die Autos dienten eher einem dekorativen Zweck, und jeder, der vom Motorengeräusch von Ethans Bronco aus dem Schlaf gerissen wurde, würde wissen, dass etwas nicht in Ordnung war.

Er fuhr auf die Main Street und dann in Richtung Süden.

Als er das Krankenhaus passiert hatte, schaltete er das Fernlicht ein und trat das Gaspedal durch, um auf dem schmalen Pfad zwischen den Pinien zu beschleunigen.

Das Fenster stand offen, und die kalte Waldluft wehte herein.

Er fuhr mitten auf der Straße, genau auf dem Mittelstreifen.

Dabei stellte er sich vor, dass vor ihm nicht die Kurve käme, sondern dass die Straße stetig ansteigen würde.

Dass er aus diesem Tal, von dieser Stadt wegfahren konnte.

Er würde das Radio einschalten und einen Sender suchen, der Oldies spielte. Bis nach Boise hätte er eine dreistündige Fahrt vor sich. Es gab kaum etwas Schöneres, als nachts auf einer leeren Straße dahinzurasen, mit offenen Fenstern und lauter Musik. Dieses Gefühl hielt nur einen Sekundenbruchteil an, aber ganz kurz stellte er sich vor, in einer Welt zu leben, in der es viele andere wie ihn gab. Einen Nachthimmel, an dem das Leuchten von Großstädten zu sehen war. Das ferne Dröhnen des Verkehrs auf der Interstate und Jets, die durch die Stratosphäre donnerten.

Dann wäre er endlich nicht mehr so gottverdammt allein.

Nicht mehr einer der Letzten seiner Spezies, der Menschheit.

Die Tachonadel bewegte sich auf die einhundert zu, und der Motor dröhnte.

Er hatte das Straßenschild, das vor der scharfen Kurve warnte, längst passiert.

Ethan trat auf die Bremse und ruckte nach vorn, als der Bronco mitten in der Kurve zum Stillstand kam. Er fuhr an den Straßenrand, schaltete den Motor aus und stieg aus dem Wagen.

Die Sohlen seiner Stiefel scharrten über den Asphalt.

Einen Augenblick lang stand er zögernd neben der offenen Tür und starrte die Winchester .97 an, die auf der Rückbank lag. Er wollte sie nicht mitnehmen, da sie McCall eine falsche Botschaft übermitteln würde. Er wollte sie aber auch nicht zurücklassen, da es im Wald dunkel und unheimlich war und er außerdem an eine äußerst feindselige Welt grenzte. Seines Wissens nach war bisher noch nie eines dieser Wesen durch den Zaun gebrochen, aber es gab immer ein erstes Mal, und wenn er mitten in der Nacht unbewaffnet in den Wald ginge, forderte er das Schicksal förmlich heraus.

Er beugte sich in den Wagen, öffnete die Mittelkonsole und steckte sich einige Patronen in die Taschen. Dann nahm er die Schrotflinte mit abgesägtem Lauf in die Hand.

Ethan belud sie mit fünf Patronen, eine in jede Kammer, und ließ den Hahn halb gespannt – besser ließ sich dieser wunderschöne Dinosaurier der Schusswaffen nun einmal nicht sichern.

Mit der Schrotflinte über den Schultern, die Arme über Lauf und Griff gelegt, marschierte Ethan dann in den Wald.

Hier war es kälter als in der Stadt.

Ein dicker Nebelteppich schwebte über dem Waldboden.

Der Mond war noch nicht ganz über der Klippenwand aufgestiegen.

Zwischen den Bäumen war es so dunkel, dass er die Taschenlampe brauchte.

Ethan schaltete sie ein und ging tiefer in den Wald hinein. Er versuchte, einen möglichst geraden Weg einzuhalten, um später wieder zurück zur Straße finden zu können.

Er hörte das elektrische Summen schon bevor er es sah – es schien den Nebel wie der lang anhaltende Klang eines Basses zu durchschneiden.

In der Ferne konnte er langsam den Zaun erkennen.

Eine Absperrung, die mitten durch den Wald verlief.

Als er näher kam, zeichneten sich weitere Einzelheiten ab.

Siebeneinhalb Meter hohe Streben, die im Abstand von zwanzig Metern voneinander entfernt standen. Dazwischen Stromkabel, drei Zentimeter dick, mit Dornen besetzt und mit Stacheldraht umwickelt, sowie die entsprechenden Abstandshalter.

Pilchers engste Mitarbeiter waren sich noch immer uneins, ob der Zaun auch bei einem Stromausfall nützlich sein und die Abbys allein aufgrund seiner Größe und des Stacheldrahts abhalten würde. Ethan war jedoch der Ansicht, dass es so gut wie nichts gab, das mehrere Tausend hungernde Abbys davon abhalten würde, sich ihren Weg zu bahnen – selbst wenn der Zaun noch unter Strom stand.

Eineinhalb Meter vom Draht entfernt blieb Ethan stehen.

Er brach zwei niedrig hängende Äste ab und bildete daraus ein X am Boden.

Dann ging er parallel zum Zaun in Richtung Osten.

Nach etwa fünfhundert Metern blieb er stehen und lauschte.

Er hörte das stetige Summen.

Seinen eigenen Atem.

Das Geräusch eines Wesens, das sich auf der anderen Seite des Zauns bewegte.

Schritte auf Piniennadeln.

Gelegentlich das Knacken eines Zweigs.

Ein Hirsch?

Ein Abby?

»Sheriff?«

Als er die Stimme hörte, hatte Ethan das Gefühl, einen Stromschlag zu bekommen, und er riss die Schrotflinte von der Schulter und richtete den Lauf auf Peter McCall.

Der Mann stand in drei Meter Entfernung neben dem Stamm einer riesigen Pinie und trug dunkle Kleidung sowie eine schwarze Baseballkappe. Er hatte sich einen kleinen Rucksack über eine Schulter geschwungen. Daran hingen zwei Plastikmilchflaschen, in die er Wasser gefüllt hatte und in denen es bei jedem seiner Schritte schwappte.

Er trug keine Waffe, soweit es Ethan erkennen konnte, und hatte nur einen sehr krummen Gehstock dabei.

»Großer Gott, Peter. Was machen Sie denn hier draußen?«

Der Mann lächelte, aber Ethan konnte ihm seine Angst deutlich ansehen. »Wenn ich behaupte, dass ich nur einen Spaziergang mache, würden Sie mir das abkaufen?«

Ethan senkte die Schrotflinte.

»Sie sollten nicht hier draußen sein.«

»Ich habe Gerüchte gehört, dass es hier im Wald einen Zaun geben soll. Ich wollte ihn mir schon immer mal ansehen.«

»Tja, hier ist er. Jetzt haben Sie ihn gesehen. Lassen Sie uns zurück in die Stadt gehen.«

»›Bevor ich eine Mauer baue, frag ich mich, was mauere ich ein, was aus.‹ Das hat Robert Frost geschrieben«, sagte Peter.

Ethan hätte ihm am liebsten geantwortet, dass er das wusste und dass er Frost und sogar genau dieses Gedicht erst vor wenigen Stunden gelesen hatte.

»Verraten Sie es mir, Gesetzeshüter«, fuhr McCall fort und deutete auf den Zaun. »Mauern Sie uns ein? Oder sperren wir etwas aus?«

»Es ist Zeit, nach Hause zu gehen, Peter.«

»Ist es das?«

»Ja.«

»Und damit meinen Sie mein Haus in Wayward Pines oder mein richtiges Zuhause in Missoula?«

Ethan kam langsam näher. »Sie sind jetzt seit acht Jahren hier, Peter. Sie sind ein wichtiges Mitglied dieser Gemeinde. Sie leisten einen wichtigen Beitrag.«

»Meinen Sie damit den ›Wayward Light‹? Ach, kommen Sie. Diese Zeitung ist ein Witz.«

»Ihre Familie ist hier.«

»Wo ist hier? Was bedeutet das eigentlich? Ich weiß, dass einige Menschen in diesem Tal Glück und Zufriedenheit gefunden haben. Ich habe versucht, mir das ebenfalls einzureden, aber es war eine Lüge. Ich hätte das schon vor Jahren tun sollen. Ich habe mich selbst verraten.«

»Ich kann nachvollziehen, wie schwer das für Sie ist.«

»Können Sie das? Denn aus meiner Sicht sind Sie gerade mal seit fünf Minuten in Pines. Und bevor man Sie zum Sheriff gemacht hat, konnten Sie gar nicht schnell genug von hier wegkommen. Was hat sich geändert? Haben Sie sich etwa spontan eingelebt?«

Ethan biss die Zähne zusammen.

»Sie waren auf der anderen Seite des Zauns, nicht wahr? Was haben Sie da gesehen? Wie sind Sie zu einem wahren Gläubigen geworden? Ich habe gehört, dass es auf der anderen Seite Dämonen geben soll, aber das ist nur ein Ammenmärchen, oder nicht?«

Ethan stellte die Winchester auf den Boden und lehnte den Lauf an einen Baumstamm.

»Erzählen Sie mir, was da draußen ist«, verlangte McCall zu erfahren.

»Lieben Sie Ihre Familie?«, wollte Ethan wissen.

»Ich muss es wissen. Sie sollten mehr als jeder andere …«

»Lieben Sie Ihre Familie?«

Endlich schien er die Frage zu verstehen.

»Das habe ich früher einmal. Als wir noch richtige Menschen waren und über all das reden konnten, was uns auf dem Herzen lag. Ist Ihnen klar, dass dies die erste richtige Unterhaltung ist, die ich seit Jahren geführt habe?«

»Das ist Ihre letzte Chance, Peter«, entgegnete Ethan. »Kommen Sie mit mir zurück?«

»Meine letzte Chance?«

»Ja.«

»Was passiert sonst? Fangen alle Telefone an zu klingeln? Oder lassen Sie mich persönlich verschwinden?«

»Da draußen gibt es nichts für Sie«, sagte Ethan.

»Zumindest gibt es dort Antworten.«

»Was sind sie Ihnen wert? Ihr Leben? Ihre Freiheit?«

McCall lachte verbittert auf. »Wollen Sie das hier …«,

er deutete hinter sich in Richtung Stadt, »… etwa Freiheit nennen?«

»Ich nenne es Ihre einzige Option, Peter.«

Der Mann starrte einen Augenblick lang zu Boden und schüttelte dann den Kopf.

»Da irren Sie sich.«

»Warum?«

»Sagen Sie meiner Frau und meiner Tochter, dass ich sie liebe.«

»Wieso irre ich mich, Peter?«

»Es gibt nie nur eine Option.«

Seine Gesichtszüge verhärteten sich.

Entschlossenheit zeichnete sich darin ab.

Er rannte so schnell an Ethan vorbei, als wäre er ein Sprinter, der aus den Startblöcken hechtete, und beschleunigte noch, als er gegen den Zaun prallte.

Funken sprühten auf.

Grelle Lichtbogen bohrten sich wie blaue Dolche in McCalls Körper.

Der Stromstoß schleuderte Peter drei Meter nach hinten gegen einen Baum.

»Peter!«

Ethan kniete sich neben dem Mann auf den Boden, aber es war zu spät.

Seine Leiche war mit elektrischen Verbrennungen übersät.

Verschrumpelt und verbrannt.

Regungslos.

Zischte.

Rauchte.

Es stank nach versengter Haut und verbrannten Haaren, und McCalls Kleidung war von kleinen schwelenden Löchern übersät.

»Es ist besser so.«

Ethan wirbelte herum.

Hinter ihm lehnte Pam in der Dunkelheit an einem Baum und lächelte.

Ihre Kleidung war so schwarz wie die Schatten unter den Pinien, nur ihre Augen und ihre Zähne waren zu sehen.

Und ihr hübsches Gesicht.

Pilchers wunderschöner Pitbull.

Sie stieß sich vom Baumstamm ab und kam mit der natürlichen Anmut einer Kämpferin, die sie ja auch war, auf Ethan zu. Grazil. Anmutig. Katzenartig. Völlige Körperkontrolle. Keine unnötigen Bewegungen. Er musste zugeben, dass sie ihm Angst einjagte.

In seinem früheren Leben hatte er es bei seinem Job für den Secret Service mit drei echten Psychopathen zu tun gehabt, und er war davon überzeugt, dass Pam ebenfalls einer war.

Sie ging neben ihm in die Hocke.

»Das ist schon eklig, macht aber auch Appetit auf Grillfleisch. Ist das nicht komisch? Aber keine Sorge, Sie müssen das nicht wegmachen. Sie schicken ein Team her.«

»Deswegen habe ich mir keine Sorgen gemacht.«

»Nicht?«

»Ich habe an die Familie dieses armen Kerls gedacht.«

»Na, wenigstens mussten sie nicht dabei zusehen, wie

er auf der Straße zu Tode geprügelt wird. Und sehen wir den Tatsachen ins Auge – genau darauf wäre es doch hinausgelaufen.«

»Ich dachte, ich könnte ihn überzeugen.«

»Wenn er ein Neuankömmling gewesen wäre, hätten Sie es vielleicht geschafft. Aber Peter ist durchgedreht. Er war acht Jahre lang ein vorbildlicher Bürger. Bis letzte Woche gab es nicht einen negativen Überwachungsbericht über ihn. Dann haut er aus heiterem Himmel mitten in der Nacht mit einem Rucksack voller Verpflegung ab. Da muss schon eine ganze Weile was in ihm gebrodelt haben.« Pam sah Ethan an. »Ich habe gehört, was Sie zu ihm gesagt haben. Sie hätten nichts mehr tun können. Er hatte sich entschieden.«

»Ich hätte ihn aufhalten können. Ich hätte ihm alle Antworten geben können, die er unbedingt haben wollte.«

Pam verzog das Gesicht. »Aber so dumm sind Sie nicht, Ethan, und das haben Sie eben bewiesen.«

»Finden Sie, wir haben das Recht, die Leute gegen ihren Willen in der Stadt festzuhalten?«

»Es gibt keine Rechte mehr. Keine Gesetze. Nur noch Gewalt und Angst.«

»Sollte man nicht von Geburt an gewisse Rechte haben?«

Sie grinste.

»Habe ich das nicht gerade gesagt?«

Mit diesen Worten stand Pam auf und verschwand im Wald.

»Wer wird mit seiner Familie reden?«, rief Ethan ihr hinterher.

»Das ist nicht Ihr Problem. Darum kümmert sich Pilcher.«

»Und was wird er ihnen sagen?«

Pam blieb stehen und drehte sich zu ihm um.

Sie war inzwischen sechs Meter von ihm entfernt und zwischen den Bäumen kaum noch zu sehen.

»Vermutlich das, was er ihnen verdammt noch mal eben sagen will. Gibt es sonst noch was?«

Ethan warf seiner Schrotflinte, die noch immer am Baumstamm lehnte, einen Blick zu.

Was für ein verrückter Gedanke.

Als er sich wieder zu Pam umdrehte, war sie verschwunden.

* * *

Ethan blieb noch eine ganze Weile bei Peter. Irgendwann wurde ihm jedoch bewusst, dass er nicht mehr hier sein wollte, wenn Pilchers Männer kamen, um die Leiche abzuholen. Er rappelte sich auf.

Es fühlte sich gut an, sich vom Zaun zu entfernen, dessen Summen immer leiser wurde.

Schon bald ging er durch den lautlosen Wald und den Nebel.

Das war völlig verrückt, und du hast niemanden, mit dem du darüber sprechen kannst, schoss es ihm durch den Kopf. *Nicht einmal deine Frau. Auch keinen wirklichen Freund. Die einzigen Menschen, die davon wissen dürfen, sind ein Größenwahnsinniger und eine Psychopathin. Und das wird sich auch niemals ändern.*

Nach etwa achthundert Metern kam er zu einer kleinen Anhöhe und gelangte schließlich auf die Straße. Er war nicht auf dem Weg zurückgekehrt, auf dem er hingegangen war, doch sein Bronco stand trotzdem nicht weit von ihm entfernt. Auf einmal war er völlig erschöpft. Er wusste nicht, wie spät es war, aber er hatte einen sehr langen Tag und eine sehr lange Nacht hinter sich, und schon bald würde der Morgen anbrechen.

Als er vor dem Bronco stand, entlud er die Schrotflinte und legte sie wieder in den Wagen.

Er war so müde, dass er am liebsten auf dem Sitz eingeschlafen wäre.

Doch der Gestank der elektrischen Entladung war so stark, dass er ihn vermutlich noch tagelang nicht aus der Nase bekommen würde.

Irgendwann am nächsten Tag würde Theresa ihn fragen, ob alles okay wäre, und er würden lächeln und antworten: »Ja, Schatz. Mir geht es gut. Und wie geht es dir?«

Und sie würde ihn mit ihrem intensiven Blick ansehen, der absolut nicht zu ihren Worten passte, und sagen: »Einfach großartig.«

Er ließ den Motor an.

Wie aus dem Nichts stieg der Zorn in ihm auf.

Er trat das Gaspedal bis zum Boden durch.

Die Reifen quietschten und drehten durch, und der Wagen machte einen Satz nach vorn.

Er raste um die Kurve und die Gerade entlang auf die ersten Häuser der Stadt zu.

Die Tafel widerte ihn jedes Mal, wenn er sie sah, mehr

an: eine Familie mit breitem Grinsen, die wie in einer Sitcom aus den 1950er-Jahren winkte.

WILLKOMMEN IN WAYWARD PINES,
WO DAS PARADIES ZU HAUSE IST

Ethan raste an einem Holzzaun vorbei.

Durch das Beifahrerfenster sah er, wie eine Rinderherde auf der Weide graste.

Eine Reihe weißer Scheunen am Waldrand leuchtete im Sternenlicht.

Er sah wieder durch die Windschutzscheibe.

Der Bronco fuhr über etwas Großes, und Ethan wurde das Lenkrad aus den Händen gerissen.

Das Fahrzeug schleuderte über die Straße und auf den Zaun zu.

Er packte das Lenkrad, riss es herum und spürte, wie die Aufhängung an zwei Reifen flackerte. Eine schreckliche Sekunde lang kreischten die Räder über den Asphalt, während sich der Sicherheitsgurt schmerzhaft in Ethans Schulter drückte.

Er spürte die Schwerkraft in der Brust und im Gesicht.

Durch die Windschutzscheibe sah er die Sterne herumwirbeln.

Sein Fuß war vom Gaspedal gerutscht, und er hörte den Motor nicht mehr jaulen … Drei Sekunden lang herrschte Stille, und nur der Wind heulte, als der Bronco umkippte.

Dann prallte das Dach endlich auf die Straße, und der Knall war ohrenbetäubend.

Metall verzog sich.

Glas splitterte.

Reifen explodierten.

Funken flogen, wo das Metall über den Asphalt rutschte.

Irgendwann kam der Bronco zum Stillstand, aufrecht auf vier Reifen stehend, von denen zwei sogar noch Luft hatten. Dampf stieg aus den Rissen in der Motorhaube auf.

Ethan roch Benzin. Versengtes Gummi. Kühlflüssigkeit. Blut.

Er hatte das Lenkrad so fest umklammert, dass er einen Augenblick brauchte, bis er seine Finger davon lösen konnte.

Aber er saß noch angeschnallt auf seinem Sitz. Sein Hemd war mit Glassplittern übersät. Er schnallte sich ab und stellte erleichtert fest, dass er keine Schmerzen in den Armen hatte. Vorsichtig bewegte er die Beine, und auch hier schien alles in Ordnung zu sein. Die Fahrertür ging nicht auf, aber das Glas war komplett zerbrochen. Er kniete sich auf den Sitz, schob sich durch die Öffnung und fiel auf die Straße. Jetzt spürte er den Schmerz, der sich vom Kopf aus in seinem ganzen Körper ausbreitete.

Mühsam stand er auf.

Schwankte.

Taumelte.

Beugte sich vor und glaubte schon, sich übergeben zu müssen, doch die Übelkeit verging wieder.

Ethan wischte sich Glassplitter aus dem Gesicht, und seine linke Kopfseite schmerzte aufgrund einer Schnittwunde, von der ihm das Blut bereits über den Kiefer und den Hals aufs Hemd lief.

Er nahm den Bronco in Augenschein. Er stand schräg auf der Mittellinie, und die beiden Reifen auf der rechten Seite waren platt, sodass er jetzt nicht mehr wie ein SUV wirkte. Sämtliche Scheiben waren zertrümmert, und an der Seite konnte er lange Kratzer sehen, als hätten die Klauen eines Raubtiers den Wagen bearbeitet.

Taumelnd entfernte er sich von dem Bronco und folgte der Spur aus Benzin, Öl und anderen Flüssigkeiten, die sich wie eine Blutspur über die Straße zog.

Er machte einen großen Schritt über die Blaulichtleiste, die abgerissen worden war.

Ein Seitenspiegel lag am Straßenrand und sah mit den heraushängenden Kabeln aus wie ein ausgerissenes Auge.

In der Ferne muhten Kühe, die die Köpfe erhoben hatten und zur Unfallstelle hinübersahen.

Ethan blieb direkt vor dem Schild stehen und blickte hinab auf das, was da auf der Straße lag und ihn beinahe getötet hatte.

Es sah aus wie ein Geist. Blass. Reglos.

Er humpelte näher, bis er vor ihr stand. Zuerst wollte ihm ihr Name nicht einfallen, aber er hatte diese Frau schon in der Stadt gesehen. Sie hatte in den Gemeindegärten etwas zu sagen. Er schätzte sie auf Mitte zwanzig. Schwarzes schulterlanges Haar. Ponyfrisur. Sie war nackt, und ihre Haut hatte eine hellblaue Farbe angenommen, die an Meereis erinnerte. Sie schien fast in der Dunkelheit zu leuchten. Mit Ausnahme der Löcher. So viele Löcher. Das Muster hatte etwas Klinisches, nichts Verzweifeltes an sich.

Er begann zu zählen, hielt dann jedoch inne. Er wollte es eigentlich gar nicht so genau wissen. Nur ihr Gesicht war unberührt. Ihre Lippen hatten jegliche Farbe verloren, und der größte dunkle Schlitz in der Mitte ihrer Brust sah aus wie ein kleiner Mund, der vor Überraschung aufgerissen war. Möglicherweise war das die tödliche Wunde gewesen. Doch einige andere sahen ebenfalls schwerwiegend aus. Allerdings war nirgendwo Blut zu sehen. Tatsächlich war die einzige andere Spur auf ihrer Haut die Reifenspur, wo sein Bronco über ihren Bauch gerollt war.

Sein erster Gedanke war, dass er die Polizei rufen musste.

Dann fiel ihm ein: *Du bist die Polizei.*

Sie hatten überlegt, einen Deputy einzustellen, doch bisher war es noch nicht dazu gekommen.

Ethan setzte sich auf die Straße.

Der Schock durch den Unfall ließ langsam nach, und er begann zu frieren.

Nach einer Weile stand er auf. Er konnte sie nicht einfach hier liegen lassen, nicht einmal für ein paar Stunden. Er hob die Frau hoch und trug sie von der Straße in den Wald. Sie fühlte sich nicht so kalt an, wie er erwartet hatte. Sie war fast noch warm. Er duckte sich unter den Ästen hindurch und legte sie sanft auf ein Bett aus toten Blättern. Momentan konnte er sie nirgendwo anders hinbringen, aber es fühlte sich falsch an, sie hierzulassen. Er faltete ihre Hände auf ihrem Bauch. Als er nach seinem obersten Hemdknopf griff, merkte er erst, wie stark seine Hände zitterten. Er riss sein Hemd auf, zog es aus und legte es über ihre Leiche.

»Ich komme wieder, das verspreche ich«, murmelte er.

Ethan ging zurück auf die Straße. Kurz überlegte er, ob er den Bronco von der Straße schieben sollte, aber in den nächsten Stunden würde hier ohnehin niemand vorbeikommen. Die Molkerei lieferte erst am Nachmittag aus. Er hatte noch genug Zeit, hier aufzuräumen, bevor die Straße wieder gebraucht wurde.

Ethan marschierte in Richtung Stadt, und die Lichter der Häuser glitzerten im Tal vor ihm.

Alles war so friedlich.

So perfekt und trügerisch friedlich.

* * *

Es dämmerte bereits, als Ethan zu Hause ankam.

Er badete in der Wanne mit den Löwenfüßen im Erdgeschossbad so heiß, wie er es gerade noch ertragen konnte. Wusch sich das Gesicht. Schrubbte das Blut herunter. Die Hitze betäubte den Schmerz in seinem Körper und das Pochen hinter seinen Augen.

* * *

Als Ethan ins Bett ging, wurde es langsam hell.

Die Laken waren kühl, und der Körper seiner Frau war warm.

Er hätte Pilcher längst anrufen müssen. Das hätte er in dem Augenblick tun sollen, in dem er nach Hause gekommen war, aber er war viel zu müde, um noch klar denken zu können. Er brauchte Schlaf, selbst wenn es nur wenige Stunden waren.

»Du bist zurück«, flüsterte Theresa.

Er legte den Arm um sie und zog sie an sich.

Die Rippen auf seiner linken Seite taten weh, wenn er tief Luft holte.

»Ist alles okay?«, fragte sie. Er dachte an Peter, dessen Körper nach dem Elektroschock rauchend und verschmort dagelegen hatte. An die nackte tote Frau mitten auf der Straße. Daran, dass er fast gestorben war und nicht die leiseste Ahnung hatte, was das alles zu bedeuten hatte.

»Ja, Schatz«, antwortete er und zog sie enger an sich. »Alles okay.«

KAPITEL 3

Ethan schlug die Augen auf und wäre beinahe aus dem Bett gesprungen.

Pilcher saß auf einem Stuhl am Fußende des Bettes und sah Ethan über den Rand eines in Leder gebundenen Buches hinweg an.

»Wo ist Theresa?«, wollte Ethan wissen. »Wo ist mein Sohn?«

»Wissen Sie eigentlich, wie spät es ist?«

»Wo ist meine Familie?«

»Ihre Frau ist bei der Arbeit, wo sie auch sein sollte. Ben ist in der Schule.«

»Was zum Teufel haben Sie in meinem Schlafzimmer zu suchen?«

»Es ist früher Nachmittag. Sie sind nicht zur Arbeit gegangen.«

Ethan schloss erneut die Augen, als er einen heftigen Druck an der Schädelbasis spürte.

»Sie hatten eine harte Nacht, was?«, meinte Pilcher.

Mühsam griff Ethan nach dem Glas Wasser, das auf dem Nachttisch stand. Sein ganzer Körper fühlte sich steif und angeschlagen an. Als wäre er in eintausend Stücke zerbrochen und nicht mehr richtig zusammengesetzt worden.

Er trank das Glas leer.

»Haben Sie meinen Wagen gefunden?«, erkundigte er sich.

Pilcher nickte. »Wie Sie sich denken können, haben wir uns große Sorgen gemacht. In der Nähe des Schilds gibt es keine Kameras, daher haben wir nicht gesehen, was passiert ist. Nur das, was danach geschah.«

Das Licht, das durch das Fenster hereinschien, war grell.

Ethan kniff die Augen zusammen.

Er starrte Pilcher an, konnte aber nicht erkennen, welches Buch er in der Hand hielt. Der Mann trug eine Jeans, ein weißes Oberhemd und einen grauen Pullunder. So war er immer gekleidet, wenn er in der Stadt unterwegs war, wo ihn die Leute für den hiesigen Psychologen hielten. Vermutlich machten Pam und er an diesem Tag Krankenbesuche.

»Ich fuhr nach der Sache mit Peter McCall nach Pines zurück. Sie haben bestimmt gehört, was da passiert ist?«, sagte Ethan.

»Pam hat es mir erzählt. Sehr tragisch.«

»Ich habe nur kurz einen Blick auf die Weide geworfen, und als ich wieder nach vorn sah, war da etwas mitten auf der Straße. Ich habe es überrollt, kurz die Kontrolle über den Wagen verloren, und der Bronco hat sich überschlagen.«

»Der Wagen ist schwer beschädigt. Sie haben Glück, dass Sie noch am Leben sind.«

»Ja.«

»Was lag da auf der Straße, Ethan? Meine Männer

haben nichts außer den Trümmern des Bronco gefunden.«

Ethan fragte sich, ob Pilcher wirklich nichts davon wusste. War diese Frau vielleicht eine Wanderin gewesen? Es gab Gerüchte über eine Gruppe von Einwohnern, die ihre Mikrochips entdeckt und rausgeschnitten hatten. Die wussten, wo sich die Kameras befanden und wo es blinde Flecken gab. Menschen, die ihre Chips tagsüber bei sich trugen, aber sie nachts häufig im Bett ließen, damit sie sich ungehindert in der Stadt bewegen konnten. Es hieß, dass sie immer Jacken oder Pullover mit Kapuze trugen, damit die Kameras ihr Gesicht nicht erfassen konnten.

»Es macht mich nervös«, bekannte Pilcher und stand auf, »dass Sie mit dieser einfachen Frage ringen, deren Antwort doch eigentlich kein Problem darstellen sollte. Vielleicht ist Ihr Kopf nach dem Unfall aber auch noch nicht wieder ganz klar. Ist das die Erklärung für die Verzögerung? Aber warum sehe ich, wie es in Ihrem Kopf arbeitet, wenn ich Ihnen in die Augen sehe?«

Er weiß es. Er stellt mich auf die Probe. Vielleicht weiß er aber auch nur, dass sie dort war, aber nicht, wohin ich sie gebracht habe.

»Ethan?«

»Da lag eine Frau auf der Straße.«

Pilcher griff in seine Tasche und zog ein Passfoto heraus.

Er hielt es Ethan vor die Nase.

Sie war es. Ein Schnappschuss. Sie lächelte oder lachte wegen etwas, das man auf dem Bild nicht erkennen konnte. Sie wirkte lebendig. Der Hintergrund war verschwommen, aber anhand der Farben vermutete Ethan, dass es in den Gemeindegärten aufgenommen worden war.

»Das ist sie«, bestätigte er.

Pilchers Gesicht verfinsterte sich. Er steckte das Foto wieder ein.

»Ist sie tot?«, fragte er, wobei er sehr niedergeschlagen klang.

»Sie wurde erstochen.«

»Wo?«

»Überall.«

»Sie wurde gefoltert?«

»Es sah ganz danach aus.«

»Wo ist sie?«

»Ich habe sie von der Straße geschafft«, berichtete Ethan.

»Warum?«

»Weil es mir falsch erschien, sie nackt da liegen zu lassen, wo sie jeder sehen konnte.«

»Wo ist ihre Leiche jetzt?«

»Auf der anderen Straßenseite des Schildes in einem Hain aus Virginia-Eichen.«

Pilcher setzte sich aufs Bett.

»Sie haben sie also weggeschafft, sind nach Hause gekommen und ins Bett gegangen.«

»Vorher habe ich noch ein heißes Bad genommen.«

»Interessante Entscheidung.«

»Was hätte ich denn sonst tun sollen?«

»Mich sofort anrufen.«

»Ich war seit vierundzwanzig Stunden auf den Beinen.

Ich hatte Schmerzen und wollte zuerst ein paar Stunden schlafen. Aber ich hatte vor, Sie sofort nach dem Aufwachen anzurufen.«

»Natürlich, natürlich. Entschuldigen Sie, dass ich an Ihnen gezweifelt habe. Aber das ist keine Kleinigkeit, Ethan. Es hat bisher noch nie einen Mord in Wayward Pines gegeben.«

»Einen nicht sanktionierten Mord, wollten Sie wohl sagen.«

»Kannten Sie diese Frau?«, fragte Pilcher.

»Ich hatte sie schon mal gesehen, kann mich aber nicht daran erinnern, je ein Wort mit ihr gewechselt zu haben.«

»Haben Sie ihre Akte gelesen?«

»Nein, das habe ich nicht.«

»Das liegt daran, dass sie keine Akte hat. Zumindest keine, auf die Sie Zugriff haben. Sie hat für mich gearbeitet. Wir haben sie letzte Nacht im Berg erwartet, weil sie von einer Mission zurückgekehrt ist. Aber sie ist nicht aufgetaucht.«

»Was hat sie für Sie gemacht? Spioniert?«

»Einige meiner Leute leben in der Stadt. Das ist meine einzige Möglichkeit, wirklich zu wissen, was in Wayward Pines vor sich geht.«

»Wie viele?«

»Das ist unwichtig.« Pilcher tätschelte Ethans Bein. »Jetzt machen Sie nicht so ein Gesicht. Sie sind einer von ihnen. Ziehen Sie sich an und kommen Sie nach unten, dann setzen wir dieses Gespräch bei einem Kaffee fort.«

* * *

In einer sauberen, frisch gestärkten Sheriffuniform kam Ethan nach unten und roch sofort den frisch gebrühten Kaffee. Er nahm auf einem Stuhl an der Kücheninsel Platz, während Pilcher die Kanne aus der Kaffeemaschine zog und den Kaffee in zwei Keramikbecher goss.

»Sie trinken ihn schwarz, nicht wahr?«

»Ja.«

Pilcher kam zu ihm herüber und stellte die Tassen auf die Arbeitsplatte.

»Ich habe heute Morgen einen Überwachungsbericht erhalten«, sagte er.

»Um wen ging es dabei?«

»Um Sie.«

»Um mich?«

»Ihr kleiner Temperamentsausbruch gestern im Schlafzimmer hat die Aufmerksamkeit eines meiner Analysten erregt.«

Pilcher hob den Mittelfinger.

»*Darüber* haben Sie einen Bericht erhalten?«

»Ich erhalte einen Bericht über alles, was seltsam erscheint.«

»Sie finden es seltsam, dass ich sauer bin, weil mich Ihre Spione beim Sex mit meiner Frau beobachten?«

»Es ist streng verboten, intime Momente zu beobachten, und das wissen Sie.«

»Ein Analyst hätte nur gewusst, dass es kein intimer Moment mehr war, wenn er uns auch während des intimen Moments zugesehen hätte, oder irre ich mich da?«

»Sie haben genau in die Kamera gesehen.«

»Theresa hat es nicht gesehen.«

»Aber was wäre passiert, wenn sie es mitbekommen hätte?«

»Glauben Sie, es gibt irgendjemanden, der länger als fünfzehn Minuten in dieser Stadt ist und nicht weiß, dass er unter ständiger Beobachtung steht?«

»Es ist mir egal, ob sie es wissen oder vermuten, solange sie es für sich behalten. Solange sie nicht aus der Reihe tanzen. Und dazu gehört, dass sie nie in die Kameras sehen.«

»Wissen Sie, wie schwer es ist, mit seiner Frau zu schlafen, wenn direkt über dem Bett eine Kamera hängt?«

»Das ist mir egal.«

»David …«

»Es ist gegen die Regeln, und das wissen Sie.« Zum ersten Mal konnte man ihm anhören, wie zornig er war.

»Okay.«

»Versichern Sie mir, dass es nie wieder geschehen wird, Ethan.«

»Es wird nicht noch einmal passieren. Aber sollte ich je herausfinden, dass Ihre Analysten uns dabei zusehen, dann gnade ihnen Gott.«

Ethan trank einen großen Schluck Kaffee und verbrannte sich beinahe den Mund.

»Wie fühlen Sie sich, Ethan? Sie scheinen gereizt zu sein.«

»Ich fühle mich ziemlich mitgenommen.«

»Als Erstes werden wir Sie mal ins Krankenhaus bringen.«

»Als ich das letzte Mal in Ihrem Krankenhaus war, haben alle versucht, mich umzubringen. Darauf kann ich durchaus verzichten.«

»Wie Sie wollen.« Pilcher trank einen Schluck und verzog das Gesicht. »Er schmeckt nicht schlecht, aber manchmal würde ich alles dafür geben, in einem Café in Europa zu sitzen und einen anständigen Espresso zu trinken.«

»Ach, kommen Sie, es gefällt Ihnen doch.«

»Was gefällt mir, Ethan?«

»Das, was Sie hier geschaffen haben.«

»Ja, schließlich ist es mein Lebenswerk. Aber das heißt noch lange nicht, dass ich nichts aus der alten Welt vermisse.«

Sie tranken Kaffee, und ihre Stimmung wurde ein wenig besser.

Endlich sagte Pilcher: »Sie war eine gute Frau. Eine großartige Frau.«

»Wie war ihr Name?«

»Alyssa.«

»Sie wussten nicht, wo sie ist, bis ich es Ihnen gesagt habe. Bedeutet das, dass sie keinen Chip hatte?«

»Wir haben ihr gestattet, ihn herauszunehmen.«

»Dann müssen Sie ihr vertraut haben.«

»Bedingungslos. Erinnern Sie sich an die Gruppe, von der ich Ihnen erzählt habe?«

»Die Wanderer?«

»Ich habe sie losgeschickt, um sich bei ihnen einzuschleusen. Diese Leute … Sie haben alle ihre Chips herausgeholt. Sie treffen sich immer nachts. Wir wissen nicht, wo. Wir wissen nicht, wie viele es sind. Wir wissen nicht, wie sie miteinander in Kontakt stehen. Ich konnte sie nicht mit einem Mikrochip hinschicken. Dann hätten sie sie auf der Stelle umgebracht.«

»Dann haben sie sie also aufgenommen?«

»Letzte Nacht sollte ihr erstes Treffen stattfinden. Dann hätte sie alle gesehen, die dazugehören.«

»Sie treffen sich? Wie ist das möglich?«

»Das wissen wir nicht, aber sie haben die Schwachstellen in unserer Überwachung erkannt. Sie haben das System ausgetrickst.«

»Glauben Sie, dass diese Leute für ihren Tod verantwortlich sind?«

»Das müssen Sie herausfinden.«

»*Ich* soll gegen diese Gruppe ermitteln?«

»Ich möchte, dass Sie da weitermachen, wo Alyssa aufgehört hat.«

»Ich bin der Sheriff. Sie werden mich nicht mal in ihre Nähe lassen.«

»Nach Ihrer turbulenten Integration sind sich noch viele unsicher, wem Ihre Loyalität tatsächlich gehört. Wenn Sie es richtig verkaufen, sieht man Sie vielleicht sogar als wertvolles Mitglied an.«

»Sie glauben wirklich, dass diese Leute mir vertrauen würden?«

»Ihre ehemalige Partnerin bestimmt.«

Es wurde sehr still in der Küche.

Nur das Brummen des Kühlschranks war noch zu hören.

Durch ein gekipptes Fenster drangen leise Geräusche – irgendwo in der Nähe spielten Kinder.

Sie riefen: »Du bist dran!«

»Kate ist eine Wanderin?«, fragte Ethan schließlich.

»Kate war Alyssas Kontaktperson. Sie hat ihr gezeigt, wie man den Mikrochip entfernt.«

»Was soll ich tun?«

»Nehmen Sie diskret Kontakt zu Ihrer früheren Flamme auf. Sagen Sie ihr, dass Sie eigentlich gar nicht auf meiner Seite stehen.«

»Was wissen diese Leute, und was wollen sie?«

»Ich glaube, dass sie alles wissen. Dass sie den Zaun überwunden und mit eigenen Augen gesehen haben, was da draußen ist. Dass sie die Herrschaft an sich reißen wollen. Sie suchen aktiv nach neuen Mitgliedern. Auf den letzten Sheriff haben sie drei Attentatsversuche verübt. Vermutlich schmieden sie gerade ähnliche Pläne für Sie. Aus diesem Grund müssen Sie der Sache nachgehen. Das hat oberste Priorität. Ich stelle Ihnen alles zur Verfügung, was Sie brauchen. Sie bekommen uneingeschränkten Zugriff auf die Überwachung.«

»Warum kümmern Sie und Ihre Leute sich nicht darum?«

»Alyssas Tod war ein schwerer Schlag für uns. Im Berg gibt es momentan viele Menschen, die nicht mehr klar denken können. Aus diesem Grund muss ich Sie darum bitten. Und nur Sie allein. Ich hoffe, Ihnen ist klar, was hier auf dem Spiel steht. Was immer Sie auch über die Art denken, auf die ich diese Stadt leite – und ich weiß in etwa, was Sie denken –, es funktioniert nun mal. Hier kann es nie eine Demokratie geben. Es steht zu viel auf dem Spiel, wenn alles vor die Hunde geht. In der Beziehung sind wir uns doch einig, oder nicht?«

»Ja. Sie sind ein sehr gütiger Diktator, der gelegentlich zu Massakern aufruft.«

Ethan hatte geglaubt, dass Pilcher darüber lachen

würde, doch der starrte ihn nur über die Arbeitsplatte hinweg an, während sich der vom Kaffee aufsteigende Dampf vor seinem Gesicht kräuselte.

»Das war ein Witz«, fügte Ethan hinzu.

»Sind Sie nun dabei oder nicht?«

»Ja. Aber ich habe jahrelang mit Kate zusammengearbeitet. Sie ist keine Mörderin.«

»Nichts für ungut, aber Sie waren zu einer anderen Zeit Partner. Sie hat sich verändert, Ethan. Sie ist ein Produkt von Pines, und Sie haben nicht die leiseste Ahnung, wozu sie fähig ist.«

KAPITEL 4

Theresa beobachtete den Sekundenzeiger, der an der Zwölf vorbeizog.

15:20 Uhr.

Sie sortiere die Dinge, die auf ihrem glatten, sauberen Schreibtisch standen, und räumte ihre Handtasche ein.

An den Ziegelsteinwänden ihres Büros hingen Immobilienbroschüren, die nur sehr wenige Menschen je studiert hatten. Die Schreibmaschine benutzte sie nur selten, und Anrufe bekam sie auch so gut wie nie. Den Großteil des Tages las sie Bücher und dachte über ihre Familie und manchmal auch über ihr früheres Leben nach.

Seit ihrer Ankunft in Pines hatte sie sich gefragt, ob dies das Jenseits war. Ihr *Leben danach* war es auf jeden Fall.

Ihr Leben nach Seattle.

Nach ihrem Job als Rechtsanwaltsgehilfin.

Nach einem Leben in einer freien Welt, die trotz aller Komplexität und Tragödien noch Sinn ergab.

Aber in den fünf Jahren, die sie hier verbracht hatte, war sie gealtert, ebenso wie alle anderen. Menschen waren gestorben, verschwunden, ermordet worden. Es waren Babys zur Welt gekommen. Das passte nicht zu ihrer Vorstellung vom Jenseits, aber woher sollte man auch vorher wissen, was einen erwartete, wenn man nicht mehr unter den Lebenden weilte?

Im Laufe der Zeit war ihr mehr und mehr aufgegangen, dass sich Pines eher wie ein Gefängnis als wie das Jenseits anfühlte, aber vielleicht gab es da ja auch keinen wirklichen Unterschied.

Es war ein geheimnisvolles und wunderschönes Urteil auf Lebenszeit.

Jedoch handelte es sich nicht nur um eine körperliche Inhaftierung, da auch die mentalen Einschränkungen gravierend waren. Man durfte nicht über seine Vergangenheit, seine Gedanken oder Ängste sprechen. Man konnte keine wirkliche Beziehung zu einem anderen Menschen aufbauen. Es gab natürlich auch Ausnahmen, aber diese kamen nur selten vor. Ein lang anhaltender Blickkontakt, manchmal sogar mit einem Fremden, dessen Intensität auf den inneren Tumult hinzudeuten schien.

Angst.

Verzweiflung.

Verwirrung.

Wenn das geschah, spürte Theresa zumindest etwas menschliche Wärme und fühlte sich nicht mehr so hilflos und völlig allein. All diese Falschheit machte sie ganz verrückt. Diese erzwungenen Unterhaltungen über das Wetter. Über die neueste Ernte in den Gärten. Warum die Milch später kam. Über irgendetwas Oberflächliches und ja nichts Reales. In Pines gab es nichts als Small Talk, und es war eine der größten Hürden ihrer Integration gewesen, sich an diese Art der Interaktion zu gewöhnen.

Aber an jedem vierten Donnerstag hatte sie früher Feierabend, und für kurze Zeit wurden die Regeln außer Kraft gesetzt.

* * *

Theresa verschloss die Tür hinter sich und ging den Bürgersteig entlang.

Es war ein ruhiger Nachmittag, aber das war nichts Neues.

Es war ja nie anders.

Sie ging an der Main Street entlang in Richtung Süden. Der Himmel war wolkenlos und von einem atemberaubenden Blau. Es war windstill. Keine Autos auf der Straße. Sie wusste nicht, welcher Monat es war – nur die Uhrzeit und die Wochentage zählten –, aber es kam ihr vor wie Ende August oder Anfang September. Das Licht schien auf den Übergang in eine neue Jahreszeit hinzudeuten.

Die Luft war sommerlich mild, das Licht jedoch schon herbstlich golden.

Und die Blätter der Espen verfärbten sich langsam.

* * *

Der Eingangsbereich des Krankenhauses war leer.

Theresa fuhr mit dem Fahrstuhl in den zweiten Stock, betrat den Flur und sah auf die Uhr.

15:29 Uhr.

Der Korridor war lang.

Die fluoreszierenden Lampen an der Decke summten und erhellten den schwarz-weiß gekachelten Boden. Theresa ging etwa bis in die Mitte des Flurs, bis sie zu einem Stuhl kam, der vor einer geschlossenen, nicht gekennzeichneten Tür stand.

Sie nahm Platz.

Das Geräusch der Lampen schien lauter zu werden, je länger sie wartete.

Die Tür neben ihr wurde geöffnet.

Eine Frau kam heraus und lächelte sie an. Sie hatte perfekte weiße Zähne und ein Gesicht, das Theresa ebenso wunderschön wie distanziert fand. Undurchdringlich. Ihre Augen waren noch grüner als Theresas, und sie hatte ihr Haar zu einem Pferdeschwanz gebunden.

»Hi, Pam«, sagte Theresa.

»Hallo, Theresa. Kommen Sie doch rein.«

* * *

Der Raum war langweilig und steril.

Weiße Wände ohne ein Bild oder ein Foto.

Nur ein Stuhl, ein Tisch und ein Liegesofa aus Leder.

»Bitte«, sagte Pam mit beruhigender Stimme, die irgendwie fast schon roboterartig klang, und bedeutete Theresa, sie möge sich hinlegen.

Theresa streckte sich auf der Liege aus.

Pam nahm auf dem Stuhl Platz und schlug die Beine übereinander. Sie trug einen weißen Laborkittel über einem grauen Rock und eine Brille mit schwarzem Rahmen.

»Schön, Sie wiederzusehen, Theresa«, sagte sie.

»Ja.«

»Wie ist es Ihnen ergangen?«

»Ganz okay, würde ich sagen.«

»Ich glaube, wir sehen uns zum ersten Mal seit der Rückkehr Ihres Mannes wieder.«

»Das stimmt.«

»Es muss schön sein, ihn wiederzuhaben.«

»Es ist unglaublich.«

Pam zog einen Kugelschreiber aus ihrer Brusttasche, drehte den Stuhl zum Schreibtisch um, nahm ein Notizbuch, auf dem Theresas Name stand, und meinte: »Höre ich da etwa ein *Aber* kommen?«

»Nein, aber es sind immerhin fünf Jahre vergangen. In der Zeit ist viel passiert.«

»Und jetzt haben Sie das Gefühl, mit einem Fremden verheiratet zu sein?«

»Wir sind eingerostet. Unbeholfen. Und wir können uns natürlich nicht einfach zusammensetzen und über die Situation reden, in der wir uns befinden. Über Pines. Er wird zurück in mein Leben geworfen, und sofort erwartet man, dass wir wie eine perfekte Familie funktionieren.«

Pam schrieb etwas in das Notizbuch.

»Wie passt sich Ethan Ihrer Meinung nach an?«

»An mich?«

»An Sie. An Ben. An seinen neuen Job. An alles.«

»Ich weiß es nicht. Wir können ja schließlich nicht darüber reden. Sie sind der einzige Mensch, mit dem ich überhaupt richtig reden kann.«

»Das stimmt.«

Erneut drehte sich Pam zu Theresa um. »Fragen Sie sich manches Mal, wie viel er weiß?«

»Wie meinen Sie das?«

»Sie wissen genau, wie ich das meine. Ethan war das Ziel eines Fests, und er ist der einzige Mensch in der Geschichte von Pines, der diesem Schicksal entrinnen konnte. Wüssten Sie gern, ob er die Stadt verlassen hat? Was er gesehen hat? Warum er zurückgekehrt ist?«

»Ich würde ihn nie danach fragen.«

»Aber Sie denken schon darüber nach.«

»Natürlich tue ich das. Es ist fast so, als wäre er gestorben und wiederauferstanden. Er kennt die Antworten auf einige Fragen, die mich beschäftigen. Aber ich würde sie ihm niemals stellen.«

»Sind Sie und Ethan bereits intim geworden?«

Theresa spürte, dass sie puterrot wurde, als sie zur Decke hinaufstarrte.

»Ja.«

»Wie oft?«

»Dreimal.«

»Wie war es?«

Das geht Sie einen Scheißdreck an.

Aber sie antwortete: »Die ersten beiden Male war es ziemlich seltsam, aber gestern war es bei Weitem das beste Mal.«

»Sind Sie gekommen?«

»Wie bitte?«

»Deswegen müssen Sie sich nicht schämen, Theresa. Ob Sie einen Orgasmus haben oder nicht, hängt vor allem von Ihrem aktuellen Geisteszustand ab.« Pam grinste.

»Und vielleicht auch von Ethans Einsatzbereitschaft. Als Ihre Psychiaterin muss ich es wissen.«

»Ja.«

»Ja, Sie sind gekommen?«

»Gestern schon.«

Theresa beobachtete, wie Pam einen grinsenden Smiley in ihr Notizbuch malte.

»Ich mache mir Sorgen um ihn«, gestand Theresa.

»Um Ihren Mann?«

»Gestern ist er mitten in der Nacht verschwunden und kam erst im Morgengrauen nach Hause. Ich weiß nicht, wo er gewesen ist. Ich kann ihn auch nicht danach fragen, das ist mir völlig klar. Ich vermute, dass er jemanden gejagt hat, der fliehen wollte.«

»Haben Sie schon mal daran gedacht, von hier wegzugehen?«

»Schon seit einigen Jahren nicht mehr.«

»Wie kommt das?«

»Zuerst wollte ich es. Ich hatte das Gefühl, noch immer in der alten Welt zu leben, und glaubte, dies wäre ein Gefängnis oder ein Experiment. Aber es ist seltsam, je länger ich hierblieb, desto normaler wurde es.«

»Was genau?«

»Nicht zu wissen, warum ich hier bin. Was diese Stadt wirklich ist. Was außerhalb der Stadtgrenzen liegt.«

»Und warum wurde das Ihrer Meinung nach normal für Sie?«

»Vielleicht liegt es daran, dass ich mich anpasse oder dass ich aufgegeben habe, aber mir wurde klar, dass diese Stadt zwar seltsam ist, sich aber nicht so sehr von meinem früheren Leben unterscheidet, wenn ich beides genau miteinander vergleiche. Die meisten Interaktionen in der alten Welt waren ebenfalls unbedeutend und oberflächlich. Ich habe in Seattle als Rechtsanwaltsgehilfin für eine Firma gearbeitet, die Versicherungen dabei geholfen hat, die Menschen um das ihnen zustehende Geld zu bringen. Hier sitze ich den ganzen Tag lang in einem Büro und rede meist mit keiner Menschenseele. Beides sind ähnlich sinnlose Jobs, aber bei diesem hier schade ich wenigstens niemandem. Die alte Welt war voller Mysterien, die ich nicht verstand: das Universum, Gott, was geschieht nach dem Tod. Hier gibt es ebenfalls viele Geheimnisse. Dieselbe Dynamik. Dieselben menschlichen Schwächen. Nur dass hier alles in diesem kleinen Tal geschieht.«

»Dann sind Sie der Meinung, dass alles relativ ist?«

»Kann schon sein.«

»Glauben Sie an ein Leben nach dem Tod, Theresa?«

»Ich weiß nicht einmal, was das bedeutet. Wissen Sie es?«

Pam lächelte nur. Aber es war eine Fassade und hatte nichts Tröstliches an sich. Es war wie eine Maske. Dieser Gedanke schoss Theresa durch den Kopf, und das nicht zum ersten Mal: *Wer ist diese Frau, der ich all meine Geheimnisse anvertraue?* In gewisser Hinsicht war diese Offenbarung Angst einflößend. Aber der Drang, sich tatsächlich mit einem anderen Menschen auszutauschen, war deutlich größer.

»Man könnte sagen, dass ich Pines einfach als eine neue Phase meines Lebens ansehe«, meinte Theresa.

»Was ist das Schwerste daran?«

»Woran? Hier zu leben?«

»Ja.«

»Die Hoffnung.«

»Wie meinen Sie das?«

»Warum atme ich weiterhin ein und aus? Ich vermute, das ist die Frage, die jeder, der an diesem Ort festsitzt, am schwersten beantworten kann.«

»Und wie lautet Ihre Antwort, Theresa?«

»Mein Sohn. Ethan. Ein gutes Buch zu finden. Schneestürme. Aber es ist nicht wie in meinem alten Leben. Es gibt kein Traumhaus, auf das ich hinarbeite. Keinen Lotteriegewinn. Früher habe ich davon geträumt, auf die juristische Fakultät zu gehen und meine eigene Kanzlei zu eröffnen. Meine berufliche Erfüllung zu finden und reich zu werden. Mich mit Ethan an einen Ort zurückzuziehen, an dem es warm ist und wo das klare blaue Meer und ein weißer Strand auf uns warten. Wo es niemals regnet.«

»Und Ihr Sohn?«

Die Decke, die Theresa die ganze Zeit angestarrt hatte, verschwamm auf einmal hinter einem Vorhang aus Tränen.

»Sie hatten vor allem große Hoffnung, was Bens Zukunft betraf, nicht wahr?«, fragte Pam.

Theresa nickte, und als sie blinzelte, liefen ihr zwei Bäche aus Salzwasser aus den Augenwinkeln und über die Wangen.

»Seine Hochzeit?«, hakte Pam nach.

»Ja.«

»Und die großartige Karriere, die ihn glücklich und Sie stolz machen würde?«

»Es ist weitaus mehr als das.«

»Wie meinen Sie das?«

»Wie ich schon sagte, mir geht es um die Hoffnung. Ich habe mir das alles so sehr für ihn gewünscht, aber er wird es nie kennenlernen. Was können die Kinder von Pines schon anstreben? Welche fremden Länder können sie bereisen?«

»Haben Sie je daran gedacht, dass diese Vorstellung von Hoffnung, so wie Sie sie sehen, ein Überrest aus Ihrem alten Leben ist, der hier keine Daseinsberechtigung mehr hat?«

»Wollen Sie damit sagen, dass wir jegliche Hoffnung aufgeben sollen, sobald wir hierherkommen?«

»Nein, sondern dass Sie im Moment leben sollen. Dass man sich in Pines vielleicht schon darüber freuen kann, dass man überlebt hat. Dass Sie weiter ein- und ausatmen, weil Sie es *können*. Genießen Sie die einfachen Dinge, die Sie jeden Tag erleben. All die Schönheit der Natur. Den Klang der Stimme Ihres Sohnes. Ben wird aufwachsen und hier ein glückliches Leben führen.«

»Wie das?«

»Ist Ihnen noch nicht der Gedanke gekommen, dass Ihr Sohn Ihr aus der alten Welt übernommenes Konzept von Glück nicht übernommen hat? Dass er in einer Stadt aufwächst, in der genau die Art des Lebens im Moment kultiviert wird, von der ich gerade gesprochen habe?«

»Aber wir leben so abgekapselt.«

»Dann nehmen Sie ihn und gehen.«

»Ist das Ihr Ernst?«

»Ja.«

»Man würde uns umbringen.«

»Vielleicht gelingt Ihnen aber auch die Flucht. Einige sind gegangen, aber nie mehr zurückgekehrt. Haben Sie nicht vielmehr insgeheim Angst, dass es Ihnen in Pines zwar nicht gefällt, da draußen aber noch tausendmal schlimmer sein könnte?«

Theresa wischte sich über die Augen. »Ja.«

»Noch eine letzte Sache«, meinte Pam. »Haben Sie Ethan schon von dem berichtet, was vor seiner Ankunft passiert ist? Was Ihre … ähm … Lebensumstände betrifft, meine ich.«

»Natürlich nicht. Er ist gerade erst zwei Wochen da.«

»Warum haben Sie es nicht getan?«

»Was würde es denn bringen?«

»Finden Sie nicht, dass Ihr Mann das Recht hat, es zu erfahren?«

»Es würde ihn nur verletzen.«

»Ihr Sohn könnte sich verplappern.«

»Das wird er nicht. Wir haben darüber gesprochen.«

»Als Sie das letzte Mal hier waren, haben Sie Ihre Depression auf einer Skala von eins bis zehn als sieben eingestuft. Wie sieht es heute aus? Geht es Ihnen besser, schlechter oder genauso?«

»Genauso.«

Pam zog eine Schublade auf und nahm ein weißes Fläschchen mit Tabletten heraus.

»Haben Sie Ihre Medikamente genommen?«

»Ja«, log Theresa.

Pam stellte das Fläschchen auf den Tisch. »Eine am Tag, wie zuvor. Sie werden bis zu Ihrem nächsten Termin reichen.«

Theresa setzte sich auf.

Sie fühlte sich, wie immer nach diesen Gesprächen, emotional aufgewühlt.

»Kann ich Sie etwas fragen?«, wollte Theresa wissen.

»Natürlich.«

»Ich vermute, dass Sie mit vielen Leuten reden und sich ihre Ängste anhören. Wird sich dieser Ort jemals wie unsere Heimat anfühlen?«

»Das weiß ich nicht«, entgegnete Pam. »Das liegt ganz bei Ihnen.«

KAPITEL 5

Die Leichenhalle befand sich im Keller des Krankenhauses und war durch eine fensterlose Doppeltür zu erreichen.

Sie lag am Ende des Ostflügels.

Pilchers Männer waren schon vor Ethan mit der Leiche eingetroffen, und sie standen in Jeans und Flanellhemden vor dem Eingang. Der größere der beiden, ein Mann mit nordischen Gesichtszügen, der auch der Leiter von Pilchers Sicherheitsteam war, sah sichtlich mitgenommen aus.

»Danke, dass Sie sie hergebracht haben«, sagte Ethan, als er an ihnen vorbeiging und eine der Türen mit der Schulter aufdrückte. »Sie müssen nicht warten.«

»Wir sollen aber warten«, entgegnete der Blonde.

Ethan drückte die Tür hinter sich zu. In der Leichenhalle roch es so wie in jeder Leichenhalle: antiseptisch, was den Geruch des Todes jedoch nicht ganz unterdrücken konnte.

Der Boden war weiß gekachelt, voller Flecken und senkte sich leicht zu einem Abfluss in der Mitte ab.

Alyssa lag nackt auf dem Autopsietisch aus rostfreiem Stahl.

Der Wasserhahn am Waschbecken dahinter tropfte, und das Geräusch hallte von den Wänden wider.

Ethan hatte die Leichenhalle erst einmal zuvor betreten. Damals hatte es ihm hier schon nicht gefallen, und jetzt, mit einer Leiche, gefiel es ihm noch viel weniger.

Der Raum hatte keine Fenster, und es gab keine andere Lichtquelle als die Lampe über dem Untersuchungstisch.

Alles außerhalb ihres Lichtstrahls verschwand in der Dunkelheit.

Das Tropfen des Wasserhahns wurde noch vom Summen der sechs Kühlfächer übertönt, die sich an der Wand hinter dem Waschbecken befanden.

Eigentlich wusste Ethan gar nicht, was er hier tun sollte. Er war schließlich kein Leichenbeschauer, aber Pilcher hatte darauf bestanden, dass er die Leiche untersuchte und einen Bericht schrieb.

Ethan legte seinen Stetson auf der Organwaage neben dem Waschbecken ab.

Dann zog er die Lampe weiter nach unten.

Die Wunden sahen im grellen Licht sauber aus. Ordentlich. Makellos. Keine zerfetzte Haut. Nichts als mehrere Dutzend dunkle Zeugen der Zerstörung.

Die Haut der jungen Frau war aschfahl.

Er ging methodisch vor und studierte die Einstiche.

Als sie unter diesem grausamen klinischen Licht tot vor ihm auf dem Tisch lag, fiel es ihm zunehmend schwerer, sie als Alyssa zu sehen.

Er hob ihren linken Arm ins Licht und sah sich ihre Hand genauer an. Unter ihren Fingernägeln war Schmutz – oder Blut. Er stellte sich vor, wie sie ihre Hände verzweifelt auf die frischen Wunden gedrückt und versucht hatte, die Blutung zu stoppen.

Doch warum war sie abgesehen von den Eichenblättern in ihren Haaren ansonsten sauber? Ohne eine Spur von Blut oder einen Blutfleck auf der Haut? Auch als er sie auf der Straße gefunden hatte, war sie sauber gewesen. Offensichtlich hatte man sie woanders getötet und dort abgelegt. Aber warum hatten sie ihr Blut abgelassen? Damit sie sie transportieren konnten, ohne eine Spur zu hinterlassen? Oder gab es dafür andere, unheilvolle Gründe?

Ethan sah sich den anderen Arm an.

Danach die Beine.

Er wollte es nicht tun, aber er leuchtete auch kurz zwischen ihre Oberschenkel.

Seine ungeübten Augen konnten keine blauen Flecken oder anderen Wunden entdecken, die auf einen sexuellen Übergriff hindeuteten.

Da er nicht anders konnte, als behutsam mit ihr umzugehen, brauchte er drei Versuche, bis er sie umgedreht hatte.

Ihre Arme fielen klappernd auf den Metalltisch.

Er wischte ihr kleine Steinchen und Schmutz vom Rücken.

Auf der Rückseite ihres linken Beins entdeckte er eine weitere Wunde.

Einen vernarbten Einschnitt.

Er vermutete, dass sie sich hier selbst geschnitten hatte, um den Mikrochip herauszuholen.

Schließlich schob er die Lampe zur Seite und ließ sich

auf dem höhenverstellbaren Stahlstuhl nieder. Die Art, wie sie auf dem kalten Tisch lag, so exponiert und erniedrigt, löste etwas in ihm aus.

Ethan saß in der Dunkelheit und fragte sich, ob Kate das wirklich getan hatte.

Nach einer Weile stand er auf und ging zur Tür.

Pilchers Männer unterbrachen ihre Unterhaltung, als er nach draußen trat. Er sah den großen Blonden an und fragte: »Kann ich kurz mit Ihnen reden?«

»Da drin?«

»Ja.«

Ethan hielt die Tür auf, und der Mann betrat die Leichenhalle.

»Wie heißen Sie?«, wollte Ethan wissen.

»Alan.«

Ethan deutete auf den Stuhl. »Setzen Sie sich.«

»Was soll das?«

»Ich möchte Ihnen ein paar Fragen stellen.«

Alan sah ihn skeptisch an. »Man hat mir gesagt, dass ich sie herbringen und später ins Kühlfach legen soll, wenn Sie mit ihr fertig sind.«

»Tja, ich bin noch nicht fertig.«

»Niemand hat gesagt, dass ich auch Fragen beantworten soll.«

»Bleiben Sie ganz locker und setzen Sie sich.«

Doch der Mann bewegte sich nicht vom Fleck. Er war gute zwölf Zentimeter größer als Ethan und hatte sehr breite Schultern. Ethan spürte, wie sich sein Körper auf einen Kampf vorbereitete, sein Herz schneller schlug und die Kampftrance einsetzte. Er wollte nicht als Erster zuschlagen, aber wenn er das Überraschungsmoment nicht nutzen und Alan in den ersten paar Sekunden niederstrecken konnte, war die Wahrscheinlichkeit hoch, dass ihn dieser wie ein nordischer Gott gebaute Mann zu Brei schlug.

Ethans Kinn sackte einige Zentimeter nach unten.

Eine halbe Sekunde bevor er sich mit den Fußballen abstoßen und seine Stirn ins Gesicht des Mannes rammen konnte, drehte sich Alan um und nahm wie angewiesen Platz.

»Das gehört eigentlich nicht zu meinen Aufgaben«, beharrte Alan.

»David Pilcher, Ihr Boss, hat mir unbegrenzten Zugriff und uneingeschränkte Ressourcen zugesichert, damit ich herausfinde, wer das getan hat. Sie möchten doch, dass ich das herausfinde, oder nicht?«

»Natürlich will ich das.«

»Kannten Sie Alyssa?«

»Ja. Wir sind doch nur einhundertsechzig im Berg.«

»Dann sind sie eine ziemlich eingeschworene Gruppe?«

»Kann man so sagen.«

»Wussten Sie, was Alyssa in Pines gemacht hat?«

»Ja.«

»Dann standen sie beide sich nahe?«

Alan starrte die Leiche auf dem Tisch an, und die Muskeln an seinem Kiefer zuckten vor Wut und Traurigkeit.

»Waren Sie mit ihr intim, Alan?«

»Haben Sie eine Ahnung, was passiert, wenn einhundertsechzig Menschen so dicht beieinanderleben und wissen, dass sie alles sind, was von der Menschheit noch übrig ist?«

»Dann fickt jeder jeden?«

»So ungefähr. In diesem Berg sind wir wie eine Familie. Wir haben schon öfter jemanden verloren, meist waren es Nomaden, die nie zurückgekehrt sind. Vermutlich wurden sie gefressen. Aber so etwas ist noch nie passiert.«

»Dann sind alle ziemlich erschüttert?«

»Allerdings. Ihnen ist doch klar, dass das der einzige Grund ist, aus dem Pilcher Ihnen die Sache übertragen hat, oder? Er hat jeden anderen von den Ermittlungen ausgeschlossen.«

»Weil sie sich rächen würden.«

Ein kaum merkliches, zorniges Grinsen zeichnete sich in Alans Mundwinkeln ab.

»Können Sie sich vorstellen, was für ein Gemetzel ich mit einem Team aus zehn bewaffneten Männern in dieser Stadt anrichten könnte?«

»Ihnen ist doch bewusst, dass nicht jeder in Wayward Pines für ihren Tod verantwortlich ist.«

»Es gibt wie gesagt einen guten Grund dafür, dass Pilcher Ihnen die Sache überlässt.«

»Erzählen Sie mir von Alyssas Auftrag.«

»Ich weiß, dass sie bei den Stadtbewohnern gelebt hat, aber ich kenne eigentlich keine Details.«

»Wann haben Sie sie zum letzten Mal gesehen?«

»Vor zwei Nächten. Manchmal kam Alyssa zurück zum Berg und blieb über Nacht. Ich fand das seltsam. Haben Sie unsere Unterkünfte mal gesehen?«

»Ich glaube schon.«

»Sie haben keine Fenster. Wir wohnen in kleinen, engen, unpersönlichen Räumen. In Pines konnte sie ganz allein in einem Haus wohnen, aber sie hat es wohl vermisst, in ihrem Zimmer im Berg schlafen zu können. Das war typisch für sie. Wenn man bedenkt, wer sie war, dann hätte sie überall leben können. Sie hätte tun können, was sie will. Aber sie hat ihren Beitrag geleistet. Sie war eine von uns.«

»Was meinen Sie damit, wenn Sie sagen: ›Wenn man bedenkt, wer sie war‹?«

»Wissen Sie es denn nicht?«

»Was?«

»Scheiße. Passen Sie auf, es steht mir nicht zu, darüber zu reden.«

»Was entgeht mir hier?«

»Vergessen Sie es, okay?«

Okay. Fürs Erste.

»Wo haben Sie sie das letzte Mal gesehen?«, wollte Ethan wissen.

»In der Kantine. Ich war gerade fertig, als sie reinkam. Sie holte sich was zu essen und kam dann zu mir rüber.«

»Worüber haben Sie gesprochen?«

Alan starrte in die Dunkelheit.

Plötzlich sah er ganz friedlich aus, als wäre die Erinnerung sehr schön.

»Über nichts Besonderes. Nichts Bemerkenswertes. Nur über unseren Tag. Wir lasen beide dasselbe Buch und sprachen darüber, wie es uns gefiel. Auch noch über andere Sachen, aber es ist das Einzige, woran ich mich noch erinnere. Sie war schon seit langer Zeit meine Freundin und manchmal meine Geliebte. Wir kamen gut miteinander aus, und ich wusste nicht, dass ich sie bei dieser Gelegenheit das letzte Mal lebendig zu Gesicht bekommen würde.«

»Sie haben nicht über ihre Arbeit in der Stadt gesprochen?«

»Ich glaube, ich habe sie gefragt, wie es mit ihrer Mission vorangeht. Und sie hat geantwortet, dass es bald vorbei sein würde.«

»Was hat sie Ihrer Meinung nach damit gemeint?«

»Keine Ahnung.«

»Und das war alles?«

»Das war alles.«

»Warum hat Pilcher ausgerechnet Sie gebeten, die Leiche zu transportieren? Das ist doch ziemlich gefühllos, wenn man bedenkt …«

»Ich habe darum gebeten.«

»Oh.«

Leicht genervt stellte Ethan fest, dass er anfing, Alan zu mögen. Er war mit Männern wie ihm in den Krieg gezogen und kannte diese harte Schale, hinter der sich ein anständiger Kern verbarg. Furchtlosigkeit und Loyalität, die mit großer körperlicher Kraft einhergingen.

»Gibt es sonst noch was, Ethan?«

»Nein.«

»Finden Sie heraus, wer das getan hat.«

»Das werde ich.«

»Und tun Sie ihnen weh.«

»Soll ich Ihnen dabei helfen, sie ins Kühlfach zu legen?«

»Nein, das mache ich schon allein. Aber zuerst möchte ich gern noch eine Weile bei ihr sitzen.«

»Natürlich.«

Ethan nahm seinen Hut von der Organwaage. An der Tür drehte er sich noch einmal um und sah, dass Alan mit dem Stuhl an den Autopsietisch herangerückt war und gerade Alyssas Hand nahm.

KAPITEL 6

Theresa saß auf der Veranda und wartete auf ihren Mann.

Der Wind raschelte durch die Blätter der Espe im Vorgarten, und das Licht, das durch die Äste fiel, zauberte wacklige Schatten auf das unfassbar grüne Gras.

Sie entdeckte Ethan, als dieser die Sixth Street herunterkam und dabei langsamer ging als sonst. Er schien zu humpeln und das rechte Bein mehr als das linke zu belasten.

Dann kam er den Steinweg hinauf, und sie konnte deutlich erkennen, dass er bei jedem Schritt Schmerzen hatte, aber die Anspannung in seinem Gesicht verschwand, als er sie sah.

»Du hast Schmerzen«, sagte sie.

»Das ist nichts.«

Theresa stand auf und ging die Stufen herunter und auf den Rasen, der sich an ihren Füßen, an denen sie nur Sandalen trug, bereits kühl anfühlte.

Vorsichtig berührte sie die Schwellung an der linken Seite von Ethans Gesicht, die sich bereits lila verfärbte.

Er zuckte zusammen.

»Hat dich jemand geschlagen?«

»Nein, es ist alles okay.«

»Was ist passiert?«

»Ich hatte einen Autounfall.«

»Wann?«

»Letzte Nacht. Aber es ist keine große Sache.«

»Warst du im Krankenhaus?«

»Mir geht es gut.«

»Willst du dich nicht doch durchchecken lassen?«

»Theresa …«

»Jetzt erzähl mir schon, was passiert ist.«

»Mir ist ein Hase oder so was vor den Wagen gelaufen, und ich habe das Lenkrad zur Seite gerissen, um ihm auszuweichen. Dabei hat sich der Wagen überschlagen.«

»Du hast dich überschlagen?«

»Es geht mir gut.«

»Wir fahren jetzt sofort zum Krankenhaus.«

Er küsste sie auf die Stirn. »Ich fahre nicht ins Krankenhaus. Lass es gut sein. Du siehst wunderschön aus. Was steckt dahinter?«

»Muss irgendetwas dahinterstecken, wenn ich wunderschön aussehe?«

»Du weißt genau, was ich meine.«

»Du hast es vergessen.«

»Das ist durchaus möglich. Ich habe ein paar ziemlich verrückte Tage hinter mir. Was genau habe ich vergessen?«

»Wir sind zum Essen bei den Fishers eingeladen.«

»Das war heute?«

»In fünfzehn Minuten.«

Einen Moment lang glaubte sie schon, er würde vorschlagen, das Essen abzusagen. Konnte er das tun? Besaß er so viel Macht?

»Okay. Ich werde mich nur schnell umziehen. Bin in fünf Minuten wieder da.«

* * *

Theresa hatte sich vor zwei Wochen beim samstäglichen Bauernmarkt mit Mrs Fisher unterhalten – ein kurzer, freundlicher Austausch, nachdem sie beide nach derselben Gurke gegriffen hatten.

Dann hatte an einem Abend in der letzten Woche auf einmal das Telefon der Burkes geklingelt. Die Stimme am anderen Ende hatte sich als Megan Fisher vorgestellt und Ethan und Theresa für den Donnerstag in der darauffolgenden Woche zum Essen eingeladen. Ob sie wohl kommen würden?

Natürlich wusste Theresa ganz genau, dass Megan an diesem Morgen nicht mit dem Wunsch aufgewacht war, neue Freunde zu finden. Sie hatte vielmehr einen Brief erhalten, indem ihr der *Vorschlag* unterbreitet worden war, sich mit den Burkes zu verabreden. Theresa hatte selbst schon einige dieser Briefe erhalten, und sie fand, dass sie auf gewisser Ebene sogar Sinn ergaben. Angesichts der Einschränkungen, denen der zwischenmenschliche Kontakt unterworfen war, wäre sie nie von allein auf den Gedanken gekommen, sich mit ihren Nachbarn zu verabreden. Dafür war alles viel zu angespannt und seltsam.

Da war es doch sehr viel einfacher, in der eigenen, privaten Welt unterzutauchen.

* * *

Theresa und Ethan gingen Hand in Hand die Straße entlang. Theresa hatte sich einen Laib Brot, der noch warm von Backen war, unter den rechten Arm geklemmt.

Da Ben zu Hause blieb, hatte sie irgendwie das Gefühl, als hätte sie sich mit Ethan rausgeschlichen.

Die abendliche Kühle senkte sich langsam auf das Tal herab. Sie waren spät dran, da es bereits einige Minuten nach sieben war. »Dinner mit Hecter« lief bereits, und man konnte die samtenen Töne der Klaviermusik aus jedem offenen Fenster hören.

»Erinnerst du dich noch daran, was Mr Fisher für einen Beruf hat?«, wollte Theresa wissen.

»Er ist Anwalt. Seine Frau ist Lehrerin, Bens Lehrerin.«

Natürlich wusste Theresa, dass sie Bens Lehrerin war, und sie wünschte sich, dass Ethan es nicht erwähnt hätte. Die Schule war ein seltsamer Ort. Kinder zwischen vier und fünfzehn Jahren hatten in Pines zur Schule zu gehen, aber der Lehrplan war ihr ein Rätsel. Sie hatte keine Ahnung, was man ihrem Sohn dort beibrachte. Die Kinder hatten nie Hausaufgaben auf und duften mit niemandem über das sprechen, was sie dort lernten, auch nicht mit ihren Eltern. Ben erzählte nie etwas, und sie wusste ganz genau, dass sie auch nicht nachhaken durfte. Nur wenn die Kinder am Ende des Schuljahres ein Stück aufführten, bekam sie einen Einblick in diese Welt. Das geschah immer im Juni, und diese Feier war in Wayward Pines mindestens so beliebt wie Weihnachten und Thanksgiving. Vor drei Jahren hatte es ein Fest gegeben, weil sich ein Elternteil mit Gewalt Zugang zur Schule verschafft hatte. Sie hätte zu gern gewusst, wie viel Ethan darüber wusste.

»Welches Fachgebiet hat Mr Fisher?« Theresa wusste, dass es eine dumme Frage war. Höchstwahrscheinlich saß Mr Fisher den ganzen Tag lang genauso wie sie in einem Büro, das selten jemand aufsuchte, da seine Dienste so gut wie nie benötigt wurden.

»Ich bin mir nicht sicher«, antwortete Ethan. »Aber das können wir ihn ja gleich fragen.« Er drückte ihre Hand. In der Stimme ihres Mannes lag eine Spur Sarkasmus, was für sie offensichtlich war, aber jemand anderes hätte es vermutlich nicht einmal bemerkt. Sie sah ihn an und grinste. Dieser Blickkontakt machte ihnen beiden klar, dass sie Bescheid wussten, dass sie die Intimität eines Insiderwitzes teilten.

So nah hatte sie sich ihm seit seiner Rückkehr nicht mehr gefühlt.

Sie konnte sich gut vorstellen, ein ganzes Leben damit zu verbringen, diese Verbindung immer wieder aufblitzen zu lassen.

* * *

Die Fishers wohnten in einem gemütlichen Haus am Nordrand der Stadt.

Megan Fisher öffnete die Tür, bevor Ethan überhaupt anklopfen konnte. Sie war Mitte zwanzig und sah in ihrem weißen Kleid mit der Spitzenbordüre sehr hübsch aus. Das braune Haarband, mit dem sie ihr Haar bändigte, hatte dieselbe Farbe wie ihre gebräunten, mit Sommersprossen übersäten Schultern.

Ihr Lächeln erinnerte Theresa an das eines Filmstars:

Es war übertrieben breit, und wenn man zu lange hinstarrte, wirkte es irgendwie nicht mehr real.

»Willkommen in unserem Haus, Theresa und Ethan! Wir freuen uns sehr, dass Sie kommen konnten!«

»Herzlichen Dank für die Einladung«, erwiderte Ethan.

Theresa reichte ihr das Brot, das sie in ein Geschirrtuch eingewickelt hatte.

Megan legte den Kopf schief. »Das wäre wirklich nicht nötig gewesen.« Sie nahm das Brot dennoch entgegen. »Oh, es ist ja noch warm!«

»Es kommt frisch aus dem Ofen.«

»Bitte kommen Sie doch rein.«

Theresa streckte die Hand aus und nahm Ethan den Cowboyhut ab.

»Den nehme ich«, meinte Megan.

Im Haus roch es überaus köstlich nach Essen. Die warme Luft aus der Küche brachte den Geruch von Hähnchen, das mit Knoblauch und Kartoffeln gebraten wurde, mit sich.

Brad Fisher hielt sich im Esszimmer auf und platzierte gerade das letzte der vier Gedecke auf dem schön gedeckten Tisch, auf dem sogar Kerzen standen.

Er kam lächelnd in den Flur und streckte die Hand aus. Theresa schätzte, dass er zwei oder drei Jahre älter war als seine Frau, und er schien noch seine Arbeitskleidung zu tragen: schwarze Budapester, eine graue Hose und ein weißes Hemd ohne Krawatte, dessen Ärmel er halb hochgerollt hatte. Er sah aus wie ein junger Anwalt und strahlte eine harte, aggressive Intelligenz aus.

Ethan schüttelte ihm die Hand.

»Es ist schön, Sie hier zu haben, Sheriff.«

»Es war sehr nett von Ihnen, uns einzuladen.«

»Hallo, Mrs Burke.«

»Sagen Sie doch bitte Theresa.«

»Ich muss noch ein paar Dinge erledigen, bevor wir uns setzen können«, meinte Megan. »Könnten Sie mir wohl in der Küche zu Hand gehen, Theresa? Die Männer können sich ja so lange auf die Terrasse setzen und etwas trinken.«

* * *

Theresa wusch die Salatblätter. Durch das Fenster hinter dem Waschbecken konnte sie sehen, wie Ethan und Brad mit einem Glas Whisky in der Hand auf dem Rasen standen. Sie konnte allerdings nicht erkennen, ob sie sich tatsächlich unterhielten. Der Garten war umzäunt und grenzte direkt an eine Klippe, die sich mehrere Hundert Meter steil nach oben erstreckte und mit steilen, pinienbewachsenen Simsen übersät war.

»Sie haben ein wunderschönes Haus, Megan«, meinte Theresa.

»Vielen Dank, das ist sehr nett von Ihnen.«

»Sie unterrichten in diesem Jahr meinen Sohn, soweit ich weiß.« Das hatte sie eigentlich gar nicht sagen wollen. Die Worte waren einfach so aus ihr herausgesprudelt. Das hätte ein unangenehmer Augenblick werden können, doch Megan rettete sehr elegant die Lage.

»Das stimmt. Ben ist ein sehr netter Junge und einer meiner besten Schüler.«

Mehr sagte sie nicht dazu.

Ihre Unterhaltung kam nicht wirklich in Gang.

Theresa schnitt eine warme Rote Bete in Scheiben.

»Wo soll ich sie hinlegen?«, erkundigte sie sich.

»Werfen Sie sie einfach hier rein.«

Megan reichte ihr eine Holzschüssel, und Theresa gab die Rote Bete hinein, die ihrer Meinung nach sehr angenehm nach Erde roch.

»Sie arbeiten im Immobilienbereich, nicht wahr?«, erkundigte sich Megan.

»Das stimmt.«

»Ich habe Sie schon öfter durch das Schaufenster gesehen, wie Sie an Ihrem Schreibtisch gesessen haben.« Sie beugte sich näher an Theresa heran. »Brad und ich *versuchen* es, wenn Sie wissen, was ich meine.«

»Wirklich?«

»Wenn wir Erfolg haben und uns der Klapperstorch die entsprechende Lieferung zustellt, können wir uns vielleicht auch bald ein größeres Haus suchen. Vielleicht kommen wir dann zu Ihnen und lassen uns die besten Grundstücke zeigen, die es in Pines gibt.«

»Ich würde Ihnen sehr gerne bei der Haussuche helfen«, versicherte ihr Theresa.

Sie konnte diese seltsame Situation, dass sie in Megans Küche stand, als wäre alles ganz normal, noch immer nicht wirklich realisieren. Megan war erst vor wenigen Jahren in die Stadt gekommen und hatte eine katastrophale Integration durchgemacht. Sie hatte zwei Fluchtversuche hinter sich und versucht, dem ehemaligen Sheriff die Augen auszukratzen. Theresa konnte sich noch genau daran erinnern, wie sie eines Nachmittags an ihrem Schreibtisch gesessen und durch das Fenster gesehen hatte, wie Megan am helllichten Tag mitten über die Main Street lief und aus voller Kehle brüllte: »Was zum Henker ist los mit dieser Stadt? Was ist hier los, verdammt noch mal? Das ist doch alles nicht real!« Theresa hatte damit gerechnet, dass es an diesem Abend ein Fest geben würde, aber die Telefone waren still geblieben. Megan verschwand. Drei Monate später sah Theresa sie erneut in der Stadt, als Megan mit einem völlig friedlichen Gesichtsausdruck über den Bürgersteig lief. Kurz darauf fing sie als Lehrerin an der Schule an und heiratete Brad. Bei den darauffolgenden Festen hatte Megan eine entscheidende Rolle gespielt. Sie war sogar mit einem Reifenheber in den Kreis gegangen und hatte auf einen sterbenden Flüchtigen eingeschlagen.

Und jetzt kochten sie hier zusammen, während ihre Männer draußen Whisky tranken.

Eine Frage ging Theresa einfach nicht aus dem Kopf, als sie sich die rot bespritzten Hände wusch.

Wie haben sie dich schließlich gebrochen?

* * *

Ethan starrte zur Klippe hinauf und nippte an seinem Whisky.

Der Highland Single Malt schmeckte großartig. Abgesehen von dem widerlich schmeckenden Bier, das im Biergarten ausgeschenkt wurde, gab es in der Stadt so gut wie nie Alkohol zu kaufen. Ethan glaubte, Pilchers Überlegungen nachvollziehen zu können: Das Leben in Wayward Pines war auch so schon schwer genug. Wenn hier auch noch Alkohol verkauft wurde, konnte es passieren, dass man nach kurzer Zeit eine Stadt voller Betrunkener hatte. Aber hin und wieder ließ Pilcher einige Flaschen mit hochwertigem Inhalt in Umlauf kommen, die dann im Supermarkt verkauft oder in den Restaurants ausgeschenkt wurden. Wenn die Stadt auf dem Trockenen saß, experimentierten auch einige mit Selbstgebranntem.

»Ist der Scotch okay, Ethan?«

Brad Fisher.

Ethan hatte seine Akte erst letzte Woche gelesen.

Geboren in Sacramento.

Juraabschluss in Harvard.

Rechtsberater eines Start-up-Unternehmens aus Palo Alto.

Brad war mit seiner frisch angetrauten Ehefrau auf einem zweiwöchigen Sommer-Roadtrip durch Idaho gekommen, und sie hatten in Wayward Pines übernachtet. Im Bericht hatte nicht genau gestanden, ob Pilcher bei ihnen denselben Autounfall wie bei Ethan und vielen anderen eingefädelt hatte.

Wie alle anderen in Pines waren auch die Fishers achtzehnhundert Jahre später in diesem wunderschönen Gefängnis, das diese Stadt jetzt war, wieder aufgewacht.

Zwei Monate nach ihrer Ankunft war die erste Mrs Fisher auf eine der Klippen am Nordrand der Stadt geklettert und einhundertfünfzig Meter in den Tod gesprungen.

Das war ein schwerer Schlag für Brad gewesen, dessen

Integration ansonsten reibungslos verlaufen war. Keine Fluchtversuche. Kein ungewöhnliches Verhalten. In der Akte des Mannes lag gerade mal ein einziger Überwachungsbericht. Einige Außenkameras hatten ihn später als erlaubt nach einem Streit mit Megan bei einem Spaziergang gefilmt. Letzten Endes war es jedoch als eine NVA (nicht verdächtige Aktivität) eingestuft worden, und Brad war danach nie wieder aufgefallen.

»Wie gefällt Ihnen der neue Job?«, erkundigte sich Brad.

»Ich kann mich nicht beschweren und gewöhne mich langsam an meine Aufgaben. Erzählen Sie mir von Ihrer Anwaltskanzlei.«

»Ach, die ist nichts Besonderes. Besteht nur aus meiner Sekretärin und mir. Ich nenne sie eine ›Türkanzlei‹, weil ich mich um jeden Fall kümmere, der durch die Tür kommt.«

Als ob schon mal jemand durch Ihre Tür gekommen wäre.

Sie standen im Halbdunkeln unter der Klippe und tranken ihren Whisky.

Nach einer Weile meinte Brad: »Manchmal sehe ich da oben auf den Klippen Bergschafe.«

»Wirklich? Ich habe noch nie eins gesehen.«

Sie schwiegen sich weitere zwei Minuten lang an, dann machte Ethan einen Kommentar über den Garten.

Das wiederholte Schweigen war jedoch nicht völlig unangenehm. Ethan begann, langsam zu begreifen, dass diese Phasen, in denen keiner etwas sagte, normal, zu erwarten und sogar unausweichlich waren. Einige Menschen waren von Natur aus besser für diese oberflächlichen Unterhaltungen geeignet als andere. Und es war besser, als auf diesem schmalen Grat zu balancieren und zu versuchen, keines der verbotenen Themen anzusprechen. Man dachte nach, bevor man etwas sagte. Es war fast so, als würde man in einem Sittenroman leben. Ethan war schon einigen Einwohnern begegnet, denen es offenbar leichtfiel, sich ausgiebig über eines der gestatteten Themen zu unterhalten, aber im Allgemeinen verliefen die Gespräche in Pines in einer maßvollen, fast schon mühsamen Geschwindigkeit und hatten nichts mehr mit dem Rhythmus gemein, den man aus der früheren Welt kannte.

Da Ethan schon seit einiger Zeit keinen Alkohol mehr getrunken hatte, stieg er ihm schnell zu Kopf. All seine Sorgen schienen auf einmal nicht mehr so wichtig zu sein. Er stellte das Glas Scotch auf den Zaun und hoffte, dass es nicht mehr lange dauern würde, bis die Frauen das Essen fertig hatten.

* * *

Das Abendessen verlief beinahe angenehm.

Sie führten weiterhin Small Talk, aber die Unterhaltung kam nur wenige Male ins Stocken.

Doch selbst dann war die Stille aufgrund des klappernden Bestecks und Hecter Gaithers Klavierspiel im Röhrenradio nicht unangenehm.

Ethan war sich sicher, dass er diesen Raum schon einmal auf einem von Pilchers Bildschirmen gesehen hatte. Wenn er sich nicht irrte, befand sich eine Kamera in der Decke über dem an der Zwischenwand stehenden Geschirrschrank.

Außerdem wusste er mit Sicherheit, dass Versammlungen von drei oder mehr Personen eine Prioritätsüberwachung von Pilchers Überwachungstechnikern bekamen.

Sie wurden in diesem Moment beobachtet.

* * *

Nach dem Essen spielten sie Monopoly. Brettspiele waren bei Dinnerpartys sehr beliebt. Sie hatten klar definierte Regeln, und man durfte dabei lachen, Witze machen und spontaner miteinander interagieren, während man gleichzeitig das Gefühl hatte, ein gemeinsames Ziel erreichen zu wollen, wobei man miteinander wetteiferte.

Männer gegen Frauen.

Theresa und Megan sicherten sich schon sehr früh die Parkstraße und die Schlossallee.

Ethan und Brad konzentrierten sich auf die Infrastruktur: die Bahnhöfe, das Elektrizitäts- und das Wasserwerk.

Um kurz vor 21:30 Uhr landete Ethan mit seiner Spielfigur auf der Schlossallee.

Er war pleite.

* * *

Die Burkes winkten den Fishers aus der Auffahrt noch einmal zu, als das junge Paar Arm in Arm im Licht der Verandalampe stand. Sie riefen einander zu, dass sie sich köstlich amüsiert hatten und das bald wiederholen wollten.

Dann gingen Theresa und Ethan nach Hause.

Außer ihnen war niemand mehr unterwegs.

Eine Grille zirpte aus einem verborgenen Lautsprecher, als sie an einem Busch vorbeikamen, und Ethan erwischte sich dabei, wie er sich vorstellte, sie wäre wirklich da. Dass alles hier real wäre.

Theresa rieb sich über die Arme.

»Soll ich dir meine Jacke geben?«, fragte Ethan.

»Nein, es geht schon.«

»Ein nettes Paar«, meinte Ethan dann.

»Bitte mach das niemals mit mir, Schatz.«

»Was denn?«

Sie warf Ethan im Dunkeln einen Blick zu. »Du weißt genau, was ich meine.«

»Tue ich nicht.«

»Diese oberflächlichen Unterhaltungen. Blödsinn reden, nur damit kein Schweigen entsteht. Ich tue das jeden Tag meines Lebens und werde das auch weiterhin so machen, wie es mir vorgeschrieben ist. Aber bei dir könnte ich es nicht ertragen.«

Innerlich zuckte Ethan zusammen.

Er fragte sich, ob es in ihrer Nähe irgendein Mikrofon gab, das ihre Unterhaltung aufzeichnete. Nach allem, was er im Berg gesehen oder mithilfe der Überwachungsberichte herausgefunden hatte, wusste er, dass Unterhaltungen im Freien immer noch ein Risiko darstellten. Doch selbst wenn man sie hören konnte, hatte Theresa noch nicht offen gegen eine Regel verstoßen. Allerdings bewegte sie sich gefährlich nahe an eine Grauzone heran, indem sie über die seltsamen Umstände sprach und anmerkte, dass sie mit der Art, wie die Dinge liefen, nicht zufrieden war. Ihre letzten Worte würden zumindest einen Bericht rechtfertigen.

»Sei vorsichtig«, sagte Ethan so leise, dass es kaum mehr als ein Flüstern war.

Sie ließ seine Hand los und blieb mitten auf der Straße stehen, um ihn mit großen Augen, in denen die Tränen schimmerten, anzustarren.

»Bei wem?«, fragte sie. »Bei dir?«

* * *

Mitten in der Nacht klingelte Ethans Telefon.

Er ging nach unten und nahm das Gespräch an.

»Entschuldigen Sie, dass ich so spät anrufe«, sagte Pilcher.

»Schon okay. Ist alles in Ordnung?«

»Ich habe mich heute Abend mit Alan unterhalten. Er sagte, Sie hätten mit ihm in der Leichenhalle gesprochen.«

»Ja, er war sehr hilfreich.«

»Das ist alles sehr schwer«, meinte Pilcher, dessen Stimme auf einmal so belegt klang, als ob er weinen würde. »Ethan, Sie sollten da etwas wissen.«

KAPITEL 7

Cahn Auditorium
Northwestern University
Chicago, 2006

Die eintausend Plätze des Auditoriums waren komplett belegt, und die Lampen, die aus der Orchestergrube heraufleuchteten, brannten in seinen Augen. Vor zwanzig Jahren hätte er bei der Vorstellung, vor einem vollen Haus eine Vorlesung abzuhalten, tagelang Ausschlag bekommen, aber diese Aufregung war längst abgeflaut. Durch diese Vorlesungsreihe bekam er zwar die dringend benötigten Gelder, aber sie brachte ihn der Vollendung seiner Arbeit kein Stück näher. In letzter Zeit verspürte er nur noch den Drang, in seinem Labor zu sein. Ihm blieben nur noch sieben Jahre in dieser Welt, daher zählte jede Sekunde.

Als der Applaus abflaute, zwang er sich zu einem Lächeln, sah von seinen Notizen auf und stützte die Hände auf das Pult.

Die Einleitung konnte er aus dem Gedächtnis abspulen. Tatsächlich kannte er sogar den ganzen Vortrag auswendig, da dies seine zehnte und somit letzte Vorlesung der Reihe war.

Er begann. »Die suspendierte Animation ist kein Konzept, das von der Wissenschaft des einundzwanzigsten Jahrhunderts entwickelt wurde. Wir haben sie nicht erfunden. Wie alle großen Mysterien entspringt sie der Natur. Denken Sie nur einmal an den Samen einer Lotuspflanze. Er kann auch noch nach eintausenddreihundert Jahren aufgehen. Bakteriensporen, die in Bernstein gefunden wurden, waren noch nach zehn Millionen Jahren perfekt erhalten und lebensfähig. Erst vor Kurzem haben Wissenschaftler der West Chester University Bakterien wiederbelebt, die 250 Millionen Jahre tief unter der Erde in Salzkristallen gefangen waren.

Die Quantenphysik scheint anzudeuten, dass Zeitreisen möglich sind, doch obwohl diese Theorien faszinierend sind, lassen sie sich nur auf Partikel auf subatomarer Ebene anwenden. Für echte Zeitreisen braucht man keine Wurmlöcher oder Fluxkompensatoren.«

Die Zuhörer lachten – wie immer zu diesem Zeitpunkt.

Er lächelte in all die Gesichter, die er nicht sehen konnte.

Es war, als wären sie gar nicht da.

Für ihn gab es nur die Energie der Menge, die Lampen und die Wärme, die diese ausstrahlten.

»Es gibt bereits echte Zeitreisen, und es hat sie seit Äonen gegeben, und zwar in der Natur. Als Wissenschaftler müssen wir uns genau diese Phänomene genauer ansehen.«

Seine Präsentation dauerte fünfundvierzig Minuten, und während der ganzen Zeit war er in Gedanken ganz woanders: in der winzigen Stadt Wayward Pines in Idaho, die für ihn mehr und mehr zu einem Zuhause wurde.

Ebenso wie für seinen Sammler Javier, der versprochen hatte, ihm bis zum Jahresende zehn neue »Rekruten« zu liefern.

Da die letzte Phase seiner Forschung angebrochen war und der Verkauf an das Militär bevorstand, wäre die Finanzierung all der Dinge, die folgen sollten, gesichert.

Als er fertig war, beantwortete er die Fragen der Personen, die sich hinter dem Mikrofon im mittleren Gang anstellten.

Die vierte Frage kam von einer Biologiestudentin mit langen schwarzen Haaren. Sie stellte die Frage, die immer wieder während seiner Vorträge gestellt wurde.

»Vielen Dank, dass Sie hergekommen sind, Dr. Pilcher«, sagte sie. »Es war ein Privileg für uns, Sie in diesen Tagen auf unserem Campus zu haben.«

»Das Vergnügen war ganz meinerseits.«

»Sie haben viel über die medizinischen Anwendungsmöglichkeiten der suspendierten Animation gesprochen, um beispielsweise Traumapatienten in Stasis zu halten, bis sie angemessen behandelt werden können. Aber was ist mit dem, was Sie zu Beginn Ihres Vortrags angesprochen haben?«

»Sie meinen die Zeitreisen?«, wollte David wissen. »Die lustigen Anspielungen?«

»Genau.«

»Tja, damit wollte ich Ihre Aufmerksamkeit erregen.«

Alle lachten.

»Es hat funktioniert«, meinte die Studentin.

»Sie möchten wissen, ob es möglich ist.«

»Ja.«

Er nahm die Brille ab und legte sie auf sein in Leder gebundenes Notizbuch.

»Es macht wirklich Spaß, es sich vorzustellen, nicht wahr?«, meinte er. »Es wurden einige erfolgreiche Tests mit Mäusen durchgeführt, die durch Hypothermie deanimiert worden waren, aber wie Sie sich vorstellen können, ist es eine ganz andere Angelegenheit, menschliche Testpersonen zu finden, die sich für derartige Experimente zur Verfügung stellen. Erst recht für einen Langzeitschlaf. Ich denke schon, dass es möglich ist, aber wir sind noch immer Jahrzehnte von der Realisierung entfernt. Vorerst wird die suspendierte Animation als eine Art der Zeitreise für die Menschheit weiterhin nur in schlechten Science-Fiction-Filmen möglich sein.«

* * *

Sie klatschten noch immer, als er die Bühne verließ.

Die junge, übereifrige Begleiterin, die man ihm für seinen gesamten Aufenthalt auf dem Campus zur Seite gestellt hatte, wartete breit lächelnd auf ihn.

»Das war so unglaublich, Dr. Pilcher. O Gott, ich bin so inspiriert.«

»Vielen Dank, Amber. Freut mich, dass es Ihnen gefallen hat. Würden Sie mich bitte zum nächsten Ausgang bringen?«

»Was ist mit der Signierstunde?«

»Ich möchte vorher kurz frische Luft schnappen.«

Sie führte ihn durch die Korridore hinter der Bühne und an Umkleideräumen vorbei zu einer Hintertür, durch die man auf eine Laderampe gelangte.

»Ist alles in Ordnung, Dr. Pilcher?«, erkundigte sie sich.

»Natürlich.«

»Und Sie kommen gleich wieder rein? Ihr Signiertisch wird bereits aufgestellt. Ich möchte mir von Ihnen auch ein Buch signieren lassen.«

»Das lasse ich mir doch auf keinen Fall entgehen.«

David drückte die Tür auf und ging hinaus.

Die Dunkelheit, die Ruhe und die Kälte waren ihm überaus recht.

Der Müllcontainer in der Nähe stank, und er konnte deutlich hören, wie sich die Ventilatoren in den Wärmepumpen auf dem Dach des Auditoriums drehten.

Es war diese Zeit zwischen Thanksgiving und Weihnachten, in der sich das Herbstsemester dem Ende zuneigte, der Geruch toter Blätter in der Luft lag und jeder Campus vor der Examenswoche unheimlich ruhig wurde.

Sein Wagen, ein schwarzer Chevrolet Suburban, parkte in der Gasse, die er entlangging.

Arnold Pope lehnte, in eine North-Face-Jacke gehüllt, an der Motorhaube und las im Schein der Straßenlaterne in einem Buch.

David ging zu ihm hinüber.

»Wie ist es gelaufen?«, fragte Arnold.

»Es ist vorbei, die Tour ist zu Ende, und das ist auch gut so.«

»Ist die Signierstunde schon vorüber?«

»Ich tue mir selbst einen Gefallen und lasse sie ausfallen.«

»Herzlichen Glückwunsch. Dann können wir ja zurück in die Innenstadt fahren.« Arnold klappte sein Taschenbuch zu.

»Noch nicht. Ich möchte noch einen kurzen Spaziergang über den Campus machen. Falls jemand nach mir fragt …«

»Ich habe Sie nicht gesehen.«

»Guter Mann.«

David tätschelte seinen Arm und ging dann weiter die Gasse entlang. Pope war inzwischen seit vier Jahren bei ihm und hatte anfangs nur als Fahrer gearbeitet, war jedoch dank seiner Erfahrung im Gesetzesvollzug von David bald auch als Privatdetektiv eingesetzt worden.

Der Mann war talentiert, fähig und Furcht einflößend.

David wusste inzwischen nicht nur Popes Fähigkeiten als Ermittler, sondern auch seinen Rat zu schätzen. Pope wurde mehr und mehr zu seiner rechten Hand.

Er überquerte die Sheridan Road und stand kurz darauf auf einer Freifläche.

Trotz der späten Stunde brannte noch Licht hinter den Buntglasfenstern der Bibliothek.

Der Himmel war klar, und der Mond ging gerade in der Ferne über den Türmen eines gotischen Bauwerks auf.

Er hatte seinen Mantel im Wagen gelassen, und der kalte Wind, der vom etwa fünfhundert Meter entfernten See herüberwehte, fuhr durch seine Wolljacke.

Aber das war nicht unangenehm.

Er fühlte sich gut.

Lebendig.

Etwa in der Mitte der Deering Meadow stieg ihm auf einmal Zigarettenrauch in die Nase.

Zwei Schritte später wäre er beinahe über sie gestolpert.

Er fing sich gerade noch rechtzeitig und taumelte nach hinten.

Zuerst sah er die glühende Zigarette, und dann, als sich seine Augen an das Dämmerlicht angepasst hatten, konnte er auch die junge Frau erkennen.

»Entschuldigung«, sagte er. »Ich habe Sie nicht gesehen.«

Sie sah ihn an und hatte die Knie an die Brust gezogen.

Während sie an ihrer Zigarette zog, leuchtete die Glut auf, um danach wieder zu verblassen.

Selbst in dem schwachen Licht konnte er erkennen, dass er keine Studentin vor sich hatte.

David kniete sich hin.

Sie sah zu ihm auf.

Er bemerkte, dass sie zitterte.

Der Rucksack, der neben ihr auf dem Rasen lag, war zum Bersten voll.

»Ist alles okay?«, fragte er.

»Ja.«

»Was machen Sie denn hier draußen?«

»Was zum Teufel geht Sie das an?« Sie zog wieder an ihrer Zigarette. »Sind Sie hier Professor, oder was?«

»Nein.«

»Tja, was haben *Sie* dann hier draußen im Dunkeln und in der Kälte zu suchen?«

»Eigentlich nichts, aber ich wollte mal für ein paar Minuten allein sein, um einen klaren Kopf zu bekommen.«

»Das Gefühl kenne ich.«

Als der Mond über den Türmen aufgegangen war, konnte er das Gesicht des Mädchens erkennen.

Ihr linkes Auge war blau, geschwollen und halb geschlossen.

»Jemand hat Sie geschlagen«, stellte er fest und musterte erneut ihren Rucksack. »Sind Sie ganz allein?«

»Natürlich nicht.«

»Ich werde Sie nicht melden.«

Sie rauchte die Zigarette bis auf den Filter herunter. Dann schnippte sie sie ins Gras, zog eine neue aus der Tasche und zündete sie an.

»Das ist nicht gut für Ihre Gesundheit«, sagte David.

Sie zuckte mit den Achseln. »Was kann denn schon passieren?«

»Sie könnten sterben.«

»Als ob das so schlimm wäre.«

»Wie alt sind Sie?«

»Wie alt sind *Sie* denn?«

»Siebenundfünfzig.«

David griff in seine Tasche, zog seine Brieftasche heraus und entnahm ihr alles Bargeld, das er dabei hatte.

»Das sind etwas mehr als zweihundert Dollar …«

»Ich werde Ihnen keinen blasen.«

»Nein, Sie sollen doch nicht … Bitte, nehmen Sie das Geld.«

»Im Ernst?«

»Ja.«

Ihre Hände zitterten vor Kälte, als sie das Geldbündel annahm.

»Haben Sie für heute Nacht einen warmen Platz, wo Sie schlafen können?«

»Klar, da die Hotels Vierzehnjährigen ja problemlos ein Zimmer vermieten.«

»Es ist eiskalt hier draußen.«

Sie grinste schief, und in ihren Augen blitzte es auf. »Ich habe meine Methoden. Keine Sorge, ich werde heute Nacht nicht erfrieren. Aber ich kann mir was Warmes zu essen kaufen. Dank Ihnen.«

David stand auf.

»Wie lange sind Sie schon allein?«

»Seit vier Monaten.«

»Es wird bald Winter.«

»Ich erfriere lieber, als wieder in eine Pflegefamilie zu gehen. Das würden Sie nicht verstehen …«

»Ich bin in einem wunderschönen Viertel in Greenwich, Connecticut, aufgewachsen. In einer niedlichen Kleinstadt, von der man die Grand Central Station in etwa vierzig Minuten mit dem Zug erreichen konnte. Überall Lattenzäune. Kinder, die auf der Straße spielten. Das war in den 1950ern. Sie werden vermutlich nicht wissen, wer Norman Rockwell ist, aber diesen Ort hätte er bestimmt gemalt. Als ich sieben Jahre alt war, ließen mich meine Eltern an einem Freitagabend beim Babysitter. Sie wollten in die Stadt fahren, essen gehen und sich eine Show ansehen. Sie sind nie zurückgekehrt.«

»Sie haben Sie verlassen?«

»Sie kamen bei einem Autounfall ums Leben.«

»Oh.«

»Man weiß nie, was andere Menschen so für eine Lebensgeschichte haben.«

Er ging weg, und seine Hosenbeine streiften das feuchte Gras.

»Sie können ruhig die Cops rufen, aber ich werde nicht mehr hier sein, wenn sie herkommen«, rief sie ihm nach.

»Ich werde die Polizei nicht benachrichtigen«, erwiderte David.

Nach zehn weiteren Schritten blieb er stehen.

Er drehte sich um.

Dann ging er wieder zurück.

Er kniete sich wieder vor sie hin.

»Ich wusste doch, dass Sie so ein Scheißperverser sind«, sagte sie.

»Nein, ich bin Wissenschaftler. Passen Sie mal auf: Ich könnte Ihnen einen Job geben. Einen warmen Ort zum Schlafen. Sicherheit vor allem, was auf der Straße passieren kann, den Cops, Ihren Eltern, dem Jugendamt oder wovor auch immer Sie davonlaufen.«

»Lassen Sie mich in Ruhe.«

»Ich wohne in der Innenstadt, im Drake Hotel. Mein Nachname lautet Pilcher. Ich werde für Sie ein eigenes Zimmer nehmen, falls Sie Ihre Meinung ändern.«

»Da sollten Sie sich lieber nicht drauf verlassen.«

Er stand wieder auf.

»Tun Sie, was Sie für richtig halten. Ich bin übrigens David.«

»Schönes Leben noch, David.«

»Wie heißen Sie?«

»Was geht Sie das an?«

»Das ist mir selbst nicht so ganz klar.«

Sie verdrehte die Augen und stieß den Zigarettenrauch aus.

»Pamela«, sagte sie dann. »Pam.«

* * *

Leise betrat David seine Suite und hing seinen Mantel an die Garderobe neben der Tür.

Elisabeth saß im sanften Licht einer Deckenlampe auf dem Ledersessel neben dem Fenster.

Sie war zweiundvierzig Jahre alt und hatte kurzes blondes Haar, das erste silberne Strähnen aufwies.

Eine umwerfende Schönheit.

»Wie ist es gelaufen?«, wollte sie wissen.

Er beugte sich zu ihr herunter und küsste sie. »Es war super.«

»Bedeutet das, dass du jetzt fertig bist?«

»*Wir* sind fertig und können nach Hause.«

»Damit meinst du den Berg.«

»Das ist jetzt unser Zuhause, Schatz.«

David ging hinüber zum Fenster und zog die schweren Vorhänge zurück. Doch er konnte die Stadt nicht sehen, nur die Lichter des spätabendlichen Verkehrs auf dem Lake Shore Drive und die schwarze Ausdehnung des Sees dahinter, der in der Dunkelheit verschwand.

Er ging durch die Suite und öffnete leise die Schlafzimmertür.

Huschte hinein.

Seine Schritte waren auf dem dicken Teppich nicht zu hören.

Es dauerte einen Moment, bis sich seine Augen an die Dunkelheit gewöhnt hatten. Dann sah er sie. Sie hatte sich auf dem riesigen Bett zusammengerollt und alle Bettdecken heruntergeschoben. Sanft legte er sie wieder in die Mitte der Matratze, deckte sie wieder zu und schob ihr ein Kissen unter den Kopf.

Sein kleines Mädchen atmete einmal schwer ein, wachte jedoch nicht auf.

Er beugte sich vor, küsste sie auf die Stirn und flüsterte: »Träum was Schönes, süße Alyssa.«

Als er die Schlafzimmertür wieder öffnete, stand seine Frau davor.

»Was ist los, Elisabeth?«

»Es hat eben an der Tür geklopft.«

»Wer war es?«

»Ein Mädchen im Teenageralter. Sie sagte, ihr Name wäre Pam und dass du gesagt hättest, sie solle herkommen. Sie wartet auf dem Flur.«

II

KAPITEL 8

Tobias band seinen Biwaksack los und stieg von der Pinie. Im schwindenden Licht hastete er durch den Steinkreis und drückte das Feuerzeug an sich, während er all seinen Mut zusammennahm. Es war ein Risiko, so war es immer. Doch es war Wochen her, dass er den Schein eines Feuers gesehen hatte. Damals hatte er Piniennadeln in einen Topf mit kochendem Wasser geworfen, um endlich mal wieder etwas Warmes in den Bauch zu bekommen. Er hatte das Gebiet gründlich erforscht. Keine Fußabdrücke. Kein Kot. Nichts, was darauf hindeutete, dass hier jemand anderes als das Reh mit den beiden Kitzen gewesen war. Er hatte auch ein Büschel weißer Haare in den Dornen eines Himbeerbuschs gefunden.

Er ließ einen Funken auf den Zunder überspringen. Eine gelbe Flamme flackerte auf und bohrte sich in die aufgeschichteten Clematiszweige, die auf dem nackten Ast einer toten Tanne lagen. Die trockenen rostfarbenen Nadeln brannten sofort, und Rauch stieg von seinem kleinen Feuer auf.

Sein Herz war von einer urtümlichen Freude erfüllt.

Rasch schichtete Tobias einen Kegel aus Stöcken über den auflodernden Flammen auf und hielt die Hände in die Wärme. Er hatte seit seiner letzten Flussüberquerung nicht mehr gebadet, und das war schon über einen Monat her. Dabei hatte er sein Spiegelbild in dem glasklaren Wasser gesehen: Sein Bart reichte ihm bis zum Brustbein, und seine Haut war mit Dreck überkrustet. Er sah aus wie ein Höhlenmensch.

Tobias legte einen Ast auf das Feuer und lehnte sich an einen Baum. In diesem kleinen Pinienhain fühlte er sich relativ sicher, aber er musste sein Glück ja nicht überstrapazieren, da er das in der Vergangenheit schon viel zu oft getan hatte.

Auf dem Boden seines Kelty-Rucksacks fand er den Ein-Liter-Titan-Wasserkessel, den er bis zur Hälfte mit dem Wasser aus seiner letzten Flasche füllte.

Er warf einige streng duftende Piniennadeln hinein, die er frisch gepflückt hatte.

Danach lehnte er sich wieder zurück, um darauf zu warten, dass sein Tee kochte, und fühlte sich seit einer Ewigkeit endlich mal wieder halbwegs wie ein Mensch.

* * *

Er trank seinen Tee und ließ das Feuer ausgehen. Bevor es komplett erloschen war, nahm er noch schnell den Inhalt seines Rucksacks unter die Lupe.

Sechs Ein-Liter-Wasserflaschen, von denen nur noch eine halb voll war.

Ein Feuerzeug.

Ein Verbandskasten mit seiner letzten Schmerztablette.

Ein wasserdichter Beutel mit gedörrtem Büffelfleisch.

Eine Pfeife, ein Päckchen Streichhölzer und der letzte Rest seines Tabaks, den er sich für seinen letzten Abend in der Wildnis aufsparte, falls dieser jemals kommen sollte.

Seine letzte Schachtel mit .30-30-Winchester-Patronen.

Ein .357er »Smith & Wesson«-Revolver, für den ihm schon vor über einem Jahr die Munition ausgegangen war.

Ein Angelhaken.

Ein in Leder gebundenes Tagebuch, das er in Plastik eingeschweißt hatte.

Er nahm ein Stück Dörrfleisch heraus und kratzte den Schimmel herunter. Dann gestattete er sich fünf kleine Bissen, bevor er den Rest in die Tüte zurücksteckte. Er trank den Tee aus und packte alles wieder ein. Als er den Rucksack erneut geschultert hatte, stieg er die sechs Meter zu seinem Sitzplatz in der Pinie hoch und brachte den Rucksack wieder an einem Ast an.

Nachdem er sich die Wanderstiefel ausgezogen hatte, deren Sohlen schon längst abgelaufen waren und deren Leder sich langsam auflöste, schnürte er auch sie am Baum fest. Er zog die Arme aus seiner Barbour-Jacke. Sie hätte schon vor Monaten gewachst werden müssen, aber bis jetzt hielt sie ihn noch trocken.

Dann schlängelte er sich in den Biwaksack und schloss den Reißverschluss.

Himmel, er stank wirklich schrecklich. Es war ja fast so, als würde er seinen eigenen Moschusgeruch entwickeln.

Sein Verstand kam einfach nicht zur Ruhe.

Die Chancen, dass ein Rudel auf diesen Pinienhain

stieß, waren sehr gering. Eine kleine Gruppe oder ein einsamer Wanderer waren da wahrscheinlicher.

Das Biwak im Baum stellte eine ebenso gute wie schlechte Lösung dar.

Gut war, dass man ihn in dieser Position nicht sofort sehen konnte. Schon zahllose Male hatte er mitten in der Nacht einen Ast knacken hören und sich leise zur Seite gerollt, um in sechs oder sieben Metern unter sich einen Abby zu entdecken, der unter ihm vorbeischlich.

Schlecht war jedoch, dass er Geschichte wäre, falls je einer nach oben sehen sollte.

Er griff nach unten und berührte den glatten, mit Leder umwickelten Griff seines Bowiemessers.

Das war die einzige echte Waffe in seinem Arsenal. Die Winchester würde ihm im Nahkampf nur den Tod bringen, und er nutzte sie jetzt nur noch, um sich seine eigene Nahrung zu erjagen.

Er schlief immer mit einer Hand am Messer und wachte manchmal nach Mitternacht im Dunkeln auf, weil er es wie einen Talisman umklammerte. Es war schon seltsam, dass ein derartiges Objekt eine ebenso beruhigende Wirkung auf ihn ausübte wie die Erinnerung an seine Mutter.

* * *

Dann war er wach. Er konnte den Himmel durch die Äste über sich sehen.

Sein Atem bildete in der Kälte kleine Wölkchen.

Mit Ausnahme des langsamen Klopfens seines Herzens war es totenstill.

Er reckte den Hals und starrte auf die Überreste seines Lagerfeuers herab.

Weißer Rauch stieg von der Asche auf.

* * *

Tobias wischte den Tau vom Lauf seines Gewehrs und schulterte sein Gepäck. Er ging zum Rand des Hains und hockte sich neben einige junge Schösslinge.

Es war verdammt kalt.

Der erste Frost des Winters würde nur noch eine oder zwei Nächte auf sich warten lassen.

Er holte einen Kompass aus der Hosentasche und ging in Richtung Osten. Eine Reihe von Wiesen und Wäldern stieg nach und nach an und führte zu einer Bergkette, die vermutlich achtzig bis neunzig Kilometer entfernt war. Er hoffte, dass es sich um die Überreste von dem handelte, was früher der Sawtooth-Berg genannt wurde.

Wenn dem so war, war er fast zu Hause.

Er schwang das Gewehr auf die Schulter, starrte durch das Teleskop-Zielfernrohr und suchte das Gelände vor sich ab.

Es war windstill.

Die Gräser auf dem offenen Feld bewegten sich kein bisschen.

In drei Kilometer Entfernung entdeckte er Bisons, eine Kuh und ihr Kalb, die dort grasten.

Der nächste Waldabschnitt musste sich in etwa vier Kilometer Entfernung befinden. Das bedeutete, dass er sich lange Zeit im Freien aufhalten musste. Mit dem

Gewehr auf der Schulter verließ er den Schutz der Bäume.

Nach zweihundert Metern drehte er sich noch einmal zu dem Pinienhain um, der hinter ihm langsam kleiner wurde.

Er hatte dort eine angenehme Nacht verbracht.

Er hatte ein Feuer gemacht, Tee getrunken und so gut geschlafen, wie es in der Wildnis nur möglich war.

Nun ging er durch das Sonnenlicht und fühlte sich stärker als seit Tagen.

Mit dem schwarzen Bart, dem schwarzen Cowboyhut und dem schwarzen Mantel, der ihm bis zu den Fußknöcheln reichte, sah er aus wie ein vagabundierender Prophet, der ausgeschickt worden war, um die Welt zu bekehren.

Und in gewisser Weise war er das vielleicht sogar.

Dies war Tag eintausendzweihundertsiebenundachtzig seiner Reise.

Dabei hatte er es im Westen bis zum Pazifik und im Norden bis hoch zu der Stelle geschafft, an der sich einst die riesige Hafenstadt Seattle befunden hatte.

Gut ein Dutzend Mal wäre er beinahe ums Leben gekommen.

Er hatte vierundvierzig Abbys getötet. Neununddreißig mit dem Revolver und drei mit dem Bowiemesser. Zwei im Nahkampf, den er beide Male fast verloren hätte.

Und jetzt wollte er einfach nur noch nach Hause.

Nicht nur wegen des warmen Betts, das auf ihn wartete, und der Vorfreude darauf zu schlafen, ohne ständig in Lebensgefahr zu sein. Nicht nur wegen des Essens und um mit der Frau zu schlafen, die er liebte, wovon er schon so lange träumte.

Sondern auch, weil er viel zu berichten hatte.

Himmel, er musste ihnen wichtige Neuigkeiten überbringen.

KAPITEL 9

Ethan folgte Marcus hinunter auf den Korridor von Etage 2, wo sie an den mit »Labor A«, »Labor B« und »Labor C« beschrifteten Türen vorbeigingen.

Kurz vor Ende des Gangs, als die Treppe schon zu sehen war, blieb Ethans Begleiter vor einer Tür stehen, in die eine runde Glasscheibe eingelassen war.

Marcus zog seine Schlüsselkarte aus der Tasche.

»Ich weiß nicht, wie lange ich brauchen werde«, meinte Ethan, »aber ich lasse Sie benachrichtigen, wenn ich in die Stadt zurückkehren möchte.«

»Das wird kein Problem sein, da ich die ganze Zeit nicht von Ihrer Seite weichen werde.«

»Doch, das werden Sie.«

»Sheriff, meine Befehle …«

»Weinen Sie sich bei Ihrem Boss aus. Sie sind vielleicht mein Fahrer, aber nicht mein Schatten. Nicht mehr. Sie können mir in der Zwischenzeit Alyssas Berichte über ihre Mission besorgen.«

Ethan nahm dem jungen Mann die Schlüsselkarte aus der Hand, zog sie durch das Lesegerät und drückte sie ihm wieder an die Brust.

Dann trat er über die Schwelle, drehte sich um und

starrte seinen Begleiter an, um ihm die Tür vor der Nase zuzumachen.

Im Raum war es nicht dunkel, aber das Licht war gedämpft – wie in einem Kino fünf Minuten bevor der Film anfängt. An der gegenüberliegenden Wand leuchteten fünfundzwanzig in Fünferreihen platzierte Monitore. Rechts davon befand sich eine weitere Tür, die man auch nur mit einer Schlüsselkarte öffnen konnte. Bisher hatte Ethan noch nie Zutritt zum Überwachungsraum erhalten.

Ein Mann mit Kopfhörer drehte sich auf seinem Stuhl um.

»Man hat mir gesagt, dass Sie mir helfen können«, sagte Ethan.

Der Mann stand auf. Er trug ein kurzärmeliges Hemd mit einer Clipkrawatte. Zurückweichender Haaransatz. Schnurrbart. Ein Kaffeefleck auf dem Kragen. Er sah aus, als würde er in der Bodenkontrolle einer Raketenbasis arbeiten, und der Raum strahlte auch die entsprechende Atmosphäre aus.

Ethan näherte sich, reichte dem Mann aber nicht die Hand.

»Sie wissen vermutlich eine Menge über mich, aber ich kenne nicht mal Ihren Namen«, sagte er.

»Ich bin Ted, der Leiter der Überwachungsgruppe.«

Ethan hatte versucht, sich auf diesen Moment vorzubereiten. Für den Augenblick, in dem er Pilchers Nummer drei traf, den Mann, der die Menschen in Wayward Pines in ihren intimsten Momenten belauschte. Der Drang, ihm die Nase zu brechen, war stärker, als Ethan erwartet hatte.

Haben Sie Theresa und mich beim Sex beobachtet?

»Sie versuchen, Alyssas Mörder zu finden?«, fragte Ted.

»Genau.«

»Sie war eine tolle Frau. Ich werde tun, was ich kann, um Ihnen zu helfen.«

»Das höre ich gerne.«

»Bitte setzen Sie sich.«

Ethan folgte Ted zu den Bildschirmen, und sie setzten sich beide auf Drehstühle. Die Steuerungstafel sah aus, als könnte man damit auch ein Raumschiff fliegen. Vor ihm lagen mehrere Tastaturen und Touchscreens, die moderner wirkten als alles, an das sich Ethan aus seiner Welt erinnerte.

»Bevor wir anfangen, würde ich Sie zuerst gerne etwas fragen«, begann Ethan.

»Nur zu.«

»Sie sitzen den ganzen Tag hier und belauschen das Privatleben anderer Leute, ist das richtig?«

Teds Augen schienen sich zu umwölken – schämte er sich etwa dafür?

»So ist es.«

»Wussten Sie von Alyssas Mission in der Stadt?«

»Ja.«

»Okay, kommen wir zu meiner Frage: Sie haben hier das modernste Überwachungssystem, das ich je gesehen habe. Wie kommt es, dass Sie den Mord an ihr nicht mitbekommen haben?«

»Wir können hier nicht alles sehen, Mr Burke. Es gibt in der Stadt mehrere Tausend Kameras, aber die meisten befinden sich in den Häusern. Als Pines vor vierzehn

Jahren zum Leben erweckt wurde, war das Außennetzwerk weitaus größer, aber die Elemente haben beträchtliche Schäden angerichtet. Viele Kameras wurden zerstört, sodass unsere Sicht drastisch eingeschränkt wurde.«

»Dann ist das, was Alyssa zugestoßen ist …«

»An einer Stelle passiert, an der wir nichts sehen konnten.«

»Wissen Sie denn genau, wo sich diese blinden Flecken befinden?«

Ted konzentrierte sich daraufhin auf die Steuerung, und seine Finger tanzten rasend schnell über die verschiedenen Touchscreens.

Die Kamera-Feeds verschwanden.

Die fünfundzwanzig Bildschirme schienen zu verschmelzen, als sie nur noch ein einziges Bild darstellten: eine Luftaufnahme von Wayward Pines.

»Hier sehen wir die Stadt und das Tal«, erklärte Ted. »Im Prinzip jeden Quadratmeter Boden innerhalb der Grenzen des Elektrozauns. Wir können überall reinzoomen.« Das Bild der Schule wurde vergrößert, und der Spielplatz war jetzt deutlich zu erkennen.

»Ist das in Echtzeit?«, erkundigte sich Ethan.

»Nein. Dieses Foto wurde vor Jahren aufgenommen. Aber es stellt das Gitter dar, auf dem unser Tracking basiert.«

Ted tippte mit den Fingerspitzen auf den Bildschirm.

Das Bild wurde von einer anderen Anzeige überlagert, die den Großteil der Stadt abdeckte.

Ted deutete auf die Bildschirme.

»Dort, wo Sie diese Einblendung sehen, haben wir

momentan einen von Mikrochips ausgelösten Echtzeit-Kamera-Feed. Aber auch innerhalb dieser Flächen gibt es schwarze Flecken.« Er tippte auf seine Bedienelemente, und ein einziges Haus wurde angezeigt. Dann wechselte die Ansicht zu einer dreidimensionalen Straßenansicht. Er wischte einmal mit dem Finger, und die viktorianischen Fenster und Wände verschwanden, sodass jetzt eine interaktive Plandarstellung zu sehen war.

»Ihnen wird auffallen, dass es innerhalb dieses Hauses drei blinde Flecken gibt. Aber …«, die Einblendung wurde durch ein durchgehend rotes Bild ersetzt, »… es gibt keine ›tauben Flecken‹. Dieses Haus ist wie alle anderen in der Stadt mit ausreichend vielen Mikrofonen ausgestattet, dass wir alles hören, was lauter als dreißig Dezibel ist.«

»Wie laut sind dreißig Dezibel?«

»Etwa so laut wie eine Unterhaltung in einer Bücherei«, antwortete Ted flüsternd. Er wechselte wieder zur Luftbildaufnahme von Pines mit der ersten Einblendung. »Abgesehen von einigen blinden Flecken in jedem Haus ist der Großteil der Innenräume in Pines gut verdrahtet. Aber sobald man ins Freie geht, arbeitet das System nicht mehr einwandfrei, selbst in der Stadt nicht. Sehen Sie sich die schwarzen Bereiche an. Da ist ein Garten, in dem wir überhaupt keine visuelle Überwachung haben. Der Friedhof ist eine Katastrophe. Dort gibt es nur vereinzelt einige Kameras. Und je weiter man sich vom Stadtzentrum entfernt und in Richtung Klippen geht, desto schlimmer wird es. Sehen Sie diese blinden Flecken auf der Südseite? Das sind acht Hektar Terrain, die wir überhaupt nicht überwachen können. In der Theorie haben wir jedoch eine Möglichkeit, das auszugleichen.«

Ted drückte einige Tasten.

Eine neue Einblendung verschmolz mit der vorherigen.

Darauf waren Hunderte roter Punkte zu sehen.

Der Großteil davon befand sich in einem Radius von sechs Blöcken in der Nähe des Stadtzentrums.

Einige bewegten sich.

»Erkennen Sie es?«, wollte Ted wissen.

»Das sind die Mikrochips.«

»Wir erfassen vierhundertsechzig Signale. Eines fehlt.«

»Weil ich mich hier bei Ihnen aufhalte?«

»Genau.«

Ted bewegte den Cursor über einen unbeweglichen Punkt in einem Gebäude an der Main Street. Er tippte auf den Touchscreen, und eine Textblase erschien.

»Brad Fisher«, las Ethan.

»Soweit ich weiß, haben Sie gestern mit Brad und seiner Frau zu Abend gegessen. Es ist 10:11 Uhr, und Mr Fisher sitzt in seiner Kanzlei. Er ist genau da, wo er auch sein sollte. Allerdings gibt es einige Mittel und Wege, diese Daten zu manipulieren.«

Mit Ausnahme von Fishers Anzeige verschwanden alle vom Bildschirm.

Die Zeitanzeige am unteren Bildschirmrand begann rückwärtszulaufen.

Sein Punkt bewegte sich aus dem Gebäude, die Main Street in Richtung Norden entlang und in sein Haus.

»Wie weit können Sie zurückgehen?«, wollte Ethan wissen.

»Bis zurück zu Fishers Integration.«

Der rote Punkt raste durch die Stadt.

Die Monate vergingen.

Dann Jahre.

»Und ich kann sogar eine Spur zeichnen«, meinte Ted.

Eine Spur erschien auf dem Bildschirm und führte wild hin und her, als würde jemand mit einem Stift auf dem Monitor herummalen.

»Beeindruckend«, stellte Ethan fest.

»Jetzt erkennen Sie vermutlich auch unser Problem.«

»Das System funktioniert nur so lange, wie die Menschen ihre Mikrochips nicht herausschneiden.«

»Das geht nicht gerade schmerzfrei über die Bühne, doch das wissen Sie ja bereits.«

»Was genau machen Sie eigentlich den ganzen Tag?«, fragte Ethan.

»Wollen Sie wissen, wie man eine ganze Stadt überwachen kann?«

»Ja.«

»Setzen Sie den Kopfhörer auf.«

Ethan nahm ihn von der Konsole.

»Können Sie mich hören?«, erkundigte sich Teds Stimme, die Ethan laut und deutlich verstehen konnte.

»Ja.«

Teds Finger sausten über die Touchscreens. Das Bild von Wayward Pines und Brad Fishers jahrelangen Bewegungen verschwand und wurde erneut von fünfundzwanzig verschiedenen Bildern abgelöst.

»Ich bin einer von drei Echtzeitüberwachungstechnikern«, erklärte Ted. »Hinter der Tür da vorn sitzen vier weitere Überwachungstechniker, die sich rund um die Uhr markierte Video- und Audiodaten genauer vornehmen. Sie spüren interessante Personen auf. Erstellen Berichte. Kommunizieren mit unserem Team in der Stadt. Mit Ihnen. Wissen Sie, wie unser System Daten sammelt und sortiert?«

»Nein.«

»Ich will nicht behaupten, dass die Videodaten keine wichtige Rolle spielen würden, aber wir verlassen uns vor allem auf die Audioaufzeichnungen. Unser System besitzt eine hochmoderne Stimmerkennungssoftware, die bei bestimmten Worten und Tonlagen Alarm schlägt. Dabei achten wir nicht so sehr auf die genauen Worte, sondern vielmehr auf die Emotionen dahinter. Wir haben auch eine Erkennungssoftware für die Körpersprache, die jedoch weniger effizient ist.«

»Können Sie mir das demonstrieren?«

»Natürlich. Aber haben Sie Geduld. Zuerst ist das meist ziemlich verwirrend.«

Wieder veränderte sich die Anzeige der Monitore.

Ethan sah …

… eine Frau beim Abwasch …

… ein Klassenzimmer, in dem Megan Fisher auf eine Tafel deutete …

… den verlassenen Park am Fluss …

… einen Mann, der in einem Haus auf einem Sessel saß und ins Nichts starrte …

… einen Mann und eine Frau, die unter der Dusche Sex hatten …

So ging es immer weiter.

Die Bilder wechselten schneller und schneller.

Dazu Audiofragmente.

Bruchstücke von bedeutungslosen Unterhaltungen, die aus dem Kontext gerissen wurden, sodass es klang, als würde ein Kind schnell die Sender eines Radios wechseln.

»Haben Sie das gesehen?«, wollte Ted wissen.

»Nein, was?«

Die Bilder erstarrten. Dann wurde eins auf allen Bildschirmen angezeigt.

Die Kamera schien von der Decke auf eine Frau gerichtet zu sein, die mit verschränkten Armen vor einem Kühlschrank stand und besonders markiert wurde.

»Da«, meinte Ted. »Das ist eine defensive Haltung. Fällt Ihnen die Einblendung der Erkennungssoftware auf?«

Vor der Frau stand ein Mann, dessen Gesicht nicht zu sehen war.

»Mal sehen, ob wir einen besseren Blickwinkel kriegen.«

Drei verschiedene Kameraansichten der Küche schossen so schnell auf den Bildschirmen vorbei, dass Ethan sie gar nicht genau registrieren konnte.

»Nein, besser geht es nicht.«

Ethan sah zu, wie Ted mit der rechten Hand die Lautstärke anpasste.

Die belauschte Unterhaltung war jetzt über seinen Kopfhörer gut zu verstehen.

Die Frau sagte: »Aber ich habe dich mit ihr gesehen.«

»Wann?«, wollte der Mann wissen.

»Gestern. Ihr habt in der Bücherei nebeneinandergesessen.«

»Wir sind befreundet, Donna. Das ist alles.«

»Woher weiß ich, dass es nicht mehr als das ist?«

»Wieso vertraust du mir nicht einfach? Ich liebe dich und würde nie etwas tun, das dich verletzen könnte.«

Ted verringerte die Lautstärke. »Okay. Ich erinnere mich an dieses Paar. Er betrügt sie tatsächlich, und ich weiß von wenigstens vier anderen Frauen. Was für ein Dreckskerl.«

»Dann werden Sie das Gespräch nicht weiter überwachen?«

»Doch, das werden wir.« Während er sprach, gab er etwas mithilfe der Tastatur ein. »Ich markiere jetzt diesen Kamera-Feed. Später kann einer meiner Techniker die Bilder dieses Betrügers von letzter Woche überprüfen, um sicherzustellen, dass nichts aus dem Ruder läuft. Mr Pilcher und Pam werden morgen früh die Überwachungsberichte auf ihrem Schreibtisch haben.«

»Und dann?«

»Dann werden sie tun, was sie für nötig erachten.«

»Soll das heißen, dass man ihn nicht daran hindern wird, es wieder zu tun?«

»Wenn sein Verhalten als Gefahr für den allgemeinen Frieden angesehen wird, dann schreiten wir auf jeden Fall ein.«

»Was werden sie mit ihm machen?«

Ted sah von seiner Konsole auf und lächelte. »Sie meinen, was Sie tun werden. Höchstwahrscheinlich werden *Sie* sich darum kümmern müssen, Sheriff Burke.«

Ted setzte die Anzeige zurück, sodass auf den Monitoren erneut das Luftbild von Wayward Pines zu sehen war.

»Da Sie jetzt in etwa wissen, wie unser System funktioniert und was es leisten kann, stehe ich zu Ihrer Verfügung. Was genau möchten Sie sehen?«

Ethan lehnte sich auf seinem Stuhl zurück.

»Können Sie Alyssas Überwachungschip aufrufen?«

Ein roter Punkt erschien in einem Haus am Ostende der Stadt.

»Das ist sie natürlich nicht«, meinte Ted. »In der Nacht, in der sie ermordet wurde, hat Alyssa ihren Mikrochip entfernt und auf ihren Nachttisch gelegt.«

»Ich wusste nicht mal, dass Pilcher eine Tochter hat. Wie erträgt er das alles?«

»Ehrlich gesagt weiß ich es nicht. David ist ein komplizierter Mann, der seine Gefühle immer unter Kontrolle hat. Aber ich bin davon überzeugt, dass er insgeheim sehr um sie trauert.«

»Wo ist Alyssas Mutter?«

»Sie ist nicht hier«, antwortete Ted in einem Tonfall, der Ethan nahelegte, lieber nicht weiterzubohren.

»Okay, dann zeigen Sie mir mal ihre Bewegungen in der letzten Woche.«

Ted tippte etwas ein.

Der Punkt ging aus dem Haus, zu den Gemeindegärten und wieder zurück.

Dann bewegte er sich aus dem Haus und verschwand von der Karte.

»War das der Abend, an dem sie zum letzten Mal im Berg gewesen ist?«, hakte Ethan nach.

»Ja.«

Alyssas Mikrochip ging wieder in die Stadt.

Wanderte die Main Street auf und ab.

Ging in die Gemeindegärten.

Und wieder nach Hause.

Ethan stand von seinem Stuhl auf und streckte sich.

»Können Sie noch einen Mikrochip aufrufen?«, bat er.

»Klar. Welchen denn?«

»Den von Kate Hewson.«

»Sie meinen Kate Ballinger.«

Ted gab ihren Namen ein und tippte mit der rechten Hand auf eine Schalttafel.

Ein zweiter Punkt erschien in einem anderen Teil der Stadt.

»Können Sie alle Zeitpunkte isolieren, an denen sich die beiden Punkte zur selben Zeit am selben Ort aufgehalten haben?«

»Jetzt kommen wir der Sache näher. Wie weit wollen Sie zurückgehen?«

»Eine Woche.«

Ethan sah zu, wie Ted die Parameter eingab.

Als er wieder auf die Bildschirme blickte, wurden vier Punkte als zwei Zweierpaare angezeigt.

»Können Sie …«

»Die Video- und Audio-Feeds der Begegnungen anzeigen? Ich dachte schon, Sie fragen nie danach.« Ted vergrößerte die ersten beiden Punkte in den Gemeindegärten. »Das war ihre erste Begegnung«, sagte er. »Sie trafen sich vor sechs Tagen. Geben Sie mir einen Moment, dann suche ich den besten Blickwinkel raus.« Er scrollte durch einige Bilder, aber es ging zu schnell, als dass Ethan etwas erkennen konnte. »Okay, das ist wohl die beste Einstellung.«

Nun war Kate auf den Monitoren zu sehen. Sie trug ein Sommerkleid, eine Sonnenbrille und einen Strohhut. Langsam ging sie zwischen den Blumenhochbeeten hindurch. Ein Korb baumelte an ihrem Arm, der prall gefüllt mit Obst und Gemüse war.

Auf den unteren Bildschirmen war ein Hinterkopf zu erkennen.

»Ist das Alyssa?«, erkundigte sich Ethan.

»Ja.«

Ted drehte die Lautstärke hoch.

»Sind die Äpfel alle?«, erkundigte sich Kate.

»Ja, die waren schnell weg«, antwortete Alyssa.

Kate griff in ihren Korb und reichte Alyssa etwas.

»Stoppen Sie da«, bat Ethan.

Das Bild erstarrte, während Kate den Arm ausstreckte.

»Was ist das?«, wollte Ethan wissen.

»Ein grüner Apfel?«

Ted ließ das Video weiterlaufen.

»Sie bringen uns immer die schönsten Früchte und Gemüsesorten«, meinte Kate. »Da dachte ich, ich bringe Ihnen auch mal etwas aus *meinem* Garten mit.«

»Das ist aber eine schöne Paprikaschote«, erwiderte Alyssa.

»Vielen Dank«, sagte Kate.

»Die esse ich heute Abend«, erklärte Alyssa.

Kate verschwand aus dem Bild.

»Möchten Sie es sich noch einmal ansehen?«, erkundigte sich Ted.

»Nein, spielen Sie die nächste Begegnung ab.«

Sie sahen mit an, wie sich Kate und Alyssa noch dreimal begegneten.

Am nächsten Tag gingen die beiden Frauen auf der Main Street aneinander vorbei und Alyssa schüttelte den Kopf.

Am Tag danach kreuzten sich ihre Wege im Park am Fluss erneut.

Dieses Mal nickte Alyssa.

»Was hatte das wohl zu bedeuten?«, überlegte Ted und sah Ethan an. »Haben Sie eine Ahnung?«

»Noch nicht.«

Ted spielte Kates und Alyssas letzte Begegnung ab.

Sie ereignete sich an Alyssas Todestag in den Gemeindegärten, und die Interaktion glich der ersten.

Kate blieb an Alyssas Gemüsestand stehen.

Sie unterhielten sich kurz.

Dann reichte Kate ihr wieder eine Paprikaschote.

Ted hielt das Video an.

»Vermutlich hat sie eine Nachricht in der Paprika versteckt«, mutmaßte Ethan.

»Und was steht darauf?«

»Keine Ahnung. Ein Treffpunkt und eine Uhrzeit? Anweisungen für Alyssa, wie sie ihren Mikrochip entfernen kann? Erklären Sie mir etwas. Mir ist klar, dass Sie diese Wanderer nicht mehr aufspüren können, wenn sie ihre Mikrochips entfernt haben. Aber nehmen die Kameras ihre Bewegungen dann nicht mehr wahr?«

»Nein.«

»Nein?«

»Unsere Kameras werden nur aktiviert, wenn sich ein Mikrochip nähert oder bewegt.«

»Was bedeutet das genau?«

»Es ist unmöglich, diese Stadt zu überwachen, wenn Abertausend Kameras auf einmal laufen. Dann würden wir die meiste Zeit nur die Umgebung aufzeichnen. Daher werden die Kameras von den Mikrochips ausgelöst. Mit anderen Worten: Die Kamera ist im Schlafmodus, bis sich ein Chip in die Sensorreichweite bewegt. Sie überträgt erst einen Video-Feed, wenn sie von einem Mikrochip aktiviert wurde. Und selbst dann geht sie wieder in den Schlafmodus, wenn sich dieser fünfzehn Sekunden lang nicht bewegt.«

»Das bedeutet also …«

»Die Kameras laufen nicht die ganze Zeit. Wenn ein Einwohner seinen Mikrochip entfernt, wird er praktisch zum Geist. Irgendwie haben die Wanderer einen Weg gefunden, das System auszutricksen.«

»Zeigen Sie es mir.«

Ted rief ein neues Bild auf. »Das sind die letzten dreißig Sekunden, die wir von Kate in der Nacht, in der Alyssa ermordet wurde, aufgezeichnet haben«, erklärte er dann.

Auf den Bildschirmen war ein Schlafzimmer zu sehen.

Kate kam in einem Nachthemd, das bis zu den Knien reichte, herein.

Ihr Mann folgte ihr.

Sie gingen zusammen ins Bett und schalteten das Licht aus.

Die Kamera an der Decke wechselte in den Nachtsichtmodus.

Die Ballingers lagen völlig reglos im Bett.

Nach fünfzehn Sekunden wurde der Feed dunkel.

Als er wieder anging, fiel das Morgenlicht in den Raum, und Kate und ihr Mann setzten sich im Bett auf.

»Da haben sie ihre Chips wieder eingesetzt«, meinte Ethan.

»Genau. Aber die ganze Nacht über, also von etwa 22:15 Uhr bis 7:30 Uhr am nächsten Morgen, waren sie Geister. Und in dieser Zeitspanne hat Alyssa Pilcher ihr Leben verloren.«

»Das ist der Hauptgrund dafür, dass Pilcher die Feste veranstaltet, nicht wahr?« Ethan sah Ted an. »Habe ich recht? Es liegt nicht nur daran, dass er will, dass die Stadt sich selbst kontrolliert. Vielmehr braucht er wirklich unsere Hilfe, wenn er jemanden finden will, der seinen Chip entfernt hat.«

* * *

Ethan rief nach Marcus.

Als sein Begleiter erschien, erklärte er: »Ich möchte mir Alyssas Quartier ansehen.«

Sie stiegen die Treppe hoch zu Etage 4.

Nachdem sie die ersten fünf Schritte in den Korridor gemacht hatten, wusste Ethan, welche Tür zu Alyssas Zimmer führte, da davor zahlreiche Blumensträuße lagen. Er fragte sich, ob Pilcher jemanden in die Stadt geschickt hatte, um sie zu besorgen. Die Wand rings um den Türrahmen war mit Nachrichten, Karten, Fotos und Bannern behängt.

Wer und was Alyssa auch gewesen war, in diesem Berg hatte man sie definitiv geliebt.

»Sir«, sagte Ethans Begleiter. »Ich habe die Berichte, um die Sie gebeten haben.«

Marcus reichte Ethan einen Aktenordner.

»Ich würde gern hineingehen«, meinte Ethan.

»Natürlich.«

Marcus holte seine Schlüsselkarte hervor und zog sie durch das Lesegerät.

Ethan drehte den Türknauf und ging hinein.

Es war ein beengter Lebensraum.

Keine Fenster.

Nicht einmal zehn Quadratmeter groß.

Ein Einzelbett, das an der hinteren Wand stand. Ein Schreibtisch. Eine Kommode. Ein Bücherregal, das jeweils zur Hälfte mit Büchern und gerahmten Fotos gefüllt war.

Ethan sah sich die Bilder an, auf denen immer dieselbe Frau in verschiedenen Altersstufen abgebildet war, vom jungen Mädchen bis hin zur fünfzigjährigen Frau.

Alyssas Mutter?

Ethan setzte sich auf Alyssas Bett.

An der Wand gegenüber dem Bücherregal war ein meisterhaftes Bild eines Strands mit Palmen, grünem Wasser über dunklen Riffen, weißem Sand und einem endlosen Himmel zu sehen.

Ethan legte sich auf die Kissen und legte die Stiefel auf das Bett.

Dann lächelte er.

Wenn man sich das Bild aus diesem Blickwinkel ansah, hatte man das Gefühl, auf dem Sand zu liegen und zum aufgemalten Horizont zu blicken, an dem das Meer den Himmel berührte.

Auf dem Ordner stand: »Mission #1 055 Kontaktlogbuch«.

Er schlug ihn auf.

Darin befanden sich fünf Blätter.

Fünf Berichte.

Tag #5293
Von: Alyssa Pilcher
An: David Pilcher
Mission #1055
Kontaktbericht #1
Person: Einwohner 308 alias Kate Ballinger

Erstkontakt um ca. 11:25 Uhr an der Ecke Main Street und Ninth Street hergestellt. Kate Ballinger Nachricht zugesteckt, auf der stand: »Will nicht mehr beobachtet werden.« Kurzer Blickkontakt. Kein Gespräch. Zu diesem Zeitpunkt kein weiterer Kontakt.

Tag #5311
Von: Alyssa Pilcher
An: David Pilcher
Mission #1055
Kontaktbericht #2
Person: Einwohner 308 alias Kate Ballinger

Achtzehn Tage nach Erstkontakt kam Ballinger in den Gärten auf mich zu und gab mir eine Paprika. Sie war aufgeschnitten worden, und darin befand sich folgende Nachricht: »Überwachungschip an Achillessehne im lin-

ken Bein. In einem Schrank herausschneiden, aber vorerst am Körper behalten.« Mir wurden zwei mögliche Zeiten für ein Treffen genannt, bei denen ich bestätigen sollte, dass ich den Chip entfernt hatte. Der erste um 14:00 Uhr an Tag 5312, der zweite um 15:00 Uhr an Tag 5313. Wenn ich den Chip bis Tag 5313 nicht entfernt hätte, würde es keine weitere Interaktion geben. Kein weiterer Kontakt an diesem Tag.

Tag #5312
Von: Alyssa Pilcher
An: David Pilcher
Mission #1055
Kontaktbericht #3
Person: Einwohner 308 alias Kate Ballinger

Um 14:00 Uhr begegnete ich Ballinger in der Nähe der Kreuzung zur Sixth Street, als ich die Main Street in Richtung Süden entlangging. Ich schüttelte den Kopf. Kein weiterer Kontakt an diesem Tag.

Tag #5313
Von: Alyssa Pilcher
An: David Pilcher
Mission #1055
Kontaktbericht #2
Person: Einwohner 308 alias Kate Ballinger

Um 15:00 Uhr ging ich in Richtung Süden am Fluss entlang und begegnete Ballinger. Ich nickte ihr zu. Sie lächelte. Kein weiterer Kontakt an diesem Tag.

Tag #5314
Von: Alyssa Pilcher
An: David Pilcher
Mission #1055
Kontaktbericht #5
Person: Einwohner 308 alias Kate Ballinger

Ballinger kehrte mit einer zweiten Paprika zu meinem Stand in den Gärten zurück. Die Nachricht darin besagte: »Heute Nacht, 1:00 Uhr. Am Mausoleum auf dem Friedhof. Chip auf dem Nachttisch liegen lassen. Jacke mit Kapuze anziehen.« Werde morgen einen weiteren Bericht schicken.

* * *

Ethan ging zusammen mit seiner Eskorte über den Flur auf Etage 3.

In der Mitte des Gangs blieb er vor einer Doppeltür stehen. Durch das Glas konnte er erkennen, dass dahinter ein Basketballspiel im Gang war. T-Shirts gegen nackte Oberkörper. Der Ball donnerte auf den Hartholzboden. Schuhsohlen quietschten. Eine Millisekunde spielte er mit dem verrückten Gedanken, einfach mitzuspielen.

Sie gingen weiter.

»Darf ich Sie etwas fragen, Marcus?«

»Nur zu.«

»Wie alt sind Sie?«

»Siebenundzwanzig.«

»Und wie lange leben Sie nun schon in der Superstruktur?«

»Mr Pilcher hat mich vor zwei Jahren aus der Suspension geholt, damit ich einen Wächter ersetzen konnte, der bei einer Mission außerhalb des Zauns ums Leben gekommen war.«

»Jeder im Berg wusste, worauf er sich einlässt, als er den Vertrag mit Pilcher unterzeichnet hat, nicht wahr?«

»Das stimmt.«

»Warum haben Sie es gemacht?«

»Was gemacht?«

Ethan blieb vor den Türen einer Cafeteria stehen.

Er drehte sich zu Marcus um.

»Warum haben Sie Ihr altes Leben für das hier weggeworfen?«

»Ich habe überhaupt nichts weggeworfen, Mr Burkc. Wissen Sie, was ich in meinem früheren Leben gewesen bin?«

»Nein.«

»Ich war ein Junkie und ein Säufer.«

»Und was ist passiert? Hat Pilcher Sie gefunden? Ihnen die Chance gegeben, Ihr wahres Potenzial zu entfalten?«

»Wir sind uns begegnet, nachdem ich aus dem Gefängnis entlassen worden war. Ich habe drei Jahre wegen eines Unfalls mit Todesfolge gesessen. Ich war high und betrunken und habe am Silvesterabend eine Familie umgebracht. Er hat etwas in mir gesehen, von dem ich nicht einmal wusste, dass es da war.«

»Hatten Sie denn keine Familie? Freunde? Ein Leben, das Sie als Ihr eigenes bezeichnen konnten? Warum haben Sie ihm vertraut?«

»Keine Ahnung, aber er hatte recht, oder nicht? Wir sind hier Teil von etwas ganz Besonderem, Mr Burke. Von etwas Wichtigem. Wir alle.«

»Sie sollten eine Sache wissen, Marcus, und ich möchte, dass Sie sie nie vergessen: Niemand hat mich oder einen der anderen in diesem Tal gefragt, ob wir Teil dieser ganzen Scheiße werden wollten.«

Ethan ging weiter.

Als sie am Fuß der Treppe ankamen, die auf Etage 1 führte, hörte er ein Geräusch und blieb stehen.

Marcus zog seine Karte bereits durch das Lesegerät an der Glastür, durch die man in die Höhle gelangte.

Ethan ging weiter den Korridor entlang.

»Wo gehen Sie denn hin, Mr Burke?«

Das Geräusch hörte sich an, als würde jemand schreien.

Wie eine Furie.

Als würde er gefoltert.

Es klang unmenschlich.

Er hatte es schon einmal gehört, und es erschütterte ihn bis ins Mark.

»Mr Burke!«

Ethan rannte den Gang entlang, und die Schreie wurden lauter.

»Mr Burke!«

Er blieb vor einem großen Fenster stehen.

Dahinter standen zwei Männer in weißen Kitteln und David Pilcher.

Sie umringten eine Abscheulichkeit.

Die Kreatur war auf eine Stahlliege geschnallt worden.

Feste Lederriemen waren über und unter ihren Knien um die Beine gewickelt worden.

Ein weiterer um den Torso.

Einer um die Schultern.

Ein fünfter sicherte den Kopf.

Die dicken Hand- und Fußgelenke hatte man mit schweren Stahlbändern seitlich an der Liege befestigt, und das Wesen zerrte an den Fesseln, als wäre es Elektroschocks ausgesetzt.

»Sie sollten nicht hier sein«, sagte Marcus, als er zu Ethan aufschloss.

»Was machen die da?«

»Lassen Sie uns gehen. Mr Pilcher wird nicht zufrieden sein, wenn er sieht …«

Ethan klopfte an die Glasscheibe.

»O Mann«, murmelte Marcus.

Die Männer im Raum drehten sich um.

Die beiden Wissenschaftler runzelten die Stirn.

Pilcher sagte etwas zu ihnen und kam dann zum Eingang des Labors. Als sich die Türen öffneten, waren die Schreie des Abbys noch deutlicher zu hören, und sie hallten durch den Korridor, als kämen sie direkt aus der Hölle.

Dann schlossen sich die Türen wieder.

»Was kann ich für Sie tun, Ethan?«

»Ich war auf dem Weg nach draußen, als ich die Schreie gehört habe.«

Pilcher drehte sich zu der Panzerglasscheibe um. Der Abby hatte sich entweder beruhigt oder war erschöpft.

Nur sein Kopf wackelte noch unter dem Riemen, und seine Schreie waren zu einem Krächzen geworden. Ethan konnte sein riesiges Herz erkennen, das unter der durchsichtigen Haut wie wild schlug. Details ließen sich nicht ausmachen, nur die Farbe, die Form und die Bewegung, wobei alles so aussah, als würde man es durch Milchglas betrachten.

»Das ist ein beeindruckendes Exemplar, was?«, meinte Pilcher. »Er ist ein einhundertfünfundvierzig Kilo schwerer Bulle. Eines der größten Männchen, das wir je gesehen haben. Man sollte doch annehmen, dass er das Alphamännchen irgendeines beachtlichen Rudels wäre, aber mein Scharfschütze hat ihn heute Morgen ganz allein in der Schlucht entdeckt. Wir brauchten vierhundert Milligramm Telazol, um ihn k. o. zu kriegen. Das ist die Dosis, die man sonst für einen ausgewachsenen Jaguar nimmt. Und er war noch immer bei Bewusstsein, als wir zu ihm kamen.«

»Wie lange kann man ihn so sedieren?«

»Diese Tranquilizer wirken etwa drei Stunden lang. Danach sollte man ihn lieber einsperren, denn dann wird er stinksauer sein.«

»Das ist ein ziemlich großer Kerl.«

»Größer als der, mit dem Sie sich angelegt haben, so viel steht fest. Man kann wohl mit Sicherheit behaupten, dass Sie jetzt nicht hier stehen würden, wenn Ihnen dieser Bulle in der Schlucht begegnet wäre.«

»Was haben Sie mit ihm vor?«

»Wir wollen eine Drüse in seinem Nacken entfernen.«

»Warum?«

»Die Abbys kommunizieren mithilfe von Pheromonen. Diese durch die Luft übertragenen Botenstoffe, die Informationen weitergeben und Reaktionen auslösen.«

»Tun Menschen nicht dasselbe?«

»Ja, aber bei uns geschieht das auf einer instinktiveren, breiteren Stufe. Sexuelle Anziehungskraft. Mutter-Kind-Bindung. Abbys nutzen Pheromone, wie wir Wörter verwenden.«

»Dann wollen Sie diesem Ding also eigentlich die Zunge rausschneiden? Aber warum?«

»Weil er seinen Freunden auf gar keinen Fall mitteilen darf, dass er in Schwierigkeiten steckt. Verstehen Sie mich nicht falsch: Ich liebe den Zaun. Ich vertraue dem Zaun. Aber wenn mehrere Hundert Abbys auf der anderen Seite stehen und überlegen, wie sie ihren Bruder retten können, dann wird mir schon ein wenig mulmig.« Pilcher musterte Ethans Hüfte. »Sie tragen ja noch immer nicht Ihren Revolver.«

»Ich bin hier. Im Berg. Wieso ist das so wichtig?«

»Es ist wichtig, Ethan, weil ich Sie darum gebeten habe. Das ist doch eigentlich nicht so schwer, oder? Tragen Sie immer eine Waffe. Sehen Sie Ihrer Rolle entsprechend aus.«

Ethan starrte wieder durch die Glasscheibe.

Einer der Wissenschaftler beugte sich über das Gesicht des Abbys und leuchtete ihm mit einer Taschenlampe ins linke Auge, während das Wesen zischte.

Es musste zwischen 1,80 und 1,90 Meter groß sein.

Seine Arme und Beine sahen aus wie Kordeln aus miteinander verwobenen Stahlfasern.

Ethan konnte den Blick nicht abwenden.

Die schwarzen Krallen waren so lang wie seine Finger.

»Sind Sie intelligent?«, wollte Ethan wissen.

»O ja, das sind sie.«

»So klug wie Schimpansen?«

»Ihre Gehirne sind größer als unsere. Aufgrund der offensichtlichen Kommunikationsbarrieren ist es ziemlich schwer, ihre Intelligenz zu testen, zumindest unter den gegebenen Bedingungen. Ich habe eine Reihe von sozialen und körperlichen Tests durchgeführt, und es ist nicht so, als wären sie nicht in der Lage, sie zu bestehen. Sie verweigern sich einfach. Das ist, als würde ich versuchen, Sie zu testen, und Sie erzählen mir, wohin ich mir den Test schieben kann. Das ist auch eine Art von Antwort. Wir haben vor Monaten ein recht unterwürfiges Exemplar gefangen. Sie ist jetzt unten in Käfig neun. Geringe Feindseligkeit. Wir nennen sie Margaret.«

»Wie gering?«

»Ich habe mit ihr Erinnerungstests gemacht, bei denen ich ihr in ihrem Käfig an einem Tisch gegenübergesessen habe. Es standen immer zwei Wachleute hinter mir und haben mit zwölfkalibrigen Geschossen geladene Schrotflinten auf ihre Brust gerichtet. Aber trotzdem hat sie nie irgendwelche aggressiven Verhaltensweisen gezeigt.«

»Wie haben Sie sie getestet?«

»Mit einem simplen Memoryspiel für Kinder. Begleiten Sie mich.«

Pilcher klopfte an das Glas und hielt einen Finger in die Luft, als sich die Wissenschaftler zu ihm umdrehten.

Dann ging er mit Ethan über den Korridor zu den

Glastüren am anderen Ende, während Marcus ihnen in einigem Abstand folgte.

»Ich habe kleine Pappkarten benutzt. Die eine Seite ist leer, und auf der anderen ist ein Foto … von einem Frosch, einem Fahrrad, einem Glas Milch. Zuerst lege ich sie mit der Bildseite nach oben auf den Tisch, damit Margaret sie sehen kann. Wir fangen mit einer leichten Übung an. Fünf Karten. Dann zehn. Sie bekommt zwei Minuten Zeit, um sie sich anzusehen. Dann drehe ich sie um, damit sie das Bild nicht mehr sehen kann. Ich hole Duplikate der Bilder, die sie gesehen hat, aus einem Beutel und zeige sie ihr, beispielsweise die Karte mit dem Glas Milch. Sie berührt mit ihrer Kralle die dazugehörige Karte auf dem Tisch, und ich drehe sie um, damit wir herausfinden können, ob sie recht hat.«

»Und wie schlägt sie sich?«

»Ethan, wir haben uns jetzt so weit vorgearbeitet, dass wir bei einhundertzwanzig Karten sind und Margaret nur noch dreißig Sekunden Zeit hat, um sich alles zu merken.«

»Und sie macht trotzdem keinen Fehler?«

Pilcher schüttelte den Kopf, und in seiner Stimme klang Stolz mit. »Ein perfektes Gedächtnis.« Er blieb stehen und deutete auf ein kleines Fenster in einer Tür, die sich nur mit einer Zugangskarte öffnen ließ. »Ich halte sie hier drin. Möchten Sie Margaret kennenlernen?«

»Eigentlich nicht.«

Die fluoreszierenden Deckenlampen spiegelten sich in dem Glas.

Ethan starrte in den Käfig.

»Ich weiß, was Sie denken«, meinte Pilcher. »Aber ich

bezweifle, dass sie eine Anomalie ist. Damit meine ich ihre Intelligenz. Sie besitzt nur ein anderes Temperament. Was jedoch noch lange nicht bedeutet, dass sie mir nicht die Kehle zerfetzen würde, wenn ich ihr die Gelegenheit dazu gäbe.«

Der Käfig bestand nur aus dem Boden, den Wänden, der Decke und dem Monster.

Das Wesen, das »Margaret« genannt wurde, saß in der Ecke und hatte die Beine an die Brust gezogen. Es starrte mit seinen kleinen undurchsichtigen Augen, die niemals blinzelten, zum Fenster herüber.

»Ich habe ihr bereits zweiundfünfzig Zeichen beigebracht. Sie lernt schnell. Sie möchte kommunizieren. Dummerweise sieht ihr Kehlkopf völlig anders aus als unserer, sodass sie nicht sprechen kann, zumindest nicht so, dass wir es verstehen.«

Die Abscheulichkeit sah beinahe so aus, als würde sie meditieren.

Ethan war umso beunruhigter, als er einen Abby derart ruhig und sanft dasitzen sah.

»Ich weiß nicht, ob Sie heute Morgen schon meinen Bericht gelesen haben«, sagte Pilcher.

»Nein, ich bin direkt hierhergekommen.«

»Wir holen gerade einen möglichen neuen Bürger aus der Suspension. Sein Name ist Wayne Johnson. Heute ist sein erster Tag. Vermutlich wacht er in diesem Moment bereits im Krankenhaus auf. Pam kümmert sich um die Orientierung. Wie werden abwarten, wie es läuft, aber es könnte sein, dass wir in den nächsten Tagen Ihre Hilfe brauchen.«

»Okay.«

»Ich hoffe, dass Ihnen Ted aus der Überwachung weiterhelfen konnte.«

»Das konnte er.«

»Dann werden Sie bald Kontakt zu Ihrer früheren Partnerin aufnehmen?«

»Heute Abend oder morgen.«

»Großartig. Haben Sie schon einen Plan?«

»Ich arbeite noch daran.«

»Sie werden mir jeden Tag über Ihre Fortschritte berichten.«

»David, wegen Ihres Anrufs von letzter Nacht …«, setzte Ethan an.

»Vergessen Sie es. Ich fand nur, dass Sie es wissen sollten.«

»Ich möchte Ihnen nur noch einmal mein Beileid aussprechen. Wenn ich irgendetwas für Sie tun kann …«

Pilcher starrte Ethan an, und in seinen Augen spiegelte sich Zorn wider, aber seine Stimme blieb ganz kalt. »Finden Sie heraus, wer das meinem kleinen Mädchen angetan hat. Mehr erwarte ich gar nicht von Ihnen.«

KAPITEL 10

Pam saß in ihrer klassischen Krankenschwesteruniform neben dem Bett, als Wayne Johnson aufwachte.

Lange Zeit lag er reglos da und starrte blinzelnd die Zimmerdecke an.

Endlich setzte er sich auf und sah zu ihr herüber.

Er trug kein Hemd und hatte schütteres Haar.

Er war zweiundvierzig Jahre alt.

Hatte nie geheiratet.

Keine Kinder.

Wayne war am 8. August 1992 als umherreisender Verkäufer von Enzyklopädien nach Wayward Pines, Idaho, gekommen. Er war nachmittags eingetroffen und hatte an fünf Türen geklopft. Abends hatte er einen Verkauf verbucht und checkte im Wayward Pines Hotel ein, um danach in einem kleinen Restaurant essen zu gehen. Auf dem Weg dorthin wurde er auf der Kreuzung von einem Motorrad angefahren und erlitt eine schwere Kopfverletzung, die jedoch weder tödlich war noch dauerhafte Gehirnschäden nach sich zog.

Nachdem Peter McCall zwei Nächte zuvor am Zaun ums Leben gekommen war, konnte die Stadt einen neuen Einwohner gut gebrauchen.

Wayne Johnsons Haut sah noch immer grau aus. Er hatte die nach der Suspension übliche Bluttransfusion erst vor zehn Stunden erhalten, würde aber bis zum Abend seine normale Hautfarbe zurückgewonnen haben.

Pam lächelte ihn an und sagte: »Hallöchen.«

Er sah sie mit zusammengekniffenen Augen an, da er vermutlich noch nicht wieder klar sehen konnte, weil seine Körperfunktionen erst wieder zum Laufen gebracht werden mussten.

Sein Blick huschte durch den Raum.

Sie befanden sich im vierten Stock des Krankenhauses. Das Fenster stand einen Spalt auf, und die weißen Leinenvorhänge wurden vom Wind in einem so gleichmäßigen Rhythmus hin und her bewegt, als würde der Raum selbst atmen.

»Wo bin ich?«, wollte Wayne Johnson wissen.

»In Wayward Pines.«

Er zog sich die Bettdecke bis zum Hals hoch, allerdings nicht aus Scham.

»Mir ist … kalt.«

»Das ist völlig normal. Heute Abend wird es Ihnen schon viel besser gehen, das verspreche ich Ihnen.«

»Irgendetwas ist passiert«, sagte der Mann.

»Ja, es ist etwas passiert. Wissen Sie auch noch, was?«

Er verengte die Augen.

»Wissen Sie, wie Sie heißen?«, fragte Pam.

In dreiundneunzig Prozent aller Fälle trat insbesondere in den ersten achtundvierzig Stunden eine völlige Amnesie auf.

»Wayne Johnson.«

»Sehr gut. Wissen Sie auch noch, was Sie hierhergeführt hat?«

»Ich bin hierhergekommen, um Enzyklopädien zu verkaufen.«

»Haben Sie etwas verkauft?«

»Eine, glaube ich. Ich habe eine Enzyklopädie verkauft.«

»Und was ist dann passiert?«

»Ich wollte etwas essen gehen und dann …« Sie konnte erkennen, wie ihn die Erinnerung an den Unfall überkam, wie die Angst und der Schatten dieser Angst sich in seinem Gesicht widerspiegelten. »Etwas hat mich getroffen. Ich weiß nicht, was es war. Danach weiß ich nichts mehr. Ist das hier ein Krankenhaus?«

»Ja. Und das hier ist jetzt Ihre Heimatstadt.«

»Meine Heimatstadt?«

»Genau.«

»Ich wohne nicht hier. Ich lebe in Scottsbluff, Nebraska.«

»Sie haben in Scottsbluff gelebt, aber jetzt leben Sie hier.«

Wayne setzte sich etwas aufrechter hin.

Das war der Teil der Integration, den Pam am liebsten mochte. Wenn sie mit ansehen durfte, wie ein neuer Bewohner langsam begriff, dass sein Leben – oder wie auch immer man seine frühere Existenz bezeichnen wollte – unwiederbringlich verändert worden war. Die Feste waren natürlich noch besser, aber diese Augenblicke der ruhigen, verheerenden Erkenntnis kamen, zumindest für sie, gleich an zweiter Stelle.

»Was hat das zu bedeuten?«, wollte Wayne Johnson wissen.

»Es bedeutet, dass Sie jetzt hier leben.«

Manchmal stellten sie die Verbindung von allein her.

Bisweilen musste sie sie aber auch dazu bringen.

Sie wartete eine Minute lang und sah mit an, wie sich die Zahnräder in Mr Johnsons Kopf wie wild drehten.

Schließlich fragte er: »Wurde ich bei dem Unfall … verletzt?«

Pam streckte den Arm aus und tätschelte den Hubbel, an dem sich sein Bein unter der Bettdecke befand.

»Leider ist dem so.«

»Schwer verletzt?«

Sie nickte.

»Bin ich …?«

Er sah sich im Krankenzimmer um.

Er musterte seine Hände.

Sie konnte spüren, wie er die Frage formulierte.

Sie wartete förmlich darauf.

Er kam jedoch noch nicht auf den Punkt.

»Bin ich …?«

Stell die Frage, dachte Pam. Die Daten waren eindeutig: Fast jedes Mal, wenn ein neuer Bürger von selbst auf die Frage kam und den Mut hatte, sie auszusprechen, verlief seine Integration ohne Zwischenfall. Wurde die Frage nicht ausgesprochen, war das ein erschreckend eindeutiges Indiz, dass man einen Ungläubigen, einen Kämpfer, einen Flüchtigen vor sich hatte.

Wayne klappte den Mund wieder zu.

Er schluckte die Frage wie eine bittere Pille herunter.

Pam drängte ihn nicht. Das war ohnehin sinnlos.

Es war noch früh.

Sie hatte noch genug Zeit, Mr Johnson den Eindruck zu vermitteln, dass er tot war.

KAPITEL 11

Ethan saß am Fenster im »Steaming Bean«, nippte an einem Cappuccino und sah zum Spielzeuggeschäft auf der anderen Straßenseite hinüber. Er hieß »Wooden Treasures« und war an eine Werkstatt angeschlossen, in der ein Mann namens Harold Ballinger seine Wochentage damit verbrachte, Spielzeuge herzustellen. Seine Frau Kate Ballinger, ehemals Kate Hewson, die früher Ethans Partnerin beim Secret Service gewesen war, arbeitete im Spielzeugladen.

Seit Ethan in Wayward Pines war, hatte er erst ein Mal mit ihr gesprochen, und zwar während seiner katastrophalen Integration. Doch seitdem er Sheriff war, hatten sie keine zwei Worte gewechselt, und es war ihm gelungen, ihr völlig aus dem Weg zu gehen.

Jetzt beobachtete er sie durch die Glasscheibe.

Sie saß hinter der Kasse in dem leeren Geschäft und las ein Buch. Es war später Nachmittag, und das Licht, das durch das Schaufenster hereinfiel, erhellte ihr vorzeitig weiß gewordenes Haar, sodass es fast schon blendete.

Es sah aus wie eine Kumuluswolke, die von hinten von der Sonne angeleuchtet wurde.

Er hatte ihre Einwohnerakte gelesen, mehrmals sogar.

Kate lebte jetzt seit fast neun Jahren in Wayward Pines. Als er sich auf die Suche nach ihr gemacht hatte, war sie sechsunddreißig Jahre alt gewesen. In drei Wochen wurde sie fünfundvierzig. In ihrem früheren Leben war er ein Jahr älter gewesen als sie, doch nun war sie ihm acht Jahre voraus.

Ihre Akte beschrieb eine brutale Integration.

Sie hatte gekämpft, sie hatte versucht zu fliehen und Pilchers Geduld derart überstrapaziert, dass es beinahe ein Fest gegeben hätte.

Dann hatte sie jedoch einfach aufgegeben.

Hatte sich mit dem ihr zugewiesenen Haus abgefunden.

Ebenso mit ihrem Job.

Und zwei Jahre später, als Pilchers damaliger Sheriff sie dazu aufgefordert hatte, war sie ohne Protest einverstanden gewesen, Harold Ballinger zu heiraten und mit ihm zusammenzuziehen.

Seit fünf Jahren waren die beiden vorbildliche Bürger.

Der erste Überwachungsbericht war durch eine Audioaufzeichnung des Mikrofons über ihrem Bett ausgelöst worden.

Die geflüsterten Worte waren gerade so laut gewesen, dass sie den nötigen Dezibelbereich erreichten.

»Die Englers und die Goldens sind dabei«, hatte Kate geflüstert.

Danach passierte einen Monat lang nichts Bemerkenswertes, bis Kates Mikrochip eines Nachts um 2:00 Uhr plötzlich auf dem Friedhof auftauchte.

Sheriff Pope hatte sie zur Rede gestellt. Sie war allein

herumgelaufen. Als er sie befragte, hatte sie sich dumm gestellt. Sie hatte gelogen und behauptet, sie hätte sich mit Harold gestritten und danach frische Luft schnappen müssen.

Zwei Tage später war es zu einem weiteren Zwischenfall gekommen: Harold und Kate waren eine Stunde lang in ihrem Schlafzimmerschrank verschwunden, der zufälligerweise einen der wenigen blinden Flecken in ihrem Haus darstellte.

Die Bilder waren markiert, und es wurde ein Bericht erstellt, doch mehr geschah nicht.

In den nächsten eineinhalb Jahren gab es keine weiteren Berichte, bis Ted aus der Überwachung eine Nachricht an Pilcher und Pam schickte.

Ethan las sie, während er seinen Cappuccino trank.

Tag #5 129
Von: Ted Upshaw
An: David Pilcher
Personen: Bewohner 308 und 294 alias Kate und Harold Ballinger

Ich habe schon seit einigen Monaten einen Verdacht, der sich zu bestätigen scheint, darum möchte ich Sie darüber in Kenntnis setzen. Im Abstand von mehreren Wochen kommt es in bisher elf bekannten Haushalten (Ballinger, Engler, Kirby, Turiel, Smith, Golden, O'Brien, Nighswander, Greene, Brandenburg und Shaw) vor, dass die Innenkameras über längere Zeitabschnitte nichts aufzeichnen – meist vier bis sieben

Stunden lang. Normalerweise fallen nachts um die zwei Stunden Bildmaterial an, wenn sich die Personen im Bett umdrehen, nur die Zeiten der Reglosigkeit bleiben ausgespart. Das Einzige, was derart lange Video-Blackouts verursachen kann, wäre ein völliges Ausbleiben der Mikrochipbewegung, sodass die Kamera nicht ausgelöst wird.

Aber das ist unmöglich.

Damit eine Kamera mehrere Stunden lang nichts aufzeichnet, müssen die Personen völlig unbeweglich daliegen oder tot sein. Die Kameras sind sehr empfindlich und darauf programmiert, bei der geringsten Bewegung anzuspringen, manchmal werden sie sogar schon durch sehr heftiges Atmen aktiviert.

Die Kameras wurden nicht ausgeschaltet. Wäre dies nur in einem Haushalt passiert, hätte ich es als Anomalie abgetan. Aber die Zahl dieser Vorkommnisse, das wiederholte Auftreten und die Tatsache, dass es immer wieder gleichzeitig in mehreren Haushalten geschieht, lässt nur den Schluss zu, dass etwas Größeres, Geheimes und Koordiniertes hinter unserem Rücken stattfindet.

Ich glaube, dass die oben genannten Bürger und möglicherweise sogar noch mehr ihre Mikrochips nicht nur entfernt haben, sie haben sogar eine Möglichkeit gefunden, sie jederzeit so zu entfernen, dass wir es trotz der Kameras nicht mitbekommen. Offenbar können sich die Einwohner ohne ihre Mikrochips ungesehen und unbemerkt bewegen, und zwar nicht nur in ihren Häusern, sondern auch durch die Stadt und sogar jenseits des Zauns.

Die Möglichkeit, dass sich eine wachsende Zahl von Einwohnern insgeheim trifft, stellt eine verstörende Entwicklung dar, die meiner Meinung nach ein sofortiges Eingreifen erfordert.

Ethan trank seinen Kaffee aus und ging auf die Straße hinaus.

Eine Glocke klingelte über der Tür, als er sie aufdrückte und das Spielzeuggeschäft betrat.

Er hatte beim Überqueren der Main Street mehrmals tief eingeatmet, aber sein Herz klopfte noch immer wie verrückt.

Kate sah von ihrem Buch auf, einem verblichenen Lee-Child-Taschenbuch, dem letzten »Reacher«-Roman.

Es lag vor allem an ihren weißen Haaren, dass sie aus der Entfernung älter aussah. Aus der Nähe wirkte sie noch immer jugendlich. Sie hatte einige Lachfältchen, war aber noch immer unglaublich attraktiv. Vor nicht allzu langer Zeit (zumindest aus seiner Perspektive) war er sehr verliebt in diese Frau gewesen.

Ihre Affäre hatte drei der intensivsten, verrücktesten, beängstigendsten, glücklichsten und lebendigsten Monate seines Lebens ausgemacht. Er stellte sich vor, dass man sich so fühlen musste, wenn man Heroin genommen hatte und glaubte, das High würde niemals aufhören, auch wenn jede Spritze gleichzeitig den Tod bringen konnte.

Damals waren sie Partner gewesen, und in einer Woche hatten sie gemeinsam im Norden von Kalifornien zu tun gehabt.

An jedem Abend hatten sie zwei Zimmer gemietet.

Doch fünfmal nacheinander blieb er jeden Abend bei ihr. In dieser Woche schliefen sie kaum. Sie konnten die Finger nicht voneinander lassen. Sie konnten nicht aufhören zu reden, wenn sie sich liebten, und die hellen Stunden, in denen sie sich wie Profis zu verhalten hatten, verstrichen quälend langsam. Noch nie zuvor hatte er sich in der Gegenwart eines anderen Menschen derart ungehemmt gefühlt, nicht einmal bei Theresa. Er wurde bedingungslos akzeptiert – nicht nur sein Körper und sein Verstand, sondern auch noch etwas anderes, etwas Undefinierbares in ihm. So hatte sich Ethan noch nie mit jemandem verbunden gefühlt. Der wunderbarste Segen und zerstörerischste Fluch wurden von ein und derselben Frau verkörpert, und trotz seiner Schuldgefühle und obwohl ihm klar war, wie seine Frau darunter leiden würde, die er noch immer liebte, kam ihm die Vorstellung, sich von Kate abzuwenden, wie der Verrat an seiner Seele vor.

Daher hatte sie das für ihn übernommen.

In einer kalten und regnerischen Nacht in Capitol Hill.

In der Ecke einer lauten dunklen Bar, die »Stumbling Monk« genannt wurde, über Gläsern mit belgischem Bier.

Er war bereit, Theresa zu verlassen. Alles hinzuschmeißen. Er hatte Kate dorthin gebeten, um ihr das zu sagen, doch stattdessen hatte sie ihm das Herz gebrochen.

Kate war nicht verheiratet und hatte keine Kinder.

Sie war nicht bereit dazu, sich mit ihm ins Ungewisse zu stürzen, wenn es so vieles gab, das ihn zurückhielt.

Zwei Wochen später wurde sie auf eigenen Wunsch nach Boise versetzt.

Ein Jahr später verschwand sie in einer Stadt in Idaho, die mitten im Nirgendwo lag und Wayward Pines genannt wurde, und Ethan musste sie suchen.

Eintausendachthundert Jahre später, nachdem alles, was sie gekannt hatten, zu Staub geworden war, standen sie einander in einem Spielzeuggeschäft in der letzten Stadt auf Erden gegenüber.

Einen Moment lang konnte Ethan keinen klaren Gedanken fassen, als er ihr ins Gesicht sah.

Kate fand als Erste die Sprache wieder.

»Ich habe mich schon gefragt, ob du mal vorbeikommen würdest.«

»Das habe ich mich auch gefragt.«

»Gratuliere.«

»Wozu?«

Sie griff über den Tresen und tippte gegen seinen glänzenden Messingstern.

»Zu deiner Beförderung. Es ist schön, wenn ein bekanntes Gesicht das Sagen hat. Wie gefällt dir dein neuer Job?«

Sie war gut. Schon bei diesem kurzen Austausch wurde offensichtlich, dass Kate die oberflächlichen Unterhaltungen, die die Besten in Wayward Pines mühelos führen konnten, ebenfalls gemeistert hatte.

»Es läuft gut«, antwortete er.

»Es ist bestimmt angenehm, einen ruhigen, anspruchsvollen Job zu haben.« Kate lächelte, und Ethan wusste natürlich, worauf sie anspielte – wobei er sich fragte, ob auch alle anderen ständig daran denken mussten.

Besser, als halb nackt durch die Stadt zu laufen, während wir alle versuchen, dich umzubringen.

»Der Job passt gut zu mir«, meinte er.

»Das freut mich. Schön für dich. Wie komme ich heute zu diesem Vergnügen?«

»Ich wollte nur mal vorbeischauen und Hallo sagen.«

»Das ist sehr nett von dir. Wie geht es deinem Sohn?«

»Ben geht es gut«, erklärte Ethan.

»Er wird vermutlich rasend schnell groß.«

»Das ist allerdings wahr.«

Es fühlte sich irgendwie gestelzt an, so mit ihr zu reden. Als wäre es ein schlechter Dialog in einem Roman, oder als wären sie Schauspieler, die nur ihren Text aufsagten.

Von nebenan war lautes Hämmern zu hören: Harold baute etwas.

»Wie ist dein Mann?«, erkundigte sich Ethan.

Das Wort gefiel ihm nicht – da es den Mann beschrieb, der seit sieben Jahren mit Kate schlafen durfte. Oder war ihre Ehe möglicherweise nur vorgespielt? Hasste sie ihn insgeheim vielleicht, hielt aber den Schein aufrecht? Ließ sie ihn vielleicht nie ran?

»Er ist wunderbar«, antwortete sie. Ihr Lächeln wirkte dabei derart authentisch, dass sich seine gerade angestellten Überlegungen als reines Wunschdenken herausstellten. Sie liebte Harold. Sie strahlte regelrecht, wenn sie seinen Namen aussprach. In diesem Augenblick hatte Ethan für einen Sekundenbruchteil die wahre Kate zu Gesicht bekommen.

»Ist er nebenan?«, fragte Ethan.

»Ja. Das ist er, den du da nebenan hämmern hörst. Wir sagen immer, dass er in unserem Geschäft die körperlichen Arbeiten macht und ich die geistigen.«

Ethan zwang sich zu einem Lachen. »Ich bin ihm noch nie begegnet, noch nie *richtig*, meine ich.«

Er hoffte, dass sie seine Absicht heraushören konnte und ihm anbot, die Männer einander vorzustellen.

Doch sie erwiderte nur: »Das wirst du schon noch. Er hat heute Nachmittag sehr viel zu tun, da er etwas für die Schule fertig machen muss. Warum nimmst du nicht etwas für Ben mit? Such dir hier irgendetwas aus. Es geht aufs Haus.«

»Das geht doch nicht.«

»Ich bestehe darauf.«

»Das ist sehr nett von dir.«

Ethan entfernte sich von der Kasse. Das Geschäft war nicht sehr groß, aber die Regale, die vom Boden bis zur Decke reichten, quollen über mit handgefertigten Spielzeugen. Er nahm ein Holzauto in die Hand. Es hatte Räder, die man drehen konnte, und auch die Türen, die Motorhaube und die Kofferraumklappe ließen sich öffnen.

»Das ist sehr gut«, staunte er.

»Harolds Arbeit ist ganz hervorragend.«

Ethan stellte das Auto wieder ins Regal.

Kate kam hinter der Kasse hervor. Sie trug ein gelbes Kleid, das an die Farbe herbstlicher Espenblätter erinnerte. Ihre Figur hatte sich fast gar nicht verändert.

»Wie alt ist Ben jetzt?«, wollte sie wissen.

»Er ist zwölf.«

»Hm. Ein schwieriges Alter, in dem die traditionellen Spielzeuge langsam ihren Reiz verlieren.« Sie ging in den hinteren Teil des Ladens. Ihre nackten Füße schritten über den Hartholzboden, der an diesem Spätnachmittag durch das Sonnenlicht, das durch die Fenster hereindrang, fast schon glänzte. »Aber ich habe da vielleicht genau das Richtige.«

Sie stellte sich auf die Zehenspitzen und holte eine Schleuder vom obersten Regalbrett.

Sie war einfach, aber sehr präzise verarbeitet.

Geschnitztes, schlichtes Holz, das glatt geschliffen worden war.

Ein dickes Gummiband an den Enden der Gabelung und ein brauner Lederbeutel.

»Das ist perfekt«, meinte Ethan.

»War mir ein Vergnügen.«

Als er die Schleuder entgegennahm, berührte er mit der anderen Hand Kates Hand. Das Hämmern nebenan hörte auf, aber Ethans schnell schlagendes Herz dröhnte so laut in seinen Ohren, dass ihm die Ruhe im Laden überhaupt nicht auffiel.

Er sah ihr in die Augen, die irgendwie blauer aussahen als in seiner Erinnerung, und öffnete die Finger der linken Hand.

Nur mit Mühe konnte er die Elektrizität ignorieren, die bei ihrer Berührung aufflackerte.

Sie entzog sich ihm nicht.

Ihr Blick huschte kurz nach unten.

Sie nahm ihm das Stück Papier ab und ballte ihre Faust darum.

»Es hat mich sehr gefreut, dich wiederzusehen«, sagte Ethan.

Dann verließ er den Laden.

* * *

Die Glöckchen über der Tür des Immobilienmaklerbüros von Wayward Pines klingelten.

Theresa sah von ihrem Schreibtisch auf, als ein Mann, den sie noch nie zuvor gesehen hatte, ihr Büro betrat.

Sie wusste sofort, dass er neu in der Stadt war, was immer das auch zu bedeuten hatte.

Er sah sehr blass und verwirrt aus.

Direkt vor ihrem Schreibtisch blieb er stehen. »Sind Sie Theresa Burke?«, fragte er.

»Die bin ich.«

»Man hat mir gesagt, ich soll mit Ihnen wegen eines Hauses reden, aber ich weiß eigentlich gar nicht …«

»Ja, natürlich. Da kann ich Ihnen helfen. Wie heißen Sie?«

»Ähm, Wayne. Wayne Johnson.«

Sie reichte ihm die Hand. »Freut mich, Sie kennenzulernen, Wayne. Bitte setzen Sie sich.«

Dann holte sie den Ordner mit den leer stehenden Häusern hervor und schob ihn über den Schreibtisch zu ihrem Kunden.

Er zögerte.

Einen Moment lang glaubte sie schon, er würde aufstehen und nach draußen stürmen.

Aber dann schlug er den Ordner auf und blätterte ihn durch.

Sie hasste das. Es war eine Sache, jemandem, der schon seit mehreren Jahren in Wayward Pines wohnte, bei der Suche nach einem größeren Haus behilflich zu sein. Diese Leute wussten, was Sache war und was sie erwartete. Aber dieser arme Mann hier war gerade erst eingetroffen. Er hatte keine Ahnung, was gerade mit ihm passierte. Wusste nicht, warum er hier war. Warum er nicht wegkonnte. Sie fragte sich, ob man ihm schon gedroht hatte.

Nach einer Minute beugte er sich vor.

»Haben Sie etwas gefunden?«, erkundigte sich Theresa.

»Was geht hier vor sich?«, flüsterte er sehr leise.

»Wie meinen Sie das?«, erwiderte Theresa. »Wir sehen uns nur einige Häuser an. Mir ist klar, dass es einen Menschen überfordern kann, sich ein neues Haus auszusuchen, aber ich bin hier, um Ihnen zu helfen.«

Während sie das sagte, glaubte sie beinahe selbst daran.

Durch das Ladenfenster sah sie auf der anderen Straßenseite eine Bewegung: Ethan kam gerade mit einer Schleuder in der Hand aus dem »Wooden Treasures«.

* * *

Ethan sah durch das Fenster hinter dem Spülbecken zu, wie die Dämmerung anbrach. Die Häuser begannen zu glühen. Das Tal war von Klaviermusik erfüllt, da Hecter Gaithers Programm lief.

Die Brise, die durch das Fenster hereinwehte, wurde

langsam winterlich kühl. Ethan merkte es mit jedem Tag mehr, wie es in der Stadt kälter wurde, wenn die Sonne hinter den Bergen versunken war. Es hatte etwas verstörend Aggressives an sich. Er hatte schon gehört, dass die Winter hier lang und legendär waren.

Ethan ließ die Hände ins warme Spülwasser sinken.

Auf einmal stand Theresa neben ihm.

Sie stellte einen Teller auf die Arbeitsplatte.

»Ist alles okay?«, fragte Ethan.

Sie hatte sich während des Essens seltsam verhalten – seltsam selbst für die Verhältnisse in Wayward Pines. Sie hatte keinen Ton gesagt und nur auf ihren Teller gestarrt.

Jetzt sah sie ihm ins Gesicht.

»Hast du nicht etwas vergessen?«, fragte sie.

»Nein.«

Sie war wütend. Es loderte in ihren grünen Augen.

»Hast du nicht noch was für Ben?«

Verdammt!

Sie hatte ihn gesehen. Irgendwie hatte sie ihn im Spielzeugladen gesehen. Aber er hatte die Schleuder nicht mit nach Hause genommen. Stattdessen war er in sein Büro gegangen, hatte kurz mit Belinda gesprochen und Kates Geschenk in die unterste Schublade seines Schreibtischs gestopft.

Weil er genau diese Unterhaltung hatte vermeiden wollen.

»Was hast du damit gemacht?«, wollte Theresa wissen. »Ich glaube, dass sich unser Sohn über eine Schleuder freuen würde.«

»Theresa …«

»Großer Gott, willst du jetzt tatsächlich versuchen, es zu leugnen?«

Er nahm die Hände aus dem Wasser und trocknete sie sich an dem Handtuch ab, das am Ofengriff baumelte.

Dabei spürte er dieses widerliche metallische Brennen in der Kehle, das ihn an die Nacht erinnerte, an der er Theresa von Kate erzählt hatte. Seine Ex-Partnerin war bereits nach Boise versetzt worden, als er Theresa endlich alles gebeichtet hatte. Er konnte nicht damit leben, dass diese Lüge zwischen ihnen stand. Dafür respektierte er sie zu sehr. Dafür liebte er sie zu sehr. Es war nie darum gegangen, dass er seine Frau nicht mehr liebte.

Theresa verstand es nicht.

Das hatte ihn nicht überrascht.

Aber sie setzte ihn auch nicht vor die Tür.

Und das war's.

Sie hatte geweint und war verzweifelt gewesen, hatte ihn letzten Endes aber genauso geliebt wie vorher.

Trotz allem.

Daraufhin war etwas Seltsames geschehen: Aufgrund ihrer Reaktion hatte er sie sogar noch mehr geliebt. Er hatte seine Frau in einem völlig neuen Licht gesehen. So kannte er sie noch gar nicht.

Theresa machte einen Schritt auf ihn zu.

»Ich habe dich gesehen«, sagte sie. »In ihrem Laden. Ich habe dich *gesehen*.«

»Ich war auch da«, gestand Ethan. »Sie hat mir die Schleuder für Ben geschenkt, aber ich habe sie nicht mit nach Hause gebracht …«

»Weil du sie vor mir verstecken wolltest.«

»Warum sollte sie mir etwas geben, das ganz offenkundig von ihr stammt, wenn wir etwas hinter deinem Rücken tun würden?«

»Aber du hast sie vor mir versteckt.«

»Ja.«

Theresa schloss die Augen, und einen Moment lang glaubte Ethan schon, sie würde die Fassung verlieren.

Doch sie schlug die Augen wieder auf und fragte: »Warum bist du dann bei ihr gewesen?«

Ethan stützte die Hände auf den Herd und lehnte sich mit dem Rücken daran.

»Das ist Arbeit, Theresa, und mehr darf ich dir nicht sagen.«

»Arbeit.«

»Sonst hätte ich sie nie aufgesucht.«

»Und das soll ich dir abkaufen?«

»Ich liebe dich und wünschte mir nichts mehr, als dass ich sie nie kennengelernt hätte. Das musst du mir glauben.«

»Und was soll mir das sagen?«

Theresa drehte den Wasserhahn auf und ließ ein Glas volllaufen.

Sie leerte es in einem Zug.

Stellte es ab.

Dann starrte sie aus dem Fenster. »Mir ist klar, dass du von ihr etwas bekommen hast, das du von mir nicht kriegen konntest. Eine Erfahrung, die über die unsrige hinausgeht. Dafür hasse ich dich nicht. Das habe ich nie getan.« Sie drehte sich um und sah ihm ins Gesicht, während vom warmen Seifenwasser Dampf aufstieg. Gaither spielte eines von Mozarts Klavierkonzerten. »Aber das heißt noch lange nicht, dass du mir nicht wehgetan hast«, fügte sie hinzu.

»Das weiß ich.«

»Ich wüsste zu gern, ob du dich bei ihr so fühlst, wie ich mich bei dir fühle. Du musst dazu jetzt nichts sagen. Du warst also nur wegen der Arbeit bei ihr?«

»Ja.«

»Dann bedeutet das also ...«

»Ich kann nicht darüber reden.«

Sie nickte. »Ich lasse mir ein Bad ein.«

»Ich bin über sie hinweg, Theresa. Da ist nichts mehr.«

Er sah seiner Frau nach, als sie aus der Küche ging, und hörte, wie der Hartholzboden unter ihren Schritten knarrte, während sie durch den Flur in Richtung Badezimmer lief.

Eine Tür wurde geschlossen.

Nach einer Minute hörte er, wie Wasser in die Badewanne mit den Löwenfüßen eingelassen wurde.

* * *

Ethan ging ins Bett und schlüpfte unter die Bettdecke.

Er lag auf der Seite, stützte den Kopf auf eine Hand und sah seine schlafende Frau an.

Ihre Körperwärme breitete sich unter der Bettdecke aus.

Sie hatte das Fenster einen Spalt weit offen gelassen, und die Luft, die hereindrang, war so kühl, dass er sich wünschte, noch eine weitere Decke aus der Eichentruhe am Fuß des Bettes geholt zu haben.

Er glaubte, etwa eine halbe Stunde dösen zu können, und schloss die Augen, aber er kam einfach nicht zur Ruhe.

Seine Gedanken rasten.

Kate hatte seine Nachricht zweifellos gelesen.

Aber was hielt sie davon?

Vor sieben Stunden im Café hatte er endlich beschlossen, wie er weiter vorgehen musste.

Er hatte ein Stück von der letzten Ausgabe des »Wayward Light« abgerissen und geschrieben:

Sie wissen Bescheid über dich. Sie beobachten dich. Ich soll gegen dich ermitteln. Mausoleum. 2:00 Uhr heute Nacht.

KAPITEL 12

1:55 Uhr.

Kein Mond und eine Million Sterne am tiefschwarzen Himmel.

Es war kalt.

Der kleine Teich im Park, auf dem keine Enten schwammen, gefror an den Rändern bereits.

Am Nachmittag hatte einer von Pilchers Männern einen neuen Bronco vor Ethans Haus abgestellt, und der SUV sah genauso aus wie sein Vorgänger, nur dass er vielleicht noch etwas mehr glänzte.

Aber Ethan hatte beschlossen zu laufen.

Er schob die Hände tief in die Taschen seines Parkas, da seine Fingerspitzen in der Kälte kribbelten.

Schon bald ging er am Fluss entlang, und das Wasser, das lautstark über die Felsen toste, sorgte dafür, dass die Luft sauber und süß duftete.

War es wirklich erst zwei Wochen her, dass er mitten in der Nacht diesen Fluss überquert hatte, während ihm die ganze Stadt auf den Fersen war, um dann durch die Schlucht zu fliehen?

Er fühlte sich ganz und gar nicht mehr wie dieser Mann.

Ethan kletterte über eine sich langsam zersetzende Steinmauer, die aussah, als wäre sie einem Gedicht von Frost entsprungen, und die sich anfühlte, als würde sie aus lauter Eisblöcken bestehen.

Die Grabsteine glühten wie uralte Gesichter im Sternenlicht, und das Geräusch des Flusses wurde leiser.

Dann ging er durch hüfthohes Gras und Haine aus Buscheichen.

Hier zwischen den Toten am südlichen Stadtrand waren die Lichter von Wayward Pines fast nicht mehr zu sehen.

Das Mausoleum tauchte in der Ferne auf.

War sie hergekommen?

Die alte Kate wäre auf jeden Fall gekommen, daran bestand überhaupt kein Zweifel.

Aber die neue? Die Kate, die jetzt seit neun Jahren in Wayward Pines lebte, die er nicht länger kannte?

Etwas regte sich in den Tiefen seines Verstands. Etwas Hässliches, Unangenehmes.

Angst.

Was war, wenn Kate und ihre Gruppe Alyssa Pilcher tatsächlich gefoltert und ermordet hatten?

Sie haben nicht die leiseste Ahnung, wozu sie fähig ist.

Ihm ging immer wieder durch den Kopf, was Pilcher am Vortag gesagt hatte, und als er sich der Gruft näherte, dachte er: *Ich hätte meine Waffe mitnehmen sollen.*

Das Mausoleum stand zwischen ausgewachsenen Eschen, die bereits die Blätter verloren hatten – Goldmünzen, die zwischen den absterbenden Gräsern lagen. Die steinernen Pflanzgefäße neben der Eisentür waren schon vor langer Zeit verrottet, aber die Säulen standen noch.

Es war windstill.

Der Fluss war nur noch als leises Säuseln zu hören.

»Kate?«

Aber er bekam keine Antwort.

Er zog eine Taschenlampe hervor und ließ den Strahl durch die Eschen schweifen, während er erneut Kates Namen rief.

Dann drückte Ethan die schwere Tür auf, die über den Boden knirschte.

Er leuchtete hinein.

Das Licht fiel auf die Steinwände.

Dann auf das fleckige Buntglasfenster in der hinteren Wand.

Sie war nicht da.

Langsam ging er um die Gruft herum und leuchtete in die umstehenden Büsche, die sich bereits unter dem ersten leichten Frost durchbogen.

Eiskristalle glitzerten im Licht.

Schließlich stand er wieder vor dem Eingang und ließ sich zwischen den Säulen auf den Stufen nieder, als ihm langsam dämmerte, dass sie nicht kommen würde. Er hatte ein riskantes Spiel gespielt und verloren.

Was würde sie jetzt tun? Weglaufen?

Er schaltete die Lampe aus.

Der Weg von seinem Haus hierher und die Vorfreude darauf, sie wiederzusehen, hatten ihn die Kälte ignorieren lassen, die ihm jetzt überdeutlich bewusst wurde.

Langsam rappelte er sich wieder auf.

Dann schnappte er nach Luft.

Kate stand in eineinhalb Meter Entfernung wie ein Geist im Dunkeln, komplett in Schwarz gekleidet, und hatte die Kapuze über den Kopf gezogen.

Als sie näher kam, glitzerte die Klinge des Fleischermessers in ihrer Hand im Sternenlicht.

»Ein Messer? Das ist nicht dein Ernst!«, meinte Ethan.

»Ich dachte, es kommt vielleicht zu einem Kampf.«

»Denkst du das immer noch?«

»Man weiß nie.«

»Würdest du das Ding bitte wegstecken? Ich hab nicht mal eine Waffe dabei.« Sie starrte ihn an. Er konnte ihre Augen in dem schwachen Licht nicht genau erkennen, aber ihr Mund bildete eine dünne, angespannte Linie. »Was ist? Glaubst du mir nicht? Wollen Sie mich abklopfen, Agent Hewson?«

»Mach die Jacke auf.«

Kate schob das Messer in eine behelfsmäßige Scheide aus Klebeband.

Sie legte die Hände um seine Taille.

Bewegte sie nach oben und an seinen Oberschenkeln nach unten.

Dabei ging sie schnell und gründlich vor.

»Du kannst es immer noch«, stellte Ethan fest.

»Was?«

»Du filzt mich wie ein Profi.«

Kate machte einen Schritt nach hinten. Dann sah sie ihn mit einer Härte in den Augen an, die er bei ihr noch nie gesehen hatte.

»Willst du mich verarschen?«, fragte sie.

»Nein. Bist du allein gekommen?«

»Ja.«

»Wo ist Harold?«

»Hältst du uns für so dämlich, dass wir dir beide in die Falle tappen?«

»Niemand stellt euch eine Falle, Kate. Zumindest heute Nacht nicht.«

»Ich weiß nicht mal, ob ich dir glauben kann.«

»Aber du bist hergekommen.«

»Hatte ich denn eine andere Wahl?«

»Wie wäre es, wenn wir drinnen weiterreden?«

»Okay.«

Ethan folgte ihr über die Steinstufen in die Gruft.

Als sie beide durch die Tür gegangen waren, drückte Kate sie mit der Schulter zu.

Sie drehte sich um.

Sie sah Ethan im Dunkeln an.

»Hast du noch deinen Chip?«, fragte sie.

»Ja.«

»Dann wissen sie, dass du hier bist.«

»Vermutlich.«

Kate wirbelte herum und wollte die Tür schon wieder aufziehen, aber Ethan hielt sie zurück.

»Lass mich los!«

»Entspann dich, Kate. Das ist nicht schlimm.«

»So ein Quatsch. Sie wissen, dass du hier bist.«

»Sie kennen nur meinen Standort. Im Mausoleum gibt es keine Mikrofone. Ich bin auch nicht verkabelt.«

»Aber sie wissen, dass du heute Nacht mit mir reden wolltest?«

»Sie haben mich hergeschickt.«

Sie schob ihn mit überraschender Kraft in Richtung des Buntglasfensters und glättete ihre Kleidung.

Ethan holte die Taschenlampe wieder heraus, schaltete sie ein und stellte sie zwischen sich und Kate auf den Boden. Ihre Gesichter sahen von unten angestrahlt grotesk aus.

Ihr Atem bildete in der Kälte kleine Wölkchen.

»Du musst mir vertrauen, Kate.«

Sie lehnte sich an die Wand. »Du musst mir erst beweisen, dass ich dir wirklich vertrauen kann.«

»Wie soll ich das denn machen?«

»Was wissen die über mich?«

»Sie wissen, dass du und einige andere die Mikrochips entfernt haben. Dass ihr manchmal nachts unterwegs seid.«

»Und sie haben dich hergeschickt, um mich unter die Lupe zu nehmen?«, fragte sie.

»Genau.«

»Warum?«

»Wollen wir das wirklich so ablaufen lassen?«

»Ich weiß nicht, was du damit sagen willst. Vor zwei Wochen hast du diese Stadt auf den Kopf gestellt und wolltest nichts weiter, als von hier verschwinden. Jetzt bist du auf einmal der Sheriff und arbeitest eindeutig für *sie*.«

»Dann weißt du, dass es *sie* gibt.«

»Welcher Idiot weiß das denn nicht?«

»Was weißt du noch, Kate?«

Sie ließ sich auf dem Boden nieder.

Ethan setzte sich ebenfalls.

»Ich weiß, dass ein Zaun um diese Stadt herumführt. Ich weiß, dass wir alle überwacht werden. In jeder Minute. Ich weiß, dass du vor zwei Wochen selbst noch die Wahrheit wissen wolltest.«

»Bist du je auf der anderen Seite des Zauns gewesen?«

Kate zögerte und schüttelte dann den Kopf. »Du?« Sie musste es in seiner Miene erkannt haben, denn bevor er sie noch anlügen konnte, stellte sie fest: »Großer Gott, du warst auf der anderen Seite.«

»Erzähl mir von Alyssa.«

Kate zuckte nicht zusammen, aber er konnte in ihren Augen erkennen, dass sie erstaunt war.

»Was ist mit ihr?«

»Du weißt doch, dass sie vor zwei Nächten ermordet wurde?«

»Ist das dein Ernst?«

»Sie wurde nackt mitten auf der Straße gefunden und ist gefoltert und erstochen worden.«

»Großer Gott.« Sie stieß einen langen Atemzug aus. »Wer hat sie gefunden?«

»Ich.«

»Warum fragst du mich das?«

»Kate.«

»Was ist?«

»Glaubst du, sie wüssten nicht, dass du mit Alyssa gesprochen hast?«

Ihr Blick wurde unruhig, und in ihrem Gesicht spiegelte sich ihre aufkeimende Panik wider.

»Sie ist zu mir gekommen«, flüsterte Kate.

»Ich weiß. Ich habe die Bilder gesehen. Du wolltest dich in der Nacht, in der sie gestorben ist, mit ihr treffen.«

»Woher weißt du das?« Er gab ihr keine Antwort, sondern ließ sie selbst die richtigen Schlüsse ziehen. Ihre Gesichtszüge entglitten. »Oh. Verstehe. Sie hat zu ihnen gehört.«

»Ja.«

»Sie war eine Spionin.«

»Was ist in dieser Nacht passiert, Kate? Du wolltest dich um 1:00 Uhr nachts hier mit ihr treffen. Sie hat alles aufgeschrieben. Was ist passiert?«

Kate starrte zu Boden.

»Ich weiß nicht, ob du mir glaubst, aber ich bin als dein Freund hergekommen«, versicherte Ethan ihr.

»Ich glaube dir nicht.«

»Warum nicht?«

»Weil ich es nicht riskieren kann, mich zu irren.«

»Erzähl mir, was passiert ist. Ich kann dir helfen.«

»Brauche ich denn deine Hilfe?«

»Mehr, als du dir vorstellen kannst.«

»Was ist auf der anderen Seite des Zauns?«

»Frag mich das doch nicht.«

»Ich muss es wissen.«

»Was ist mit Alyssa passiert?«

»Ich weiß es nicht.«

»Hast du sie getötet?«

»Sag du es mir. Bin ich eine Mörderin?«

»Ich kenne dich nicht mehr.«

Kate stand auf. »Das tut mir mehr weh, als du ahnst.«

»Hast du sie getötet?«

»Nein.«

Ethan nahm die Taschenlampe in die Hand und stand ebenfalls auf. »Erzähl mir, in was du da verwickelt bist.«

»Leb wohl, Ethan.«

»Ich muss es wissen.«

»Warum? Weil du es wissen willst oder die Leute, nach deren Pfeife du tanzt?«

»Sie werden dich umbringen, Kate. Dich und Harold. Sie lassen euch einfach verschwinden.«

»Ich kenne das Risiko.«

»Und?«

»Und ich lebe mein Leben nach meinen Regeln. Wenn das dazu führt, dann ist das eben so.«

»Ich möchte dir nur helfen.«

»Auf wessen Seite stehst du wirklich, Ethan?«

»Das weiß ich noch nicht.«

Sie lächelte. »Das waren die ersten wahren Worte, die ich heute von dir gehört habe. Dafür danke ich dir.« Sie nahm seine Hand. Ihre Finger waren eiskalt, aber die Form der Hand war ihm vertraut. Er dachte daran, wie er sie vor fast zweitausend Jahren an einem Strand im Norden Kaliforniens gehalten hatte.

»Du hast Angst«, erkannte Kate.

Ihre Gesichter waren nur noch wenige Zentimeter voneinander entfernt. Er hatte das Gefühl, vor einer warmen Lampe zu stehen.

»Haben wir die nicht alle?«

»Ich bin jetzt seit neun Jahren hier. Ich habe nicht die leiseste Ahnung, wo ich bin oder warum ich hier bin. Manchmal glaube ich, dass wir alle tot sind, aber in den ruhigen, finstersten Stunden der Nacht weiß ich, dass dem nicht so ist.«

»Was machst du, wenn du mitten in der Nacht das Haus verlässt?«

»Was ist auf der anderen Seite des Zauns?«

»Ich kann dich beschützen, Kate, aber du musst …«

»Ich will deinen Schutz nicht.«

Sie zog die Tür auf und trat in die Nacht hinaus.

Als sie fünf Schritte von der Gruft entfernt war, blieb sie stehen, drehte sich um und starrte Ethan an.

»Als ich Alyssa vor zwei Nächten zum letzten Mal gesehen habe, war sie noch am Leben.«

»Wo hast du sie zuletzt gesehen?«

»Wir haben uns auf der Main Street getrennt. Wir haben sie nicht umgebracht, Ethan.«

»Aber sie war in der Nacht, in der sie gestorben ist, bei dir.«

»Ja.«

»Wo?«

Kate schüttelte den Kopf.

»Wo geht ihr nachts hin, Kate? Und warum?«

»Was ist hinter dem Zaun?« Als er ihr keine Antwort gab, lächelte sie. »Das habe ich mir gedacht.«

»Liebst du ihn?«

»Wie bitte?«

»Deinen Mann. Liebst du ihn? Ist das alles echt?«

Ihr Lächeln verschwand.

»Man sieht sich, Sheriff.«

* * *

Er ging nach Hause und war nicht schlauer als vorher.

Er wusste nicht, ob Kate ihn angelogen hatte.

Er wusste nicht, ob sie auf der anderen Seite des Zauns gewesen war.

Er wusste nicht, ob sie Alyssa getötet hatte.

Er wusste überhaupt nichts.

Während ihrer Affäre hatte sie auch diese Wirkung auf ihn gehabt. Er hatte einen Tag mit ihr verbracht und sich die ganze Zeit großartig gefühlt, nur um hinterher immer noch nicht zu wissen, wo er eigentlich stand. Nur, um alles infrage zu stellen. Ihm war nie klar geworden, ob sie das mit Absicht machte oder ob es sein eigener Fehler war, dass er diese Frau so nah an sich heran- und so tief in seinen Kopf ließ.

Er zog die Stiefel direkt nach Betreten des Hauses aus und schlich die Treppe hinauf. Es war kalt im Haus, und der Boden knarrte und knackte unter seinem Gewicht.

Oben im ersten Stock ging er zum Zimmer seines Sohnes.

Die Tür stand offen.

Er lief zum Bett.

Im Zimmer waren es vermutlich nicht einmal zehn Grad.

Ben schlief unter fünf Decken, aber Ethan zog sie dennoch etwas weiter nach oben und strich dann mit der Hand über die Wange des Jungen.

Sie war weich und warm.

Die Wagenladungen mit dem Feuerholz mussten jetzt jeden Tag eintreffen. Die Stadt verfeuerte jeden Winter beachtliche Mengen an Pinienholz, und jeder Haushalt erhielt sechs Klafter. Pilcher hatte eine kleine Armee seiner Männer schwer bewaffnet auf die andere Seite des Zauns geschickt, wo sie Tag für Tag Bäume fällten.

Ethan ging zum Schlafzimmer.

Er zog sich die Hose und das Hemd aus und ließ den Kleiderhaufen im Türrahmen liegen.

Der Boden war eiskalt.

Er hastete zum Bett.

Als er unter die Decke gekrochen war, legte er sich auf die Seite und zog Theresa an sich.

Ihr Körper strahlte Wärme aus.

Er küsste ihren Nacken.

An Schlaf war noch lange nicht zu denken. In letzter Zeit fiel es ihm immer schwerer, die Gedanken in seinem Kopf zum Schweigen zu bringen.

Er schloss die Augen.

Vielleicht konnte er ja trotzdem einschlafen.

»Ethan.«

»Hey, Baby«, flüsterte er. Sie drehte sich um. Ihr Atem strich über seine Wange, und er spürte die vertraute, sanfte Wärme.

»Nimm deine Füße da weg. Sie sind eiskalt.«

»Entschuldige. Habe ich dich geweckt?«, fragte er.

»Schon, als du gegangen bist. Wo bist du gewesen?«

»Ich hatte zu arbeiten.«

»Hast du sie gesehen?«

»Ich kann nicht …«

»Ethan.«

»Was?«

»Wo?«

»Es ist unwichtig, Theresa. Das Ganze ist wirklich …«

»Ich stehe das nicht länger durch.«

»Was? Das mit uns?«

»Diese Stadt. Mit uns darin. Du. Sie. Dein Job.« Sie beugte sich dicht an ihn heran, drückte die Lippen an sein Ohr und flüsterte: »Kann ich so reden oder werden sie uns trotzdem hören?«

Er zögerte.

»Ich werde es so oder so machen, Ethan.«

»Dann lieg ganz still.«

»Was?«

»Bleib einfach still liegen.«

»Warum?«

»Tu es doch einfach. Und beweg vor allem nicht dein linkes Bein.«

Sie lagen reglos da.

Er konnte spüren, wie das Herz seiner Frau gegen seine Brust klopfte.

Ethan zählte im Kopf bis fünfzehn und flüsterte dann: »Sprich nicht lauter als so.«

»Ich habe immer geglaubt, dass ich es tun könnte, wenn ich dich nur zurückbekommen würde, wenn du wieder bei uns wärst. Dass ich die Lüge dann ertragen könnte.«

»Und?«

»Ich kann es nicht.«

»Du hast keine andere Wahl, Theresa. Ist dir klar, in welche Gefahr du unsere Familie allein durch diese Unterhaltung bringst?«

Sie drückte den Mund dichter an sein Ohr.

Es lief ihm eiskalt den Rücken herunter.

»Ich möchte von hier weg, Ethan. Mir reicht es. Es ist mir egal, was mit uns passieren *könnte*. Ich will hier einfach weg.«

»Dir ist egal, was unserem Sohn zustoßen könnte?«, flüsterte Ethan.

»Das ist kein Leben. Mir ist egal, ob wir alle sterben.«

»Gut. Denn das werden wir.«

»Weißt du das mit Sicherheit?«

»Einhundertprozentiger Sicherheit.«

»Weil du es weißt.«

»Ja.«

»Was ist da draußen, Ethan?«

»Wir dürfen diese Unterhaltung nicht führen.«

»Ich bin deine Frau.«

Ihre Körper drückten sich gegeneinander.

Ihre Beine fühlten sich so kalt und glatt an seiner Haut an, und die Wärme, die sie ausstrahlte, machte ihn ganz verrückt. Er hätte sie am liebsten geschüttelt. Er hätte sie so gern gefickt.

»Warum in aller Welt kriegst du jetzt eine Erektion?«

»Keine Ahnung.«

»Was ist da draußen, Ethan?«

»Du willst es wirklich nicht wissen.«

Auf einmal lag ihre Hand an seinem Penis.

»Denkst du an sie?«

»Nein.«

»Schwöre es.«

»Ich schwöre.«

Sie rutschte nach unten unter die Bettdecke und nahm ihn in den Mund. Dann brachte sie ihn bis kurz vor den

Höhepunkt, nur um wieder hochzurutschen und ihr Nachthemd auszuziehen. Schon saß sie auf ihm, und ihr Atem bildete kleine Wölkchen in der Luft. Sie beugte sich vor und küsste ihn. Ihre Brustwarzen pressten sich in der Kälte fest auf seine Brust.

Theresa rollte sich auf den Rücken und zog Ethan mit sich, der dabei in sie eindrang.

Sie war laut, und sie klang so wunderbar.

Als sie kurz vor dem Orgasmus war, zog sie Ethans Kopf nach unten, sodass ihre Lippen an seinem Ohr lagen. Sie stöhnte und murmelte: »Sag es mir.«

»Was?«, hauchte er atemlos.

»Sag mir … *Oooooh Gott, Ethan* … wo wir wirklich sind.«

Ethan vergrub sein Gesicht neben ihrem Ohr. »Wir sind alles, was noch übrig ist, Baby.« Dann kamen sie zusammen, laut und schnell, derart im Einklang, wie sie es immer gewesen waren. »Das ist die letzte Stadt auf der Welt.«

Theresa rief: »*O ja, ja, ja, ja. Hör nicht auf!*«, und war dabei so laut, dass seine Worte untergingen.

»Und wir sind von Monstern umgeben.«

* * *

Sie lagen verschlungen und völlig ermattet da.

Ethan flüsterte ihr Worte ins Ohr.

Er sagte ihr alles.

Wo sie waren. In welcher Zeit. Erzählte ihr von Pilcher und den Abbys.

Dann stützte er sich auf einen Ellenbogen und streichelte ihr Gesicht.

Theresa starrte an die Decke.

Sie war jetzt seit fünf Jahren hier, weitaus länger als er, doch sie hatte die ganze Zeit in einem unbestimmten Schwebezustand verbracht. In Unwissenheit. Jetzt wusste sie Bescheid. Vielleicht hatte sie es zuvor schon vermutet, aber nun war die Unsicherheit verschwunden und sie wusste, dass sie all die Menschen, die sie in ihrem früheren Leben geliebt hatte, nie wiedersehen würde, dass nur noch Ethan und Ben übrig waren. All die anderen waren seit zwei Jahrtausenden tot. Und falls sie je die Hoffnung gehabt hatte, Wayward Pines verlassen zu können, so hatte Ethan sie völlig zunichtegemacht.

Sie würde niemals von hier wegkommen.

Ihr Urteil lautete lebenslang.

Ethan fragte sich, welches Gefühl bei ihr vorherrschte, aber er vermutete, dass in ihr ein Tumult aus Wut, Verzweiflung, Entsetzen und Angst tobte.

Im Licht einer Straßenlampe, das durch das Fenster hereinfiel, sah er, wie ihr die Tränen in die Augen stiegen.

Er spürte, wie ihre Hand in seiner zu zittern begann.

KAPITEL 13

Wasserturm
Volunteer Park
Seattle, 2013

Als Hassler zum Eingang des Wasserturms kam, trat eine Frau aus dem Schatten neben der Tür hervor.

»Sie sind spät dran«, sagte sie.

»Nur fünf Minuten. Entspannen Sie sich. Ist er da oben?«

»Ja.«

Sie konnte nicht viel älter als zwanzig sein. Sie war dünn und muskulös gebaut, dabei wahnsinnig attraktiv, aber sie hatte tote Augen. Pilcher hatte seinen Bodyguard interessant ausgewählt. Aber sie wirkte wie jemand, der auf sich aufpassen konnte.

Nun stellte sie sich zwischen Hassler und die Tür und versperrte ihm den Weg.

»Darf ich?«, meinte dieser.

Einen Augenblick lang glaubte er schon, sie würde ihn nicht durchlassen, doch schließlich ging sie zur Seite.

Im Vorbeigehen meinte er zu ihr: »Lassen Sie niemanden nach oben.«

»Danke, dass Sie mir sagen, wie ich meinen Job zu machen habe, G-Man.«

Das Metall klapperte unter Hasslers Budapestern.

Er stieg die Treppe nach oben.

Die Aussichtsebene war schwach beleuchtet, und vor die Bogenfenster in der kreisförmigen Ziegelsteinmauer hatte man Netze gehängt, damit niemand hinausfallen konnte. Außerdem sorgte ein Gitter, das vom Boden bis zur Decke reichte, dafür, dass man nicht die zweiundzwanzig Meter lange offene Treppe herunterstürzte.

David Pilcher trug einen langen schwarzen Mantel und einen Bowlerhut und saß auf einer Bank auf der anderen Seite der Aussichtsebene.

Hassler ging zu ihm und setzte sich ebenfalls.

Einen Augenblick lang war nichts als das Geräusch des Regens, der über ihnen auf das Dach fiel, zu hören.

Dann sah Pilcher zur Seite, während sich die Andeutung eines Lächelns auf seinen Lippen abzeichnete.

»Agent Hassler.«

»David.«

Die Skyline von Seattle sah durch das Fenster aufgrund der tief hängenden Wolken wie ein Gewirr ineinander übergehender neonfarbener Flecken aus.

Pilcher griff in seine Manteltasche und holte einen dicken Umschlag heraus.

Er legte ihn Hassler auf den Schoß.

Vorsichtig öffnete Hassler ihn, sah hinein und zählte die Einhundertdollarscheine.

»Sieht nach dreißigtausend aus«, meinte er dann und verschloss den Umschlag wieder.

»Gibt es Neuigkeiten?«, wollte Pilcher wissen.

»Agent Burkes Verschwinden und Agent Stallings' Tod sind jetzt fünfzehn Monate her. Es gab keine neuen Spuren. Keine Beweise. Verstehen Sie mich nicht falsch, ich will damit nicht sagen, dass irgendjemand im Finanzministerium je vergessen wird, dass in Wayward Pines, Idaho, einer unserer Agenten getötet wurde und drei verschwunden sind. Aber ohne neue Informationen drehen sie sich im Kreis, und das wissen sie. Vor zwei Tagen wurden die Ermittlungen zu meinen vermissten Agenten offiziell in der Priorität herabgestuft.«

»Was glauben Ihre Leute, was dort passiert ist?«

»Wollen Sie die Theorien hören?«

»Ja.«

»Sie schließen nichts aus, sind aber weit von der Wahrheit entfernt. Heute fand der Hoffnungsgottesdienst für Ethan Burke statt.«

»Was ist ein Hoffnungsgottesdienst?«

»Ich habe nicht den leisesten Schimmer.«

»Sind Sie hingegangen?«

»Ich war danach auf der Party in Theresas Haus.«

»Ich werde ihr einen Besuch abstatten, wenn wir hier fertig sind.«

»Wirklich?«

»Es wird Zeit.«

»Theresa und Ben?«

»Ich habe die Theorie, dass der Übergang leichter vonstattengehen wird, wenn ich die Familien zusammenhalten kann.«

Hassler stand auf.

Er ging zum Fenster.

Starrte an dem verglasten Wintergarten vorbei, der von der Weihnachtsbeleuchtung erhellt wurde.

Er konnte den Verkehrslärm und Musik unten vom Capitol Hill hören, aber hier oben auf dem Wasserturm hatte er das Gefühl, meilenweit von allem entfernt zu sein.

»Haben Sie mal über das nachgedacht, worüber wir beim letzten Mal gesprochen haben?«, wollte Hassler wissen.

»Das habe ich. Und Sie?«

»Ich denke an nichts anderes mehr.« Hassler drehte sich um und starrte Pilcher an. »Wie wird es sein?«

»Wie wird was sein?«

»Wayward Pines. Wenn Sie wieder aufwachen aus der, wie nennen Sie es doch gleich?«

»Aus der suspendierten Animation.« Pilchers Gesicht verfinsterte sich. »Sie wissen bereits weitaus mehr über mein Projekt, als mir lieb ist.«

»Wenn ich Ihnen schaden wollte, dann hätte ich das schon vor Monaten tun können, David.«

»Wenn ich Ihren Tod wollte, Agent Hassler, und ebenso den all jener, die Sie lieben, dann könnte mich nichts auf der Welt davon abhalten. Ich würde das aus dem Gefängnis und sogar aus dem Grab noch bewerkstelligen.«

»Dann haben wir ja eine Vertrauensbasis gefunden«, stellte Hassler fest.

»Das ist durchaus möglich. Zumindest haben wir uns der gegenseitigen Vernichtung versichert.«

»Das ist meiner Ansicht nach dasselbe.« Eisige Regentropfen wurden durch das Fenster hereingeweht, und Hassler stellte fest, dass sie ihm unangenehm kalt den Nacken benetzten. »Kommen wir zurück zu meiner Frage, David. Wie wird es sein, wenn Sie alle aufwachen?«

»Zuerst gibt es viel zu tun. Sehr viel sogar. Die Stadt muss neu aufgebaut werden. Das wird einige Zeit in Anspruch nehmen. Aber danach? Keine Ahnung. Wir reden von einer Zeit, die zweitausend Jahre in der Zukunft liegt. Dieser Turm, auf dem wir gerade stehen, wird zerfallen sein. Diese Skyline wird es nicht mehr geben. All die Menschen in dieser Stadt, ihre Kinder, Enkel und Urenkel werden sich in Nichts aufgelöst haben. Sogar ihre Knochen werden längst zu Staub zerfallen sein.«

Hassler umklammerte das Gitter vor dem Fenster.

»Ich möchte ein Teil davon sein.«

»Es gibt keine Garantien, Adam.«

»Das habe ich begriffen.«

»Wir sind wie Kolumbus auf der Suche nach Indien. Der erste Mensch auf dem Mond. Eine Million Dinge können schiefgehen, und dann wachen wir niemals auf. Vielleicht schlägt ein Asteroid ein. Es gibt ein Erdbeben. Wir könnten in einer vergifteten Atmosphäre aufwachen oder einer so feindlichen Welt, wie wir sie uns nicht einmal vorstellen können.«

»Glauben Sie wirklich, dass so etwas passiert?«

»Ich habe keine Ahnung, was uns erwartet, wenn wir aufwachen. Ich habe nur dieses Bild von einer perfekten Kleinstadt im Kopf, in der die Menschheit die Chance bekommt, noch mal von vorn anzufangen. Das ist alles, was mich je angetrieben hat.«

»Dann darf ich mitkommen?«

»Ich habe bereits genug Angestellte. Welche Fähigkeiten bringen Sie mit?«

»Intelligenz. Führungsqualitäten. Die Fähigkeit zu überleben. Ich war bei der Delta Force, bevor ich zum Secret Service gegangen bin, aber ich gehe davon aus, dass Sie das längst wissen.«

Pilcher lächelte nur und erwiderte: »Tja, dann sind Sie wohl dabei.«

»Ich muss Sie allerdings um einen Gefallen bitten, und wenn Sie einverstanden sind, können Sie den Umschlag wiederhaben.«

»Welcher wäre das?«

»Ethan Burke darf niemals aufwachen.«

»Warum?«

»Ich möchte mit Theresa zusammen sein.«

»Theresa Burkc.«

»Genau.«

»Ethans Frau.«

»Ja.«

»Sind Sie in sie verliebt?«, wollte Pilcher wissen.

»Das bin ich in der Tat.«

»Und liebt sie Sie auch?«

»Noch nicht. Sie hat nie aufgehört, ihn zu lieben.« Hassler spürte, wie sein Magengeschwür zu brennen begann, als die Eifersucht in ihm hochkochte. »Er betrügt sie mit seiner Ex-Partnerin Kate Hewson, und sie nimmt ihn trotzdem zurück. Sie liebt ihn noch immer. Haben Sie Theresa Burke je kennengelernt?«

»Noch nicht, aber das werde ich in Kürze nachholen.«

»Er hat sie nicht verdient.«

»Sie aber schon.«

»Ich würde diese Frau so lieben, wie sie es verdient hat. Sie wäre mit mir zusammen in Wayward Pines glücklicher, als sie es je zuvor in ihrem Leben gewesen ist.« Er war völlig außer Atem, als er die Worte endlich ausgesprochen und es sich von der Seele geredet hatte. Das hatte er bisher noch niemandem anvertraut.

Pilcher stand lachend auf. »Dann geht es Ihnen letzten Endes also nur darum, dass Sie die Frau kriegen?«

»Nein, es ist …«

»Das war nur Spaß. Ich werde dafür sorgen, dass es so kommt.«

Die Männer schüttelten sich die Hand.

»Wann gehen wir runter?«, erkundigte sich Hassler.

»Man nennt es Deanimation. Meine Superstruktur ist fertig. Wir müssen nur noch die Lager auffüllen und die letzten Rekruten einsammeln. Ich bin vierundsechzig Jahre alt und werde nicht jünger, und auf der anderen Seite wartet noch ein Haufen Arbeit auf mich.«

»Dann …«

»Wir feiern Silvester eine große Party in Wayward Pines. Meine Familie, ich und einhundertzwanzig Mitglieder meiner Crew werden den besten Champagner trinken, den man für Geld kaufen kann, und uns dann für rund zweitausend Jahre schlafen legen. Sie können gern mitfeiern.«

»Dann also in zwei Wochen?«

»In zwei Wochen.«

»Was wird die Öffentlichkeit denken?«

»Ich habe Vorkehrungen getroffen. Mein letzter öffentlicher Vortrag ist sieben Jahre her. Ich bin zu einem Einsiedler geworden. Die Chancen stehen fünfzig zu fünfzig, dass überhaupt ein Nachruf auf mich erscheint. Was ist mit Ihnen? Wie stellen Sie sich Ihren Abgang vor?«

»Ich werde mir meinen Rentenplan vorzeitig auszahlen lassen, meine Konten leeren und eine leicht zu findende Spur zu einem schäbigen Passfälscher hinterlassen. Das ist jedoch nicht der schwerste Teil.«

»Was ist es dann?«

Hassler sah wieder durch das Fenster durch die vom Nebel umhüllten Berge von Queen Anne hinaus, dem Bezirk, in dem Theresa Burke wohnte.

»Zu wissen, dass ich zweitausend Jahre warten muss, bis ich mit meiner Traumfrau zusammen sein kann.«

III

KAPITEL 14

Tobias lag flach auf dem Bauch im sich wiegenden Gras.

In fünfhundert Meter Entfernung kam der Abby aus dem Hain aus Amerikanischen Strandkiefern.

Er lief auf das Feld und bewegte sich in großem Bogen in Tobias' Richtung.

Scheiße.

Tobias war gerade vor fünf Minuten auf der anderen Seite des Feldes aus dem Wald gekommen. Weitere dreißig Minuten früher hatte er einen Fluss überquert und war ungefähr eine halbe Sekunde am Ufer sitzen geblieben, während er mit sich rang, ob er eine Trinkpause einlegen sollte. Doch er hatte beschlossen weiterzugehen. Ansonsten wäre er fünf oder zehn Minuten dort geblieben, um zu trinken und seine Flaschen aufzufüllen. In diesem Fall wäre er am Rand des Feldes angekommen, als der Abby bereits im Freien war. Er hätte aus der Deckung und der Sicherheit des Waldes heraus verfolgen können, wohin dieser ging, dafür sorgen können, dass genau die vertrackte Lage, in der er sich jetzt befand, nicht eintrat: dass er den Abby erschießen musste. Eine Begegnung war unausweichlich. Es war helllichter Tag. Der Abby war in Windrichtung von ihm. Tobias hatte keine andere Option, da er ihn nicht abschütteln konnte und die nächsten Bäume viel zu weit entfernt waren. Die Kreatur konnte viel zu gut riechen, sehen und hören und würde ihn in dem Moment, in dem er aufstand, sofort entdecken. In Anbetracht der Windrichtung musste sie ihn jetzt sowieso jede Sekunde wittern.

Tobias hatte seinen Rucksack und sein Gewehr in dem Moment ins Gras fallen lassen, in dem er die Bewegung in der Ferne entdeckt hatte. Jetzt nahm er seine Winchester in die Hand.

Er richtete den Schaft aus und stützte sich auf den rechten Ellenbogen.

Dann sah er durch das Zielfernrohr.

Es war seit einer Ewigkeit nicht mehr benutzt worden, und als der Abby ins Fadenkreuz kam, dachte Tobias daran, wie oft sich das Zielfernrohr wohl schon verschoben hatte, wenn er die Waffe an einen Baum gelehnt oder zu Boden geworfen hatte. Auch der viele Regen und Schnee hatten dem Gewehr in den mehr als tausendzweihundert Tagen, die er jetzt in der Wildnis war, stark zugesetzt.

Er schätzte die Entfernung auf zweihundert Meter. Das war immer noch ein Distanzschuss, aber der Abby füllte das Fadenkreuz aus. Tobias berechnete noch den Wind mit ein, während sein Herz gegen den Boden schlug, der vom Nachtfrost noch immer kalt war. Es war Wochen, wenn nicht gar Monate her, dass er dem letzten Abby begegnet war. Damals hatte er noch Munition für seinen .357er gehabt. Wie er diese Waffe vermisste. Wenn er den Revolver noch hätte nutzen können, wäre er einfach aufgestanden, hätte laut gerufen und die Bestie auf sich zukommen lassen.

Um ihr aus kurzer Distanz den Schädel wegzupusten.

Er konnte durch das Zielfernrohr das Herz des Abbys schlagen sehen.

Er entsicherte die Waffe.

Legte den Finger an den Abzug.

Er wollte nicht abdrücken.

Wenn er hier schoss, wäre der Knall im Umkreis von fünf Kilometern zu hören.

Lass ihn einfach vorbei, vielleicht sieht er dich nicht, dachte er.

Und dann: *Nein. Du musst ihn ausschalten.*

Der Knall hallte über das Feld, wurde von den Bäumen in der Ferne zurückgeworfen und verhallte langsam.

Er hatte danebengeschossen.

Der Abby stand reglos da, war mitten im Lauf auf zwei Beinen stehend erstarrt und hielt die Nase in den Wind. Er hatte einen Bart aus getrocknetem Blut von seiner letzten Beute im Gesicht und am Hals. Tobias konnte seine Größe durch das Zielfernrohr schlecht einschätzen, aber eigentlich war es auch egal. Selbst die kleineren, die nur etwa fünfundfünfzig Kilo wogen, waren absolut tödlich.

Tobias drehte den Ladegriff nach oben und zog ihn nach hinten.

Die leere Patrone flog in einer kleinen Rauchwolke durch die Luft.

Er drückte den Bolzen nach vorn, arretierte ihn wieder und sah erneut durch das Zielfernrohr.

Der Abby hatte gut an Boden gewonnen und rannte im Höchsttempo in diesem flachen, seltsamen Gang, der an einen Pitbull erinnerte, über die Wiese auf ihn zu.

In seinem früheren Leben hatte Tobias auf der ganzen Welt Kämpfe miterlebt, in Mogadischu, Bagdad, Kandahar, den Kokafeldern Kolumbiens. Geiselrettungen, Festnahmen hochrangiger Ziele, unauffällige Attentate. Aber nichts davon war derart Angst einflößend gewesen wie ein angreifender Abby.

Er war noch einhundertfünfzig Meter entfernt und kam immer näher, und Tobias hatte keine Ahnung, wie verzogen sein Zielfernrohr war.

Daher richtete er das Fadenkreuz auf die Körpermitte.

Er drückte ab.

Das Gewehr zuckte gegen seine Schulter, und eine Blutspur war auf der rechten Seite des Abbys zu sehen. Der Schuss hatte seine Rippen gerade mal gestreift, und die Kreatur lief ungehindert weiter auf Tobias zu.

Aber jetzt wusste er, was mit dem Zielfernrohr los war und dass es ein paar Grad nach rechts und nach unten verzogen war.

Tobias warf die Patronenhülse aus.

Er legte eine neue in die Kammer, lud nach und passte das Zielfernrohr an.

Jetzt konnte er den Abby hören, sein schnelles Atmen und die Geräusche seiner Krallen im Gras.

Eine seltsame Zuversicht machte sich in ihm breit.

Er richtete das Fadenkreuz auf den Kopf und feuerte.

Als der Wind den Pulverdampf vertrieben hatte, sah Tobias den Abby mit dem Gesicht nach unten bewegungslos im Gras liegen. Er hatte ihm die Schädeldecke weggeblasen.

Das war Nummer fünfundvierzig.

Er setzte sich auf.

Seine Hände in den fingerlosen Handschuhen schwitzten.

Dann hörte er einen Schrei in den Wäldern.

Schnell hob er das Gewehr und suchte die Baumreihe in sechshundert Meter Entfernung ab.

Ein zweiter Schrei folgte.

Dann ein dritter.

Er konnte zwischen den Bäumen nichts erkennen.

Nur eine Bewegung in den Schatten.

Die Erkenntnis traf ihn, und ihm wurde vor Angst speiübel: Da waren noch mehr von ihnen.

Er hatte nur die Vorhut eines größeren Rudels getötet.

Rasch schulterte er seinen Rucksack, nahm die Winchester und rannte über das Feld.

Der Wald, auf den er sich zubewegte, war noch etwa vierhundert Meter entfernt. Er legte sich den Riemen des Gewehrs über die Schulter und rannte so schnell er konnte, wobei er mit den Armen pumpte und sich alle paar Schritte in die Richtung umdrehte, aus der die Schreie kamen, die jetzt immer lauter und häufiger zu hören waren, obwohl er selbst lautstark keuchte.

Du musst die Bäume erreichen, bevor sie dich sehen. Um Himmels willen. Wenn du die Bäume erreichst, überlebst du vielleicht. Wenn dich das Rudel entdeckt, bist du innerhalb von zehn Minuten tot.

Er drehte sich um und sah den toten Abby im Gras

und die Baumreihe dahinter, aber auf dem Feld war keine Bewegung zu erkennen.

Direkt voraus befanden sich die Bäume, die ihn retten konnten, in fünfzig Meter Entfernung.

Er war seit über einem Jahr nicht mehr um sein Leben gerannt. Wollte man außerhalb des Zauns am Leben bleiben, achtete man vor allem darauf, den Abbys aus dem Weg zu gehen. Man griff nie auf unbekanntem Gebiet an. Man ließ sich immer Zeit. Ging leise. Blieb zwischen den Bäumen, wann immer es möglich war. Ging nur ins Freie, wenn es sich nicht vermeiden ließ. Man übereilte nichts. Hinterließ keine Spuren. Und wenn man jede Sekunde des Tages wachsam blieb, hatte man eine Chance zu überleben.

Als er die Bäume endlich erreichte, lief der erste Abby gerade auf die Lichtung. Tobias wusste nicht, ob er gesehen worden war, und jetzt konnte er sie auch weder sehen noch hören. In seiner Brust herrschte ein irrsinniger Tumult, und er keuchte heftig.

Er rannte zwischen den Bäumen hindurch und verfing sich mit den Armen in den Ästen.

Ein Zweig ritzte ihm die rechte Seite des Gesichts auf.

Blut lief ihm über die Lippe.

Er sprang über einen umgestürzten Baumstamm und sah nach hinten, als er auf der anderen Seite am Boden aufkam, aber es war nichts zu sehen außer dem verschwommenen Grün des Waldes.

Seine Beine brannten.

Seine Lunge schmerzte.

Lange konnte er das nicht mehr durchhalten.

Er taumelte auf eine Lichtung voller Felsen, die an eine zwanzig Meter hohe Klippe grenzte. Die Verlockung, sich durch Klettern in Sicherheit zu bringen, war groß, aber auch irreführend, da Abbys fast so schnell klettern wie rennen konnten.

Ein Strom floss durch die Lichtung.

Tobias' Stiefel donnerten durch das Wasser.

Schreie hallten hinter ihm durch den Wald.

Er war am Ende. Er konnte schlicht und einfach nicht mehr weiterlaufen.

Er rannte in einen Hain aus Buschkiefern, deren Blätter sich purpurrot verfärbt hatten.

Das war's.

Er kroch in die Büsche. Vor Erschöpfung war ihm ganz schwindlig. Er setzte die Waffe ab und riss den Rucksack auf.

Ist das nach allem, was ich durchgemacht habe, der Ort, an dem ich sterben werde?

Die Schachtel mit der Gewehrmunition lag ganz oben.

Wie immer.

Tobias riss sie auf und schob die Patronen ins Gewehr. Er lud zwei ins Magazin, die letzte in die Kammer und schob den Bolzen nach vorn.

Dann drehte er sich auf den Bauch.

Das Laub, das ihn umgab, war bereits orange verfärbt.

Die Luft trug den Geruch sterbender Blätter in sich.

Sein Herz hämmerte so wild, als wollte es aus seinem Brustkorb ausbrechen.

Er starrte zwischen den Bäumen hindurch auf die Lichtung.

Sie kamen.

Er wusste nicht, wie groß das Rudel war, mit dem er es zu tun bekommen würde.

Wenn sie ihn entdeckten und es mehr als fünf waren, dann war sein Schicksal besiegelt.

Falls sie ihn sahen und es nur fünf oder weniger Abbys waren, dann musste jeder Schuss sitzen, damit er eine Chance hatte.

Aber wenn er danebenschoss oder nicht jeder Schuss tödlich war, wenn er vielleicht sogar nachladen musste, dann würde er sterben.

Aber kein Stress.

Er behielt die von Felsen übersäte Lichtung durch das Zielfernrohr im Auge.

Dies war nicht das erste Mal, dass er vor der Aussicht stand, möglicherweise nicht mehr nach Wayward Pines zurückkehren zu können. Er war schon jetzt vier Monate zu spät dran. Möglicherweise gingen sie längst davon aus, dass er bei seiner Mission ums Leben gekommen war. Pilcher würde natürlich länger warten und ihm gute sechs Monate Überziehungszeit zugestehen, bevor er jemanden auf die andere Seite des Zauns und tief in feindliches Territorium schickte. Aber wie groß war die Wahrscheinlichkeit, dass ein anderer Nomade das herausfand, was er entdeckt hatte? Dass er ebenso lange überleben konnte wie er?

Ein Abby betrat die Lichtung.

Dann noch einer.

Und noch einer.

Ein vierter.

Ein fünfter.

Das reicht. Bitte kein …

Eine Gruppe von fünf weiteren schloss zu der ersten auf.

Dann kamen noch zehn.

Schon bald standen fünfundzwanzig Abbys im Schatten der Klippe.

Tobias' Herz wurde schwer.

Er kroch nach hinten und tiefer in das Dickicht, wobei er seinen Rucksack und sein Gewehr mit sich zog, damit ja nichts zu sehen war.

Jetzt hatte er keine Chance mehr.

* * *

Das Licht wurde langsam schwächer.

Er dachte über all das nach, was geschehen war, und versuchte, den Moment zu finden, in dem er die Lage falsch eingeschätzt, einen Fehler begangen hatte, aber da gab es keinen. Er hatte fünf Minuten am Rand des Feldes gewartet, bevor er weitergegangen war. Er hatte die Umgebung genau untersucht. Gelauscht. Er hatte nichts übereilt.

Gut, er hätte dieses freie Feld natürlich auch umgehen, sich am Waldrand fortbewegen können. Aber dann hätte er den ganzen Tag dafür gebraucht.

Nein. Eine solche Entscheidung konnte man nicht kritisieren. Daran war nichts unvorsichtig gewesen.

Seiner Schätzung nach lag Wayward Pines fünfzig bis sechzig Kilometer östlich seiner Position.

Das entsprach vier Reisetagen, wenn alles glattging.

Zehn bei schlechtem Wetter oder mit kleinen Verletzungen.

Er hatte es fast geschafft, verdammt noch mal!

In den letzten drei Tagen war er immer höher in die Berge gestiegen. Mehr und mehr Tannen und Espen mischten sich unter die Pinien. Morgens war es deutlich kälter.

Er konnte sogar spüren, dass die Luft dünner wurde, wenn er tief Luft holte, seine Lunge jedoch nie richtig ausgefüllt wurde.

So ein Mist.

Und jetzt das?

Beruhige dich, Soldat.

Lass diese Gedanken.

Er schloss die Augen und drängte die Panik in den Hintergrund. Neben seiner rechten Hand lag ein kleiner Stein. Er hob ihn auf und begann leise, die fünfundvierzigste Kerbe in den Lauf seiner Winchester zu ritzen.

* * *

Der Abend brach an.

Sie hatten ihn nicht entdeckt, aber sie waren auch nicht weitergezogen.

Es war seltsam, auch wenn er schon früher Abbys beobachtet hatte, die einer Duftspur folgten. Er erinnerte sich an eine Nacht, die er in zwölf Meter Höhe auf einer Pinie verbracht hatte. Da hatte er im Mondlicht einen Abby in fünfzehn Meter Entfernung beobachtet, der die

Nase auf den Boden hielt und ganz offensichtlich einer Spur folgte.

Vielleicht lag es am Bach.

Er war hastig hindurchgewatet, aber das Wasser war immerhin knietief. Möglicherweise wurde seine Duftspur dadurch unterbrochen oder zumindest so verzerrt, dass sie ihr nicht mehr folgen konnten. Eigentlich wusste er gar nicht genau, wie gut der Geruchssinn der Abbys war. Oder was genau sie aufspürten. Tote Hautzellen? Den Geruch gerade zertretenen Grases? Er konnte nur hoffen, dass sie nicht so begabt wie Bluthunde waren.

Die Sonne ging unter.

Die Abbys ließen sich auf der Lichtung nieder.

Einige rollten sich vor den Felsen in Fötushaltung zusammen und schliefen.

Andere hielten sich am Fluss auf und tauchten die Krallen in die Strömung.

Nach einer Weile verschwanden vier von ihnen im Wald.

Tobias war einem Rudel noch nie zuvor so nahe gewesen.

Aus seinem Versteck im Busch sah er Abbys, die nicht größer als 1,20 Meter waren. In etwa vierzig Meter Entfernung von ihm sprangen drei von ihnen an der Stelle, an der der Fluss wieder im Wald verschwand, im Wasser herum, und das sah für Tobias stark nach einer Mischung aus miteinander ringenden Löwenjungen und Versteck spielenden Menschenkindern aus.

Ihm wurde kalt, und er hatte großen Durst.

Er hatte noch eine halb volle Flasche im Rucksack und

konnte sich durchaus vorstellen, so durstig zu werden, dass er es riskierte, entdeckt zu werden, indem er sie herausholte, aber so verzweifelt war er nicht.

Noch nicht.

* * *

In der Dämmerung kehrten die vier Abbys aus dem Wald zurück.

Sie hatten etwas mitgebracht, was zwei von ihnen zwischen sich trugen, und die Kreatur wehrte sich und jammerte, als sie die Lichtung betraten.

Das Rudel umringte sie.

Auf der Lichtung waren laute Klickgeräusche und Schreie zu hören.

Das hatte Tobias schon häufig gehört, es war ihre Art zu kommunizieren.

Als die Abbys einen Kreis bildeten, machten sie so viel Lärm, dass Tobias es riskieren konnte, sein Gewehr hochzuheben, um sie durch das Zielfernrohr zu beobachten.

Die Jäger hatten einen Elch gefangen, einen schlaksigen, noch nicht ausgewachsenen, dessen Geweih sich gerade erst zwischen seinen Ohren abzuzeichnen begann.

Er stand wankend im Kreis, da sein rechtes Hinterbein gebrochen war, dessen Huf er nicht auf dem Boden abstellte, und aus dem ein weißer Knochen herausragte.

Einer der großen männlichen Abbys schob einen jungen in den Kreis.

Das Rudel kreischte und reckte die Klauen gen Himmel.

Der junge Abby stand wie erstarrt da.

Daraufhin schubste ihn ein anderer weiter in die Mitte.

Nach einem Augenblick begann er, sich an seine Beute anzuschleichen, während sich der Elch auf drei Beinen zurückzog. Eine gewisse Zeit lang geschah nichts anderes, und das Schauspiel wirkte fast wie ein schauriges Ballett.

Auf einmal sprang der junge Abby jedoch los und stürzte sich mit ausgestreckten Klauen auf das verwundete Tier. Der Elch riss den Kopf zur Seite, traf seinen Angreifer und ließ den Abby zu Boden stürzen.

Das Rudel tobte, und Tobias glaubte, sie lachen zu hören.

Ein weiterer junger Abby wurde in den Kreis geschoben.

Tobias schätzte, dass er etwa 1,30 Meter groß und vierzig Kilogramm schwer sein mochte.

Er griff den Elch an und sprang ihm auf den Rücken, um ihm die Krallen ins Fell zu bohren, während der verwundete Bock unter seinem Körpergewicht auf die Knie sank. Der Elch hob den Kopf und versuchte vergeblich, sich aufzurappeln, als der Abby ihn mit den Klauen bearbeitete.

Das Spiel ging weiter, und die Jungen jagten den Elch abwechselnd durch den Kreis. Sie bissen. Sie kratzten. Sie ließen ihn bluten, verwundeten ihn jedoch nie schwer.

Schließlich sprang ein 1,85 Meter großer Bulle in den Kreis, packte den jungen Abby im Nacken und zerrte ihn vom Hals des Elchs weg. Dann hielt er sich den Jüngling dicht vors Gesicht und kreischte etwas, das so klang, als würde er seinen Unmut zum Ausdruck bringen.

Er ließ den Jungen fallen und drehte sich zu dem Elch um.

Das Tier schien zu spüren, dass die Gefahr größer geworden war, und wollte sich aufrichten, aber sein Hinterbein war zu schwer verwundet.

Der Bulle kam näher.

Er beugte sich über den Elch.

Hob den rechten Arm.

Der Elch schrie.

Der Bulle kreischte etwas, und die drei jungen Abbys sprangen in den Kreis und stürzten sich auf den Elch, um dessen Innereien zu fressen, die dampfend im Gras lagen.

Als sich der Kreis der Abbys langsam um die fressenden Jungen schloss, senkte Tobias das Gewehr.

Jetzt war es laut genug, dass er nach seinem Rucksack greifen konnte. Er suchte darin herum, bis er mit den Fingern endlich die Flasche berührte. Dann zog er sie heraus, schraubte den Deckel ab und ließ das Wasser durch seine Kehle fließen.

* * *

Er schlief zitternd und träumte von all dem, was er gesehen hatte.

Die Ruinen von Seattle, ein dichter pazifischer Regenwald, aus dem hier und da einige eingestürzte Wolkenkratzer herausragten. Die unteren dreißig Meter der Space Needle standen noch und waren umgeben von Unmengen an Ranken und Schlingpflanzen. Ansonsten war außer Mount Rainier nichts mehr zu erkennen. Aus knapp einhundert Kilometer Entfernung sah er auch nach fast zweitausend Jahren unverändert aus. Tobias hatte auf einem Baum auf der Spitze des Hügels gesessen, der früher einmal der Queen Anne Hill gewesen war, und beim Anblick des Berges geweint, während im Regenwald Tiere zu hören waren, die noch nie ein menschliches Wesen zu Gesicht bekommen hatten.

Er träumte davon, wie er in Oregon an einem Strand stand.

Felsformationen ragten wie Phantomschiffe aus dem Nebel.

Er hatte einen Stock genommen und *Oregon, Vereinigte Staaten von Amerika* in den Sand geschrieben. Danach hatte er mit angesehen, wie die Sonne im Meer unterging und die Flut kam, die die Worte fortwusch.

Er träumte davon zu laufen, ohne dass ein Ende der Reise in Sicht wäre.

In Bäumen zu schlafen und Flüsse zu überqueren.

Er träumte von seinem Haus in Wayward Pines. So viele Decken, wie er nur haben wollte. Den Bauch voll mit warmem Essen. Eine Tür, die man abschließen konnte.

Sicherheit hinter dem Zaun.

Schlaf ohne Angst.

Und von seiner Frau.

Wenn du zurückkommst, und du wirst zurückkommen, werde ich dich ficken, als wärst du gerade aus dem Krieg heimgekehrt, Soldat.

Diese Worte hatte sie in der Nacht vor seinem Aufbruch auf die erste Seite seines Tagebuchs geschrieben.

Natürlich hatte sie nicht gewusst, wohin er gehen würde, nur, dass er vielleicht nicht mehr zurückkehren könnte.

Er empfand so viel Zärtlichkeit für sie.

Jetzt mehr als jemals zuvor.

Wenn sie nur wüsste, wie oft er in kalten regnerischen Nächten ihre letzten Worte gelesen und sich dadurch getröstet gefühlt hatte.

Er träumte vom Sterben.

Von seiner Rückkehr.

Und zu guter Letzt träumte er vom allerschrecklichsten der vielen, vielen schrecklichen Dinge, die er gesehen hatte.

Er hatte es schon aus fünfzehn Kilometern gehört und gerochen. Der Lärm war aus einem uralten Mammutbaumwald voller hundert Meter hoher Bäume gekommen, der sich in etwa dort befand, wo früher die Grenze zwischen Kalifornien und Oregon verlief.

Als er näher kam, wurde das Geräusch ohrenbetäubend.

Es klang wie mehrere Tausend anhaltende Schreie.

Das war das größte Risiko, das er in seinen beinahe vier Jahren jenseits des Zauns eingegangen war, aber seine Neugier verhinderte, dass er umkehrte.

Noch Tage danach war sein Hörvermögen beeinträchtigt. Die Lautstärke musste zehnmal höher gewesen sein als das lauteste Rockkonzert. Wie eintausend Jets, die gleichzeitig starteten. Er war darauf zugekrochen, bedeckt mit einer behelfsmäßigen Waldbodentarnung.

Als er noch achthundert Meter davon entfernt war, wurde seine Furcht größer als seine Neugier, und er konnte sich einfach nicht überwinden, noch näher heranzugehen.

Durch die riesigen Bäume hindurch konnte er einen Blick darauf werfen. Es war so groß wie zehn Fußballstadien, und die höchsten Türme ragten weit über die Kronen der Mammutbäume hinaus. Er hatte durch das Zielfernrohr seines Gewehrs gestarrt und versucht zu begreifen, was er da vor sich hatte: eine Struktur, die aus Millionen Tonnen von Erde, Holz und Stein bestand, die mit einer Art Harz verbunden worden waren. Von seiner Position aus wirkte es fast wie eine riesige schwarze Bienenwabe aus mehreren Zehntausend einzelnen Zellen, in denen es von Abscheulichkeiten wimmelte, sowie ihren Lagern voller verfaulender Beute.

Der Gestank trieb ihm die Tränen in die Augen.

Der Krach war beinahe so, als würden hunderttausend Menschen gleichzeitig bei lebendigem Leib gehäutet.

Die Struktur sah durch und durch fremdartig aus, und als er wieder zurückkroch, überkam ihn die Erkenntnis mit einem Schlag.

Diese Monstrosität war eine Stadt.

Die Abbys errichteten eine Zivilisation.

Der Planet gehörte ihnen.

* * *

Er wachte auf.

Es war wieder hell, ein sanftes bläuliches Licht fiel in die Lichtung.

Alles war mit Raureif überzogen, und seine Hosenbeine waren unterhalb der Knie gefroren.

Die Abbys waren weg.

Er fror derart, dass er unkontrolliert zitterte.

Er musste aufstehen, sich in Bewegung setzen, seine Blase entleeren und ein Feuer machen, aber er wagte es nicht.

Schließlich wusste er nicht, wie lange das Rudel schon fort war.

* * *

Die Sonne stieg über die Klippe, und das Sonnenlicht fiel auf die Lichtung.

Das Gras dampfte.

Er war jetzt seit drei oder vier Stunden wach und hatte nicht mehr als das Geräusch raschelnder Blätter aus dem Wald gehört.

Tobias setzte sich auf.

Er konnte die Anstrengung der gestrigen Rennerei in seinen Muskeln spüren, die sich anfühlten wie überdehnte Gitarrensaiten. Während er sich umsah, fingen seine Extremitäten an zu brennen, als der Blutfluss wieder richtig in Gang gesetzt wurde.

Langsam setzte er sich auf, und dann dämmerte es ihm.

Er atmete noch.

Er stand noch auf seinen Beinen.

Irgendwie war er noch am Leben.

Über ihm strahlten die purpurroten Blätter der Buscheichen in der Sonne.

Er starrte daran vorbei zu dem unvergleichlich blauen Himmel empor.

KAPITEL 15

Als Ethan aufwachte, waren Theresa und Ben bereits zur Arbeit und zur Schule gegangen.

Er hatte nicht viel geschlafen.

Nackt ging er über den kalten Holzboden zum Fenster und schabte die Eisschicht auf der Innenseite ab.

Das Licht, das hereinfiel, war so schwach, dass die Sonne vermutlich noch nicht über der Bergkette aufgegangen war, die im Osten an die Stadt grenzte.

Theresa hatte ihn vorgewarnt, dass die Sonne mitten im Winter, genauer gesagt in den vier Wochen um die Wintersonnenwende, nie über die Klippen aufstieg, die Wayward Pines umgaben.

Er ließ das Frühstück ausfallen.

Unterwegs holte er sich nur einen Kaffee zum Mitnehmen im »Steaming Bean«.

Dann ging er in Richtung Süden aus der Stadt hinaus.

Als er aufgewacht war, hatte er bereits Reue über das gespürt, was er getan hatte. Wie ein morgendlicher Kater wurde das Gefühl immer stärker, auch wenn er sich nicht richtig an die vergangene Nacht erinnern konnte. Das Gefühl, dass er großen Mist gebaut hatte, ließ sich jedoch nicht verdrängen.

Denn genau das hatte er getan.

Er hatte Theresa die Wahrheit gesagt.

Das war unvorstellbar.

Zwar musste er zugeben, dass er nach der Begegnung mit Kate ziemlich durcheinander gewesen war, sodass seine Frau nur ihre überragenden Kniffe hatte einsetzen müssen, um das zu bekommen, was sie haben wollte. Außerdem wusste er eigentlich nicht, wie tragisch dieser Fehler wirklich war. Im schlimmsten Fall behielt Theresa es nicht für sich, sondern erzählte anderen davon, was diese Stadt in zwei Lager teilen konnte. Daraufhin würde Pilcher ein Fest organisieren, Ethan würde seine Frau und Ben seine Mutter verlieren. Allein bei dem Gedanken daran zerriss es Ethan innerlich.

Andererseits konnte er nicht leugnen, dass es sich unglaublich gut angefühlt hatte, endlich jemandem davon zu erzählen, vor allem, da es sich dabei um seine Frau handelte. Die Frau, vor der er doch ohnehin keine Geheimnisse haben sollte. Wenn sie sich nicht verplapperte, wenn sie die Informationen für sich behielt, keinen Fehler beging, keine Schwäche zeigte, nicht durchdrehte, dann gab es wenigstens noch einen anderen Menschen, mit dem er die Last, die dieses erschütternde Wissen darstellte, teilen konnte. Zumindest würde Theresa endlich verstehen, was er jeden Tag durchmachen musste.

Er ging mitten auf der Straße und musterte das Ortsausgangsschild von Wayward Pines, auf dem eine erstarrte Familie lächelnd und winkend abgebildet war.

WIR HOFFEN, ES HAT IHNEN IN WAYWARD PINES GEFALLEN!
KOMMEN SIE DOCH BALD MAL WIEDER!

Natürlich war auch das Pilchers bizarrem Humor entsprungen.

Die Straße machte einfach einen Bogen, um einen knappen Kilometer weiter mit der großen Pointe aufzuwarten.

Auch hier stand ein Schild mit derselben lächelnden Familie und folgendem Text:

WILLKOMMEN IN WAYWARD PINES,
WO DAS PARADIES ZU HAUSE IST

Es war nicht so, dass Ethan die Ironie und auf gewisse Weise auch den Humor nicht zu schätzen wusste. Doch nach der letzten Nacht und da sein Leben zunehmend zur Hölle wurde, wünschte er sich in diesem Moment nichts lieber, als dass er seine Waffe mitgenommen hätte, um diese widerlichen, glücklichen Gesichter zu durchlöchern.

Aber das musste bis zum nächsten Mal warten.

Dieser Vorsatz heiterte ihn zumindest etwas auf.

Er trank seinen Kaffee aus, als er am Waldrand ankam, und knüllte den Becher zusammen.

Doch als er den Styroporbecher in der Hand hielt, entdeckte er auf einmal etwas darin.

Kates Handschrift.

Da stand:

3:00 Uhr. Ecke Main und Eighth. Vor der Tür des Opernhauses. Ohne Chip, oder du kannst es gleich sein lassen.

* * *

Die Tunneltür war bereits offen, und Pam wartete auf ihn. Sie saß auf der vorderen Stoßstange des Jeeps und trug enge schwarze Shorts und ein Tanktop. Ihr braunes Haar war zu einem Pferdeschwanz gebunden und dunkel vom Schweiß, da sie anscheinend ein anstrengendes Training hinter sich hatte.

»Sie sehen aus, als wären Sie dem Titelblatt eines üblen Muscle-Car-Magazins entsprungen«, meinte Ethan.

»Ich frier mir hier draußen die Titten ab.«

»Sie haben ja auch so gut wie nichts an.«

»Ich war gerade neunzig Minuten auf dem Fahrrad. Konnte ja nicht ahnen, dass Sie so spät kommen.«

»Ich habe eine lange Nacht hinter mir.«

»Sind Sie Ihrer alten Flamme hinterhergejagt?«

Ethan ignorierte ihre Äußerung und setzte sich auf den Beifahrersitz.

Pam ließ den Motor an, raste in den Wald und riss den Wagen dann so heftig herum, dass Ethan hinausgeschleudert worden wäre, wenn er sich nicht in letzter Sekunde am Überrollbügel festgehalten hätte.

Sie fuhr zurück in den Tunnel, und während sich die getarnte Tür hinter ihnen schloss, brauste sie ins Herz des Berges.

* * *

Im Fahrstuhl zu Pilchers Etage meinte Pam: »Sie müssen mir heute Nachmittag einen Gefallen tun.«

»Was denn?«

»Sehen Sie mal nach Wayne Johnson.«

»Dem Neuankömmling?«

»Genau.«

»Wie macht er sich?«

»Das lässt sich noch nicht genau sagen. Er ist ja gestern erst aufgewacht. Ich gebe Ihnen eine Kopie seiner Akte mit, wenn Sie zurück in die Stadt fahren, aber ich habe einen Überwachungsbericht gesehen, in dem angedeutet wurde, dass er heute Morgen am Stadtrand auf der Straße gesehen wurde.«

»Ist er bis zum Zaun gekommen?«

»Nein, er hat die Straße nicht verlassen, aber er stand offenbar lange Zeit da und hat zu den Bäumen hinübergestarrt.«

»Was genau soll ich Ihrer Meinung nach tun?«

»Reden Sie einfach mit ihm. Sorgen Sie dafür, dass er die Regeln versteht. Weiß, was von ihm erwartet wird. Mit welchen Konsequenzen er rechnen muss.«

»Sie wollen, dass ich ihm drohe.«

»Wenn Sie es für nötig erachten. Es wäre nett, wenn Sie mich dabei unterstützen würden, ihn glauben zu lassen, dass er tot ist.«

»Und wie?«

Pam grinste und knuffte Ethan so fest gegen den Arm, dass er einen blauen Fleck bekommen würde.

»Autsch.«

»Das müssen Sie schon selbst rausfinden, Sie

Dummkopf. Es kann nämlich Spaß machen, wissen Sie?«

»Einem Mann zu erzählen, er wäre tot?«

Der Fahrstuhl hielt, und die Türen wurden geöffnet, aber als Ethan die Kabine verlassen wollte, hielt ihn Pam zurück. Sie war nicht so muskelbepackt wie eine Bodybuilderin aus einem Cartoon, aber schon beeindruckend muskulös. Ihr Körper war schlank und hart.

»Wenn Sie Mr Johnson sagen müssen, dass er tot ist, dann ist das nicht Sinn der Sache«, meinte sie. »Er muss ganz von allein auf diese Schlussfolgerung kommen.«

»Das ist grausam.«

»Nein, es wird ihm das Leben retten. Denn wenn er wirklich glaubt, dass es da draußen noch eine andere Welt gibt, was wird er dann Ihrer Meinung nach tun?«

»Er wird versuchen zu fliehen.«

»Und wer muss ihn dann wohl jagen? Ich gebe Ihnen mal einen Tipp: Schauen Sie in den Spiegel.«

Sie lächelte dieses Psychokillergrinsen und ließ ihn los. »Nach Ihnen, Sheriff.«

Ethan ging durch Pilchers Wohnung und den Flur zu seinem Büro entlang, öffnete die Doppeltür aus Eiche und trat ein.

Pilcher stand vor dem in den Stein gehauenen Fenster hinter seinem Schreibtisch und sah nach draußen.

»Kommen Sie her, Ethan. Ich möchte Ihnen etwas zeigen. Beeilen Sie sich, sonst sehen Sie es nicht mehr.«

Ethan ging an der Wand voller Flachbildschirme vorbei und um Pilchers Schreibtisch herum.

Pilcher deutete durch die Scheibe, während Pam sich neben ihn stellte, und meinte: »Sehen Sie genau hin.«

Von ihrem erhöhten Standpunkt aus konnte man auf das Tal und Wayward Pines hinabsehen, das in Schatten gehüllt war.

»Da kommt sie.«

Die Sonne ging über den Felsen im Osten auf.

Sonnenstrahlen drangen in die Stadt vor und ließen sie im Morgenlicht erstrahlen.

»Meine Stadt«, flüsterte Pilcher. »Ich versuche jeden Morgen, den Sonnenaufgang mitzuerleben.«

Er bedeutete Ethan und Pam, sie mögen sich setzen.

»Was haben Sie für mich, Ethan?«

»Ich habe mich letzte Nacht mit Kate getroffen.«

»Gut. Unter welchem Vorwand?«

»Ich war völlig ehrlich zu ihr.«

»Wie bitte?«

»Ich habe ihr alles gesagt.«

»Was entgeht mir hier?«

»Kate ist keine Idiotin.«

»Sie haben ihr gesagt, dass Sie gegen sie ermitteln?« Man konnte Pilcher anhören, dass er aufgebracht war.

»Denken Sie etwa, sie wäre nicht selbst darauf gekommen?«

»Das werden wir wohl nie erfahren, was?«

»David …«

»Werden wir es erfahren?«

»Ich kenne sie. Sie nicht.«

»Dann haben Sie ihr also erzählt, dass wir hinter ihr her sind«, schaltete sich Pam ein, »und sie hat ausgepackt?«

»Ich habe ihr erzählt, dass sie verdächtigt wird und dass ich sie beschützen kann.«

»Also haben Sie an alte Gefühle appelliert?«

»Etwas in der Art.«

»Okay, das war vielleicht doch kein so schlechter Ansatz. Was haben Sie herausgefunden?«

»Sie sagt, sie hätte Alyssa in der Nacht, in der sie ermordet wurde, zuletzt auf der Main Street gesehen. Als sie sich dort getrennt haben, war Alyssa noch am Leben.«

»Was noch?«

»Sie hat keine Ahnung, was auf der anderen Seite des Zauns ist. Sie hat mich mehrmals danach gefragt.«

»Warum läuft sie dann mitten in der Nacht draußen rum?«

»Keine Ahnung. Das wollte sie mir nicht verraten. Aber vielleicht habe ich noch Gelegenheit, das herauszufinden.«

»Wann?«

»Heute Nacht. Allerdings muss ich vorher meinen Chip entfernen.«

Pilcher sah erst Pam und danach wieder Ethan an.

»Das ist nicht möglich.«

»Sie hat ausdrücklich geschrieben: ›Ohne Chip, oder du kannst es gleich sein lassen.‹«

»Dann behaupten Sie einfach, Sie hätten ihn entfernt.«

»Glauben Sie etwa, sie wird sich nicht vergewissern?«

»Wir können einen Einschnitt an Ihrem Bein machen. Sie wird den Unterschied nicht bemerken.«

»Und was ist, wenn sie es irgendwie herausfinden kann?«

»Wie denn?«

»Was weiß denn ich! Aber wenn ich heute Nacht noch einen Mikrochip im Bein habe, bleibe ich zu Hause.«

»Diesen Fehler habe ich einmal bei Alyssa gemacht. Ich konnte ihre Bewegungen nicht mehr verfolgen. Wenn sie den Chip noch gehabt hätte, würden wir längst wissen, wohin sie gegangen ist. Wo sie ermordet wurde. Diesen Fehler mache ich kein zweites Mal.«

»Ich kann es auch selbst erledigen, wie Sie beide bestimmt wissen«, erklärte Ethan.

»Vielleicht haben wir ja weniger Angst um Ihre Sicherheit«, meinte Pam, »sondern zweifeln eher an Ihrer Loyalität.«

Ethan drehte sich auf seinem Stuhl zu ihr um.

Er hatte mal gegen diese Frau im Keller des Krankenhauses gekämpft. Sie war mit einer Spritze auf ihn losgegangen, und er hatte sie mit voller Kraft mit dem Gesicht gegen eine Betonmauer gerammt. Genau diesen Augenblick hatte er jetzt wieder vor Augen, und er erinnerte sich gerne daran, wobei er sich wünschte, es noch einmal tun zu können.

»Sie hat nicht ganz unrecht, Ethan«, sagte Pilcher.

»Und was wollen Sie damit sagen? Dass Sie mir nicht vertrauen?«

»Sie leisten gute Arbeit, aber Sie sind auch noch nicht lange dabei. Sie müssen sich erst noch beweisen.«

»Wenn der Chip nicht rauskommt, gehe ich nicht hin. So einfach ist das.«

Pilchers Stimme wurde härter.

»Sie tanzen morgen früh mit einem vollständigen

Bericht wieder in meinem Büro an, haben Sie mich verstanden?«

»Ja.«

»Und jetzt muss ich Ihnen drohen.«

»Mit dem, was meiner Familie zustoßen wird, falls ich beschließen sollte, wegzulaufen oder mich irgendwie danebenzubenehmen? Kann ich mir nicht einfach das Schlimmste vorstellen und mir einbilden, Sie hätten es gesagt? Aber ich würde wirklich gerne mal unter vier Augen mit Ihnen reden.« Ethan warf Pam einen Blick zu. »Das macht Ihnen doch nichts aus, oder?«

»Natürlich nicht.«

Als sie die Tür hinter sich geschlossen hatte, berichtete Ethan: »Ich würde mir gern ein genaueres Bild von Ihrer Tochter machen.«

»Warum?«

»Je besser ich sie kenne, desto größer ist die Chance, dass ich herausfinde, was ihr zugestoßen ist.«

»Ich glaube, wir wissen bereits, was ihr zugestoßen ist, Ethan.«

»Ich war gestern in ihrem Quartier. Vor der Tür liegen lauter Blumen und Karten. Das ist fast schon ein Schrein. Aber ich habe mich gefragt, ob sie auch Feinde im Berg hatte. Sie war schließlich die Tochter des Bosses.«

Ethan glaubte schon, Pilcher würde aufgrund dieser Frage, die seine Privatsphäre und seine Trauer betraf, in die Luft gehen.

Doch stattdessen lehnte sich Pilcher auf seinem Stuhl zurück und sagte fast schon wehmütig: »Alyssa war kein Mensch, der Wert auf seinen Status legte. Sie hätte mit mir im Luxus dieser Suite leben und tun können, was immer sie wollte. Aber sie bestand darauf, auch ein spartanisches Quartier zu erhalten, und sie übernahm wie jeder andere Aufträge. Nicht ein einziges Mal hat sie wegen dem, was sie war, eine Sonderbehandlung verlangt. Und das wussten alle. Und jeder hat sie aus diesem Grund nur noch mehr geliebt.«

»Sind Sie beide gut miteinander ausgekommen?«

»Ja.«

»Was hat Alyssa über all das gedacht?«

»Über was?«

»Die Stadt. Die Überwachung. Über alles.«

»Zu Beginn, kurz nachdem wir aus der Suspension gekommen waren, hatte sie ihre idealistischen Momente.«

»Wollen Sie damit sagen, dass sie nicht mit der Art einverstanden war, wie Sie Wayward Pines geleitet haben?«

»Genau. Aber als sie zwanzig Jahre alt wurde, wurde sie auch langsam erwachsen. Sie konnte die Gründe für die Kameras und die Feste nachvollziehen, warum es den Zaun und die Geheimnisse geben muss.«

»Wie ist sie zur Spionin geworden?«

»Das geschah auf ihren eigenen Wunsch. Die Mission stand an, und es gab viele Freiwillige. Wir haben uns deswegen gestritten. Ich wollte nicht, dass sie es macht. Sie war erst vierundzwanzig und so klug. Sie hätte so viele andere Dinge tun können, bei denen sie nicht in Gefahr geriet. Aber vor einigen Monaten hat sie vor mir gestanden und gesagt: ›Ich bin die beste Kandidatin für diese Mission, Daddy. Du weißt es, ich weiß es, jeder weiß es.‹«

»Und so haben Sie sie gehen lassen.«

»Wie Sie bei Ihrem Sohn auch sehr bald merken werden, ist das Loslassen das Schwerste und Beste, was wir für sie tun können.«

»Danke«, meinte Ethan. »Ich habe das Gefühl, dass ich sie jetzt schon besser verstehen kann.«

»Schade, dass Sie nicht die Gelegenheit hatten, sie kennenzulernen. Sie war etwas ganz Besonderes.«

Als er schon auf dem Weg zur Tür war, drehte sich Ethan noch einmal zu Pilcher um.

»Darf ich Ihnen noch eine Frage stellen.«

Pilcher lächelte traurig. »Natürlich. Warum nicht?«

»Was ist aus Alyssas Mutter geworden?«

Es war, als würde im Gesicht des alten Mannes etwas zerbrechen. Auf einmal sah er alt aus.

Ethan bereute es sofort, diese Frage überhaupt gestellt zu haben.

Ihm war, als würde die ganze Luft aus dem Zimmer abgesaugt.

»Insgesamt sind neun Personen nicht wieder aus der Suspension aufgewacht. Elisabeth war eine davon. Jetzt habe ich auch noch meine Tochter verloren. Drücken Sie Ihre Familie heute Abend an sich, Ethan, und halten Sie sie fest.«

* * *

Der Operationssaal lag auf Etage 2, und der Chirurg erwartete sie bereits.

Er war ein rundlicher Mann mit krummem Rücken, der sich seltsam bewegte, als wären seine Knochen degeneriert, weil er seit Jahren in diesem Berg lebte und zu selten an die Sonne kam. Sein weißer Kittel fiel ihm bis auf die Budapester, und er hatte seine Chirurgenmaske bereits aufgesetzt.

Als Ethan und Pam eintraten, sah der Arzt vom Waschbecken auf, in das kochend heißes Wasser lief.

Er wusch sich gründlich die Hände.

Stellte sich nicht vor.

Er sagte nur: »Ziehen Sie die Hose aus und legen Sie sich auf den Bauch.«

Ethan sah Pam an. »Bleiben Sie etwa hier?«

»Sie glauben doch nicht, dass ich mir die Gelegenheit entgehen lasse, mit anzusehen, wie Sie aufgeschnitten werden?«

Ethan setzte sich auf einen Stuhl und zog seine Stiefel aus.

Alles war bereits vorbereitet worden.

Auf einem blauen chirurgischen Tuch neben dem Operationstisch lagen auf einem Tablett ein Skalpell, eine Pinzette, eine Zange, Nadel und Faden, eine Schere, ein Nadelhalter und Gaze. Daneben standen zwei kleine Fläschchen, eines mit Jod und ein unbeschriftetes.

Ethan stellte die Stiefel beiseite, nahm den Gürtel ab und ließ die Hose zu Boden fallen.

Der Boden unter seinen Socken war kühl.

Der Chirurg drehte den Wasserhahn mit dem Ellenbogen zu.

Ethan legte sich bäuchlings auf den Operationstisch.

An der Wand auf der anderen Seite des Raums befand

sich hinter den Herzmonitoren und Infusionsständern ein Spiegel. Er sah mit an, wie sich der Arzt die Handschuhe überstreifte und näher kam.

»Wie tief sitzt der Mikrochip?«, wollte Ethan wissen.

»Nicht sehr tief«, antwortete der Arzt.

Er schraubte das Jodfläschchen auf.

Benetzte ein Tuch mit dem Mittel.

Rieb damit Ethans Bein ab.

»Wir bringen sie am Musculus biceps femoris an.« Der Arzt stach die Spritze in das andere Fläschchen. »Es wird nur ein wenig zwicken.«

»Was ist da drin?«

»Nur ein Lokalanästhetikum.«

Sobald Ethans Bein hinten taub geworden war, ging alles ganz schnell.

Ethan konnte überhaupt nichts spüren, aber im Spiegelbild sah er, wie der Arzt das Skalpell hob.

Er spürte einen leichten Druck.

Kurz darauf waren einige Blutflecken an den Handschuhen des Arztes zu erkennen.

Eine Minute später tauschte er das Skalpell gegen die Pinzette aus.

Zwanzig Sekunden später fiel der Mikrochip klappernd auf das Tablett neben Ethans Kopf.

Er sah aus wie ein winziger Kristallsplitter.

»Tun Sie mir einen Gefallen«, bat Ethan, als der Arzt die Gaze auf die Wunde drückte.

»Und der wäre?«

»Nähen Sie die Wunde schlampig zu.«

»Clever«, meinte Pam. »Das wird bei Kate Eindruck

machen, wenn sie denkt, Sie hätten ihn selbst rausgeholt. Als würden Sie wirklich rebellieren.«

»Das habe ich mir auch gedacht.«

Der Arzt hob den Nadelhalter hoch, an dem ein Stück schwarzer Faden baumelte.

* * *

Der Schmerz der kleinen Operation machte sich langsam in Ethans Bein bemerkbar, als er mit Pam zusammen durch den Gang auf Etage 1 zurück zur Höhle ging.

Vor der Tür von Margarets Zelle blieb Ethan stehen, beugte sich vor bis zum Fenster und hielt die Hände neben die Augen.

»Was machen Sie denn?«, fragte Pam.

»Ich möchte sie noch mal sehen.«

»Das geht nicht.«

Blinzelnd sah er durch die Glasscheibe in die Dunkelheit.

Aber er konnte nichts erkennen.

»Haben Sie mit ihr gearbeitet?«, erkundigte er sich.

»Ja.«

»Was halten Sie von ihr?«

»Sie sollte zusammen mit all ihren Artgenossen in den Brennofen gesteckt werden. Und jetzt kommen Sie.«

Ethan sah Pam an. »Denken Sie nicht, dass es vorteilhaft wäre, mehr über die Abbys zu erfahren? Schließlich sind sie uns zahlenmäßig um einige Hundert Millionen überlegen.«

»Ach, denken Sie etwa, wir könnten koexistieren? Was

für eine Art Händchenhalten-Hippiescheiß schwebt Ihnen da denn vor?«

»Ich denke nur an unser Überleben«, erwiderte Ethan. »Was ist, wenn sie nicht alle geistlos und gewalttätig sind? Wenn sie wirklich über eine echte Intelligenz verfügen, können wir möglicherweise mit ihnen kommunizieren.«

»Wir haben hier in Wayward Pines alles, was wir brauchen.«

»Wir können nicht ewig in diesem Tal leben.«

»Woher wollen Sie das wissen?«

»Weil ich die Bedingungen in dieser Stadt nicht wirklich als ›Leben‹ bezeichnen würde.«

»Wie nennen Sie sie denn?«

»Gefangenschaft.«

Er drehte sich wieder zum Käfig um.

Jetzt war Margarets Kopf in dem runden Fenster zu sehen, und er war nur wenige Zentimeter von Ethans entfernt.

Sie sah ihm in die Augen.

Als könne sie in ihn hineinblicken.

Dabei blieb sie völlig ruhig.

»Ich wüsste zu gern, was du denkst«, sagte er.

Langsam klopfte sie mit ihren schwarzen Krallen an das Glas.

KAPITEL 16

Es war ein viktorianisches Haus mit zwei Schlafzimmern an der nordöstlichen Seite der Stadt, vor dem zwei Pinien standen. Wayne Johnsons Name war bereits an den schwarzen Briefkasten geschrieben worden.

Ethan betrat die Veranda und klopfte mit dem Messingtürklopfer an.

Nach einem Moment wurde die Tür geöffnet.

Ein rundlicher Mann mit schütterem Haar und grauer Haut sah zu Ethan auf und kniff die Augen zusammen.

Er trug einen Bademantel, und sein restliches Haar sah aus, als wäre er gerade aufgestanden und hätte sich noch nicht gekämmt.

»Mr Johnson?«, fragte Ethan.

»Ja?«

»Hallo. Ich wollte nur mal vorbeischauen und mich vorstellen. Ich bin Ethan Burke, der Sheriff von Wayward Pines.« Es war ihm auf seltsame Weise unangenehm, seinen Titel zu nennen.

Der Mann starrte ihn verwirrt an.

»Hätten Sie was dagegen, wenn ich einen Moment reinkomme?«

»Nein, natürlich nicht.«

Das Haus roch noch immer unbewohnt und steril.

Sie setzten sich an einen kleinen Küchentisch.

Ethan nahm seinen Stetson ab und knöpfte seine Jacke auf.

Auf der Küchenarbeitsplatte standen mit Alufolie umwickelte Auflaufformen und Teller.

Zweifellos hatten die Nachbarn vorbeigeschaut und Mr Johnson das Mittag- und Abendessen für seine erste schwierige Woche in der Stadt vorbeigebracht.

Die drei Teller, die Ethan sehen konnte, sahen unberührt aus.

»Haben Sie etwas gegessen?«, erkundigte sich Ethan.

»Ich hatte keinen Appetit. Mir haben alle möglichen Leute was zu essen vorbeigebracht.«

»Das ist gut, dann haben Sie Ihre Nachbarn ja schon kennengelernt.«

Wayne Johnson ignorierte seine Worte.

Das Begrüßungshandbuch von Wayward Pines, das jeder Einwohner bei seiner Ankunft erhielt, lag aufgeschlagen auf dem furnierten Küchentisch. Es bestand aus fünfundsiebzig Seiten voller Drohungen, die als »Vorschläge« für ein glückliches Leben in Pines verkauft wurden. In seiner ersten Woche als Sheriff hatte Ethan das ganze Heft auswendig gelernt. Waynes Buch war an der Stelle aufgeschlagen, an der erklärt wurde, wie das Essen in den Wintermonaten verteilt wurde, wenn die Gärten von Schnee und Eis bedeckt waren.

»Man hat mir gesagt«, meinte Wayne, »dass ich bald Arbeit bekommen würde.«

»Das stimmt.«

Der Mann legte die Hände in den Schoß und starrte sie an.

»Was werde ich dann tun?«

»Das weiß ich leider nicht genau.«

»Gehören Sie zu den Leuten, mit denen ich tatsächlich reden darf?«, fragte der Mann.

»Ja«, antwortete Ethan. »Im Moment können Sie mich alles fragen, Mr Johnson.«

»Warum passiert mir das?«

»Keine Ahnung.«

»Sie wissen es nicht? Oder wollen Sie es mir nur nicht sagen?«

Am Anfang des Handbuchs gab es einen Abschnitt mit der Überschrift »Wie gehen Sie mit Fragen, Ängsten und Zweifeln hinsichtlich Ihres Aufenthaltsorts um«.

Ethan zog das Buch zu sich heran und schlug die entsprechende Seite auf.

»Dieses Kapitel kann Ihnen vielleicht weiterhelfen«, meinte er.

Dabei hatte er das Gefühl, aus einem sehr schlechten Drehbuch vorzulesen, an dessen Inhalt er nicht einmal selbst glaubte.

»Wobei denn? Ich habe keine Ahnung, wo ich bin. Ich weiß nicht, was mit mir passiert ist. Und niemand will mir irgendetwas sagen. Ich brauche keine Hilfe, ich brauche gottverdammte Antworten.«

»Ich kann Ihre Frustration verstehen«, entgegnete Ethan.

»Warum funktioniert das Telefon nicht? Ich habe fünfmal versucht, meine Mutter anzurufen, aber es klingelt nur immer weiter. Das ist nicht richtig. Sie ist immer zu Hause, sie sitzt ständig neben dem Telefon.«

Vor nicht allzu langer Zeit hatte Ethan noch genauso wie Wayne Johnson empfunden.

Er war wütend gewesen.

Und verängstigt.

Und er war immer verstörter geworden, als er durch die Stadt gelaufen war und versucht hatte, Kontakt mit der Außenwelt aufzunehmen.

Pilcher und Pam hatten alles versucht, um Ethan einzureden, dass er den Verstand verlor. Das war von Anfang an ihr Integrationsplan für ihn gewesen. Bei Wayne Johnson sah die Sache anders aus. Er bekam so viel Zeit wie die meisten Menschen: ein paar Wochen, um die Stadt zu erkunden, die Grenzen kennenzulernen und mehrmals auszuflippen, bevor er mit liebevoller Strenge auf die rechte Bahn gelenkt wurde.

»Ich bin heute Morgen auf der Straße aus der Stadt gegangen«, berichtete Wayne. »Und wissen Sie was? Sie macht einen Schlenker und führt in die Stadt zurück. Das ist doch nicht richtig. Irgendetwas stimmt hier nicht. Ich bin doch erst vor einigen Tagen hierhergefahren. Wie ist es möglich, dass die Straße, auf der ich hergekommen bin, nicht mehr da ist?«

»Ich kann gut verstehen, dass Sie viele Fragen haben, und …«

»Wo bin ich?«

Seine Stimme hallte durch das ganze Haus.

»Was zum Teufel ist das hier für ein Ort?«

Sein Gesicht war ganz rot, und er zitterte.

»Es ist nur eine Stadt, Mr Johnson«, hörte sich Ethan sagen. Das Schreckliche daran war, dass er nicht einmal über seine Worte nachdachte. Sie waren ihm einfach in den Sinn gekommen, als wären sie einprogrammiert worden. Er hasste sich dafür. Während seiner Integration hatte man ihm das auch wieder und immer wieder erzählt.

»Nur eine Stadt?«, wiederholte der Mann. »Ja, schon klar. Nur eine Stadt, die man nicht verlassen kann und aus der man keinen Kontakt mit der Außenwelt aufnehmen kann.«

»Sie müssen eines verstehen«, versuchte Ethan, ihn zu beruhigen. »Jede Person in Wayward Pines hat genau dasselbe durchgemacht wie Sie, mich eingeschlossen. Es wird besser.«

Herzlichen Glückwunsch. Jetzt lügst du ihn auch noch an.

»Ich sage Ihnen jetzt klar und deutlich, dass ich hier wegwill, Sheriff. Ich möchte nicht länger hierbleiben. Ich will nach Hause. Zurück in mein altes Leben. Was haben Sie dazu zu sagen?«

»Das ist nicht möglich.«

»Es ist nicht möglich, dass ich die Stadt verlasse?«

»Genau.«

»Und mit welchem Recht wollen Sie mich hier gegen meinen Willen festhalten?«

Ethan stand auf.

So langsam wurde ihm übel.

»Mit welchem Recht?«, fragte der Mann.

»Je eher Sie Ihren Frieden mit Ihrem neuen Leben hier schließen, desto besser ist es für Sie.«

Ethan setzte seinen Hut auf.

Sein Bein tat ihm auf Höhe der Achillessehne weh.

»Ich wünschte, Sie würden einfach sagen, was Sie meinen«, sagte Mr Johnson.

»Wie bitte?«

»Wenn ich versuche, hier zu verschwinden, werden Sie mich umbringen. Das wollten Sie doch damit sagen, oder nicht? Das ist die Wahrheit, um die Sie herumtänzeln wie die Katze um den heißen Brei.«

Ethan tippte mit den Fingern auf das Begrüßungshandbuch. »Hier steht alles drin«, sagte er. »Alles, was Sie wissen müssen. In der Stadt ist das Leben. Draußen ist der Tod. So einfach ist es.«

Als Ethan aus der Küche und auf die Haustür zuging, rief ihm Wayne Johnson nach: »Bin ich tot?«

Ethans Hand lag bereits auf dem Türknauf.

»Bitte, Sheriff, sagen Sie es mir einfach. Ich werde damit fertig. Bin ich bei dem Unfall gestorben?«

Er musste sich nicht umdrehen, um zu wissen, dass der Mann weinte.

»Ist das hier die Hölle?«

»Es ist nur eine Stadt, Mr Johnson.«

Als Ethan durch die Tür ging, wurde er einen Gedanken nicht mehr los.

Pam war bestimmt stolz.

Er hingegen fühlte sich zum ersten Mal in seinem Leben so richtig böse.

* * *

Ethan plante seinen Heimweg so, dass er noch beim Juwelier anhalten konnte und genau zu der Zeit, zu der Theresa Feierabend machte, bei ihr ankam. Als er um die Ecke auf die Main Street ging, pochte es an der Stelle seines Beins, wo der Mikrochip entfernt worden war.

Der Himmel war bedeckt, die Straßenlampen brannten bereits, und es war bitterkalt.

Da war sie, einen halben Block von ihm entfernt, und schloss gerade ihr Immobilienmaklerbüro ab.

Sie trug einen grauen Wollmantel und eine Strickmütze, die sie unter dem Kinn zugebunden hatte, sodass nur noch ein paar blonde Strähnen herauslugten. Noch hatte sie ihn nicht gesehen, und als sie den Schlüssel mühsam wieder aus dem Schlüsselloch zog und er die Leere in ihrem Gesicht sehen konnte, zerbrach etwas in ihm.

Sie sah sehr niedergeschlagen aus.

Als wäre sie völlig am Ende.

Er rief ihren Namen.

Sie drehte sich zu ihm um.

Es ging ihr nicht gut, das sah er auf den ersten Blick. Er hätte wetten können, dass sie den ganzen Tag gegen die Tränen angekämpft hatte. Er legte den Arm um ihre Schultern.

Gemeinsam gingen sie über den Gehweg.

Es waren noch einige Leute unterwegs, die einkaufen gingen oder auf dem Heimweg von der Arbeit waren.

Er fragte sie, wie ihr Tag gewesen war, und sie antwortete mit einer Stimme, die ihre Aussage Lügen strafte: »Gut.«

Sie gingen schräg über die Kreuzung an der Sixth Street.

»Ich kann das nicht«, sagte Theresa leise.

Ihre Stimme klang tränenerstickt und als ob sie einen Kloß in der Kehle hätte.

»Wir müssen reden«, erwiderte er.

»Ich weiß.«

»Aber nicht hier. Nicht so.«

»Können sie uns jetzt hören?«

»Ja, wenn wir uns nicht vorsehen. Rede leise und sieh zu Boden. Es gibt da noch etwas, das ich dir letzte Nacht nicht gesagt habe.«

»Was?«

Ethan legte ihr den Arm um die Taille, zog sie an sich heran und meinte: »Warte kurz.« Sie gingen an einer Straßenlaterne an der Ecke vorbei, von der Ethan wusste, dass sie mit einer Kamera und einem Mikrofon versehen war. Als sie etwa fünfzehn Meter von der Lampe entfernt waren, fuhr er fort: »Wusstest du, dass du einen Mikrochip in der Wade hast?«

»Nein.«

»So können sie deine Bewegungen nachverfolgen.«

»Hast du auch einen?«

»Ich habe meinen entfernen lassen. Vorübergehend.«

»Warum?«

»Das erkläre ich dir später. Ich möchte, dass du deinen auch rausnimmst. Das ist der einzige Weg, wie wir uns ungestört unterhalten können.«

Ihr Haus stand ein Stück weit den Hügel herunter.

»Wird es wehtun?«, wollte sie wissen.

»Ja. Ich muss ihn rausschneiden. Wir können es auf dem Sessel im Arbeitszimmer tun.«

»Warum da?«

»Das ist ein blinder Fleck in unserem Haus. Der einzige. Die Kameras können uns dort nicht sehen.«

Sie verzog die Lippen zu einem kaum merklichen Grinsen. »Darum wolltest du es also immer im Arbeitszimmer tun.«

»Genau.«

»Bist du sicher, dass du das kannst?«

»Ziemlich. Bist du dabei?«

Theresa holte tief Luft und stieß sie wieder aus.

»Ja.«

* * *

Ethan stand in dem Bogengang zwischen Küche und Esszimmer und starrte Ben an, der in einem dicken Mantel am Tisch saß und eine Decke um die Schultern hatte. Das einzige Geräusch im ganzen Haus war das Kritzeln seines Stifts auf einem Blatt Papier.

»Hey, Kumpel«, sagte Ethan. »Wie läuft's?«

»Gut.«

Ben sah nicht von seiner Zeichnung auf.

»Was zeichnest du da?«

Der Junge deutete auf die Tischdekoration, eine Kristallvase mit einem Blumenstrauß, der schon längst der Kälte im Haus zum Opfer gefallen war. Rings um die Vase lagen die abgefallenen, farblosen Blütenblätter auf dem Tisch.

»Wie war es heute in der Schule?«

»Gut.«

»Was hast du gelernt?«

Das riss Ben aus seiner Konzentration.

Dabei war es eine unbedachte Frage, die eher ein Überrest aus Ethans altem Leben war.

Der Junge sah ihn verwirrt an.

»Ach, vergiss es«, meinte Ethan.

Selbst im Haus war es so kalt, dass Ethan den Atem seines Sohnes sehen konnte.

Sein Zorn kam aus dem Nichts.

Er drehte sich ganz plötzlich um, ging durch den Flur, riss die Hintertür auf und ging in den Garten.

Der Rasen war gelb und starb ab.

Eine Reihe Espen trennte ihr Grundstück von dem der Nachbarn, und die Bäume hatten praktisch über Nacht die Blätter verloren.

Der Boden des Holzschuppens war noch mit den Rindenstücken und Piniensplittern von der letztjährigen Ladung bedeckt. Ethan zog die Axt aus dem Hackklotz und stellte sich vor, wie Theresa hier draußen allein in der Kälte gestanden hatte, während er noch in der Suspension war.

Dann stürmte er wieder zurück ins Haus.

Theresa saß im Esszimmer bei Ben und sah ihm beim Zeichnen zu.

»Ethan? Ist alles in Ordnung?«

»Alles bestens«, erwiderte er.

Mit dem ersten Schlag spaltete er den Wohnzimmertisch in der Mitte, dessen beide Seiten nach innen umkippten.

»Ethan? Was zum Henker tust du denn da?«

»Ich kann …«, Ethan hob erneut die Axt, »… den Atem meines Sohnes sogar im Haus sehen.«

Mit dem nächsten Schlag zertrümmerte er die linke Tischhälfte in drei Stücke.

»Das sind unsere Möbel, Ethan …«

Er sah seiner Frau an. »Das *war* ein Möbelstück. Jetzt ist es Feuerholz. Haben wir noch irgendwo eine Zeitung herumliegen?«

»Im Schlafzimmer.«

»Würdest du sie bitte holen?«

Als Theresa mit dem »Wayward Light« zurückkehrte, hatte Ethan den Wohnzimmertisch bereits in so kleine Stücke gespalten, dass sie in den Ofen passten.

Sie knüllten das Zeitungspapier zusammen und stopften es unter das Anmachholz.

Dann öffnete er die Luftklappe und zündete das Papier an.

Als das Feuer langsam aufloderte, rief er nach Ben.

Der Junge kam mit dem Zeichenblock unter dem Arm ins Wohnzimmer. »Ja?«

»Komm her und setz dich ans Feuer.«

Ben musterte den zertrümmerten Wohnzimmertisch.

»Komm her, Junge.«

Der Junge setzte sich auf den Schaukelstuhl neben dem Ofen.

»Ich werde die Tür auflassen«, meinte Ethan. »Wenn das Feuer richtig brennt, legst du noch etwas Holz nach.«

»Okay.«

Ethan sah Theresa an und blickte dann in Richtung Flur.

Er nahm einen Teller aus der Küche und folgte ihr ins Arbeitszimmer.

Dann schloss er die Tür hinter ihnen ab.

Das Licht, das durch das Fenster hereinschien, war grau, schwach und wurde schwächer.

»Bist du dir sicher, dass sie uns hier nicht sehen können?«, flüsterte Theresa, so leise sie konnte.

Er beugte sich vor und flüstere zurück: »Ja, aber sie können uns hören.«

Er setzte sie auf den Sessel und legte einen Finger an die Lippen.

Danach zog er ein Blatt Papier aus der Hosentasche, das er vierzig Minuten zuvor auf dem Revier zusammengefaltet hatte.

Theresa faltete es auseinander.

Ich muss an die hintere Seite deiner linken Wade. Zieh deine Hose aus und dreh dich um. Es tut mir sehr leid, aber das wird richtig wehtun. Du musst leise bleiben. Bitte vertrau mir. Ich liebe dich so sehr.

Sie sah auf.

Er sah die Angst in ihren Augen.

Dann begann sie, ihre Jeans aufzuknöpfen.

Er half ihr dabei, sie herunterzuziehen, und stellte fest, dass das eine ziemlich erotische Wirkung auf ihn hatte – am liebsten hätte er weitergemacht und sie ganz ausgezogen. Schließlich war das ja auch ihr Ficksessel.

Theresa drehte sich um und streckte die Beine in die Luft, als würde sie sich strecken.

Ethan ging auf die andere Seite des Sessels.

Er war sich zu neunzig Prozent sicher, dass ihn die

Kamera nicht erfassen konnte, denn nach allem, was er in Pilchers Büro gesehen hatte, befand sie sich oben auf dem Bücherregal.

Er stellte den Teller auf den Boden und zog die Jacke aus.

Dann kniete er sich hin, öffnete eine der großen Taschen und nahm alles heraus, was er an diesem Nachmittag aus dem Büro mitgenommen hatte.

Eine Flasche Reinigungsalkohol.

Ein paar Wattebällchen.

Gaze.

Eine Tube Superkleber.

Eine kleine Stiftlampe.

Eine Zange, die er in der Superstruktur aus dem Operationssaal hatte mitgehen lassen.

Ein Spyderco-Harpy-Messer.

Er starrte die Rückseite von Theresas Bein an, während der Rauch aus dem Wohnzimmer langsam unter der Tür hindurchquoll. Es dauerte einen Augenblick, bis er die alte weiße Narbe entdeckt hatte, die aussah wie der Fußabdruck einer winzigen Raupe. Er nahm die Flasche mit dem Reinigungsalkohol in die Hand, drückte einen Wattebausch auf die Öffnung und drehte sie um.

Der strenge Geruch von Isopropyl erfüllte den Raum.

Dann wischte er mit dem feuchten Wattebausch über die Narbe und schrubbte den Teller ab. Er klappte das Messer auf. Die Klinge sah böse aus: Sie war gezackt und zur Spitze hin gebogen wie die Klaue eines Raubvogels. Mit einem weiteren Wattebausch sterilisierte er die Klinge und die Zange.

Theresa beobachtete ihn, und in ihren Augen zeichnete sich etwas ab, das Furcht sein konnte.

»Sieh nicht hin«, raunte er ihr zu.

Sie nickte, presste die Lippen aufeinander und spannte die Kiefermuskeln an.

Als er die Narbe mit der Messerspitze berührte, erstarrte ihr ganzer Körper. Obwohl er eigentlich noch gar nicht bereit war zu schneiden, drückte er dennoch zu.

Theresa schnappte nach Luft, als die Klinge in die Haut eindrang.

Ethan sah kurz auf ihre Hände, die sie zu Fäusten geballt hatte.

Er versuchte, sich von allem zu distanzieren.

Die Klinge war sehr scharf, aber das war auch gefährlich. Da er keinen Widerstand hatte und es sich so anfühlte, als würde er warme Butter durchschneiden, konnte er die Narbe problemlos aufritzen. Es kam ihm nicht so vor, als würde er ihr wehtun, aber sie verzog das Gesicht und wurde ganz rot, während ihre Fingerknöchel weiß hervortraten und ihr etwas Blut am Bein herunterlief.

Ihren Gesichtsausdruck hatte er schon einmal gesehen.

Diese grimmige, wunderschöne Entschlossenheit.

In der Nacht, in der ihr Sohn geboren worden war.

Die Messerspitze war jetzt zu einem Viertel eingesunken und steckte etwa einen Zentimeter tief in der Haut, und er fragte sich, ob er bis auf den Muskel schneiden musste.

Vorsichtig zog er das Messer heraus und legte es auf den Teller. Die Messerspitze war mit dickflüssigem Blut bedeckt. Es tropfte auf das weiße Porzellan. Theresas Höschen war ebenfalls voller roter Flecken, und auch in den Ecken des Sessels sammelte sich das Blut.

Ethan nahm die Zange in die Hand.

Er schaltete die Stiftlampe ein und nahm sie zwischen die Zähne.

Damit beugte er sich vor, um in den Einschnitt zu leuchten.

Mit der linken Hand zog er die Wundränder auseinander.

Mit der rechten drückte er die Zange in den Spalt.

Theresa liefen Tränen über die Wangen, und sie drückte sich die geballten Fäuste gegen den Kopf. Er bezweifelte, dass sie noch einen Schnitt ertragen würde, falls er weiter reingehen musste.

Langsam öffnete er die Zange.

Daraufhin stieß Theresa das bisher lauteste Geräusch aus, das tief und guttural aus ihrer Kehle drang.

Ihre Finger umklammerten die gepolsterten Sessellehnen.

Das Schwerste für Ethan war, dass er sie nicht mit Worten trösten oder ermutigen konnte.

Er leuchtete mit der Stiftlampe in die Wunde.

Da sah er den Muskel.

Der Mikrochip glänzte wie eine kleine Perle auf Theresas Achillessehne.

Er nahm das Messer vom Teller.

Ganz ruhig.

Der Schweiß brannte in seinen Augen.

Fast geschafft, Baby.

Er schob die Klinge wieder in die Wunde, während das Blut an ihrem Bein herunterlief. Theresa zuckte zusammen, als die Messerspitze den Muskel berührte, aber er zögerte nicht.

Ethan schob das Messer zwischen den Muskel und den Chip und löste ihn.

Er zog das Messer heraus, an dessen Ende der Mikrochip gerade so haften blieb.

Er hatte die ganze Zeit die Luft angehalten.

Jetzt atmete er tief ein und legte das Messer auf dem Teller ab.

Theresa sah ihn an und wollte unbedingt wissen, ob es geschafft war.

Er nickte, lächelte und nahm eine Handvoll Gaze. Sie nahm sie ihm ab und drückte sie an ihr Bein. Das Blut durchtränkte die Gaze sofort, und Ethan reichte ihr mehr davon.

Der Schmerz schien schnell nachzulassen, und die Röte wich aus Theresas Gesicht, als wäre sie vom Fieber befreit worden.

Nach fünf Minuten ließ die Blutung langsam nach.

Nach zwanzig Minuten hatte sie ganz aufgehört.

Ethan benetzte einen letzten Wattebausch mit Alkohol und säuberte den Schnitt, wobei Theresa zusammenzuckte. Dann drückte er die Wunde zu, riss den Superkleber mit den Zähnen auf und drückte eine großzügige Menge heraus, die er auf dem Schnitt verrieb.

Draußen war es inzwischen fast dunkel geworden, und es wurde von Sekunde zu Sekunde kälter im Arbeitszimmer.

Er drückte die Wunde fünf Minuten lang zu und ließ dann los.

Der Kleber hielt.

Nun ging Ethan um den Sessel herum und legte die Lippen an Theresas Ohr.

»Ich habe ihn rausgeholt. Du warst unglaublich.«

»Es ist mir so schwergefallen, nicht zu schreien.«

»Der Kleber verschließt die Wunde, aber du solltest lieber noch eine Weile sitzen bleiben, damit er trocknen kann.«

»Mir ist so kalt.«

»Ich hole dir ein paar Decken.«

Sie nickte.

Er lächelte sie an.

In ihren Augenwinkeln schimmerten noch immer Tränen.

»Ich will ihn mal sehen«, raunte sie leise.

Er nahm das Messer vom Teller und hielt Theresa die Klinge vor das Gesicht.

Der Mikrochip lag in dem abkühlenden Blut, das langsam verhärtete.

Die Muskeln in ihrem Kiefer zuckten vor Zorn. Sie war stinksauer.

Sie sah Ethan an.

Auch wenn sie nichts sagte, wusste er genau, was sie dachte. Er konnte es ihr deutlich ansehen: *Diese Schweine.*

Er nahm den Mikrochip vom Messer und wischte die Blut- und Gewebereste mit einem Stück Gaze ab, um ihn ihr erneut zu zeigen. Dann griff er in seine Brusttasche und holte die goldene Halskette heraus, die er an diesem

Nachmittag gekauft hatte. Sie bestand aus einer dünnen Kette, an der ein herzförmiges Medaillon befestigt war.

»Wie lieb von dir«, sagte sie.

Ethan öffnete das Medaillon und flüsterte: »Behalt den Mikrochip immer in dem Herz und trag zu jeder Zeit diese Kette, es sei denn, ich sage dir, du sollst es nicht tun.«

* * *

Im Wohnzimmer war es tatsächlich warm. Bens Wangen glühten im Feuerschein. Er skizzierte den Ofen. Die Flammen. Das schwärzer werdende Holz darin. Die Stücke des zertrümmerten Wohnzimmertischs davor.

»Wo ist Mom?«

»Sie sitzt im Arbeitszimmer und liest. Brauchst du irgendetwas?«

»Nein.«

»Wir sollten sie für eine Weile in Ruhe lassen, okay? Sie hat einen schweren Tag hinter sich.«

Ethan nahm einige Decken von dem Stapel, der hinter dem Sofa lag, und ging zurück ins Arbeitszimmer.

Theresa zitterte.

Er wickelte sie ein.

»Ich werde etwas Warmes zum Abendessen machen«, meinte er.

Sie lächelte trotz der Schmerzen. »Das wäre großartig.«

Dann beugte er sich vor und flüsterte: »Komm in einer Stunde raus, und geh auf jeden Fall gerade, selbst wenn es noch so wehtut. Wenn sie sehen, dass du humpelst, werden sie wissen, was wir getan haben.«

* * *

Ethan stand am Spülbecken und starrte durch das Fenster in die Nacht hinaus. Vor drei Tagen war Sommerende gewesen. Die Blätter verfärbten sich zunehmend. Himmel, der Herbst war im Nu vergangen, und der Übergang von August zu Dezember hatte gerade mal zweiundsiebzig Stunden gedauert.

Die Früchte und das Gemüse im Kühlschrank waren vermutlich die letzten frischen Nahrungsmittel, die sie für einige Monate zu Gesicht bekommen würden.

Er füllte einen Topf mit Wasser und stellte ihn auf den Herd.

Dann stellte er eine große Bratpfanne daneben, goss einen Spritzer Öl hinein und stellte den Herd auf mittlere Hitze.

Sie hatten noch fünf reife Tomaten übrig, gerade genug.

So langsam wusste er, was er kochen wollte.

Er zerdrückte eine Knoblauchzehe, würfelte eine Zwiebel und warf alles ins Öl.

Als die Stücke zu zischen begannen, schnitt er die Tomaten in Stücke.

Er hätte genauso gut in ihrer Küche in Seattle stehen können. Am späten Samstagnachmittag hatte er immer die Thelonious-Monk-Schallplatte aufgelegt, eine Flasche Rotwein geöffnet und ein tolles Abendessen für seine Familie gekocht. Für ihn gab es keine bessere Art, um sich nach einer anstrengenden Woche zu entspannen. Dieser Moment brachte ihm die Erinnerung an jene friedlichen Abende zurück, da alles so normal wirkte. Mit dem kleinen Unterschied, dass er seiner Frau vor einer halben Stunde einen Überwachungschip aus dem Bein geschnitten hatte, und zwar an der einzigen Stelle in ihrem Haus, die nicht ständig von Kameras überwacht wurde.

Das war nicht wie früher.

Er gab die Tomaten in die Pfanne und zerdrückte sie auf den Zwiebeln. Dann goss er etwas Öl hinzu und beugte sich über den Herd, um den köstlichen Dampf einzuatmen und sich nur für eine Sekunde einzubilden, dass doch alles wieder wie früher wäre.

* * *

Theresa kam aus dem Arbeitszimmer, als er die Nudeln abgoss. Sie lächelte, und er glaubte, Schmerz darin zu entdecken, den sie jedoch gut unterdrückte. Sie humpelte nicht. Sie setzten sich ins Wohnzimmer auf eine Decke vor den Ofen, aßen und hörten den Klängen aus dem Radio zu.

Hecter Gaither spielte Chopin.

Das Essen schmeckte gut.

Die Wärme hüllte sie ein.

Doch all das war viel zu schnell vorbei.

* * *

Es war nach Mitternacht.

Ben schlief.

Sie hatten den ganzen Wohnzimmertisch in zwei Stunden verfeuert, und jetzt war es wieder eiskalt in dem viktorianischen Haus.

Ethan und Theresa lagen im Bett und sahen sich an.

»Bist du bereit?«, flüsterte er.

Sie nickte.

»Wo hast du deine Halskette?«

»Ich trage sie.«

»Nimm sie ab und leg sie auf den Nachttisch.«

Als sie das getan hatte, wollte sie wissen: »Was jetzt?«

»Jetzt warten wir eine Minute.«

* * *

Sie zogen sich im Dunkeln an.

Ethan sah nach ihrem Sohn, doch der schlief tief und fest.

Er ging zusammen mit Theresa die Treppe hinunter.

Keiner von ihnen sagte etwas.

Als er die Haustür öffnete, setzte Ethan die Kapuze seines schwarzen Sweatshirts auf und bedeutete Theresa, dasselbe zu tun.

Sie gingen nach draußen.

Die Straßenlampen und Verandalichter bildeten einzelne Lichtpunkte in der Dunkelheit.

Es war eiskalt, und am Himmel standen keine Sterne.

Sie gingen auf die Straße.

»Jetzt können wir reden«, sagte Ethan. »Was macht dein Bein?«

»Es tut höllisch weh.«

»Du bist so tapfer, Liebes.«

»Ich dachte schon, ich werde bewusstlos. Vielleicht wäre das besser gewesen.«

Sie gingen in Richtung Westen auf den Park zu.

Schon bald konnten sie den Fluss hören.

»Sind wir hier draußen sicher?«, erkundigte sich Theresa.

»Wir sind nirgendwo sicher. Aber ohne die Chips können uns die Kameras wenigstens nicht orten.«

»Ich fühle mich, als wäre ich wieder fünfzehn und würde mich aus dem Haus meiner Eltern schleichen. Es ist so ruhig.«

»Ich bin gern nachts draußen. Bist du nie zuvor rausgeschlichen? Nicht ein Mal?«

»Natürlich nicht.«

Sie verließen die Straße und gingen auf den Spielplatz.

In fünfzig Meter Entfernung stand eine Straßenlaterne, die die Schaukel beleuchtete.

Sie gingen weiter, bis sie das Ende des Parks und das Flussufer erreichten.

Dort setzten sie sich auf das absterbende Gras.

Ethan konnte das Wasser riechen, aber nicht sehen. Er sah nicht einmal die Hände vor seinem Gesicht. Aber es hatte sich nie zuvor so gut angefühlt, unsichtbar zu sein.

»Ich hätte es dir nicht sagen dürfen«, gestand er. »Es passierte in einem Moment der Schwäche. Ich konnte diese Lüge zwischen uns einfach nicht ertragen. Ich wollte, dass wir beide wissen, woran wir sind.«

»Natürlich musstest du es mir sagen.«

»Warum?«

»Weil diese Stadt scheiße ist.«

»Aber es gibt da draußen nichts Besseres. Falls du je davon geträumt hast, Wayward Pines zu verlassen, dann habe ich dir auch diesen Hoffnungsschimmer genommen.«

»Mir ist die Wahrheit trotzdem lieber. Außerdem will ich noch immer hier weg.«

»Das ist nicht möglich.«

»Alles ist möglich.«

»Unsere Familie würde nicht einmal eine Stunde überleben.«

»Ich kann so nicht weiterleben, Ethan. Ich habe den ganzen Tag darüber nachgedacht. Ich kann gar nicht mehr *aufhören*, darüber nachzudenken. Ich will nicht in einem Haus wohnen, in dem ich ausspioniert werde. In dem ich flüstern muss, wenn ich mich mal richtig mit meinem Mann unterhalten will. Ich habe genug davon, in einer Stadt zu leben, in der mein Sohn zur Schule geht und ich nicht einmal weiß, was man ihm beibringt. Weißt du, was er in der Schule lernt?«

»Nein.«

»Und das findest du gut?«

»Natürlich nicht.«

»Dann *unternimm* doch etwas dagegen.«

»Pilcher hat einhundertsechzig Leute unter sich, die im Berg leben.«

»Wir sind vier- oder fünfhundert.«

»Sie sind bewaffnet, wir nicht. Aber ich habe dir die

Wahrheit nicht gesagt, damit du mich darum bittest, alles auf den Kopf zu stellen.«

»Ich will so nicht leben.«

»Was willst du von mir, Theresa?«

»Dass du es in Ordnung bringst.«

»Du weißt ja nicht, was du von mir verlangst.«

»Willst du wirklich, dass dein Sohn aufwächst und …«

»Wenn ich diese Stadt niederbrennen könnte, um dein Leben und das von Ben auch nur geringfügig zu verbessern, dann hätte ich das schon an meinem ersten Tag als Sheriff getan.«

»Wir verlieren ihn.«

»Wie meinst du das?«

»Es hat letztes Jahr angefangen und wird immer schlimmer.«

»Was genau?«

»Er entgleitet mir, Ethan. Ich weiß nicht, was sie den Kindern beibringen, aber es sorgt dafür, dass er uns fremd wird. Zwischen uns wird eine Mauer aufgebaut.«

»Ich werde herausfinden, was da los ist.«

»Versprichst du es?«

»Ja, aber du musst mir auch etwas versprechen.«

»Was?«

»Dass du kein Wort von dem, was ich dir erzählt habe, weitersagst. Kein einziges Detail an einen anderen weitergibst.«

»Ich werde es versuchen.«

»Da wäre noch etwas.«

»Was?«

»Das ist das erste Mal, dass wir in Wayward Pines zusammen sind, ohne dass uns die Kameras beobachten.«

»Und?«

Er beugte sich vor und küsste sie in der Dunkelheit.

* * *

Sie gingen durch die Stadt.

Ethan spürte etwas Kaltes im Gesicht.

»Ist das das, was ich denke, dass es ist?«, fragte er.

In der Ferne waren im Licht einer Straßenlaterne erste Schneeflocken zu sehen.

Es war völlig windstill, und sie fielen gerade nach unten.

»Jetzt ist Winter«, erkannte Theresa.

»Aber vor wenigen Tagen war doch noch Sommer.«

»Der Sommer ist lang, der Winter ebenfalls. Aber Frühling und Herbst rasen an einem vorbei. Der letzte Winter dauerte neun Monate. Zu Weihnachten hatten wir drei Meter hoch Schnee.«

Er nahm ihre Hand, die in einem Handschuh steckte.

Im ganzen Tal war kein Laut zu hören.

Es war völlig still.

»Wir könnten überall sein. In einem Dorf in den Schweizer Alpen. Nur zwei Liebende, die einen Mitternachtsspaziergang machen«, meinte er.

»Tu das nicht«, warnte ihn Theresa.

»Was?«

»Tu nicht so, als wären wir zu einer anderen Zeit an einem anderen Ort. Die Menschen, die das in dieser Stadt tun, werden verrückt.«

Sie vermieden die Main Street und nahmen die Seitenstraßen.

Die Häuser waren dunkel. Da im Tal noch keine Feuer brannten, wirkte die von Schneeflocken durchzogene Luft irgendwie sauber und rein.

»Manchmal höre ich Schreie«, sagte Theresa auf einmal. »Sie sind weit weg, aber ich kann sie hören. Er hat es nie erwähnt, aber ich weiß, dass Ben sie ebenfalls gehört hat.«

»Das sind die Abbys«, erklärte Ethan.

»Komisch, dass er mich nie gefragt hat, was das für Geräusche sind. Es ist fast so, als würde er es bereits wissen.«

Sie gingen weiter in Richtung Süden am Krankenhaus vorbei über die Straße, die vermeintlich aus der Stadt herausführte.

Die Straßenlaternen blieben hinter ihnen zurück.

Dunkelheit umschloss sie.

Eine dünne Schneeschicht lag auf dem Straßenpflaster.

»Ich habe Wayne Johnson heute Nachmittag einen Besuch abgestattet«, berichtete Ethan.

»Ich soll ihm morgen das Abendessen bringen.«

»Ich habe ihn angelogen, Theresa. Ich habe ihm gesagt, dass es besser wird. Dass das hier nur eine Stadt wäre.«

»Ich auch. Aber genau das sollen wir doch auch sagen, oder nicht?«

»Niemand kann mich dazu zwingen. Es ist letzten Endes noch immer meine Entscheidung.«

»Wie geht es ihm?«

»Was denkst du denn? Er hat Angst. Ist verwirrt. Er glaubt, er wäre gestorben und in der Hölle gelandet.«

»Wird er weglaufen?«

»Vermutlich.«

Am Waldrand blieb Ethan stehen.

»Der Zaun liegt etwa eineinhalb Kilometer in diese Richtung«, sagte er.

»Wie sind sie?«, wollte sie wissen. »Die Abbys?«

»Wie die Monster, die deine Albträume bevölkert haben, als du ein Kind warst. Sie sind die Monster im Schrank und unter dem Bett. Und es gibt Millionen von ihnen.«

»Und du willst mir erzählen, dass uns nichts als ein *Zaun* von ihnen trennt?«

»Es ist ein großer Zaun. Ein Elektrozaun.«

»Ach so, na dann.«

»Und in den Bergen sind einige Scharfschützen postiert.«

»Während Pilcher und seine Leute sicher im Berg leben.«

Theresa ging noch ein paar Schritte weiter die Straße entlang, und der Schnee sammelte sich auf ihren Schultern und ihrer Kapuze.

»Erklär mir eins: Was sollen all die hübschen Häuser mit den weißen Lattenzäunen?«

»Ich glaube, er versucht, unsere Lebensweise zu erhalten.«

»Für wen? Für uns oder für ihn? Vielleicht sollte ihm mal jemand sagen, dass unsere Lebensweise vorüber ist.«

»Ich habe es versucht.«

»Wir sollten alle in diesem Berg sein und uns etwas überlegen. Ich werde nicht den Rest meines Lebens in der Modelleisenbahnstadt eines Psychopathen verbringen.«

»Tja, dummerweise ist der Mann, der hier das Sagen hat, nicht deiner Meinung. Aber wir können die Sache nicht heute Nacht in Ordnung bringen.«

»Ich weiß.«

»Doch wir werden das in Ordnung bringen.«

»Schwörst du es?«

»Ich schwöre es.«

»Selbst wenn es bedeutet, dass wir alles verlieren?«

»Selbst wenn es bedeutet, dass wir unser Leben verlieren.« Ethan spreizte die Arme und zog sie an sich. »Ich bitte dich nur, mir zu vertrauen. Du musst so weiterleben, als hätte sich nichts verändert.«

»Meine psychiatrischen Gespräche dürften jetzt noch interessanter werden.«

»Deine was?«

»Einmal im Monat habe ich einen Termin bei einem Psychologen. Ich glaube, den haben wir alle. Nur dann kann ich wirklich offen mit einem anderen Menschen reden. Wir sprechen über unsere Ängste, unsere Gedanken, unsere Geheimnisse.«

»Du kannst über alles reden?«

»Ja. Ich dachte, du weißt davon.«

Ethan spürte, wie sich ihm die Nackenhaare aufstellten.

Aber er unterdrückte den Zorn, da er ihn jetzt nicht weiterbringen würde.

»Mit wem redest du dann?«, wollte er wissen. »Mit einem Mann oder einer Frau?«

»Mit einer Frau. Sie ist sehr attraktiv.«

»Wie heißt sie?«

»Pam.«

Er schloss die Augen und saugte die kalte, nach Pinien duftende Luft in seine Lunge.

»Kennst du sie?«, fragte Theresa.

»Ja.«

»Gehört sie zu Pilchers Leuten?«

»Sie ist sozusagen seine Stellvertreterin. Du darfst ihr nichts über heute Nacht erzählen. Auch nichts von deinem Chip. Hast du verstanden? Gar nichts. Das könnte der Tod unserer Familie sein.«

»Okay.«

»Hat sie je dein Bein untersucht?«

»Nein.«

»Sonst irgendjemand?«

»Nein.«

Er sah auf die Uhr. Es war 2:45 Uhr. Es wurde Zeit.

»Ich habe noch was vor und werde dich nach Hause bringen«, sagte er.

»Triffst du dich mit Kate?«, wollte sie wissen.

»Und ihrer Gruppe. Pilcher will unbedingt wissen, was sie vorhaben.«

»Lass mich dich begleiten.«

»Das geht nicht. Sie erwartet nur mich. Wenn du auf einmal auch auftauchst, könnte das sehr …«

»Peinlich werden?«

»Es könnte sie verschrecken. Außerdem besteht der Verdacht, dass sie und ihre Leute jemanden ermordet haben.«

»Wen?«

»Pilchers Tochter. Sie war eine Spionin. Damit will ich sagen, dass ich nicht weiß, wie gefährlich sie sind.«

»Sei bitte vorsichtig.«

Ethan nahm die Hand seiner Frau und führte sie wieder zurück nach Hause.

Die Lichter von Wayward Pines sahen durch den Schnee ganz verschwommen aus.

»Das bin ich immer, Liebes«, versicherte er ihr.

KAPITEL 17

Sie stand im Wald unter den Pinien und fand, dass es nichts Schöneres gab, als fallende Schneeflocken durch ein Nachtsichtgerät zu beobachten.

Vor zehn Jahren hatte es fünf Kilometer vom Stadtzentrum entfernt einen Waldbrand gegeben. Sie hatte zwischen den brennenden Bäumen gestanden und mit angesehen, wie die Asche vom Himmel fiel. Das hier erinnerte sie an diesen Tag, nur dass der Schnee grün leuchtete. Grün brannte. Jede Schneeflocke hinterließ eine glühende Spur. Und der Waldboden, die Straße und die schneebedeckten Dächer der Häuser in der Stadt leuchteten alle wie LED-Bildschirme.

Der Schnee, der sich auf Ethans und Theresas Schultern gesammelt hatte, leuchtete ebenfalls.

Es sah aus, als wären sie mit magischem Staub bestäubt worden.

Pam musste sich nicht einmal hinter einem Baum verstecken.

Soweit sie es erkennen konnte, hatte Ethan keine Taschenlampe dabei, und es war hier draußen, fern der Straßenlaternen und Verandalichter, so dunkel, dass sie keine Angst haben musste, entdeckt zu werden. Sie musste nur völlig reglos in fünf Meter Entfernung dastehen und lauschen.

Eigentlich sollte sie gar nicht hier sein.

Sie war losgeschickt worden, um den Neuankömmling Wayne Johnson im Auge zu behalten. Das war seine zweite Nacht in Wayward Pines, und in dieser Nacht versuchten die meisten zu türmen. Aber sie war der Ansicht, dass Wayne sich schneller anpassen würde, als vorhergesagt wurde. Er würde keine großen Probleme machen. Schließlich war er Verkäufer von Enzyklopädien gewesen. Allein die Art seines Berufs ließ sie vermuten, dass er dazu neigte, sich anzupassen.

Daher war sie stattdessen in das leere Haus geschlüpft, das Ethans Haus gegenüberstand, und hatte sich hinter den Vorhang im Wohnzimmer gestellt, da sie von dort seine Haustür genau im Auge hatte.

Pilcher wäre stinksauer, wenn er erfuhr, dass sie ihre Mission nicht ausgeführt hatte. Für diese Entscheidung würde sie sich erst einmal einiges anhören müssen, aber wenn sich ihr Boss dann endlich wieder beruhigt hatte und ihr zuhören konnte, dann würde ihn das, was sie herausgefunden hatte, überraschen.

Das hatte sie auch bei Kate Ballinger schon so gemacht. Sie hatte das Haus der Frau zwei Wochen lang jede Nacht beobachtet, bis sie sie endlich dabei erwischt hatte, wie sie es verließ. Allerdings war es ihr nicht gelungen, ihr und ihrem Mann zu folgen. Pam hatte die beiden aus den Augen verloren, als Kate im wahrsten Sinne des Wortes im Boden versunken war. Sie hatte versucht, Pilcher dazu zu überreden, ihr einige Ressourcen zu bewilligen, aber er hatte ihr das verwehrt, da er Alyssa bereits auf den Fall angesetzt hatte.

Und das hat ja gut funktioniert, nicht wahr?

Ihrer Meinung nach ließ sich der alte Mann von diesem Sheriff viel zu viel gefallen.

Sie begriff es einfach nicht. Sie konnte nicht verstehen, was Pilcher in Burke eigentlich sah. Okay, Ethan war nicht unfähig. Er besaß die Fähigkeit, die Stadt zu führen, aber er war ihrer Meinung nach den ganzen Ärger nicht wert, den er ihnen bereitet hatte.

Wenn sie das Sagen hätte, was eines Tages der Fall sein würde, dann hätte sie Ethan und seine Familie schon vor zwei Wochen verschwinden lassen.

Sie hätte Ben und Theresa an dem Pfahl auf der anderen Seite des Zauns angekettet.

Damit die Abbys ihren Spaß mit ihnen hatten.

Manchmal träumte sie im Schlaf von den Schreien von Ethans Sohn und stellte sich Ethans Gesicht vor, wenn er mit ansehen musste, wie zuerst sein Sohn und danach seine Frau vor seinen Augen in Stücke gerissen und gefressen wurden. Aber Ethan würde sie nicht an die Abbys verfüttern. Sie würde ihn einen, vielleicht auch zwei Monate einsperren. Vielleicht sogar ein Jahr. Wie lange es eben dauerte. Dabei müsste er immer wieder und wieder sehen, wie die Abbys seine Familie fraßen. Sie würde die Aufnahme in einer Endlosschleife laufen lassen. Die Schreie laut abspielen. Und erst wenn der Mann auf jede nur denkbare Weise gebrochen wäre, wenn sein Körper nur noch eine Hülle für einen zertrümmerten Geist wäre, erst dann würde sie ihn wieder zurück in die

Stadt lassen. Er würde einen netten kleinen Job kriegen und als Kellner oder Sekretär arbeiten – untergeordnete, langweilige, die Seele zerfressende Tätigkeiten ausüben.

Natürlich würde sie jede Woche nach ihm sehen.

Wenn sie alles richtig gemacht hatte, würde das ausreichen, damit er sich daran erinnerte, wer sie war und was sie ihm genommen hatte.

Und er würde den Rest seines Lebens als erbärmlicher Abklatsch eines menschlichen Wesens dahinvegetieren.

So ging man mit Männern wie Ethan Burke um. Mit Männern, die versuchten wegzulaufen. Man vernichtete sie. Man statuierte an ihnen ein schreckliches Exempel, das alle anderen stets vor Augen hatten.

Und man machte sie verdammt noch mal nicht zum Sheriff.

Sie lächelte.

Sie hatte ihn erwischt.

Endlich.

Diese Fantasie, die sie schon seit einiger Zeit hatte, wenn sie in ihrem Zimmer im Berg lag, war zum ersten Mal greifbar nahe.

Sie war sich nicht ganz sicher, was sie als Nächstes tun sollte, wie sie ihr Wissen nutzen konnte, um diese finstere, wunderschöne Fantasie in die Realität umzusetzen, aber ihr würde schon etwas einfallen.

Das machte sie so glücklich.

Sie stand im Dunkeln unter den Pinien, während die leuchtenden grünen Flecken um sie herum zu Boden fielen, und konnte nicht aufhören zu lächeln.

KAPITEL 18

Ethan stand an der Ecke Main Street und Eighth Street vor der Doppeltür, durch die man das Opernhaus betrat, das vierhundert Menschen Platz bot. Das Gebäude war nachts verschlossen, und er konnte zwar durch das Glas in die dunkle Lobby sehen, aber keines der gerahmten Film- oder Broadwayposter erkennen. Hier fanden in unregelmäßigen Abständen Aufführungen statt: Musikdarbietungen, Theatervorführungen, Stadtratssitzungen. Freitagabends wurden alte Filmklassiker gezeigt, und alle zwei Jahre fanden hier die Bürgermeister- und Stadtratswahlen statt.

Als Ethan auf die Uhr sah, war es 3:08 Uhr.

Es passte gar nicht zu Kate, dass sie acht Minuten zu spät kam.

Er vergrub die Hände tief in den Taschen.

Es hatte aufgehört zu schneien und war bitterkalt.

Er verlagerte sein Gewicht von einem Fuß auf den anderen, aber selbst diese Bewegung wärmte ihn nicht.

Ein Schatten kam um die Ecke eines Gebäudes und lief direkt auf ihn zu. Die Schritte der Person knirschten im Schnee.

Ethan richtete sich auf.

Das war nicht Kate.

So bewegte sie sich nicht, und außerdem war sie nicht so groß.

Während er das Messer in seiner Tasche umklammerte, dachte er: Ich hätte abhauen sollen, als sie fünf Minuten zu spät dran war. Da war schon klar, dass etwas nicht stimmt.

Ein Mann mit einer schwarzen Kapuze auf dem Kopf baute sich vor ihm auf.

Er war größer als Ethan und hatte breitere Schultern. Sein Kinn war von Bartstoppeln bedeckt, und er roch, als würde er in der Molkerei arbeiten.

Langsam zog Ethan das Klappmesser aus der Tasche und schob den Daumen in das Loch an der Klinge.

Mit einer Bewegung hätte er das Messer ausgeklappt.

Mit einer weiteren konnte er den Mann aufschlitzen.

»Das ist eine ganz schlechte Idee«, sagte der Mann.

»Wo ist Kate?«

»Wir machen Folgendes: Zuerst stecken Sie das Messer wieder in die Tasche.«

Ethan schob die Hand in die Tasche, ließ das Messer jedoch nicht los.

Er erkannte den Mann wieder, da er das Foto in seiner Akte gesehen hatte, auch wenn sie sich bisher nie in der Stadt begegnet waren. Doch in diesem Moment konnte er sich aufgrund der Kälte und seiner angespannten Nerven beim besten Willen nicht an seinen Namen erinnern.

»Sehen Sie den Busch da vorn?« Der Mann deutete auf die Stelle, wo sich die Main und die Eighth Street kreuzten. Ein großer Wacholderbusch ragte dort hinter einer Holzbank auf – einer Bushaltestelle, an der noch nie ein Bus gehalten hatte. Sie stellte nur ein weiteres künstliches Detail dieses Ortes dar. Einmal pro Woche saß eine alte Frau, die langsam den Verstand verlor, den ganzen Tag lang auf dieser Bank und wartete auf einen Bus, der niemals kommen würde.

»Ich gehe jetzt über die Straße«, sagte der Mann. »Wir treffen uns in drei Minuten hinter diesem Busch.«

Bevor Ethan etwas sagen konnte, hatte sich der Mann bereits abgewandt.

Ethan beobachtete ihn, wie er über die leere Kreuzung ging, während die Ampel über ihm von Gelb auf Rot schaltete.

Er wartete.

Ein Teil seines Verstands schrie, dass hier irgendetwas nicht stimmte, schließlich hatte er sich eigentlich mit Kate treffen sollen.

Dass er schnellstmöglich nach Hause gehen sollte.

Der Mann kam auf der anderen Straßenseite an und verschwand hinter dem Busch.

Ethan wartete, bis die Ampel drei Phasen durchlaufen hatte. Dann trat er unter dem Vordach hervor und lief auf die Straße.

Endlich fiel ihm auch der Name des Mannes wieder ein: Er hieß Bradley Imming.

Die Main Street war leer, soweit er sehen konnte.

Diese Leere machte ihn ganz nervös, ebenso wie die dunklen Gebäude. Die einzelne Ampel über ihm summte, während sie den Schnee abwechselnd in grünes, gelbes und rotes Licht tauchte.

Er kam zu der Bank und ging um den Busch herum.

Irgendetwas Schlimmes würde gleich passieren.

Das konnte er spüren.

Hinter seinen Augen fing es an zu pochen, als würde in seinem Kopf ein Warnsignal losgehen.

Er hörte die Schritte nicht einmal, sondern spürte nur den Atem im Nacken, und im nächsten Augenblick wurde um ihn herum auch schon alles dunkel.

Sein erster Instinkt war zu kämpfen, und er steckte die Hand wieder in die Tasche, um das Messer herauszuziehen.

Er fiel schwer zu Boden, seine Wange drückte sich in den Schnee und das Gewicht von mehreren Männern, so kam es ihm zumindest vor, drückte auf sein Rückgrat.

Erneut roch er den süßen, reichhaltigen Duft der Molkerei.

»Machen Sie es sich gemütlich«, flüsterte ihm Bradley ins linke Ohr.

»Was zum Teufel machen Sie da?«

»Sie wirken auf mich nicht wie ein Mann, der sich freiwillig die Augen verbinden lässt. Habe ich Sie da richtig eingeschätzt?«

»Ja.«

Ethan strengte sich noch einmal an und versuchte, den Arm unter der Brust hervorzubekommen, aber es gelang ihm nicht. Er konnte sich nicht bewegen.

»Wir machen einen kleinen Spaziergang durch die Stadt«, verkündete Imming. »Damit Sie die Orientierung verlieren.«

»Davon hat Kate nichts erwähnt.«

»Sie wollen sie doch heute Nacht noch sehen, oder?«

»Ja.«

»Dann tun Sie, was ich sage. Die Bedingungen sind nicht verhandelbar. Aber wir können das Ganze auch sofort wieder abblasen.«

»Nein. Ich muss sie sehen.«

»Wir stehen jetzt auf, und dann helfen wir Ihnen beim Aufstehen. Sie werden doch nicht zuschlagen oder sonst was Dummes machen?«

»Ich werde mich zurückhalten.«

Das Gewicht verschwand von seinem Rücken.

Ethan konnte endlich wieder tief Luft holen.

Dann packten ihn Hände unter den Armen und stellten ihn auf die Beine, ließen ihn jedoch nicht los.

Sie führten ihn zurück auf die Kreuzung, und Ethan glaubte, dass sie in Richtung Norden gingen.

»Sie sind bestimmt schon lange nicht mehr Karussell gefahren, was? Wir werden Sie jetzt ein wenig herumdrehen, aber keine Sorge, wir lassen Sie nicht fallen«, meinte Imming.

Sie wirbelten ihn gute zwanzig Sekunden lang herum, und das so schnell, dass sich die Welt noch weiter zu drehen schien, als sie längst aufgehört hatten.

»Führen wir ihn da lang«, sagte Imming zu seinen Männern.

Ethan war schwummrig, und er taumelte wie ein Betrunkener, der nach der Sperrstunde auf dem Heimweg war, aber sie sorgten dafür, dass er nicht hinfiel.

Sie gingen sehr lange Zeit weiter, bis Ethan nicht mehr den leisesten Schimmer hatte, wo sie sich gerade befanden.

Niemand sagte ein Wort.

Er hörte nur das Geräusch ihres Atems und ihre Schritte im Schnee.

* * *

Endlich blieben sie stehen.

Ethan hörte ein Knarren, als würde eine Tür mit einer rostigen Angel geöffnet.

»Kleine Vorwarnung: Jetzt wird's knifflig«, meinte Imming. »Dreht ihn rum, Leute. Ich gehe voraus. Und überprüft noch mal den Knoten an seiner Kapuze.«

Als sie ihn um einhundertachtzig Grad drehten, warnte ihn Imming vor: »Wir drücken Sie jetzt auf die Knie.« Seine Stimme klang jetzt anders, als würde er tiefer als Ethan stehen.

Ethan fiel im Schnee auf die Knie.

Er spürte die Kälte durch den Jeansstoff.

»Ich halte jetzt Ihren Stiefel fest und mache damit einen Schritt. Spüren Sie das?« Die Sohle von Ethans rechtem Stiefel berührte eine schmale Sprosse. »Jetzt stellen Sie den anderen Fuß daneben. Gut. Jungs, haltet seine Arme fest. Machen Sie einen weiteren Schritt nach unten, Sheriff.«

Obwohl er nichts sehen konnte, hatte Ethan das Gefühl, dass er sich in großer Höhe befand.

Er machte einen Schritt nach unten auf die nächste Sprosse.

»Jungs, legt seine Hände auf die oberste Sprosse.«

»Wie tief geht es da runter?«, erkundigte sich Ethan. »Oder will ich das eigentlich gar nicht wissen?«

»Sie müssen noch etwa zwanzig Schritte machen.«

Immings Stimme klang jetzt, als wäre er weiter entfernt und tiefer als er, und es gab ein Echo.

Ethan strich mit den Händen über die Sprosse, um abzuschätzen, wie breit sie war.

Die Leiter war wacklig.

Sie wackelte, knarrte und bebte bei jedem Schritt.

Als seine Stiefel endlich den harten, aufgerissenen Boden berührten, nahm Imming sofort seinen Arm und zog ihn einige Schritte zur Seite.

Ethan hörte die Leiter klappern, als die anderen Männer nach unten kamen, und dann quietschte erneut die rostige Türangel.

Irgendwo weiter oben wurde eine Tür zugeschlagen.

Imming ging um ihn herum und löste den Knoten.

Die Kapuze wurde abgenommen.

Ethan stand auf dem verrottetsten Betonboden, den er je gesehen hatte. Er sah zu Imming herüber. Der Mann hatte eine Kerosinlaterne in der Hand, die sein Gesicht teilweise erhellte.

»Was ist das für ein Ort, Bradley?«, wollte Ethan wissen.

»Oh, Sie kennen meinen Namen. Das ist schön. Bevor wir dazu kommen, was dies hier für ein Ort ist, sollten wir uns kurz darüber unterhalten, ob Sie überhaupt lange genug leben sollten, um das herauszufinden. Ob Sie mit uns kommen oder ob wir Sie gleich hier töten sollten.«

Als er das Geräusch gedämpfter Schritte hörte, wirbelte Ethan herum.

Er starrte in die Augen zweier junger Männer mit

Kapuzenpullovern, die beide eine Machete in der Hand hielten und ihn derart intensiv anstarrten, dass er das Gefühl bekam, sie würden nicht zögern, diese auch zu benutzen.

»Sie wurden gewarnt«, sagte Brad.

»Dass ich mich mit Chip gar nicht herwagen sollte.«

»Genau. Und jetzt werden wir nachsehen, wie gut Sie Anweisungen befolgen. Ziehen Sie sich aus.«

»Wie bitte?«

»Klamotten runter.«

»Vergessen Sie's.«

»So läuft die Sache nun mal. Sie werden Ihre Kleidung ebenso gründlich unter die Lupe nehmen wie ich Ihren Körper. Soweit ich weiß, waren Sie noch gechippt, als Sie sich gestern mit Kate getroffen haben. Das bedeutet, dass wir hoffentlich eine schöne, frische, hässliche, schlecht geflickte Wunde auf der Rückseite Ihres Beins finden werden. Sollte das nicht so sein oder sollte ich zu dem Schluss kommen, dass Sie uns verarschen wollen, was wird dann wohl passieren?«

»Brad, ich habe genau das …«

»Raten Sie.«

»Was?«

»Wir werden Sie mit diesen Macheten in Stücke hacken. Und ich weiß genau, was Sie jetzt denken. ›Das gibt Krieg, Brad.‹ Genau das denken Sie doch, oder nicht? Aber das können Sie vergessen. Das ist uns scheißegal. Wir sind bereit.«

Ethan öffnete den Gürtel, schob seine Jeans und die Unterhose herunter und erwiderte: »Na dann, legt los.«

Er zog seinen Kapuzenpulli aus und reichte ihn einem der Männer mit Machete. Als er sich gerade das Unterhemd auszog, kniete sich Brad hinter ihn und strich mit seinem behandschuhten Finger über die Wunde.

»Sie ist frisch«, stellte er fest. »Haben Sie es selbst gemacht?«

»Ja.«

»Wann?«

»Heute Morgen.«

»Sie sollten sie sauber halten, solange sie heilt. Und jetzt ziehen Sie sich ganz aus.«

»Laden Sie mich nicht erst zum Essen ein?«

Die Männer kicherten nicht einmal.

Kurz darauf stand Ethan nackt vor ihnen.

Die Kerosinlaterne spendete nicht gerade viel Licht, und die Männer hockten sich um sie herum, untersuchten Ethans Kleidung, drehten sie auf links und nahmen jeden Ärmel und jede Tasche unter die Lupe.

Der uralte Kanal hatte einen Durchmesser von etwa zwei Metern. Überall bröckelte der Beton ab, sodass er schon gar nicht mehr wie Beton aussah. Er hätte sich genauso gut in einer der Katakomben unter einer europäischen Stadt aufhalten können, aber wahrscheinlich befand er sich nur in einem der letzten Überreste der Infrastruktur des einstigen Wayward Pines aus dem einundzwanzigsten Jahrhundert.

Der Tunnel führte leicht abwärts in den Ostteil der Stadt, vermutete Ethan. Das ergab Sinn. Aus der großen Bergkette flossen bei Gewittern bestimmt große Wassermengen ins Tal. Ebenso bei der Schneeschmelze, wenn der Sommer anbrach. Selbst jetzt floss ein Rinnsal über den sich auflösenden Beton zu Ethans Füßen.

Brad sah auf, warf ihm sein Unterhemd zu und sagte: »Sie können sich wieder anziehen.«

* * *

Als sie durch den Tunnel gingen und mit den Füßen das Wasser aufspritzen ließen, hing eine merkliche Enttäuschung in der kalten, feuchten Luft: Diese Farmer hatten ihn wirklich umbringen wollen und sich darauf gefreut, ihn zu zerstückeln. Er hatte ihnen nur keinen Grund dafür gegeben.

Die Decke war so niedrig, dass Ethan leicht gebückt gehen musste.

Der Tunnel war stark verfallen.

Reben wucherten an den Wänden.

Rostige Stahlstäbe waren im Beton zu erkennen.

Und Wurzeln.

Der schmelzende Schnee tröpfelte an den Wänden und von der Decke herunter.

Die Laterne zeigte ihnen nur, was sechs Meter vor ihnen lag, und das Geräusch winziger, schneller Füße, schien sie stets außerhalb des Lichtkreises zu begleiten.

Sie kamen an Kreuzungen mit anderen Tunneln vorbei.

An weiteren Leitern, die nach oben in die Dunkelheit führten.

Unter Ethans Stiefeln wurden alle möglichen Dinge zermahlen.

Steine.

Dreck.

Trümmer, die bei schweren Stürmen von den Bergen heruntergeschwemmt worden waren.

Der Schädel einer Ratte.

* * *

Er wusste nicht, wie lange sie schon durch die nur von einer Laterne erhellte Dunkelheit marschiert waren.

Es schien gleichzeitig ewig zu dauern und im Nu vorbei zu sein.

Auf einmal veränderte sich die Luft.

Bisher war sie unbewegt und etwas wärmer als in der Stadt gewesen.

Doch jetzt gingen sie durch eine leichte Brise, die die eisige Kälte der Welt über ihnen mit sich brachte.

Das Bächlein auf dem Boden des Tunnels war zu einem schnell fließenden Strom geworden, und anstatt des Geräuschs, das ihre Füße im Wasser machten, hörten sie jetzt ein sehr viel lauteres Tosen.

Sie verließen den Tunnel und betraten ein steiniges Flussbett.

Ethan folgte den Männern, als sie hinauskletterten.

Als sie am Ufer standen und kurz innehielten, um Atem zu holen, wusste er endlich, was das für ein Geräusch war, das sie jetzt derart laut umgab, dass sie schreien mussten, um einander zu verstehen.

Er konnte ihn in der erdrückenden, sternenlosen Dunkelheit nicht sehen, aber nicht allzu weit entfernt befand sich ein Wasserfall.

Die Männer gingen bereits weiter, und er folgte dem Schein der Lampe, während sie in einen dichten Pinienwald vordrangen.

Es schien keinen Pfad zu geben, zumindest konnte er keinen erkennen.

Das Rauschen des fallenden Wassers wurde leiser, bis er nichts als den Klang seines eigenen Atems in der dünner werdenden Luft hörte.

Im Tunnel war es kalt gewesen. Jetzt schwitzte er.

Und es ging noch immer weiter bergauf.

Die Bäume standen so dicht nebeneinander, dass nur sehr wenige Schneeflocken den Weg auf den Waldboden gefunden hatten.

Ethan drehte sich um und sah nach unten, versuchte, die Lichter von Wayward Pines zu entdecken, aber er sah nichts als Schwärze.

Abrupt endete der Wald vor einer Felswand.

Die Männer gingen einfach weiter, direkt auf die Felsen zu.

»Der Weg ist steil, aber immerhin gibt es einen Weg«, rief ihm Imming über die Schulter hinweg zu. »Gehen Sie einfach da lang, wo wir langgehen, und seien Sie froh, dass es dunkel ist.«

»Warum?«, wollte Ethan wissen.

Die Männer lachten nur.

Der Anstieg im Wald war schon steil gewesen.

Das hier jedoch war Wahnsinn.

Imming hängte die Laterne an einem Lederriemen über seine Schulter, damit er sämtliche Gliedmaßen einsetzen konnte.

Und das war auch nötig.

Der Berghang führte in einem beeindruckenden, mehr als fünfzig Grad steilen Anstieg nach oben. Man hatte ein Stahlkabel am Felsen befestigt, und daneben verlief so etwas wie ein Pfad, auf dem es schmale Einkerbungen und Vertiefungen im Stein gab, die darauf hindeuteten, dass er von Menschen benutzt wurde. Das Ganze sah jedoch aus, als wäre der Aufstieg der reinste Selbstmord.

Ethan klammerte sich an das verrostete Kabel, als würde sein Leben davon abhängen – was durchaus zutreffend war.

Sie gingen nach oben.

Er konnte nichts sehen mit Ausnahme des kleinen Bereichs der Felsen in ihrer unmittelbaren Umgebung, der von der Laterne erhellt wurde.

Nach der ersten Kurve ging es noch steiler weiter.

Ethan hatte keine Vorstellung davon, wie weit sie schon gegangen waren, aber ihn überkam das unangenehme Gefühl, dass sie die Baumgrenze bereits passiert hatten.

Der Wind wurde stärker.

Ohne den Schutz der Bäume hatten sich bereits einige Zentimeter Schnee am Boden gesammelt.

Jetzt war es steil *und* rutschig.

Selbst Imming und seine Männer, die bisher ein irrsinniges Tempo vorgelegt hatten, wurden langsamer und machten vorsichtige Schritte, wobei sie sich jedes Mal vergewisserten, dass sie auch festen Halt hatten.

Ethans Hände wurden ganz steif vor Kälte.

In dieser Höhe lag der Schnee auch auf dem Kabel, und Ethan musste ihn bei jedem Schritt erst abwischen, bevor er weitergehen konnte.

Nach der sechsten Kurve ging es fast schon vertikal nach oben.

Ethan zitterte jetzt am ganzen Körper.

Seine Beine waren weich wie Wackelpudding.

Er war sich nicht sicher, glaubte aber, dass die Naht an seiner Wunde aufgrund der Anstrengung wieder aufgebrochen war und dass ihm das Blut das Bein herunter und in den Stiefel lief.

Er blieb kurz stehen, um zu Atem zu kommen und seine Nerven zu beruhigen.

Als er wieder nach oben sah, konnte er die Laterne nicht mehr erkennen.

Über und unter ihm schien es nichts mehr zu geben.

Nur endlose, alles vereinnahmende Dunkelheit.

»Sheriff!«

Immings Stimme.

Erneut sah Ethan nach oben, doch da war noch immer nichts.

»Burke! Hier drüben!«

Er blickte zur Seite.

Da war das Licht, in etwa zwölf Meter Entfernung, aber sie stiegen nicht mehr weiter nach oben. Irgendwie hatten sie sich über die glatte Felswand bewegt.

»Kommen Sie jetzt oder nicht?«

Als Ethan nach unten sah, wurde ihm alles klar: Er musste nur einen großen Schritt machen und konnte das fünfzehn Zentimeter breite Brett betreten, das am Felsen befestigt worden war. Parallel dazu verlief darüber erneut ein Kabel.

»Kommen Sie!«, rief Imming.

Ethan trat über sechzig Zentimeter gähnende Leere auf die schmale Planke. Sie war mit Schneematsch bedeckt, und der hintere Teil seiner Cowboystiefel stand über.

Er klammerte sich am Kabel fest und wollte gerade den rechten Fuß bewegen, als die glatte Sohle auf dem vereisten Brett wegrutschte.

Er verlor den Halt.

Der Schrei, den er hörte, kam aus seinem Mund.

Seine Brust knallte gegen den Felsen, und er konnte sich mit einer Hand gerade noch am Kabel festhalten, als ihn sein Gewicht nach unten zog. Das verdrehte Metall drückte sich schmerzhaft in seine Finger.

Imming rief ihm etwas zu, aber Ethan verstand seine Worte nicht.

Für ihn gab es nur noch den kalten, einschneidenden Stahl, während er spürte, wie seine Finger langsam davon abrutschten und ihm die Stiefel von den Füßen glitten.

Er sah sich selbst abstürzen und stellte sich vor, wie es sich anfühlen musste, wenn er mit wedelnden Armen und Beinen durch die Luft flog. Gab es etwas Schlimmeres, als in völliger Dunkelheit ins Nichts zu fallen? Bei Tageslicht konnte man wenigstens den Boden erkennen und hatte die Chance, sich seelisch darauf vorzubereiten.

Er zog sich am Kabel hoch, bis seine Stiefel erneut auf der Planke standen.

Dann lehnte er sich an den Felsen.

Keuchend.

Mit blutender Hand.

Und zitternden Beinen.

»Hey, Arschloch! Versuchen Sie lieber, nicht abzustürzen, okay?«

Die Männer lachten und gingen weiter.

Offenbar hatten sie keine Zeit, auf ihn zu warten.

Mit winzigen Seitwärtsschritten kroch er am Felsen entlang.

Nach fünf schrecklichen Minuten konnte er die Lampe in einiger Entfernung wieder sehen.

Ethan ging in die Richtung und stellte erleichtert fest, dass der Weg breiter wurde.

Keine Kabel und Holzbretter mehr.

Jetzt gingen sie einen leicht ansteigenden Hang hinauf.

Möglicherweise lag es an der Erschöpfung oder dem nachlassenden Adrenalinstoß, aber Ethan entging völlig, dass sie sich auf einmal nicht mehr im Freien befanden.

Das Licht der Laterne wurde nun ringsum von Felswänden reflektiert, sogar von oben, und die Luft war zehn Grad wärmer geworden.

Ihre Schritte hallten wider.

Sie gingen durch eine Höhle.

Ein Stück weit voraus waren gedämpfte Stimmen zu hören.

Musik.

Ethan folgte den Männern zum Ende des Tunnels.

Das grelle Licht blendete ihn und schmerzte in seinen Augen.

Seine Begleiter gingen weiter, aber Ethan blieb in dem weiten, offenen Eingang stehen.

Er konnte nicht begreifen, was er da vor sich hatte.

Er konnte es einfach nicht einordnen.

Der Raum vor ihm war mehrere Hundert Quadratmeter groß und erinnerte von den Ausmaßen an eine großräumige Villa. Die Decke reichte in den Ecken weit nach unten, während sie in der Mitte gute sechs Meter hoch war. Überall standen Kerzen und Fackeln, in deren Licht die Felswände aussahen, als bestünden sie aus Lehm. Von der Decke hingen einige Kerosinlaternen an Drähten. Es war warm, und die Wärme ging von einer Feuerstelle in einer hinteren Ecke aus, einer Nische, von der der Rauch offenbar nach draußen abzog. Überall waren Menschen zu sehen. Sie standen in kleinen Gruppen zusammen. Tanzten. Saßen auf Stühlen rings um das Feuer. In der Nähe spielten drei Musiker auf einer provisorischen Bühne, einer auf einer Trompete, einer auf einem Bass und der dritte auf einem Klavier, bei dem Ethan vermutete, dass es auseinandergebaut und in Einzelteilen hier heraufgebracht worden war. Hecter Gaither saß am Klavier und führte die Band durch ein stimmungsvolles Jazzstück, das auch gut in einen Klub in New York gepasst hätte. Alle waren gut gekleidet, doch in dieser Kleidung hatten sie den Aufstieg, den Ethan gerade hinter sich gebracht hatte, niemals bewältigt.

Einige Leute rauchten.

Unterhielten sich.

Sie lächelten.

Lachten.

Der Geruch von Alkohol lag wie Parfüm in der Luft.

Und dann stand Kate auf einmal vor ihm.

Sie hatte ihr Haar kaffeebraun getönt und trug ein schwarzes ärmelloses Kleid.

Lächelnd und mit vom Alkohol leicht glasigen Augen sagte sie: »Von allen Kaschemmen der ganzen Welt kommst du ausgerechnet in meine.« Sie strich mit der Hand über die linke Seite seines Pullovers. »Anscheinend hattest du einen ereignisreichen Aufstieg. Komm mit, wir besorgen dir etwas Trockenes zum Anziehen.«

Sie führte ihn durch die Menge ans andere Ende des Raums. Dort betraten sie eine Nische, in der die Kleidung, die die anderen beim Aufstieg getragen hatten, tropfend auf Holzbügeln hing.

»Hast du immer noch dieselbe Größe?«, erkundigte sie sich.

»Ja.«

Sie deutete auf einen schwarzen Anzug am Ende einer Reihe von Kleidungsstücken, die alle trocken und formell aussahen.

»Sieht aus wie dein alter, oder? Schuhe und Socken findest du da vorn. Zieh dich um und komm raus.«

»Kate …«

»Wir reden später.«

Sie ließ ihn allein.

Er zog seinen Kapuzenpullover, sein Unterhemd und seine feuchte Jeans aus. An der Wand stand eine Bank, auf der er sich niederließ, um seine Stiefel auszuziehen und die Wunde zu überprüfen.

Einige Stiche waren aufgegangen, aber er hatte noch etwas Gaze und Klebeband dabei.

Er umwickelte sein Bein fest genug, sodass die Blutung gestoppt wurde, und wischte sich mit dem feuchten Unterhemd das getrocknete Blut ab, das ihm bis zum Fuß hinuntergelaufen war.

* * *

Als er zurück auf die Party kam, konnte Ethan nicht leugnen, dass er sich wie ein anderer Mensch fühlte. Im Umkleideraum hatte sogar ein Spiegel gestanden, und er hatte sich das feuchte Haar zur Seite gekämmt und trug jetzt wieder dieselbe Frisur wie damals zu seinen Agentenzeiten.

An einer Seite der Höhle war eine Bar aufgebaut worden.

Ethan schlängelte sich durch die Menschenmenge hindurch und nahm auf einem leeren Barhocker Platz.

Der Barkeeper kam zu ihm herüber.

Er trug ein weißes Sakko, eine schwarze Krawatte und eine schwarze Weste und sah erfrischend altmodisch aus.

Dann legte er eine Cocktailserviette auf das dunkle abgegriffene Holz der Bar.

Ethan erkannte ihn wieder. Er hatte ihn schon in der Stadt gesehen, aber nie ein Wort mit ihm gewechselt. Der Mann arbeitete mehrere Tage die Woche an der Kasse des Supermarkts.

»Was darf es sein?«, erkundigte er sich, ohne sich anmerken zu lassen, ob er Ethan erkannte.

»Was haben Sie denn?«, erwiderte Ethan und musterte die Flaschen, die vor einem Spiegel an der Wand standen.

Er sah Bourbon, Scotch, Wodka. Markennamen, die er kannte, aber die Flaschen waren alle so gut wie leer. Unbeschriftete Flaschen mit einer klaren Flüssigkeit schien es jedoch im Überfluss zu geben.

Der Spiegel war von Dutzenden Polaroidfotos eingerahmt. Eines in der Mitte erregte Ethans Aufmerksamkeit. Es war eine Nahaufnahme von Kate und Alyssa, auf der beide Frauen als »Flapper« gekleidet waren und Schirmmützen, kurze Haare, freches Make-up und Perlenketten trugen. Sie pressten die Wangen aneinander. Dabei wirkten sie beide, als wären sie betrunken und ziemlich glücklich.

»Sir?«, wiederholte der Barkeeper.

»Johnnie Walker Blue. Ohne Eis.«

»Diese Flaschen sind eigentlich eher Dekoration und werden nur zu besonderen Anlässen angebrochen.«

»Okay. Was können Sie dann empfehlen?«

»Ich mixe einen sehr guten Martini.«

»Dann nehme ich einen.«

Er beobachtete den Barkeeper, der aus verschiedenen unmarkierten Flaschen etwas in ein großes Martiniglas goss, dieses auf Ethans Serviette stellte und das Ganze mit einem Stück Apfel garnierte.

»Prost«, sagte der Mann. »Der erste Drink geht aufs Haus.«

Als Ethan das Glas an die Lippen setzte, hörte er von hinten Kates Stimme: »Und jetzt versuch, aufgeschlossen zu bleiben.«

Während er daran nippte, setzte sie sich auf den Barhocker neben ihm.

»Wow«, murmelte er. »Wenigstens das Glas stimmt. Das ist jetzt das erste Mal, dass ich einen Geschmack am liebsten wieder vergessen würde.«

Eigentlich schmeckte der Drink nach gar nichts, sondern brannte vielmehr, doch dann folgte ein starker Zitrusgeschmack und ein glücklicherweise sehr kurzer Abgang, als wäre der Geschmack einfach von einer Klippe gestürzt.

Vorsichtig stellte er das Martiniglas wieder auf der Serviette ab.

»Du willst mir doch jetzt nicht erzählen, dass du das Zeug gerne trinkst.«

Kate lachte. »Du siehst gut aus, Agent Burke. Ich muss zugeben, dass dir ein eleganter schwarzer Anzug mit Krawatte tausendmal besser steht als diese hinterwäldlerische Sheriffuniform.«

Im Spiegel konnte er sehen, wie einige Paare zu einem langsamen Jazzsong tanzten. Er entdeckte Imming und seine Begleiter, die jetzt Smokings trugen, an ihren Getränken nippten und die Band beobachteten.

Ethan wollte schon nach seinem Martiniglas greifen, überlegte es sich dann jedoch anders.

»Nett hier«, meinte er dann. »Wie habt ihr all die Sachen hier hochbekommen?«

»Wir bringen schon seit Jahren Dinge her. Schön, dass du kommen konntest.«

»Ich hätte es beinahe nicht geschafft, und mir ist noch immer nicht ganz klar, was das alles zu bedeuten hat. Ist das eine Kostümparty?«

»Gewissermaßen.«

»Und welche Rolle spielen die Leute?«

»Darum geht es doch gerade, Ethan. Hier spielt niemand eine Rolle. Man kommt hierher und ist derjenige, der man wirklich ist.« Sie drehte sich auf ihrem Barhocker um und musterte die Anwesenden. »Wir reden hier über unsere Vergangenheit. Über unser vorheriges Leben. Darüber, wer wir waren, wo wir gelebt haben. Wir erinnern uns an die Menschen, die wir geliebt haben und von denen wir getrennt wurden. Wir reden über Wayward Pines. Wir reden über was immer wir wollen, und in diesem Raum müssen wir keine Angst haben, da es erlaubt ist.«

»Redet ihr auch über Flucht?«

»Nein.«

»Dann bist du nie am Zaun gewesen?«

Sie nippte an dem scheußlichen Getränk, das ihm als Martini angepriesen wurde.

»Ein Mal.«

»Aber du warst nicht auf der anderen Seite.«

»Nein, ich wollte ihn nur sehen. Seitdem wir in diese Höhle kommen, sind drei Leute auf die andere Seite gegangen.«

»Wie?«

Sie zögerte. »Es gibt einen geheimen Tunnel.«

»Lass mich raten.«

»Was denn?«

»Keiner von ihnen ist je wieder zurückgekehrt.«

Sie stand von ihrem Stuhl auf. »Tanz mit mir.«

Ethan nahm ihre Hand.

Sie gingen über den unebenen Stein zu den anderen Tänzern hinüber.

Er legte ihr eine Hand in den Rücken, hielt aber respektvoll Abstand.

»Das wird Harold nicht stören«, erklärte Kate. »Er ist nicht besonders eifersüchtig.«

Ethan zog sie näher an sich, bis sich ihre Körper fast berührten. »Wie ist es damit?«

»Als ich sagte, dass er nicht eifersüchtig ist, sollte das keine Ermutigung sein.«

Aber sie zog sich auch nicht zurück.

Sie tanzten.

Er hasste sich dafür, dass er es genoss, sie wieder zu berühren.

»Was denken all die Leute darüber, dass ich hier bin? Sie tun so, als wäre ihnen nicht klar, dass der Sheriff unter ihnen ist.«

»Oh, das ist ihnen durchaus klar. Wir haben darüber gesprochen. Ich habe sie davon überzeugt, dass man dir trauen kann. Dass wir dich brauchen. Ich habe mich für dich eingesetzt.«

»Du brauchst mich, das ist wohl wahr.«

»Die Frage ist wohl eher, ob du auch wirklich auf unserer Seite stehst.«

»Wenn ich Nein sage, lande ich dann ebenfalls nackt, tot und mit Messerstichen übersät auf der Straße?«

Er spürte, wie sich Kates Fingernägel in seine Schulter bohrten.

Es loderte in ihren Augen.

»Weder ich noch einer meiner Leute hat Alyssa etwas angetan. Wir sind keine Revolutionäre, Ethan. Wir kommen nicht in diese Höhle, um Waffen zu lagern und einen

Coup zu planen. Wir treffen uns hier an einem Ort, an dem wir nicht beobachtet werden. An dem wir uns wie menschliche Wesen und nicht wie Gefangene fühlen.«

Er führte sie ein Stück von der Musik weg.

»Mir ist da was durch den Kopf gegangen«, meinte er.

»Was denn?«

»Eigentlich sind es sogar zwei Sachen. Woher habt ihr gewusst, dass ihr einen Mikrochip im Bein habt? Und woher wusstet ihr, dass die Kameras euch nicht mehr sehen, sobald ihr den Mikrochip entfernt habt? Mir ist nicht klar, wie ihr darauf gekommen seid.«

Sie wandte den Blick ab.

Ethan zog sie aus der Haupthöhle in den kälteren Gang.

Erst jetzt wurde ihm klar, dass dieser Verdacht schon seit einiger Zeit an ihm nagte. Aber bis zu diesem Moment, in dem er die Frage ausgesprochen hatte, war ihm die ganze Tragweite nicht klar geworden.

»Sieh mich an, Kate«, sagte er. »Sag mir die Wahrheit über Alyssa.«

»Das habe ich.«

Er hatte ganz vergessen, wie gut er diese Frau kannte, wie leicht er sie durchschauen konnte. Er dachte an das Foto von Kate und Alyssa, das hinter der Bar hing, als er etwas anderes in ihren Augen sah, das sie nicht länger vor ihm verbergen konnte: Schmerz und Verlustgefühle.

»Sie war nicht nur ihre Spionin, oder?«

Kate stiegen die Tränen in die Augen.

»Sie war auch eure.«

Nun liefen die Tränen über ihre Wangen, und sie ließ es einfach zu.

»Alyssa hat *mich* angesprochen«, sagte sie leise.

»Wann?«

»Schon vor Jahren.«

»Vor *Jahren*? Dann weißt du alles. Du hast es die ganze Zeit gewusst.«

»Nein. Sie hat uns nie gesagt, was auf der anderen Seite des Zauns ist. Sie meinte immer, das wäre sicherer für uns. Tatsächlich hat sie uns klargemacht, dass eine Flucht den Tod bedeuten würde und dass wir alle, sie eingeschlossen, hier festsitzen. Ich habe ihr geglaubt, ebenso wie die meisten anderen. Mir war nie klar, woher Alyssa kommt. Wo sie gelebt hat, wenn sie nicht in der Stadt war. Woher sie all die Dinge wusste, die wir nicht wussten. Aber sie hat es gehasst, wie wir behandelt werden. Unter welchen Bedingungen wir leben müssen. Sie sagte, dass es noch andere gäbe, die so denken würden wie sie, und sie hat ihr Leben dafür geopfert, uns zu helfen.«

»War sie deine Freundin?«

»Eine meiner engsten Freundinnen.«

»Dann waren die Paprika, die geheimen Nachrichten, Alyssas Notizen …«

»Das war alles nur Show. Sie haben sie gezwungen, gegen uns zu ermitteln. Vielleicht waren sie auch hinter ihr her und haben vermutet, dass sie etwas im Schilde führte.«

»Weißt du, wer *sie* sind? Hat sie dir das jemals verraten?«

»Nein.«

In der Höhle spielte die Band jetzt ein neues, schnelleres Lied.

Die Leute tanzten.

»War Alyssa vor drei Nächten hier?«, wollte Ethan wissen.

»Nein, da fand kein Treffen statt. Das war zu riskant. Aber sie ist schon sehr oft hier gewesen. In der Nacht, in der sie ermordet wurde, haben wir uns in der Gruft getroffen. Wir haben über das gesprochen, was sie tun würde. Sie haben einen vollständigen Bericht von ihr erwartet. Sie wollten, dass sie Namen nennt und uns alle ausliefert, damit sie an uns ein Exempel statuieren konnten.«

»Was habt ihr beide beschlossen?«

»Sie sollte sich eine Ausrede ausdenken, warum sie unsere Gruppe nie zu Gesicht bekommen hatte. Das war die einzige Option.«

»Um welche Uhrzeit habt ihr euch getrennt? Das ist sehr wichtig.«

»Ich weiß noch, dass die Uhr gerade zwei schlug, als ich nach Hause ging.«

»Und wo genau warst du da?«

»An der Ecke Eighth und Main Street.«

»Wohin ist sie gegangen, nachdem ihr euch getrennt habt?«

»Das weiß ich nicht.«

»Ich meinte, in welche Richtung ist sie gegangen?«

»Oh, ich glaube, sie ging auf dem Gehweg in Richtung Süden.«

»Auf das Krankenhaus zu?«

»Genau.«

»Und es könnte nicht doch sein, dass einer deiner Leute sie umgebracht hat? Vielleicht jemand, der wusste, dass sie die Wahrheit kannte? Der bereit war, alles zu tun, um an diese Informationen zu gelangen?«

»Das ist unmöglich.«

»Bist du dir da absolut sicher? Diese Männer, die mich heute Nacht hergebracht haben, sind schon ziemlich harte Kerle. Und sie haben Macheten.«

»Aber du darfst nicht vergessen, dass sie dir nicht vertrauen. Alyssa haben sie geliebt. Jeder hat sie geliebt. Außerdem wissen alle meine Leute, dass es einen Tunnel gibt, der unter dem Zaun hindurchführt. Alyssa hat niemanden davon abgehalten zu gehen.«

»Was hält sie dann noch auf?«

»Diejenigen, die gegangen sind, kamen nie mehr zurück.«

* * *

Letzten Endes bekam er doch noch den Johnnie Walker Blue.

Kate ging hinter die Bar, nahm die Flasche und zwei Whiskygläser an sich und trug alles zu einem kleinen Tisch, der etwas abseits stand.

Sie tranken, beobachteten die anderen und lauschten der Musik. Ethan studierte ihre Gesichter und wurde immer verblüffter, weil es sich bei keinem der Anwesenden um jemanden handelte, von dem er erwartet hätte, ihn oder sie hier vorzufinden.

In Wayward Pines gelang es diesen Menschen, den schmalen Grat nicht zu verlassen und perfekte Bürger zu sein.

Sie befolgten die Regeln und fielen so gut wie nie auf.

Er hätte bei den meisten, die er hier sah, vermutet, dass sie sich an das Leben in Wayward Pines angepasst hatten, und doch waren sie hier, hatten ihre Mikrochips entfernt und genossen zumindest für ein paar Stunden trinkend, lachend und tanzend das Leben in der Höhle.

Nach dem nächsten Song machte die Band eine Pause.

Augenblicklich änderte sich die Stimmung im Raum.

Die Menschen setzten sich an die Tische oder mit dem Rücken an die Felswand auf den Boden.

Ethan beugte sich zu Kate hinüber. »Was kommt jetzt?«

»Das siehst du gleich.«

Kates Ehemann kam zu ihrem Tisch.

Ethan stand auf.

»Harold Ballinger«, sagte der Mann. »Ich glaube, wir wurden uns noch nicht vorgestellt.«

»Ethan Burke.«

Sie schüttelten sich die Hand.

»Sie haben vor vielen Jahren mal mit meiner Frau zusammengearbeitet.«

»Das ist korrekt.«

»Ich würde irgendwann gerne mal mehr darüber erfahren.«

Als sie sich setzten, fragte sich Ethan, ob Kate ihrem Mann von ihrer Affäre erzählt hatte. Auf ihn machte es nicht den Eindruck, dass er darüber Bescheid wusste.

Ein Mann stellte im Halbkreis vor der Bühne Fackeln auf.

Danach zog er sich zurück und eine Frau in einem trägerlosen Kleid nahm seinen Platz ein.

Nur ihre blonden Dreadlocks verrieten sie: Es war die Barista aus dem Café.

Sie lächelte, hielt ein Martiniglas in der einen und eine selbst gedrehte Zigarette in der anderen Hand.

Es gab kein Mikrofon.

»Es wird langsam spät«, sagte sie. »Ich glaube, wir haben heute nur noch Zeit für eine Geschichte.«

Ein Mann stand auf und fragte: »Ist es okay, wenn ich rede?«

»Natürlich. Kommen Sie ruhig her.«

Er ging in einem dunklen Anzug, der ihm nicht richtig passte, da die Beine etwas zu kurz waren und die Jacke nicht richtig zuging, auf die Bühne, und als er ins Licht trat und die Kerzen sein Gesicht beleuchteten, begriff Ethan, dass es Brad Fisher war. Theresa und er hatten erst vorgestern im Haus dieses Mannes den Abend verbracht.

Ethan sah sich in der Menge um, aber er konnte Mrs Fisher nicht entdecken.

Brad räusperte sich.

Er lächelte nervös.

»Ich bin heute zum dritten Mal hier«, sagte er. »Einige von Ihnen kennen mich, die meisten jedoch nicht. Noch nicht. Ich bin Brad Fisher.«

Der Raum antwortete wie bei einem Treffen der Anonymen Alkoholiker. »Hallo, Brad.«

»Zuerst eine Frage: Wo ist Harold?«

»Hier hinten!«, rief Harold.

Brad drehte sich zu Ethans Tisch um.

»Harold hat mich vor zwei Monaten in meiner Kanzlei aufgesucht und hat es mir ermöglicht hierherzukommen, wobei ich da nicht groß ins Detail gehen möchte. Ich weiß nicht, wie ich Ihnen danken soll, Harold. Vermutlich werde ich Ihnen das nie vergelten können.«

Harold wedelte mit der Hand und rief: »Zahlen Sie im Voraus!«

Alle lachten.

Brad fuhr fort. »Ich wurde im Jahr 1966 in Sacramento, Kalifornien, geboren. Es ist schon witzig – eine Woche bevor ich in Wayward Pines aufgewacht bin, habe ich geglaubt, mein Leben wäre endlich perfekt. Ich erinnere mich noch genau daran, das gedacht zu haben. Ich hatte diesen tollen neuen Job im Silicon Valley angenommen und gerade meine Freundin geheiratet. Ihr Name war Nancy. Wir haben uns im Golden Gate Park kennengelernt. Ich weiß nicht, ob einer von Ihnen je in San Francisco gewesen ist. Es gibt da diesen japanischen Teegarten. Wir sind uns auf der Mondbrücke begegnet. Es war …« Bei der Erinnerung an diesen Moment wurden seine Gesichtszüge ganz weich. »Es war wirklich kitschig. Das ist eine dieser gebogenen Brücken. Ich will damit sagen, dass es wie im Film war. Wir haben uns immer darüber lustig gemacht.

Wir beschlossen, als Hochzeitsreise mit dem Auto durchs Land zu fahren, anstatt an einen tropischen Urlaubsort zu fliegen. Wir kannten uns erst seit sechs Monaten und hatten beide Lust auf dieses kleine Abenteuer, das uns noch mehr zusammenschmieden sollte. Wir fuhren die Westküste entlang und taten, wonach uns der Sinn stand. Wir schmiedeten keine Pläne. Das war die schönste Zeit meines Lebens.«

Obwohl er so weit entfernt saß, konnte Ethan erkennen, dass sich Brad für das wappnete, was jetzt kommen würde.

»Etwa nach einer Woche kamen Nancy und ich nach Idaho. Wir verbrachten die erste Nacht in Boise, und ich weiß noch genau, wie Nancy beim Frühstück Wayward Pines auf der Karte entdeckte. Der Ort lag in den Bergen, und der Name gefiel ihr.

Wir stiegen im Wayward Pines Hotel ab. Aßen abends im Aspen House. Wir saßen auf der Veranda, und all die weißen Lämpchen in den Espen über uns leuchteten. Es war ein wunderschöner Abend. Sie kennen das doch bestimmt auch? Man sitzt bei einer Flasche Wein, spricht über die Zukunft, und alles scheint möglich und machbar zu sein.

Wir gingen zurück in unser Zimmer, liebten uns und schliefen ein, und als wir aufwachten, befanden wir uns hier und nichts war mehr wie früher. Nancy hat noch zwei Monate durchgehalten und sich dann das Leben genommen.

Jetzt lebe ich mit einer Fremden zusammen, mit der ich nicht einen echten Augenblick erlebe. Seitdem ich in Pines aufgewacht bin, habe ich einige sehr einsame Jahre hinter mir, und daher war die Begegnung mit Harold und jetzt mit Ihnen, Menschen, mit denen ich wirklich reden kann, das Beste, was mir seit langer Zeit passiert ist.« Er nippte an seinem Martini und zuckte zusammen. »Man gewöhnt sich irgendwann daran, oder?«

»Nie!«, rief irgendjemand.

Wieder lachten alle.

»Ich weiß, dass wir uns alle bald auf den kalten Rückweg machen müssen«, fuhr Brad fort, »aber ich hoffe, ich kann noch öfter hierherkommen und über meine Frau sprechen. Meine richtige Frau.« Er hob sein Glas. »Ihr Name war Nancy, und ich liebe sie, ich vermisse sie …« Die Emotionen überwältigten ihn. »Und ich denke jeden Tag an sie.«

Jeder im Raum stand auf.

Sie hoben die Gläser, die im Schein der Fackeln glänzten.

Alle sagten: »Auf Nancy.«

Sie tranken, und Brad verließ die Bühne.

Ethan sah ihm nach, als er in den Gang ging, dort an der Wand zu Boden sackte und weinte.

Als Ethan erneut Kate ansah, fragte er sich, was die Gruppe über diese merkwürdigen, nicht zueinanderpassenden Zeiten dachte. Brad Fisher hatte gesagt, er wäre 1966 geboren worden, aber der Mann konnte nicht viel älter als neunundzwanzig oder dreißig sein, was bedeutete, dass er Mitte der 1990er-Jahre nach Wayward Pines gekommen sein musste, als Bill Clinton noch Präsident und der 11. September fünf oder sechs Jahre entfernt war. Zweifellos waren viele andere in diesem Raum vor ihm und nach ihm in die Stadt gekommen. Was schlossen sie daraus? Verglichen sie ihre Sicht der Welt miteinander und versuchten, ihre jetzige Existenz zu begreifen? Suchten diejenigen, die in derselben Zeit hergekommen waren, einander auf, um Trost in der gemeinsamen Geschichte zu finden?

»Stell dir das nur vor«, sagte Kate. »Zum ersten Mal in zwei Jahren hat er offen über seine Frau sprechen können.«

Die Leute bildeten langsam eine Schlange vor dem Umkleideraum.

»Was ist mit seiner Frau aus Wayward Pines, mit Megan?«, erkundigte sich Ethan. »Konnte er sie nicht mitbringen?«

»Sie ist Lehrerin.«

»Und?«

»Das sind wahre Gläubige. Jemand hat ihm irgendein Mittel besorgt, das er seiner Frau beim Abendessen ins Wasser tut. Dadurch schläft sie die ganze Nacht durch, und er kann unbemerkt verschwinden.«

»Dann weiß sie nicht, dass er zu diesen Treffen kommt.«

»Nein, und sie darf es niemals herausfinden.«

* * *

Alle waren gegangen.

Ethan zog seinen schwarzen Anzug aus und erneut die feuchte Jeans und den Kapuzenpullover an.

Kate stand in der großen Höhle und blies die Kerzen aus, während Harold die leeren Martinigläser einsammelte und auf die Bar stellte.

Mit der letzten Kerze zündete Kate eine Kerosinlampe für den Rückweg an.

Sie folgten Harold durch den Tunnel.

Der Himmel war wieder aufgeklart.

Sterne erhellten die Dunkelheit, und der Mond stand hell am Himmel.

Harold nahm Kate die Lampe ab und legte sich den Riemen über die Schulter, und dann gingen sie zum Felsvorsprung, unter dem sich der Weg an der Felswand entlangschlängelte. Die Holzbretter waren durch all die Menschen, die vor ihnen nach Hause gegangen waren, glatt poliert und die Kabel vom Schnee befreit worden.

Jetzt konnte Ethan auch Wayward Pines sehen.

Es lag verschneit und lautlos unter ihm im Tal.

Mit weißen Dächern.

Glitzernden Lichtern.

Er dachte an all die Menschen, die dort unten waren.

An die, die von ihrem früheren Leben träumten.

An die, die auch in diesen frühen Morgenstunden noch wach in ihrem privaten Gefängnis lagen und sich fragten, was aus ihrem Leben geworden war, die nicht wussten, ob sie am Leben oder längst tot waren.

An die Männer und Frauen, die in feuchten Kleidungsstücken den Heimweg von der Höhle antraten und in eine Welt zurückgingen, von der sie wussten, dass sie nicht echt war.

An seine Frau.

An seinen Sohn.

»Ethan, ich muss es wissen«, sagte Kate.

»Was?«

»Wie schlimm war es? Was haben sie Alyssa angetan? Hat sie sehr gelitten?«

Ethan griff nach dem Kabel und machte den ersten Schritt auf das Brett, bei dem sich ihm der Magen umdrehte. Er sagte sich, dass er nicht nach unten sehen durfte, konnte dem Drang dann allerdings doch nicht widerstehen. Der Wald lag einhundert Meter unter ihm, und die Zweige der Pinien waren mit Schnee bedeckt.

»Sie ist schnell gestorben«, log er.

»Bitte, tu das nicht«, erwiderte Kate. »Ich möchte die Wahrheit wissen. Wie sehr haben sie ihr wehgetan?«

In der Höhle wäre es unklug gewesen, aber jetzt rasten ihm die Fragen nur so durch den Kopf.

Ist Alyssa von Pilchers Leuten gefoltert worden, damit sie die Namen der Mitglieder von Kates Gruppe verriet?

Oder haben Kates Leute sie umgebracht, um zu verhindern, dass sie etwas ausplaudert?

»Ethan?«

Wo ist das überhaupt passiert?

»Ethan.«

Wer hat sie gefoltert?

Pilcher hat seine Tochter bestimmt nicht ermorden lassen.

Spielt Kate nur mit mir?

»Warum haben sie meine Freundin ermordet?«, fragte sie. »Ich muss es wissen.«

Er sah die Frau an, die er früher einmal geliebt hatte. Sie und ihr Ehemann standen am Rand der Klippe.

Bisher war er davon ausgegangen, dass er nach dieser Nacht mehr über das wissen würde, was Alyssa zugestoßen war, aber jetzt war er sich da nicht mehr so sicher.

Stattdessen plagten ihn nur neue Fragen.

Pilchers Worte gingen ihm durch den Kopf.

Sie haben nicht die leiseste Ahnung …

… wozu sie fähig ist.

»Sie haben sie gefoltert, Kate«, sagte Ethan schließlich. »Sie haben sie schlimm gefoltert.«

KAPITEL 19

Die Erschöpfung überkam ihn auf der Kreuzung der Eighth und Main Street.

Inzwischen war er allein, da sich Kate und Harold schon vor ein paar Blocks von ihm verabschiedet hatten.

Der Himmel war längst nicht mehr tiefschwarz.

Die Sterne verblassten.

Es dämmerte.

Er hatte das Gefühl, schon seit einer Ewigkeit wach zu sein, und konnte sich nicht mehr daran erinnern, wann er zum letzten Mal ausgeschlafen gewesen war.

Seine Beine taten weh. Die Naht war wieder aufgegangen. Ihm war kalt, er hatte Durst, und vier Blocks weiter stand sein Haus. Er würde diese nasse, gefrierende Kleidung ausziehen, sich unter so viele Decken legen, wie er finden konnte, und sich aufwärmen. Und er musste einen klaren Kopf bekommen, um …

Das Geräusch eines näher kommenden Wagens bewirkte, dass er den Kopf drehte.

Er starrte in Richtung Krankenhaus.

Scheinwerfer rasten auf ihn zu.

Er stutzte.

Einen Augenblick lang stellte er sich das Unmögliche

vor: dass da ein Minivan auf ihn zugerast kam. Ein Vater hinter dem Steuer. Die Mutter, die neben ihm auf dem Beifahrersitz schlief, während die Kinder auf dem Rücksitz ebenfalls im Land der Träume weilten. Vielleicht war er die ganze Nacht von Spokane oder Missoula unterwegs gewesen. Vielleicht wollten sie hier Urlaub machen oder waren nur auf der Durchreise.

Es war nicht real.

Das wusste er.

Aber eine halbe Sekunde lang stand er mitten in der Stadt in der Stille vor dem Sonnenaufgang und hielt es tatsächlich für möglich.

Der näher kommende Wagen raste mitten auf der Main Street auf ihn zu, und der Drehzahlmesser musste längst im roten Bereich sein. Er fuhr bestimmt einhundert km/h, und das Motorengeräusch hallte von den dunklen Gebäuden wider, während die Scheinwerfer Ethan blendeten.

Als Ethan gerade durch den Kopf schoss, dass er lieber von der Straße runtergehen sollte, wurde der Wagen langsamer.

Der Jeep Wrangler, mit dem er so viele Male in den Berg gefahren war, kam vor ihm zum Stehen.

Ethan hörte, wie die Handbremse angezogen wurde.

Marcus saß hinter dem Lenkrad und starrte Ethan mit müden Augen an, die erkennen ließen, dass er noch nicht sehr lange wach war.

Während der Motor im Leerlauf war, sagte er: »Sie müssen sofort mitkommen, Mr Burke.«

Ethan legte eine Hand um den Überrollbügel.

»Pilcher hat Sie um 5:00 Uhr zu mir geschickt?«

»Er hat in Ihrem Haus angerufen, aber es ist niemand ans Telefon gegangen.«

»Weil ich die ganze Nacht unterwegs war, um das zu erledigen, was er mir aufgetragen hat.«

»Tja, er will Sie jedenfalls sofort sehen.«

»Marcus, ich bin müde, mir ist kalt und ich bin völlig durchnässt. Sagen Sie ihm, dass ich nach Hause gehe, mich unter die Dusche stelle und dann eine Weile schlafe. Danach …«

»Es tut mir sehr leid, aber das kann ich nicht zulassen, Mr Burke.«

»Wie bitte?«

»Mr Pilcher sagte, Sie sollen sofort kommen.«

»Mr Pilcher kann mich mal am Arsch lecken.«

Die Ampel über ihnen tauchte den Jeep, Marcus' Gesicht und die Waffe, die er auf einmal auf Ethans Brust richtete, in buntes Licht. Die Pistole sah aus wie eine Glock, aber bei den Lichtverhältnissen war sich Ethan nicht sicher.

Er musterte Marcus und sah Zorn, Wut und Nervosität in seinen Zügen.

Das Zittern der Waffe war kaum zu sehen.

»Steigen Sie in den Jeep, Mr Burke. Es tut mir sehr leid, dass ich das tun muss, aber ich habe meine Befehle, und ich werde Sie jetzt in Mr Pilchers Büro bringen. Sie waren doch Soldat, oder nicht? Dann wissen Sie ja, dass man manchmal das tun muss, was einem gesagt wird, ob es einem nun gefällt oder nicht.«

»Ich war Soldat«, bestätigte Ethan. »Ich bin einen

Black Hawk geflogen. Ich habe Männer in die Schlacht gebracht und wusste, dass sie nicht zurückkehren würden. Ich habe den Aufständischen die Hölle heißgemacht. Und ja, ich habe Befehle befolgt.« Ethan setzte sich auf den Beifahrersitz und starrte über den Lauf der Pistole hinweg in Marcus' umwölkte Augen. »Aber ich bekam sie von Männern, denen mein völliges Vertrauen und mein Respekt galt.«

»Das kann ich von Mr Pilcher auch sagen.«

»Schön für Sie.«

»Schnallen Sie sich an, Mr Burke.«

Ethan kam der Aufforderung nach, da ihm offensichtlich keine Erholungspause gegönnt wurde.

Marcus steckte seine Waffe wieder weg, löste die Handbremse und legte den ersten Gang ein.

Dann ließ er die Kupplung los und drehte den Jeep auf dem verschneiten Asphalt, um die Main Street in die andere Richtung zurückzurasen, wobei der hintere Teil des Wranglers schlingerte, als die Reifen durchdrehten.

Sie schossen mit neunzig km/h am Krankenhaus vorbei und beschleunigten noch weiter, als sie sich der Dunkelheit jenseits des Stadtrands näherten.

Erst als sie in den Wald fuhren, wechselte Marcus in den dritten Gang.

Während des Heimwegs hatte sich Ethan nicht wohlgefühlt, aber er war zumindest in Bewegung gewesen und sein Blut war gut zirkuliert. Jetzt fühlte er sich hundeelend, als der Wind durch den Jeep rauschte und ihn bis auf die Knochen frieren ließ.

Marcus schaltete wieder herunter und fuhr von der Straße zwischen die Bäume.

Möglicherweise konnte er nicht mehr klar denken, aber das Letzte, was Ethan jetzt tun wollte, war, bei einem Treffen mit Pilcher zu erscheinen.

Als sie sich den Felsen näherten, griff Marcus in die Tasche seines Parkas und holte etwas heraus, das aussah wie ein Garagentoröffner.

In einiger Entfernung war ein Licht zu sehen, das sich auf dem Schnee ausbreitete.

Die breite Tür in der Felswand öffnete sich bereits, glitt nach oben und zurück in den Felsen.

Ethans Finger waren so taub, dass er kaum spüren konnte, wie er das Messer in die Hand nahm.

Mit einer geschmeidigen Bewegung klappte er es auf und beugte sich zur Seite.

Die geschwungene Spitze bohrte sich seitlich in Marcus' Hals, bevor dieser überhaupt reagieren konnte.

Marcus' rechte Hand glitt vom Lenkrad und griff nach der Waffe.

»Ich schlitze Sie auf«, drohte Ethan.

Marcus legte die Hand wieder ans Lenkrad.

»Halten Sie das Lenkrad fest, als würde Ihr Leben davon abhängen, denn genau das ist der Fall.«

Das Tor war jetzt weit geöffnet, und das Licht fiel aus dem Tunnel in den Schnee und beleuchtete die umstehenden Bäume.

Ethan sprach direkt in Marcus' Ohr.

»Nehmen Sie ganz langsam die rechte Hand vom Lenkrad, greifen Sie nach unten und legen Sie den ersten Gang ein. Lassen Sie die Hand auf dem Steuerknüppel und fahren Sie in den Tunnel. Sobald wir drin sind, stellen Sie den Motor ab. Haben Sie verstanden, was ich gesagt habe?«

Marcus nickte.

»Ich möchte Ihnen nicht wehtun, Marcus, aber ich werde es tun. Ich habe schon früher getötet. Im Krieg. Sogar in dieser Stadt. Und ich werde es wieder tun. Glauben Sie nicht, ich würde Sie verschonen, nur weil ich Sie kenne. Das spielt nicht die geringste Rolle.«

Marcus' Hand zitterte, als er sie auf den Schalthebel legte und in den ersten Gang schaltete.

Er gab sanft Gas, und sie rollten in den Tunnel.

Darin hielt Marcus den Wagen wie angewiesen an.

Als das Tor hinter ihnen zuging, zog Ethan die Waffe aus Marcus' Holster.

Er fragte sich, ob er von Kameras beobachtet wurde.

»Sie sind erledigt. Das ist Ihnen doch klar, oder?«, meinte Marcus.

Ethan drehte die Pistole und hielt sie am Lauf fest. Marcus sah es zwar kommen und duckte sich bereits, aber Ethan erwischte ihn dennoch mit dem Griff an der Schläfe.

Marcus sackte zusammen und wäre aus dem Jeep gefallen, wenn ihn der Sicherheitsgurt nicht festgehalten hätte. Ethan holte seinen Ausweis aus der Tasche, schnallte ihn ab und ließ die Schwerkraft den Rest erledigen, sodass der bewusstlose Mann auf den Boden stürzte.

Dann schnallte er sich ebenfalls los und setzte sich auf den Fahrersitz.

Er trat das Kupplungspedal durch.

Legte den Gang ein.

Kurz darauf raste er auf der Straße tiefer in den Berg hinein.

* * *

Die riesigen von der Decke hängenden runden Lichter summten in der gewaltigen Höhle, aber ansonsten war alles ruhig in der Superstruktur.

Ethan überprüfte die Waffe.

Er musste lachen.

Natürlich war sie nicht geladen.

Er stieß das Magazin aus und stellte fest, dass es ebenfalls leer war.

Dann warf er die Pistole auf den Rücksitz und stieg aus dem Jeep.

An der Glastür zog er Marcus' Ausweis aus der Tasche und zog ihn durch das Lesegerät.

Zu dieser frühen Stunde war der Flur auf Etage 1 menschenleer.

Ethan ging über die Treppe weiter nach oben.

Der lange Gang mit den schwarz-weißen Fliesen glänzte im fluoreszierenden Licht, und seine Schritte hallten von den Wänden wider. Es kam ihm seltsam und unerlaubt vor, allein durch diese Flure zu laufen.

Er war unbewacht. Unbeaufsichtigt.

Als er fast am Ende des Flurs angekommen war, blieb er vor der Tür stehen, die in die Überwachungszentrale führte, und sah durch das Fenster.

Jemand saß an der Konsole und scrollte durch die Kamera-Feeds. Auf den Bildschirmen waren vor allem Menschen zu sehen, die sich im Bett herumwarfen oder sich liebten, und ihre Körper waren im Nachtsichtmodus nur verschwommen zu erkennen.

Er zog Marcus' Zugangskarte durch.

Die Tür wurde entriegelt.

Er betrat den Raum.

Der Mann an der Konsole drehte sich auf seinem Stuhl um.

Es war Ted.

Der Leiter der Überwachung.

Der Letzte, den Ethan hier antreffen wollte.

»Sheriff.« Teds Stimme klang leicht alarmiert. »Ich wusste nicht, dass Sie vorbeikommen würden.«

»Ich hatte es auch nicht vorher angekündigt.«

Ethan ging auf die Monitorwand zu, als sich die Tür hinter ihm schloss.

»Heben Sie die Hände«, verlangte er.

»Ich verstehe das nicht.«

»Sie verstehen nicht, was ›Hände hoch‹ bedeutet, Ted?«

Ethan holte das Messer aus der Tasche.

Ted hob langsam die Hände.

Im Raum roch es nach abgestandenem Kaffee.

»Ist noch jemand nebenan?«, wollte Ethan wissen.

»Zwei Leute«, bestätigte Ted.

»Könnte es passieren, dass einer Ihrer Techniker hier einen Überraschungsbesuch macht?«

»Das ist unwahrscheinlich. Normalerweise machen sie nur ihre Arbeit.«

»Dann hoffen wir um der Gesundheit und Sicherheit aller willen, dass sie das auch heute tun.«

Ethan setzte sich auf den Stuhl neben Ted. Die Hände des Mannes zitterten, und innerlich atmete Ethan erleichtert auf. Wenn er Angst hatte, dann konnte man ihn kontrollieren. Die Gläser in der Brille des Mannes waren groß wie Fenster, und seine Augen mit den erweiterten Pupillen sahen wässrig und müde aus.

»Waren Sie die ganze Nacht auf, Ted?«

»Ja.«

»Wie lange dauert Ihre Schicht noch? Und denken Sie daran, dass Sie mich besser nicht anlügen sollten.«

Ted drehte seine Armbanduhr herum, sodass er die Uhrzeit ablesen konnte.

»Noch fünfundvierzig Minuten.«

»Haben Sie Angst, Ted?«

Der Mann nickte langsam.

»Das ist gut. Sie sollten auch Angst haben.«

»Warum tun Sie das, Sheriff?«

»Weil ich einige Antworten haben will. Sie können die Hände in den Schoß legen, Ted.«

Der Mann wischte sich mit dem Ärmel über die Stirn und legte seine Handflächen auf seine Oberschenkel.

»Ich möchte eines gleich klarstellen«, meinte Ethan.

»Ja?«

»Ich weiß nicht, ob Sie hier drin einen Alarm haben, mit dem Sie Ihre Leute unauffällig informieren können, dass Sie in Schwierigkeiten sind. Aber falls das geschieht, falls Sie diesen Fehler machen sollten, dann bringe ich Sie um.«

»Verstanden.«

»Dann ist mir egal, ob draußen vor der Tür dreißig bewaffnete Männer stehen. Wenn die Tür aufgeht, werde ich davon ausgehen, dass Sie jemanden benachrichtigt haben, und noch bevor man mich ausschalten kann, habe ich Ihnen die Kehle aufgeschlitzt.«

»Okay.«

»Ich möchte nicht, dass es so weit kommt, Ted.«

»Ich auch nicht.«

»Es liegt ganz bei Ihnen. Und jetzt an die Arbeit. Löschen Sie die aktuellen Feeds von den Bildschirmen.«

Ted drehte sich langsam auf seinem Stuhl zu der Konsole um.

Er tippte auf eine Taste, und die fünfundzwanzig Bildschirme wurden dunkel.

»Immer schön eins nach dem anderen«, sagte Ethan. »Gehe ich recht in der Annahme, dass es direkt vor dieser Tür im Gang von Etage 2 eine Kamera gibt?«

»Ja.«

»Rufen Sie den Feed auf und legen Sie ihn auf den Monitor in der rechten oberen Ecke.«

Eine Totale des leeren Korridors erschien auf dem Bildschirm.

»Jetzt will ich sehen, wo sich Pilcher aufhält.«

»Er ist nicht gechippt.«

»Natürlich nicht. Gibt es Kameras in seiner Wohnung oder seinem Büro?«

»Nein.«

»Finden Sie das richtig?«

»Ich weiß nicht.«

»Was ist mit seiner Nummer zwei? Wo ist Pam, oder taucht sie auch nicht auf dem Radar auf?«

»Wir müssten sie eigentlich lokalisieren können.«

Ein Bildschirm in der linken oberen Ecke flackerte.

»Da ist sie«, murmelte Ted.

Es war ein Feed der Kamera, die in der Ecke des Fitnessstudios hing.

Der Raum stand voll mit Ergometern, Trainingsgeräten und Gewichten.

Es hielt sich nur eine Frau darin auf, die in der Mitte stand und mühelos Klimmzüge machte.

»Haben Sie einfach nach ihrem Mikrochip gesucht?«

»Genau. Worum geht es hier eigentlich, Ethan?«

Ethan warf einen schnellen Blick auf den Feed aus dem Korridor.

Er war noch immer leer.

»Haben Sie auch eine Kamera am Tunneleingang?«

Teds Finger setzten sich in Bewegung.

Auf einem der Monitore war der Tunnel zu sehen.

Marcus saß auf dem Betonboden und ließ den Kopf hängen.

»Wer ist das?«, wollte Ted wissen.

»Das war mein Begleiter.«

»Was ist mit ihm passiert?«

»Er hat eine Waffe auf mich gerichtet.«

Marcus versuchte aufzustehen. Er stand bereits, doch dann sackten seine Knie wieder weg.

»Ich muss Ihnen eine Frage stellen, Ted.«

»Und die wäre?«

»Was haben Sie gemacht, bevor Pilcher Sie an Bord geholt hat?«

»Als wir uns begegnet sind, war meine Frau seit einem Jahr tot. Ich war obdachlos und fest entschlossen, mich zu Tode zu saufen. Er hat als Freiwilliger in einem der Heime ausgeholfen, in denen ich manchmal geschlafen habe.«

»Dann sind sie sich begegnet, als er Ihnen Suppe aufgetan hat?«

»Genau. Er hat mir geholfen, mein Leben wieder in den Griff zu kriegen. Wenn ich ihn nicht kennengelernt hätte, wäre ich bald darauf gestorben. Davon bin ich überzeugt.«

»Dann glauben Sie, dass er über jeden Verdacht erhaben ist? Dass er sich niemals irren kann?«

»Haben Sie mich das *sagen* hören, Sheriff?«

Auf dem Monitor war jetzt zu sehen, wie Marcus aufstand und sich daranmachte, auf wackligen Beinen durch den Tunnel zu laufen.

»Ted, als ich das letzte Mal hier war, haben Sie mir gezeigt, wie man einen Mikrochip zurückverfolgen kann. Damit man sehen kann, wo jemand gewesen ist.«

»Stimmt.«

»Gehe ich recht in der Annahme, dass das bei Pilcher nicht möglich ist?«

»Das ist korrekt.«

»Was ist mit Pam?«

Ted drehte sich zu ihm um.

»Warum?«

Marcus stolperte jetzt durch den Tunnel.

»Tun Sie es einfach.«

»In welchem Zeitraum?«

»Ich möchte wissen, wo sie vor drei Nächten gewesen ist.«

Alle Bildschirme wurden dunkel.

Dann verschmolzen sie zu einer einzigen Luftansicht von Wayward Pines, und ein roter Punkt erschien auf dem Berg im Süden der Stadt.

»Was ist das für ein Ort?«, wollte Ethan wissen.

»Die Superstruktur.«

»Können Sie näher rangehen?«

»Ja, aber nur bis zu den Bäumen am Berghang. Wir haben über der Stadt ein hoch entwickeltes Luftüberwachungsgitter, aber nicht über diesem Komplex.«

In der rechten unteren Bildschirmecke waren einige Zahlen zu erkennen, die wie eine Uhrzeit im Militärmaßstab aussahen.

»Ist das ihr Standort um 21:00 Uhr?«, fragte Ethan.

»Ja, genau.«

»Okay, dann spulen Sie langsam vor.«

Die Zeit lief vor, Sekunden, Minuten, Stunden verstrichen, aber der Punkt bewegte sich nicht aus dem Berg heraus.

Ted hielt an und sagte: »Jetzt sind wir bei 1:00 Uhr.«

»Und Pam hat den Berg noch immer nicht verlassen. Lassen Sie weiterlaufen.«

Kurz vor 1:30 Uhr bewegte sich der Punkt aus dem Berg heraus, durch den Wald und auf der Straße in Richtung Wayward Pines.

Ted ging näher heran.

Der Punkt wurde größer und bewegte sich nun schneller auf die Stadt zu.

»Aktivieren Sie die Einblendung, die alle Gebiete anzeigt, die visuell überwacht werden«, verlangte Ethan, und die Anzeige erschien. »Da Pam einen Chip hat, werden ihre Bewegungen die Kameras auslösen, nicht wahr?«

»Ja.«

Pam fuhr über eine Seitenstraße, die parallel zur Main Street verlief.

»Wie spät ist es jetzt?«

»1:49 Uhr.«

»Können wir auch ein Kamerabild bekommen?«

»Das ist seltsam.«

»Was denn?«

»Ich bekomme nicht die Option, einen Kamera-Feed anzuzeigen.« Ted zoomte noch näher heran. Auf den fünfundzwanzig Bildschirmen war jetzt ein einziger Block zu sehen. »Ach, darum. Sehen Sie es? Sie steht auf einem blinden Fleck.« Aus der Nähe waren die dunklen Flecken in der Einblendung besser zu erkennen, und als die Sekunden verstrichen, schien Pam immer in den schwarzen Bereichen zu bleiben.

»Sie ist gut«, meinte Ted. »Sie weiß genau, wo sich die einzelnen Kameras befinden und wie sie gehen muss, um von keiner erfasst zu werden.«

»Spulen Sie zu 1:55 Uhr vor«, verlangte Ethan.

Ted übersprang mehrere Minuten.

Um exakt 1:55 Uhr befand sich Pams Punkt auf der Südseite des Opernhauses an der Ecke Main und Eighth Street.

Du warst dort. In der Nacht, in der Alyssa gestorben ist, hast du gesehen, wie sie sich von Kate verabschiedet hat.

»Wenn Sie mir sagen würden, wonach Sie suchen, kann ich Ihnen vielleicht helfen«, schlug Ted vor.

Um 1:59 Uhr bewegte sich Pam in Richtung Süden.

Dann bist du Alyssa gefolgt.

Pam verließ den schwarzen Bereich.

»Jetzt haben wir einen Kamera-Feed«, verkündete Ted.

»Zeigen Sie ihn mir.«

Auf den Bildschirmen wurde die Main Street angezeigt.

Es war eine körnige Nachtsichtaufnahme, aber Ethan konnte Pam als Schatten erkennen, der schnell über den Bürgersteig lief.

Sie verschwand aus dem Bild.

Der Feed wurde schwarz.

Die Bildschirme zeigten erneut die Draufsicht an.

»Was hat sie in der Stadt gemacht?«, wollte Ted wissen.

»Um 1:59 Uhr haben sich Alyssa und Kate Ballinger an der Ecke Main und Eighth Street getrennt. Keine der Frauen hat einen Chip, daher gibt es auch keine Bilder. Man hat mir erzählt, dass Alyssa in Richtung Süden gegangen ist, vermutlich wollte sie zur Superstruktur. Pam ist Alyssa gefolgt. Bitte vergessen Sie nicht, dass ich Alyssa mehrere Stunden später in der Nähe der Weiden südlich der Stadt gefunden habe. Sie lag nackt mitten auf der Straße und war zu Tode gefoltert worden.«

»Die Wanderer haben Alyssa getötet.«

»Vielleicht. Vielleicht auch nicht. Überprüfen Sie unsere drei Überwachungskameras, Ted.«

Ted schaltete wieder um.

Marcus war aus dem Tunnel verschwunden.

Pam hatte das Fitnessstudio verlassen.

Der Korridor auf Etage 2 war weiterhin leer.

»Schalten Sie wieder zurück«, bat Ethan. »Mal sehen, wohin sie geht.«

Ted rief erneut die Luftansicht von Wayward Pines auf.

Pam ging weiter in Richtung Süden. Als die Straße die Biegung machte, marschierte ihr Punkt in den Wald und bis zum Zaun.

»Können Sie meinen Mikrochip ebenfalls anzeigen lassen?«

»Für denselben Zeitabschnitt?«

»Genau.«

Ethans Punkt erschien ebenfalls.

»Dann waren Sie da draußen bei Pam?«, fragte Ted. »Das verstehe ich nicht.«

»Ja, ich war dort. Ich war vor drei Nächten am Zaun. Da war Peter McCall gerade gestorben.«

»Oh, daran erinnere ich mich.«

»Jetzt lassen Sie Pams Weg noch einmal anzeigen, von 1:59 Uhr bis zu dem Augenblick, in dem sie mir am Zaun begegnet.«

Ted spielte Pams Bewegungen noch einmal ab.

»Ich kann Ihnen nicht folgen«, erklärte er dann.

»Lassen Sie es noch mal laufen.«

Er sah es sich noch dreimal an, und nach dem dritten Mal murmelte er: »Was zum Teufel?«

Ted beugte sich auf seinem Stuhl vor.

Sein Verhalten hatte sich verändert.

Seine Angst hatte sich etwas gelegt, dafür war er jetzt angespannt.

Konzentriert.

»Irre ich mich oder fehlen zweieinhalb Stunden von Pams Überwachungsaufzeichnungen aus der Nacht, in der Alyssa ermordet wurde?«

Ted spulte noch einmal zurück.

Er zoomte so nah heran, dass allein der rote Punkt vier Bildschirme einnahm.

Dann spielte er es wieder und wieder ab.

»Der Zeitsprung geschieht nahtlos«, stellte Ted fest. »Man sieht es nur an der laufenden Uhr.«

Er tippte wie wild auf drei Tastaturen herum.

Ein Fehlercode flackerte auf den Bildschirmen auf.

Ted starrte ihn an und legte den Kopf schief, als könnte er es nicht fassen.

»Was hat das zu bedeuten?«, wollte Ethan wissen.

»Ein Datenfeld fehlt. Für die Zeit zwischen 2:04 Uhr und 4:33 Uhr.«

»Wie ist das möglich?«

»Jemand hat es gelöscht. Ich könnte noch etwas anderes versuchen.«

Jetzt zeigten die Bildschirme an, was Ted eingab: Es war eine lange, unverständliche Codezeile.

Doch daraufhin erschien nur eine andere Fehlermeldung.

»Ich habe versucht, das System auf die Zeit sechzig Sekunden vor dem Sprung zurückzusetzen.«

»Und?«

»Die Überwachungsdaten, die wir suchen, wurden entfernt.«

»Was heißt das genau?«

»Sie wurden gelöscht.«

»Hätten Pilcher oder Pam das tun können?«

»Auf gar keinen Fall. Zumindest nicht ohne Hilfe. Es wäre möglich, die Daten zu löschen, aber Pams Überwachungsaufzeichnung wieder zusammenzusetzen, obwohl ein Datenfeld fehlt, und sie so makellos aussehen zu lassen, dafür braucht man schon sehr viel Erfahrung.«

»Aber wer hat ihnen dann geholfen? Einer Ihrer Überwachungstechniker?«

»Nur, wenn man ihnen den Befehl dazu erteilt hätte.«

»Man hat Sie nicht gebeten, das zu tun?«

»Nein. Ich schwöre, ich war das nicht.«

»Wie viele Leute aus Ihrem Team wären dazu in der Lage?«

»Zwei.«

Ethan deutete mit seinem Messer auf die Tür hinter der großen Steuertafel. »Sind sie jetzt da drin?«

Ted zögerte.

»Ted.«

»Einer von ihnen schon.«

Ethan ging auf die Tür zu.

»Warten Sie«, hielt ihn Ted auf. Er deutete auf die Monitorwand, auf der wieder die Überwachungskameras der Superstruktur zu sehen waren.

Pam und Pilcher kamen mit zwei Wachen im Schlepptau den Korridor auf Etage 2 entlang.

Ethan starrte Ted an. »Haben Sie sie alarmiert?«

»Natürlich nicht. Setzen Sie sich.«

»Warum?«

Ted tippte auf den Touchscreens herum.

Die Feeds der Überwachungskameras verschwanden.

»Blenden Sie sie wieder ein«, verlangte Ethan.

»Wenn es das bedeutet, wovon ich ausgehe, dann müssen wir nicht extra auf dem Bildschirm sehen, wohin sie gehen.«

Ted rief die Draufsicht von Wayward Pines auf und zoomte an Kate Ballingers Haus heran, um dann die interaktive Innenansicht aufzurufen.

Er aktivierte die Kamera über dem Bett.

Kate und Harold erschienen auf den Monitoren. Das erste Tageslicht fiel durch ihr Fenster, als sie sich gerade anzogen.

Ethan setzte sich wieder. »Helfen Sie mir etwa?«

»Könnte durchaus sein.«

Vor der Tür waren Stimmen zu hören.

Dann klickte das Schloss.

»Sie sollten sich lieber schnell etwas einfallen lassen, Sheriff.«

»Eine letzte Sache noch«, meinte Ethan. »Wenn ich am helllichten Tag mit jemandem mitten in der Stadt sprechen muss …«

»Die Bank an der Ecke Main und Ninth Street ist ein blinder Fleck. Da sind auch keine Mikrofone.«

Die Tür wurde geöffnet.

Pilcher betrat zuerst den Raum, dicht gefolgt von Pam.

Er sagte nach hinten, in Richtung der Wachleute: »Warten Sie noch einen Moment. Ich rufe Sie gleich rein.«

Pilcher ging mitten in den Raum und starrte Ethan wütend an.

»Marcus liegt mit einer Gehirnerschütterung auf der Krankenstation.«

»Der kleine Scheißer hat eine Waffe auf mich gerichtet«, entgegnete Ethan. »Er kann froh sein, dass er noch am Leben ist. Haben Sie ihm das befohlen?«

»Ich habe ihm gesagt, er soll in die Stadt fahren, Sie suchen und um jeden Preis herbringen.«

»Tja, dann hat er das wohl Ihnen zu verdanken.«

»Was tun Sie hier?«

»Wonach sieht es denn aus?«

Pilcher sah Ted an.

»Er wollte Bilder des Ballinger-Hauses sehen«, sprang Ted ein.

Auf den Bildschirmen war zu sehen, wie Kate gerade in die Küche ging.

Sie ließ Wasser in eine Kaffeekanne laufen und spülte sie aus.

Pilcher grinste.

»Was ist los, Ethan? Haben Sie sie letzte Nacht nicht lange genug gesehen? Ich würde Sie jetzt gern in meiner Wohnung sprechen.«

Ethan baute sich vor Pilcher auf.

Er war gute fünfzehn Zentimeter größer als der alte Mann und starrte auf dessen Nasenspitze herunter.

»Ich begleite Sie gern, David«, erklärte er, »aber vorher möchte ich Ihnen noch sagen, dass, wenn Sie so etwas noch einmal tun, einen Handlanger mit einer Waffe zu mir schicken, …«

»Vorsicht«, schnitt ihm Pilcher das Wort ab. »Das Ende dieses Satzes könnte Sie teuer zu stehen kommen.«

Er sah an Ethan vorbei.

»Ist hier wirklich alles in Ordnung, Ted?«

»Ja, Sir.«

Pilcher blickte erneut Ethan an. »Nach Ihnen.«

Ethan steckte die Hände in die Taschen, als er an Pam vorbeiging. Sie lächelte wie eine Irre, und auf ihrer Haut zeichnete sich noch der Schweiß von ihrem Training ab.

Draußen auf dem Gang standen zwei große, kräftige Männer rechts und links neben der Tür. Sie trugen Zivilkleidung, hatten jedoch Maschinenpistolen umgehängt und musterten Ethan mit aggressivem Blick.

Pilcher ging voran über den Flur und zog seine Schlüsselkarte durch das Lesegerät vor einer nicht markierten Tür, hinter der der Fahrstuhl lag, mit dem man in seine Wohnung gelangte.

Als sie alle in der Kabine standen, sagte Pilcher: »Marcus hat mir erzählt, Sie hätten seine Schlüsselkarte an sich genommen?«

Ethan händigte sie ihm aus.

»Offenbar hatten Sie eine harte Nacht, Schätzchen«, meinte Pam.

Ethan sah an seinem Kapuzenpullover herunter, der noch immer feucht, an einigen Stellen mit Schlamm bedeckt und mehrfach eingerissen war.

»Ich war auf dem Heimweg, als Marcus mich abgeholt hat«, erklärte er.

»Ich bin froh, dass er Sie so erwischt hat«, sagte sie. »Ich mag es, wenn Sie dreckig sind.«

Als sie Pilchers Wohnung erreichten, packte Pam Ethans Arm und hielt ihn in der Kabine fest.

Sie legte die Lippen an sein Ohr und flüsterte: »Ich habe Sie und Theresa zufällig bei Ihrem Mitternachtsspaziergang gesehen. Ach, machen Sie nicht so ein Gesicht. Ich habe es niemandem erzählt. Aber Sie sollten wissen, dass ich Sie jetzt in der Hand habe.«

* * *

Pilcher führte Ethan und Pam zu einem runden Glastisch in seiner makellosen Küche.

Sein Privatkoch bereitete bereits das Frühstück zu, und der Geruch von Eiern, Speck und Schinken wehte vom Herd herüber.

»Guten Morgen, Tim«, sagte Pilcher.

»Guten Morgen, Sir.«

»Würden Sie uns bitte Kaffee bringen? Sie können auch unsere Bestellung aufnehmen. Wir frühstücken heute zu dritt.«

»Aber natürlich.«

Das Licht, das durch das Fenster neben dem Tisch hereinfiel, sah grau und trostlos aus.

»Ich habe gehört, dass es heute Nacht geschneit hat«, meinte Pilcher.

»Es blieb aber kaum etwas liegen«, erwiderte Ethan.

Ein junger, glatt rasierter Mann in einer Kochjacke kam aus der Küche und hatte ein Tablett mit drei Porzellantassen sowie einem großen French-Press-Kaffeebereiter in der Hand.

Er stellte alles auf den Tisch und drückte vorsichtig den Stempel herunter.

Dann goss er jedem eine Tasse Kaffee ein.

»Ich weiß, dass Pam und Mr Pilcher ihn schwarz trinken. Sheriff? Möchten Sie Sahne und Zucker?«, erkundigte er sich.

»Nein danke«, antwortete Ethan.

Der Kaffee roch gut.

Er schmeckte sehr viel besser als der, der in der Stadt zu bekommen war.

Er schmeckte so, wie ihn Ethan aus Seattle in Erinnerung hatte.

»Sie wären gestern sehr stolz auf unseren Sheriff gewesen, David«, meinte Pam.

»Ach ja? Was hat er denn getan?«

»Er hat Wayne Johnson besucht. Das war Ihre erste Integration, nicht wahr, Ethan?«

»Ja.«

»Mr Johnson fällt das alles nicht leicht, und er hat die schwer zu beantwortenden Fragen gestellt, die sie alle stellen. Ethan hat die Sache jedoch perfekt geregelt.«

»Freut mich zu hören«, bekannte Pilcher.

»Es war, als würde unser kleiner Junge seine ersten Schritte machen. Wirklich wundervoll.«

Tim nahm ihre Bestellungen entgegen und ging zurück in die Küche.

»Wir brennen darauf, mehr über Ihren Abend zu erfahren, Ethan«, meinte Pilcher dann.

Ethan starrte in den Dampf, der von seiner Kaffeetasse aufstieg. Er saß in der Klemme. Wenn dieser Mann dazu in der Lage war, seine eigene Tochter umzubringen, was würde er dann mit Ethan und seiner Familie machen, wenn Ethan die Namen nicht herausrückte?

Aber wenn er redete, unterschrieb er Kates Todesurteil.

Wie sollte er sich entscheiden?

Und als ob das noch nicht genug war, wusste Pam, dass er Theresas Chip entfernt hatte.

»Ethan, berichten Sie uns genau, was Sie gesehen haben.«

Als ihr Leben bedroht wurde, hatte Alyssa vielleicht keine Namen genannt, aber sie musste ihrem Vater – oder Pam – die Wahrheit gesagt haben.

Sie musste ihnen versichert haben, dass Kates Gruppe nicht gefährlich war.

Dass sie keine Revolution planten.

Dass sie sich nur trafen, um ein paar freie Augenblicke zu genießen.

Dennoch war sie ermordet worden.

Die Wahrheit hatte Kate und ihren Leuten nicht geholfen, und sie hatte auch Alyssa nicht gerettet.

»Ethan?«

In einem Augenblick schrecklicher Klarheit wusste er plötzlich, was er zu tun hatte.

Es war riskant, wenn nicht gar verrückt.

»Ethan, um Himmels willen.«

Aber es war seine einzige Chance.

»Ich bin reingekommen«, sagte er.

»Was bedeutet das?«

Ethan grinste. »Ich habe den inneren Kreis gesehen.«

»Man hat Sie mit zum Treffpunkt genommen?«

»Sie haben mir die Augen verbunden und mich in den Wald geführt. Dann sind wir über eine Klippe zu einer Höhle recht weit oben in den Bergen geklettert.«

»Würden Sie diesen Ort wiederfinden?«

»Ich denke schon. Auf dem Heimweg waren meine Augen nicht mehr verbunden.«

»Ich möchte, dass Sie eine Karte zeichnen.«

»Natürlich.«

»Was haben Sie genau gesehen?«

»Dort waren fünfzig oder sechzig Personen.«

»Inklusive Ihrer ehemaligen Partnerin und ihres Mannes?«

»O ja. Kate und Harold hatten dort eindeutig das Sagen.«

»Haben Sie noch andere Personen erkannt?«

»Allerdings.«

»Wir brauchen eine Liste mit allen Namen.«

»Das ist kein Problem. Aber Sie sollten eines wissen.«

»Was denn?«

»Ich bin gestern dorthin gegangen und hatte mit einer harmlosen Versammlung gerechnet. Immer wenn es irgendwo Regeln gibt, liegt es in der Natur des Menschen, dass er versucht, sie zu umgehen. Die illegalen Kneipen aus den 1920er-Jahren sind das beste Beispiel dafür. Aber diese Versammlungen, diese Treffen – sie sind nicht harmlos.«

Pilcher und Pam sahen sich überrascht an.

Offenbar hatte ihnen Alyssa das genaue Gegenteil erzählt.

»Ehrlich gesagt habe ich Sie anfangs für einen Kontrollfreak gehalten, aber jetzt weiß ich, dass Sie recht haben«, fuhr Ethan fort. »Sie rekrutieren aktiv neue Mitglieder. Und sie haben Waffen.«

»Waffen? Was für Waffen?«

»Größtenteils selbst gemachte. Beile. Messer. Knüppel. Ich habe auch ein oder zwei Schusswaffen gesehen. Sie bauen dort eine regelrechte Waffenkammer auf.«

»Was haben sie vor?«

»So genau weiß ich das nicht, da sie in meiner Nähe ziemlich nervös waren.«

»Das kann ich mir vorstellen.«

»Aber nach allem, was ich mitbekommen habe, wollen sie die Kontrolle übernehmen. Sie wollen die ganze Stadt beherrschen. So viel steht fest. Sie riskieren ihr Leben nicht, um auf diese Treffen zu gehen und dort nur herumzusitzen und über die gute alte Zeit vor Wayward Pines zu reden. Sie wissen, dass sie überwacht werden. Sie wissen, dass es einen Zaun gibt. Einige von ihnen waren sogar schon auf der anderen Seite.«

»Wie?«

»Das weiß ich noch nicht.« Ethan legte seine Hände um die Kaffeetasse, um sie an dem heißen Porzellan aufzuwärmen. »Ehrlich gesagt war ich skeptisch, als ich hingegangen bin«, sagte Ethan. »Aber Sie … *wir* … haben ein ernsthaftes Problem.«

»Was ist mit Alyssa?«, fragte Pam.

»Sie wollen wissen, ob *sie* sie getötet haben?«

»Ja.«

»Tja, niemand ist zu mir gekommen und hat den Mord gestanden, aber was glauben Sie denn? Diese Leute sind unglaublich paranoid und haben Angst aufzufliegen. Sie wissen nicht genau, *wer* Sie sind, David, aber sie wissen, dass es jemanden wie Sie gibt. Sie wissen, dass jemand all das kontrolliert. Und sie wollen Sie um jeden Preis aufhalten. Sie wollen Krieg. Freiheit oder Krieg und all diesen Mist.«

Tim kam mit einem Silbertablett an den Tisch zurück.

Er stellte einen Teller mit frischen Früchten, vermutlich den letzten des Jahres, in die Mitte.

»Ein pochiertes Ei auf Sauerteigbrot für Sie, Mr Pilcher. Eier Benedict für Sie, Pam. Und Rührei für Sie, Sheriff.«

Dann schenkte er ihnen Kaffee nach und ging wieder.

Pilcher schob sich einen Bissen in den Mund und musterte Ethan dabei.

Schließlich sagte er: »Ihnen muss klar sein, dass ich einen Krieg unter den letzten Menschen, die auf dieser Erde weilen, auf gar keinen Fall zulassen kann, Ethan.«

»Das ist mir klar.«

»Was schlagen Sie vor?«

»Wie bitte?«

»Was würden Sie an meiner Stelle tun?«

»Keine Ahnung. Ich habe noch nicht darüber nachgedacht.«

»Warum nehme ich Ihnen das nicht ab? Pam?«

»Tja. Eins nach dem anderen, würde ich sagen. Zuerst soll uns unser Wundersheriff mal die Namen aller Personen aufschreiben, die er dort gesehen hat. Danach würde ich mich«, sie deutete auf sich, »bitten, ein kleines Team zusammenzustellen. Wir würden die Stadt durchkämmen und in einer Nacht jeden dieser Wichser, der auf der Liste steht, verschwinden lassen.« Sie lächelte. »Andererseits habe ich aber auch gerade meine Tage und könnte deshalb ein bisschen blutrünstiger sein – was durchaus nicht als Wortspiel gedacht ist.«

»Du würdest sie alle wieder in die Suspension schicken?«, hakte Pilcher nach.

»Oder sie auf grausame Weise umbringen. Schließlich kann man sie zu diesem Zeitpunkt wohl mit Fug und Recht als hoffnungslose Fälle bezeichnen, oder nicht?«

»Was sagten Sie doch gleich, wie viele Personen Sie gesehen haben, Ethan?«

»Fünfzig bis sechzig.«

»Ich kann nicht so viele Menschen opfern. Vielleicht bin ich ja ein hoffnungsloser Optimist, aber ich denke doch, dass sich ein Teil von Kates Gruppe mit weniger endgültigen Methoden als Folter und Tod zum Umdenken bewegen lässt.«

Pilcher streute ein wenig Salz auf sein Ei.

Er nahm einen Bissen.

Sah aus dem Fenster hinaus.

Von hier aus hatte man einen atemberaubenden Blick. Dreihundert Meter unter ihnen erstreckte sich der Wald über den Berghang bis hinunter zur Stadt.

»Ich denke, die kommende Nacht wird sehr interessant für Sie, Ethan«, meinte er dann.

»Wieso das?«

»Sie werden Ihr erstes Fest veranstalten.«

»Für wen?«

»Kate und Harold Ballinger werden die Ehrengäste sein.«

Pam strahlte.

»Das ist eine großartige Idee«, sagte sie. »Wenn man den Kopf der Schlange abschlägt, stirbt der Rest.«

»Mir ist bewusst, dass das einzige Fest, das Sie erlebt haben, Ihr eigenes war, Ethan, aber ich gehe davon aus, dass Sie das Handbuch gelesen haben. Dass Sie wissen, was von Ihnen erwartet wird.«

»Haben Sie ein Problem damit, Ihre ehemalige Flamme zu exekutieren?«, wollte Pam wissen.

»Ihr Einfühlungsvermögen ist wirklich überwältigend«, konterte Ethan. »Eines Tages muss ich Ihnen mal beibringen, was Empathie ist.«

»Das war vielleicht nicht gerade feinfühlig ausgedrückt«, schaltete sich Pilcher ein, »aber die Frage ist durchaus berechtigt. Sind Sie der Sache gewachsen, Ethan? Verstehen Sie mich aber bitte nicht falsch und bilden sich ein, Sie hätten in dieser Angelegenheit eine Wahl.«

»Es gefällt mir nicht«, entgegnete Ethan, »wenn Sie es genau wissen wollen. Ich habe sie mal geliebt. Aber nach letzter Nacht ist mir klar, dass es passieren muss.«

Die Muskeln in Pilchers Gesicht schienen sich zu entspannen.

»Diese Worte aus Ihrem Mund zu hören, Ethan … Nichts würde mich glücklicher machen, als Sie mit voller Überzeugung an Bord zu haben. Dass wir drei zusammenarbeiten. Dass ich Ihre Loyalität und Ihr Vertrauen besitze. Das ist so wichtig, und es gibt noch so vieles, was ich Ihnen nicht erzählt habe. So vieles, was ich mit Ihnen teilen möchte. Aber ich muss erst davon überzeugt sein, dass Sie wirklich auf meiner Seite sind.«

»Die Ballingers müssen lebendig gefangen genommen werden«, sagte Pam. »Das müssen Sie von Anfang an klarstellen, sonst werden unsere Gäste in irgendeiner Seitenstraße umgebracht. Doch da wir damit eine Botschaft vermitteln wollen, müssen sie im Kreis auf der Main Street sterben. Es muss blutig und furchtbar sein, damit alle, die zu ihrer Gruppe gehören, begreifen, welchen Preis sie für ihren Ungehorsam zu zahlen haben.«

»Ich werde Sie während dieses Fests beobachten«, fuhr Pilcher fort. »Das, was Sie heute Nacht tun, wird entscheidend dazu beitragen, ob zwischen uns ein echtes Vertrauen entsteht.« Pilcher trank seinen Kaffee aus und stand auf. »Gehen Sie nach Hause und schlafen Sie ein bisschen, Ethan. Ich werde Dr. Miter heute Nachmittag in die Stadt schicken, damit er Ihren Chip wieder einsetzt.«

Pam lächelte. »Ich mag die Feste«, sagte sie. »Sie sind sogar noch besser als Weihnachten. Und ich glaube, das sehen die Stadtbewohner genauso. Wussten Sie, dass einige von ihnen für diese ganz besondere Nacht extra Kostüme haben? Sie verzieren auch ihre Messer und Waffen. Alle in der Stadt drehen dann ein bisschen durch.«

»Sie bezeichnen den Mord an zwei von unseren Leuten als ›ein bisschen durchdrehen‹?«, fragte Ethan.

»Letzten Endes ist es doch das, was wir am besten können, oder nicht?«

»Ich hoffe sehr, dass das nicht stimmt.«

»Ich persönlich hasse die Feste«, gestand Pilcher. »Aber schließlich sind das *meine* Leute da unten, und so schwer es auch ist, so weiß ich doch genau, was sie brauchen. Ständige Perfektion würde sie verrückt machen. In jeder perfekten Kleinstadt gibt es etwas Grässliches, das unter den Teppich gekehrt wird. Ohne den Albtraum ist kein Traum möglich.«

KAPITEL 20

Ethan betrat sein dunkles Haus.

Er ließ sich unten ein Bad ein und ging dann hinauf ins Schlafzimmer.

Theresa schlief unter einem Berg von Decken.

Er beugte sich über sie und flüsterte ihr ins Ohr: »Komm zu mir in die Wanne.«

Das Wasser in der Badewanne war das Einzige, was im Haus überhaupt warm war, dafür war es sogar wunderbar heiß.

Der Dampf erfüllte den ganzen Raum, als Theresa hereinkam.

Er bedeckte den Spiegel über den Waschbecken und das Fenster über der Wanne. Die Fliesen sahen aus, als würden sie schwitzen.

Sie zog sich aus.

Dann stieg sie ins Wasser und setzte sich zwischen seine Beine.

Nun stand das Wasser nur noch wenige Zentimeter unter dem Wannenrand. Der Nebel war so dicht geworden, dass Ethan das Waschbecken kaum noch erkennen konnte.

Er drehte den Wasserhahn mit dem Fuß weit genug

auf, dass das Wasser wieder lief. Dann zog er Theresa an seine Brust. Trotz der Hitze fühlte sich ihre Haut kühl an. Ihr Ohr lag direkt an seinen Lippen, und das war eine derart perfekte Position, um mit ihr zu reden, dass er sich fragte, wieso er nicht schon früher darauf gekommen war.

Der Dampf umgab sie.

»Kates Leute haben diese Frau nicht ermordet, deren Leiche ich gefunden habe«, sagte er.

»Wer war es dann?«

»Entweder Pam, jemand anders, der in Pilchers Diensten steht, oder der alte Mann selbst.«

»Er hat seine eigene Tochter umgebracht?«

»Ich weiß es nicht mit Sicherheit, aber es wird heute Nacht auf jeden Fall ein Fest geben.«

»Für wen?«

»Für Kate und Harold.«

»Großer Gott. Als Sheriff hast du die Leitung.«

»So ist es.«

»Kannst du es verhindern?«

»Ich will es gar nicht verhindern.«

»Ethan.« Sie drehte den Kopf und sah ihn an. »Was ist los?«

»Es ist besser, wenn du das nicht weißt.«

»Für den Fall, dass etwas schiefgeht?«

»Genau.«

»Wie groß ist die Wahrscheinlichkeit?«

»Sehr groß. Aber wir haben letzte Nacht darüber gesprochen. Ich habe dir versprochen, dass ich das in Ordnung bringe, selbst wenn es bedeutet, dass wir riskieren, alles zu verlieren.«

»Ich weiß. Es ist nur so, dass …«

»Es ist immer noch mal etwas anderes, wenn es ernst wird. Pam weiß übrigens von uns und von dem, was wir letzte Nacht gemacht haben.«

»Hat sie es irgendjemandem verraten?«

»Nein, und ich bezweifle auch, dass sie das tun wird, zumindest nicht vor dem Fest.«

»Aber was passiert, wenn sie es danach jemandem sagt?«

»Nach heute Abend ist das alles nicht mehr wichtig. Aber ich muss das nicht tun. Wir könnten auch einfach mitspielen und den Rest unseres Lebens als brave Bürger verbringen. Ich wäre der Sheriff, das hätte durchaus Vorteile. Wir haben hier keine Schulden, müssen keine Rechnungen bezahlen. Es ist für alles gesorgt. Früher musste ich immer lange arbeiten. Jetzt kann ich zum Abendessen zu Hause sein. Wir hätten mehr Zeit für uns als Familie.«

»Es gibt einen Teil von mir, der sich fragt, ob ich das wirklich tun könnte«, gestand ihm Theresa flüsternd. »Aber das wäre kein Leben, Ethan. Nicht unter diesen Bedingungen.« Sie küsste ihn, und ihre Lippen waren vom Dampf und der Hitze ganz weich geworden. »Also tu, was immer du tun musst. Was auch passiert, ich liebe dich, und ich habe mich dir in den letzten vierundzwanzig Stunden näher gefühlt als in den letzten fünf Jahren in Seattle.«

* * *

Am Nachmittag war der letzte Schnee geschmolzen.

Ethan stand unter dem blauen Winterhimmel vor dem Zaun, der die Schule umgab.

Die Kinder liefen aus dem Ziegelsteingebäude und kamen die Treppe herunter. Er entdeckte Ben, der sich mit zwei Freunden unterhielt. Sie hatten ihre Rucksäcke über eine Schulter gehängt und lachten.

Es wirkte alles so normal.

Kinder, die aus der Schule kamen.

Nichts weiter.

Als Ben zum Bürgersteig kam, hatte er seinen Vater noch immer nicht entdeckt.

»Hey, Sohn«, sagte Ethan.

Ben blieb stehen, und seine Freunde ebenfalls.

»Dad. Was machst du denn hier?«

»Ich hatte nur Lust, dich von der Schule abzuholen. Wollen wir zusammen nach Hause gehen?«

Der Junge sah aus, als hätte er überhaupt keine Lust darauf, aber es gelang ihm, sich das nicht zu sehr anmerken zu lassen.

Er drehte sich zu seinen Freunden um und sagte: »Wir sehen uns dann später.«

Ethan legte eine Hand auf Bens Schulter.

»Wie wäre es, wenn wir an deinen Lieblingsort gehen?«, schlug er vor.

Sie gingen vier Blocks weit die Main Street entlang und auf die andere Straßenseite zu einem Süßwarengeschäft, das »The Sweet Tooth« hieß. Einige Kinder aus der Schule waren schon vor ihnen hergekommen, und kleine Grüppchen aus Mädchen und Jungen ballten sich vor den mehreren Hundert großen Gläsern, in denen die verschiedensten Süßigkeiten aufbewahrt wurden. Kaugummis, Fruchtgummis, Schokoriegel … Hier fand man jede Süßigkeit, die man sich wünschen konnte. Ethan wusste, dass sie wie alles andere in der Suspension aufbewahrt worden waren, aber ihm ging dennoch der Gedanke durch den Kopf, dass ein Schokoriegel wohl das war, was zweitausend Jahre am ehesten unverändert überstehen konnte.

Schließlich stand er mit Ben vor dem Schokoladentresen.

Selbst gemachter Karamell in allen Geschmacksrichtungen lag vor ihnen ausgebreitet.

»Such dir aus, was du haben möchtest«, sagte Ethan.

Bewaffnet mit heißem Kakao und einer Papiertüte voller Leckereien traten Ethan und Ben danach den Heimweg an.

In Wayward Pines war dies die geschäftigste Tageszeit, wenn die Schule gerade zu Ende war und das Lachen der Kinder wunderbar laut durch die Straßen hallte.

Nie fühlte sich die Stadt realer an.

»Wir sollten uns irgendwo hinsetzen«, schlug Ethan vor.

Er führte seinen Sohn über die Straße zu der Bank an der Ecke Main und Ninth Street.

Sie tranken ihren Kakao, knabberten an den Süßigkeiten und beobachteten die Menschen, die an ihnen vorbeigingen.

»Ich weiß noch genau, wie ich in deinem Alter war«, meinte Ethan. »Du bist ein viel besserer Junge als ich. Und du bist auch viel klüger.«

Der Junge sah zu ihm auf und hatte Schokoladenkrümel am Mund.

»Wirklich?«

Er erinnerte Ethan mit seiner Brille und dem Ohrenschutz, der von seiner Mütze herunterhing, sehr stark an Ralphie aus der »Weihnachtsgeschichte«.

»O ja, ich war ein richtiger Lausebengel. Frech und ständig am Rebellieren.«

Das schien Ben zu amüsieren.

Er nippte an seinem Kakao.

»Die Schule war nichts weiter als Schule«, fuhr Ethan fort. »Wir hatten Hausaufgaben. Elternsprechstunden. Zeugnisse.«

»Was ist ein Zeugnis?«

»Ein Zettel, auf dem deine Noten für das Halbjahr standen. Du erinnerst dich vermutlich nicht mehr an die Zeit, als du in Seattle zur Schule gegangen bist. Hier läuft alles ein bisschen anders.«

Jetzt starrte Ben zu Boden.

»Was ist los, mein Sohn?«

»Du sollst nicht über so was reden«, meinte er mit ernster, ruhiger Stimme.

»Sieh mich an, Ben.«

Der Junge blickte auf.

»Ich bin der Sheriff von Wayward Pines. Ich kann reden, worüber ich reden will. Verstehst du, ich habe hier das Sagen.«

Der Junge schüttelte den Kopf. »Nein, das hast du nicht.«

»Wie bitte?«

Jetzt stiegen Ben die Tränen in die Augen.

»Wir dürfen nicht darüber reden«, beharrte er.

»Ich bin dein Vater. Es gibt nichts, worüber wir beide nicht reden können.«

»Du bist nicht mein Vater.«

Ethan hatte das Gefühl, als hätte er einen Schlag in die Magengrube bekommen.

Es verschlug ihm den Atem.

Auf einmal sah er die Welt nur noch durch einen Tränenschleier.

Nur mit Mühe fand er die Sprache wieder. »Ben? Was redest du denn da?«

»Nicht mein richtiger Vater.«

»Ich bin nicht dein richtiger Vater?«

»Du verstehst es nicht. Du wirst es nie verstehen. Ich will nach Hause.«

Ben wollte schon aufstehen, aber Ethan legte den Arm um ihn und hielt ihn auf der Bank fest.

»Lass mich los!«

»Was denkst du, wer dein richtiger Vater ist?«, wollte Ethan wissen.

»Ich soll nicht darüber re…«

»Sag es mir!«

»Der, der uns beschützt!«

»Wovor beschützt?«

Der Junge sah Ethan weinend an und stieß hervor: »Vor den Dämonen auf der anderen Seite des Zauns.«

»Du warst auf der anderen Seite des Zauns?«

Ben nickte.

»Mit wem?«

Keine Antwort.

»War es ein kleiner, älterer Mann mit rasiertem Kopf und dunklen Augen?«

Ben antwortete nicht, aber das war Ethan Antwort genug.

»Sieh mich an, Sohn. Sieh mich an. Was meinst du damit, wenn du sagst, er wäre dein Vater?«

»Ich hab es dir doch gesagt. Er beschützt uns. Er sorgt für uns. Er hat all das geschaffen, alles, was wir in Wayward Pines haben.«

»Dieser Mann ist nicht Gott, wenn es das ist, was du …«

»Sag das nicht.«

Allein das ist schon ein guter Grund, um diese Stadt dem Erdboden gleichzumachen. Sie stehlen uns unsere Kinder.

»Ben, es gibt Dinge in dieser Welt, die wahr sind, und es gibt Lügen. Hörst du mir zu? Deine Mutter und ich, wir lieben dich, und das ist die Wahrheit. Liebst du mich?«

»Natürlich tue ich das.«

»Vertraust du mir?«

»Ja.«

»Der Mann, der dich mit auf die andere Seite des Zauns genommen hat, das ist nicht Gott. Er ist weit davon entfernt. Sein Name ist David Pilcher.«

»Du kennst ihn?«

»Ich arbeite für ihn und sehe ihn fast jeden Tag.«

Auf einmal stand Megan Fisher vor ihnen.

Ethan hatte sie nicht einmal kommen hören.

Sie war wie aus dem Nichts vor ihnen aufgetaucht.

Dann ging sie in ihrem Wollrock in die Hocke und legte Ben eine Hand aufs Knie.

»Ist alles okay, Benjamin?«

Ethan zwang sich zu einem Lächeln. »Es geht uns gut, Megan«, sagte er. »Er hatte einen anstrengenden Tag in der Schule. Sie wissen ja, wie das ist. Aber nach einem Besuch im Süßigkeitenladen sieht die Welt gleich wieder besser aus.«

»Was ist passiert, Benjamin?«

Der Junge starrte in seinen Schoß und weinte im wahrsten Sinne des Wortes in seinen Kakao.

»Das ist eine Privatangelegenheit«, sagte Ethan.

Megans Kopf zuckte nach oben.

Auf einmal war die lebhafte, freundliche Gastgeberin verschwunden, die ihn und Theresa vor einigen Tagen in ihrem Haus empfangen hatte.

»Privat?«, fauchte sie.

Es war, als würde sie die Bedeutung dieses Wortes nicht verstehen.

Als wäre Ben *ihr* Sohn und als hätte Ethan die Grenzen übertreten.

»In der Schule von Pines glauben wir an einen gemeinschaftlichen …«

»Ja, privat. Was bedeutet, dass es Sie verdammt noch mal nichts angeht, Mrs Fisher.«

Ihr Gesichtsausdruck, in dem sich Schock und Ekel widerspiegelten, sagte Ethan, dass noch nie zuvor jemand so mit ihr gesprochen hatte. Auf jeden Fall nicht, seitdem sie in Wayward Pines aufgewacht war und diese Machtposition erlangt hatte.

Megan stellte sich kerzengerade hin und sah ihn so finster an, wie es nur eine Lehrerin zu tun vermochte.

»Das sind *unsere* Kinder, Mr Burke«, sagte sie.

»So ein Blödsinn«, erwiderte er.

Als sie über den Bürgersteig davonstürmte, entzog sich Ben dem Griff seines Vaters und lief über die Straße.

* * *

»Hallo, Belinda«, sagte Ethan, als er das Sheriffbüro betrat.

»Hallo, Sheriff.«

Sie sah nicht auf.

»Hat irgendwer angerufen?«

»Nein, Sir.«

»Ist jemand vorbeigekommen?«

»Nein, Sir.«

Er klopfte im Vorbeigehen mit den Fingerknöcheln auf ihren Tisch und sagte: »Ich hoffe, Sie sind in der Stimmung, um sich heute Abend gut zu amüsieren.«

Er glaubte, ihren Blick im Rücken zu spüren, als er über den Flur zu seinem Büro ging, aber er drehte sich nicht um.

In seinem Büro hängte er den Hut an die Garderobe.

Dann ging er zum Schrank und schloss ihn auf.

Er hatte ihn erst ein einziges Mal zuvor geöffnet, allerdings war sein Widerwille rein psychologischer Natur. Die Dinge, die sich darin befanden, repräsentierten das, was er an diesem Job und an dieser Stadt am meisten hasste. Das, wovor er sich seit dem ersten Tag fürchtete.

Das Kostüm seines Vorgängers hing an einem Messinghaken an der Wand.

Während seines eigenen Fests hatte er Sheriff Pope nur aus der Ferne zu Gesicht bekommen, und die Einzelheiten seines Outfits waren Ethan aufgrund seiner Angst und seiner Panik völlig entgangen.

Aus der Nähe sah es aus wie der Umhang eines Dämonenkönigs.

Es bestand aus dem Fell eines Braunbären, in das an den Schultern noch Polster eingenäht worden waren und das man mit einer dicken Kette an den Schlüsselbeinen verschloss. Das Fell war an einigen Stellen verklebt, und Ethan vermutete, dass dort Blutspritzer getrocknet waren. Allerdings schien sich nie jemand die Mühe gemacht zu haben, das Kleidungsstück zu reinigen, das wie der Atem eines Raubtiers nach Verwesung stank. Die Verzierungen waren jedoch die Krönung. Die Kopfhaut jedes ehemaligen Ehrengasts war an dem Fell befestigt worden. Insgesamt waren es siebenunddreißig. Die erste sah schon aus wie Dörrfleisch, während die letzte noch blass war.

Auf einem Regalbrett darüber ruhte der Kopfputz.

Der Schädel eines Abbys bildete das Mittelstück. Die Kiefer waren weit aufgerissen und wurden mit Metallstangen festgehalten, und auf die Schädeldecke hatte man ein Geweih montiert.

Ein Schwert und eine Schrotflinte lagen auf Halterungen an der Wand, und die Strasssteine, mit denen die Waffen verziert waren, glitzerten im Licht der Deckenlampe.

Ethan zuckte zusammen, als sein Telefon klingelte.

Das kam ausgesprochen selten vor.

Er ging um seinen Schreibtisch herum und nahm beim fünften Klingeln den Hörer ab.

»Sheriff Burke am Apparat«, meldete er sich.

»Wissen Sie, wer hier spricht?«

Obwohl er fast flüsterte, hatte Ethan Teds Stimme erkannt.

»Ja. Woher wussten Sie, dass ich hier bin?«

»Na, was denken Sie denn?«

Natürlich – Ted beobachtete ihn von der Überwachungsstation im Berg aus.

»Können wir uns so sicher unterhalten?«, fragte Ethan.

»Nicht lange.«

»Sie werden es herausfinden?«

»Irgendwann schon. Die Frage ist nur, ob es dann noch von Bedeutung ist.«

»Was soll das heißen?«

»Ich habe es gefunden.«

»Was haben Sie gefunden?«

»Das, wonach wir gesucht haben. Es war vergraben, gut versteckt, aber nichts lässt sich wirklich löschen.«

»Und?«

»Nicht übers Telefon. Können wir uns in zwanzig Minuten in der Leichenhalle treffen?«

»Sicher.«

»Dr. Miter hat gerade das Revier betreten. Sie sollten jetzt lieber gehen.«

Ethan hörte Stimmen im Hintergrund, und dann hatte Ted auch schon aufgelegt.

Kaum hatte Ethan den Hörer aufgelegt, klingelte das Telefon erneut.

»Hi, Belinda«, sagte er.

»Sheriff, hier ist ein Dr. Miter für Sie.«

Er will meinen Mikrochip wieder einsetzen.

»Ich bin gerade sehr beschäftigt. Könnten Sie ihm bitte einen Kaffee geben und ihn bitten, noch einen Moment zu warten?«

»Natürlich, Sir.«

Ethan zog die unterste linke Schreibtischschublade auf, nahm seinen Ledergürtel und das Holster heraus und legte es um.

Dann ging er zu den Waffenschränken hinüber und schloss den mittleren auf.

Er nahm eine Desert Eagle heraus, legte das Magazin ein und schob sie in das Holster.

Danach griff er nach dem Jagdgewehr mit Tarnüberzug und Zielfernrohr.

Wieder klingelte das Telefon.

Er nahm den Hörer ab.

»Ja, Belinda?«

»Ähm, Dr. Miter möchte jetzt wirklich nicht länger warten.«

»Ein Arzt, der nicht warten möchte. Sehen Sie darin keine Ironie, Belinda?«

»Wie bitte, Sir?«

»Ich bin gleich bei Ihnen.«

Ethan legte auf und ging zum Fenster neben dem Waffenschrank. Es war ein Schiebefenster. Er legte den Riegel um, schob es mühsam auf und entfernte danach das Fliegengitter.

Ungelenk stieg er über das Fensterbrett und ging dann

hinter der Buschreihe in die Hocke, die vorn vor dem Gebäude stand.

Er bahnte sich den Weg durch die dornigen Äste und lief in Richtung Straße.

An diesem Morgen war er mit dem Bronco zum Revier gefahren, und jetzt zog er die offene Beifahrertür auf und schob das Gewehr in die Waffenhalterung.

Als er den Motor anließ, konnte er durch das offene Fenster hören, wie das Telefon in seinem Büro erneut zu klingeln begann.

* * *

Ethan stellte den Bronco auf einem leeren Parkplatz an der Main Street ab und ging hinüber zum Schaufenster von »Wooden Treasures«.

Kate saß hinter der Kasse und starrte mit einem gelangweilten Blick ins Leere. Nach der wunderbaren Freiheit der letzten Nacht wieder in die alltägliche Sklaverei zurückzurutschen, die das Leben in Wayward Pines nun einmal war, musste niederschmetternd sein, dachte er. Vermutlich waren die Tage nach diesen geheimen Partys immer erfüllt von Katzenjammer, und die Erkenntnis, wie ihr wahres Leben aussah, kam ihnen noch grausamer vor.

Ethan klopfte an die Scheibe.

* * *

Sie saßen auf der Bank an der Ecke Main und Ninth Street.

Die Innenstadt hatte sich geleert.

Sie sah nicht mehr real aus.

Es wirkte eher wie an einem Filmset, auf dem nicht mehr gedreht wurde.

Die Sonne versank langsam hinter der westlichen Felswand, und es wurde dunkler.

»Hier sind wir sicher«, sagte Ethan.

»Du siehst furchtbar aus«, stellte Kate fest. »Hast du überhaupt geschlafen?«

»Nein.«

»Was ist los?«

»Ich muss wissen, wo ich den Tunnel finde, der unter dem Zaun durchführt.«

»Warum?«

»Wir haben keine Zeit für Erklärungen. Bist du schon mal dort gewesen?«

»Ein Mal«, gestand sie. »Aber das ist Jahre her.«

»Bist du auf die andere Seite gegangen?«

Sie schüttelte den Kopf.

»Warum nicht?«

»Ich hatte Angst.«

»Wie kann ich ihn finden, Kate?«

»Da steht ein großer, toter Pinienstumpf. Er ist so groß wie du. Größer als alles andere in der Umgebung. Wenn er noch da ist, kannst du ihn nicht verfehlen. Der Eingang des Tunnels ist direkt daneben am Waldboden. Er wird mit Piniennadeln bedeckt sein. Soweit ich weiß, ist seit sehr langer Zeit niemand mehr da durchgegangen.«

»Ist er verschlossen?«

»Das weiß ich nicht. Was ist denn los, Ethan?«

Er starrte sie an.

Wollte es ihr eigentlich sagen.

Doch dann erwiderte er nur: »Du musst mir einfach vertrauen.«

* * *

Ethan parkte seinen Bronco in der Gasse hinter dem Krankenhaus, wo er vom Eingang nicht zu sehen war.

Er schlüpfte durch eine Seitentür ins Gebäude.

Im Erdgeschoss war alles still.

Er ging über die Treppe in den Keller und an der Kreuzung der vier leeren Korridore vorbei zu der fensterlosen Doppeltür am Ende des Ostflügels.

Als er dort eintraf, wurde es draußen langsam dunkel.

Er ging hinein.

Ted stand vor einem aufgeklappten Laptop, den er auf einen Autopsietisch gestellt hatte.

Ethan ging zu ihm hinüber, während die Türen hinter ihm zuschwangen.

Er sagte leise: »Sind wir hier sicher?«

»Ich habe die Überwachungskameras im Keller des Krankenhauses ausgeschaltet.« Ted sah auf seine Uhr. »Aber sie bleiben nur noch zehn Minuten im Schlafmodus.«

»Wo ist Pam?«

»Oben bei einer Therapiesitzung.«

Ethan ging um den glänzenden Tisch herum und stellte sich neben Ted.

Er musterte die Kühlfächer, das Waschbecken, die

Organwaage. Ted hatte die Untersuchungslampe vom Tisch weggedreht, sodass sie in eine Ecke leuchtete, während der Rest der Leichenhalle in Schatten getaucht war.

Endlich war der Laptop hochgefahren.

Ted gab seinen Benutzernamen und sein Passwort ein.

»Warum hier?«, wollte Ethan wissen.

»Wie bitte?«

»Warum wollten Sie sich hier mit mir treffen?«

Ted deutete auf den Bildschirm.

Das Video wurde abgespielt.

In HD-Qualität.

Die Kamera hing in einer Ecke des Raums an der Decke und war auf Alyssa gerichtet.

»Ach du Scheiße«, murmelte Ethan.

Sie war mit dicken Lederriemen an den Autopsietisch gefesselt.

An *diesen* Autopsietisch.

»Kein Ton?«, erkundigte sich Ethan.

»Ich hatte keine Zeit, danach zu suchen. Aber Sie werden noch froh darüber sein, das können Sie mir glauben.«

Alyssa schrie irgendetwas.

Sie hob den Kopf vom Tisch.

Die Muskeln ihres ganzen Körpers waren angespannt.

Da tauchte Pam auf.

Sie packte Alyssas Haare und riss ihren Kopf mit Gewalt nach unten auf den Metalltisch.

Nun kam David Pilcher ins Bild.

Er legte ein kleines Messer auf das Metall und kletterte auf den Tisch.

Setzte sich rittlings auf die Beine seiner Tochter.

Hob das Messer.

Er bewegte die Lippen.

Alyssa schrie etwas, während Pam ihren Kopf festhielt.

Pilcher schürzte die Lippen.

Er legte den Kopf ein wenig schräg.

Dabei sah er nicht einmal wütend aus.

Mit einem völlig reglosen Gesichtsausdruck rammte er seiner Tochter das Messer in den Bauch.

Ethan zuckte zusammen.

Pilcher zog die Klinge wieder heraus, während Alyssa an den Fesseln zerrte.

Dunkles Blut sammelte sich auf dem Autopsietisch.

Wieder bewegten sich Pilchers Lippen, und Alyssa verzog vor Schmerzen das Gesicht. Als er das Messer erneut hob, wandte sich Ethan ab.

Ihm war übel, und er musste schwer schlucken, da er den Geschmack von Eisen nicht mehr loswurde.

»Das reicht, danke.«

Ted beugte sich vor und tippte etwas ein.

Der Bildschirm wurde schwarz.

»Und es geht noch weiter«, meinte Ted. »Sehr viel weiter.«

Ethan hatte schon genug von dem, was er gesehen hatte.

Er musste an all die dunklen Löcher in Alyssas Leiche denken.

»Dann ist Pam Alyssa in dieser Nacht also gefolgt, nachdem Alyssa und Kate sich getrennt hatten«, meinte Ethan. »Und sie hat sie irgendwie hier in den Keller runtergelockt. Vielleicht hat Pilcher sie bereits erwartet, vielleicht kam er aber auch erst später dazu. Als ich ihre Leiche mehrere Tage danach hier untersucht habe, habe ich mich gefragt, wie und warum sie so viel Blut verloren hatte. Wo sie ermordet worden war …«

»Und dabei haben Sie direkt am Tatort gestanden.«

Ethan starrte den Abfluss zu seinen Füßen an.

»Haben Sie eine Kopie der Aufnahme, Ted?«

»Ich habe gleich mehrere gemacht.« Ted griff in seine Tasche und holte einen fingernagelgroßen Speicherstick heraus. »Die hier ist für Sie. Sie lässt sich auf keinem der Geräte hier in der Stadt abspielen, aber falls mir etwas zustoßen sollte und die anderen Kopien verschwinden, sollten Sie sie an einem sicheren Ort aufbewahren.«

Ethan steckte den Stick in die Tasche.

Ted sah auf die Uhr. »In wenigen Minuten müssen wir von hier verschwunden sein. Was jetzt? Ich hatte überlegt, ob ich diese Bilder auf jedem Bildschirm im Berg abspielen soll.«

»Nein, tun Sie das nicht. Gehen Sie wieder zurück an die Arbeit. Tun Sie so, als hätte sich nichts verändert.«

»Ich habe gehört, dass es heute Abend ein Fest für die Ballingers geben soll. Im Berg heißt es bereits, sie wären für Alyssas Tod verantwortlich. Was haben Sie vor?«

»Ich habe da eine Idee, aber ich habe noch niemandem davon erzählt.«

»Ich soll mich also einfach bereithalten?«

»Genau.«

»Okay.« Ted sah noch einmal auf die Uhr. »Wir sollten

gehen. In sechzig Sekunden werden die Kameras wieder aktiviert.«

* * *

Es war 16:00 Uhr, als Ethan die Straßenbiegung am Ausgang der Stadt erreichte. Er aktivierte den Vierradantrieb des Bronco und fuhr von der Straße in den Wald.

Der Boden war weich, und im Schatten zwischen den Pinien lag noch vereinzelt Schnee.

Er kam nur langsam voran.

Ein Kilometer kam ihm endlos vor.

Endlich entdeckte er den ersten Zaunpfahl durch die Windschutzscheibe, und als er näher kam, konnte er auch weitere Einzelheiten wie die Kabel und den Stacheldraht entlang des Zauns erkennen.

In zehn Meter Entfernung hielt er den Wagen an.

Es war bereits so dunkel, dass er eigentlich die Scheinwerfer gebraucht hätte, aber er wollte es nicht riskieren, sie einzuschalten.

Dann saß er bei laufendem Motor hinter dem Lenkrad und konnte nur daran denken, welche Angst ihm dieses Ding einjagte.

Dabei war es doch nichts als etwas Stahl und Strom. Bloß ein Zaun.

Wenn man bedachte, was er aus Wayward Pines fernhalten sollte und für wessen Sicherheit er gedacht war, dann wirkte er auf einmal unglaublich zerbrechlich.

Ganz und gar nicht wie die letzte Hürde, die zwischen der Menschheit und ihrer Ausrottung stand.

Kate hatte recht gehabt.

Der Stumpf war nicht zu übersehen.

Aus der Ferne sah er aus wie ein großer silberner Bär, der auf den Hinterbeinen stand, und die toten, knorrigen Äste, die in die Luft ragten, wirkten wie bedrohliche Klauen.

Wenn man ihn in der Dämmerung sah, musste man sich zwangsläufig erschrecken.

Ethan parkte daneben.

Er nahm das Gewehr in die Hand.

Stieg aus dem Wagen.

Es wurde schnell dunkel.

Das Knallen der zufallenden Tür hallte laut durch den Wald.

Dann herrschte wieder Stille.

Er umkreiste den Baumstumpf.

Hier lag kein Schnee. Auf dem Boden waren nur unzählige Piniennadeln zu sehen und nichts, was auf eine Tür hindeuten würde.

Er öffnete die Kofferraumklappe des Bronco und nahm die Schaufel und den Rucksack heraus.

* * *

Nachdem er eine halbe Stunde gegraben hatte, stieß er mit der Schaufel auf etwas Hartes. Sofort warf er die Schaufel beiseite und fiel auf die Knie, um die restlichen Piniennadeln, die bestimmt schon zwei oder drei Jahre dort gelegen hatten, zur Seite zu schieben.

Die Tür bestand aus Stahl.

Sie war einen Meter breit, ein kleines Stück höher und war genau in den Boden eingelassen.

Der Griff war mit einem Vorhängeschloss verriegelt, das nach all den Jahren im Regen und im Schnee völlig verrostet war.

Ein fester Schlag mit der Schaufel reichte, um es zu zerbrechen.

Er schulterte den Rucksack.

Lud das Gewehr.

Hängte es sich um.

Dann zog er die Pistole und schob ein Hohlspitzgeschoss mit Kaliber .50 in die Kammer.

Die Angeln der Tür quietschten, als würde jemand mit den Fingernägeln über eine Kreidetafel kratzen.

Im Inneren war es stockdunkel.

Die feuchte Erde roch nach Keller.

Ethan zog die Taschenlampe aus dem Gürtel, schaltete sie ein und hielt sie zusammen mit der Desert Eagle nach vorn.

Man hatte Stufen in den Boden geschlagen.

Vorsichtig ging er nach unten.

Nach der neunten Stufe hatte er den Boden erreicht.

Im Licht der Taschenlampe war jetzt ein mit Stützstreben gesicherter Tunnel zu erkennen.

Die Konstruktion sah eher behelfsmäßig und wenig vertrauenerweckend aus.

Ethan ging unter den Baumwurzeln und Steinen hindurch, die über ihm zu erkennen waren.

Die Wände lagen in der Mitte so dicht beieinander, dass seine Schultern sie streiften, und er musste sich geduckt vorwärtsbewegen, damit er mit dem Kopf nicht gegen die Decke stieß.

Auf der Hälfte der Strecke glaubte er, den Zaun im Boden summen zu hören, bildete sich ein, ein Kribbeln in den Haarwurzeln zu spüren, weil er dieser unglaublich starken Stromquelle über seinem Kopf derart nahe war.

Seine Brust zog sich zusammen, als würde seine Lunge eingequetscht, aber er wusste, dass das nur die psychosomatische Reaktion darauf war, dass er sich unter der Erde fortbewegte.

Dann stand er vor einer weiteren in die Erde gehauenen Treppe und leuchtete nach oben, wo er noch eine Stahltür entdeckte.

Er hätte zurückgehen, die Schaufel nehmen und versuchen können, das Schloss damit zu zertrümmern.

Stattdessen zog er seine Pistole und zielte auf das rostige Schloss.

Er holte tief Luft.

Und feuerte.

* * *

Eine Stunde später klappte Ethan den Kofferraumdeckel seines Wagens wieder zu.

Er hängte das Gewehr zurück in die Waffenhalterung.

Dann legte er sich auf die Motorhaube, während das Salzwasser in seinen Augen brannte.

Hier im Wald herrschte nur noch trübes Dämmerlicht.

Es war so ruhig, dass er sein Herz schlagen hören konnte.

Als er wieder normal atmete, stand er auf.

Eben hatte er noch geschwitzt, aber nun fühlte sich seine Kleidung kalt und klamm an.

»Was zum Teufel haben Sie hier zu suchen?«

Ethan wirbelte herum.

Pam stand hinter dem Bronco, und als er sie durch die getönte Scheibe sah, hatte er das Gefühl, sie wäre aus dem Nichts aufgetaucht.

Sie trug eine eng anliegende Jeans, in der ihre Figur gut zur Geltung kam, und ein rotes Tanktop. Ihre Haare waren zu einem Pferdeschwanz gebunden.

Ethan musterte ihre Taille.

Soweit er sehen konnte, war sie nicht bewaffnet, aber vielleicht hatte sie sich eine kompakte Pistole hinten in den Hosenbund gesteckt.

»Checken Sie mich ab, Sheriff?«

»Haben Sie eine Waffe?«

»Ach so, das ist also der einzige Grund, aus dem Sie mich anstarren.«

Pam hob die Arme über den Kopf wie eine Ballerina, ging in ihren Tennisschuhen auf die Zehenspitzen und vollführte eine kleine Pirouette.

Sie hatte keine Waffe dabei.

»Sehen Sie?«, sagte sie. »In dieser Jeans stecke nur ich.«

Ethan zog die Pistole aus dem Holster und hielt sie an seiner Seite.

Dummerweise war sie nicht geladen.

»Das ist eine große Waffe, Sheriff. Sie wissen ja, was man über Männer mit großen Waffen sagt.«

»Das ist eine Desert Eagle.«

»Kaliber .50?«

»Exakt.«

»Mit dem Ding könnten Sie einen Grizzly umlegen.«

»Ich weiß, was Sie mit Alyssa getan haben«, sagte Ethan. »Ich weiß, dass Sie und Pilcher das waren. Aber warum?«

Pam machte einen Schritt auf ihn zu.

Sie war noch etwa zweieinhalb Meter von ihm entfernt.

»Interessant«, erwiderte sie.

»Was?«

»Ich habe die Distanz zwischen uns verringert. Zwei Schritte, zwei große Schritte, und schon könnte ich direkt neben Ihnen stehen, und doch haben Sie mich noch nicht einmal bedroht.«

»Vielleicht *möchte* ich ja, dass Sie neben mir stehen.«

»Ich habe mich Ihnen angeboten, aber Sie möchten ja lieber Ihre Frau vögeln. Was mich an der Sache stört, ist, dass Sie ein Pragmatiker sind.«

»Ich kann Ihnen nicht folgen.« Das war gelogen, denn er wusste genau, was sie meinte.

»Sie sind ein Mann der wenigen Worte, der sagt, was er denkt. Das gehört zu den Dingen, die ich an Ihnen attraktiv finde. Ich lehne mich mal aus dem Fenster und behaupte, dass Sie keine Kugeln mehr in der Waffe haben, sonst hätten Sie mich sofort erschossen, als Sie mich gesehen haben. Das ist doch im Moment Ihre einzige Chance, oder nicht? Habe ich nicht recht?«

Sie machte noch einen Schritt auf ihn zu.

»Da ist noch eine andere Sache, die Sie nicht bedacht haben«, meinte Ethan.

»Ach ja?«

»Vielleicht möchte ich Sie ja aus einem ganz bestimmten Grund neben mir haben.«

»Und welcher könnte das sein?«

Noch ein Schritt.

Jetzt konnte er sie riechen. Er roch das Shampoo, das sie an diesem Morgen benutzt hatte.

Ihren Pfefferminzatem.

»Schießen ist so unpersönlich«, erklärte Ethan. »Vielleicht möchte ich Sie stattdessen zu Boden drücken und mit meinen bloßen Händen totschlagen.«

Pam grinste. »Die Chance dazu hatten Sie bereits.«

»Ich erinnere mich.«

»Sie haben mich überrascht. Das war kein fairer Kampf.«

»Für wen? Ich stand unter Drogen, um Himmels willen.«

Ethan hob die Pistole und zielte auf ihr Gesicht.

»Das ist ein ziemlich großes Loch am Ende des Laufs«, meinte sie.

Ethan drückte den Abzug.

Einen Sekundenbruchteil sah er das Zögern in ihren Augen.

Sie blinzelte.

»Denken Sie mal gut nach. Von allen Momenten, die Sie erlebt haben, soll ausgerechnet dieser Ihr letzter sein? Denn darauf läuft es gerade hinaus.«

Sie schwankte.

In ihren Augen lag nicht gerade Furcht, aber zumindest Unsicherheit.

Es war ihr verhasst, in eine Lage zu geraten, die sie nicht unter Kontrolle hatte.

Dann war der Augenblick vorbei.

Ihre stählerne Entschlossenheit war wieder da.

Ein Lächeln umspielte ihre Lippen.

Sie hatte Mumm. Das ließ sich nicht leugnen. Gleich hätte sie seinen Bluff durchschaut.

Als sie den Mund aufmachte, drückte er den Abzug.

Der Hammer schnellte nach vorn.

Pam zuckte zusammen – und für den Bruchteil einer Sekunde zeichneten sich Selbstzweifel in ihrer Miene ab.

Ethan drehte die Pistole um, packte sie am Lauf und schlug mit aller Kraft zu. Zwei Kilogramm feinster Stahl trafen auf ihren Schädel und hätten ihn zertrümmert, wenn Pam nicht in letzter Sekunde ausgewichen wäre.

Als sich Ethan durch die Schwungkraft seines Schlags zur Seite drehte, schlug sie ihn mit derart erstaunlicher und direkter Kraft in die Nieren, dass er auf die Knie sackte und ein stechender Schmerz durch seinen Rücken jagte, und bevor er *diesen* Schmerz überhaupt richtig begriffen hatte, traf ihn auch schon ein Haken gegen die Kehle.

Schon lag er am Boden, das Gesicht in die Piniennadeln gedrückt, während sich die Welt um ihn herum drehte, und fragte sich, ob sie seine Luftröhre zertrümmert hatte, weil er keine Luft mehr bekam.

Pam hockte sich vor ihn hin.

»Jetzt erzählen Sie mir nicht, dass das einfach war«,

sagte sie. »Ich habe das alles vor meinem inneren Auge gesehen, müssen Sie wissen. Aber dass Sie nach zwei Schlägen schon hechelnd und geschafft am Boden liegen, nicht.«

Er war k. o., und vor seinen Augen flimmerte es aufgrund des Sauerstoffmangels.

Dann.

Endlich.

Bevor er tatsächlich in unkontrollierte Panik ausbrach, gab irgendetwas nach.

Zu guter Letzt drang doch noch etwas Luft durch seine Kehle.

Er versuchte, es sich nicht anmerken zu lassen.

Er tat so, als würden ihm die Augen aus den Höhlen treten, während er eine Hand unauffällig in die Gesäßtasche schob.

Das Messer.

»Während Sie da am Boden liegen und ersticken, möchte ich Ihnen noch was erzählen.«

Ethan schob den Daumen in das Loch an der Klinge.

»Was immer Sie auch versucht haben, Sie sind gescheitert. Und Theresa und Ben …«

Er stieß ein gurgelndes, ersticktes Geräusch aus, bei dem Pam grinsen musste.

»Gegen das, was ich mit den beiden machen werde, habe ich Alyssa nur mit Samthandschuhen angefasst.«

Er klappte das Messer auf und bohrte es direkt in Pams Bein.

Es war so scharf, dass er erst merkte, wie gut er getroffen hatte, als sie aufkeuchte.

Er drehte das Handgelenk und damit auch das Messer in der Wunde.

Pam kreischte und versuchte, von ihm wegzukommen.

Das Blut breitete sich auf ihrer Jeans aus, lief über ihren Schuh und tropfte auf die Piniennadeln.

Ethan setze sich mühsam auf.

Unter Schmerzen kam er wieder auf die Beine.

Seine Niere pochte wie wild, aber wenigstens konnte er wieder atmen.

Pam zog sich mit ihrem unverletzten Bein von ihm weg und fluchte: »Sie sind tot! Sie sind so was von tot!«

Er hob die Desert Eagle auf und folgte ihr.

Als sie ihn anschrie, beugte er sich vor und rammte ihr die schwere Pistole auf den Hinterkopf.

Es wurde wieder still im Wald.

Der Abendhimmel verfärbte sich tiefblau.

Er war am Arsch.

Er war so was von am Arsch.

Wie lange konnte Pam wohl wegbleiben, ohne dass Pilcher einen Suchtrupp losschickte? Ach, Unsinn. Es würde keine Suche geben. Er würde einfach ihren Chip orten und direkt zum Zaun kommen.

Es sei denn …

Ethan schnitt mit dem Messer einen großen Keil aus Pams Jeans, sodass die Rückseite ihres linken Beins freilag.

Dabei bedauerte er, dass sie das nicht bewusst miterlebte.

KAPITEL 21

Superstruktur
Wayward Pines, Idaho
Silvester 2013

Pilcher schloss die Türen seines Büros hinter sich.

Er war fröhlich.

Er vibrierte förmlich vor Energie.

Er ging an dem Modell vorbei, das der Architekt für das zukünftige Wayward Pines erstellt hatte, öffnete den Schrank und holte einen weißen Smoking hervor.

»David?«

Lächelnd drehte er sich um.

»Ich habe dich gar nicht gesehen, Liebes.«

Seine Frau saß auf einem der Sofas, die der Monitorwand gegenüberstanden.

Während er auf sie zuging, knöpfte er sich das Hemd auf.

»Ich dachte, du hättest dich schon umgezogen«, sagte er zu ihr.

»Setz dich zu mir, Dave.«

Pilcher nahm neben ihr auf dem Lederbezug Platz.

Sie legte ihm eine Hand aufs Knie.

»Die große Nacht«, murmelte sie.

»Könnte es eine größere geben?«

»Ich freue mich wirklich sehr für dich. Du hast es geschafft.«

»*Wir* haben es geschafft. Ohne dich hätte ich …«

»Hör mir einfach zu.«

»Was ist los?«

Ihr stiegen die Tränen in die Augen. »Ich habe beschlossen hierzubleiben.«

»Du willst bleiben?«

»Ich möchte das Ende meiner Geschichte in meiner Zeit erleben. In dieser Welt.«

»Was redest du denn da?«

»Bitte werd jetzt nicht laut.«

»Das werde ich nicht, es ist nur … Ausgerechnet heute Nacht musst du mir das sagen. Wie lange hast du dich schon entschieden?«

»Schon seit einer Weile. Ich wollte dich nicht enttäuschen. Aber es kam schon ein paarmal vor, dass ich beinahe etwas gesagt hätte.«

»Hast du Angst? Ist es das? Das ist völlig normal, das kannst du mir glauben.«

»Das ist es nicht.«

Pilcher lehnte sich zurück und starrte die schwarzen Bildschirme an.

»Unser ganzes gemeinsames Leben war auf diese Nacht ausgerichtet«, sagte er dann. »Es ging immer nur um diese Nacht. Und jetzt machst du einfach einen Rückzieher?«

»Es tut mir leid.«

»Das bedeutet auch, dass du deiner Tochter den Rücken zuwendest.«

»Nein, das tut es nicht.«

Er starrte sie an. »Nicht? Das musst du mir erklären.«

»Alyssa ist zehn Jahre alt und kommt bald in die Mittelschule. Ich möchte nicht, dass sie ihren ersten Ball in einer Stadt erlebt, die noch nicht einmal gebaut ist und die es erst in zweitausend Jahren geben wird. Ihr erster Kuss. Die Universität. Die Welt erkunden. Was soll aus alldem werden?«

»Das kann sie alles noch immer erleben. Zumindest einen Teil davon.«

»Sie hat bereits jetzt große Angst, seitdem wir in die Superstruktur gezogen sind. Ihr Leben findet ebenso wie meins hier und jetzt statt, und du weißt nicht, was die Zukunft bringen wird. Du weißt nicht, wie die Welt aussehen wird, wenn du die Suspension wieder verlässt.«

»Elisabeth, du kennst mich seit fünfundzwanzig Jahren. Habe ich je etwas gesagt oder getan, das dich glauben lässt, ich würde zulassen, dass du mir meine Tochter wegnimmst?«

»David.«

»Beantworte bitte meine Frage.«

»Das ist ihr gegenüber nicht fair.«

»Nicht fair? Sie bekommt eine Chance, die kein Mensch je bekommen hat. Sie kann die Zukunft sehen.«

»Ich möchte, dass sie ein normales Leben führt, David.«

»Wo ist sie?«

»Was?«

»Wo ist meine Tochter in diesem Moment?«

»Sie ist in ihrem Zimmer und packt. Aber wir werden noch bleiben und mitfeiern.«

»Bitte.« Er war selbst überrascht, wie verzweifelt seine Stimme klang. »Wie kannst du vorhaben, mich von meiner Tochter zu trennen …«

»Ach, hör doch auf.« Der Zorn, der sich in ihr aufgestaut hatte, brach nun durch. »Sie kennt dich doch kaum.«

»Elisabeth …«

»*Ich* kenne dich ja kaum. Lass uns nicht so tun, als wärst du nicht wie besessen von dieser Idee gewesen. Sie war deine große Liebe und nicht ich. Auch nicht Alyssa.«

»Das ist nicht wahr.«

»Dieses Projekt hat dich aufgefressen. In den letzten fünf Jahren habe ich mit angesehen, wie aus dir ein äußerst unangenehmer Mensch geworden ist. Du hast mehr als nur ein paar Grenzen überschritten, und ich frage mich, ob dir überhaupt selbst bewusst ist, zu was du geworden bist.«

»Ich habe getan, was ich tun musste, um da anzukommen, wo ich heute stehe. Dafür werde ich mich nicht entschuldigen. Ich habe dir von Anfang an gesagt, dass ich mich durch nichts aufhalten lassen werde.«

»Dann kann ich nur hoffen, dass es das letzten Endes auch wert ist.«

»Bitte tu das nicht. Das sollte die schönste Nacht meines Lebens werden. Unseres Lebens. Ich möchte dich dort auf der anderen Seite haben, wenn wir alle aufwachen.«

»Tut mir leid, aber ich kann das nicht.«

Pilcher holte tief Luft und stieß sie dann langsam wieder aus.

»Das muss schwer für dich gewesen sein«, sagte er.

»Das kannst du laut sagen.«

»Bleibst du wenigstens noch während der Party?«

»Natürlich.«

Er beugte sich vor und küsste sie auf die Wange.

Dabei konnte er sich nicht daran erinnern, wann er das zum letzten Mal getan hatte.

»Ich sollte mit Alyssa reden«, meinte er dann.

»Wir können uns nach der Party verabschieden.«

Sie stand auf.

Sie trug ein graues Chanel-Kleid.

Er sah ihr nach, als sie anmutig zur Eichentür ging.

Als sie weg war, marschierte Pilcher zu seinem Schreibtisch.

Er nahm den Telefonhörer ab.

Wählte.

Arnold Pope nahm den Anruf entgegen.

* * *

Das war vermutlich der beste Champagner, den Hassler je getrunken hatte, aber er konnte ihn nicht genießen, da seine Nerven blank lagen.

Dieser Ort war so unwirklich.

Angeblich hatte es zweiunddreißig Jahre gedauert, die Tunnel, Sprengungen und Ausgrabungen abzuschließen. Insgesamt musste das Ganze mehr als fünfzig Milliarden Dollar gekostet haben. Eine ganze Flotte an Boeing 747 hätte in das höhlenartige Lager gepasst, aber er vermutete, dass das meiste Geld in den Raum geflossen war, in dem er gerade stand.

Er war so groß wie ein Supermarkt.

Hunderte von Einheiten in der Größe von Getränkeautomaten standen zischend und piepend neben- und hintereinander, soweit er sehen konnte. Aus einigen trat Gas aus, das in drei Metern über dem Boden schwebte. Es war, als würde man durch einen kalten blauen Nebel laufen. Die Decke war nicht zu sehen, und die Luft war kalt, sauber und ionisiert.

»Möchten Sie sie sehen, Adam?«

Die Stimme erschreckte ihn.

Hassler drehte sich um und stand Pilcher gegenüber.

Der Mann sah in seinem weißen Smoking mit der Champagnerflöte in der Hand sehr adrett aus.

»Ja«, antwortete Hassler.

»Hier entlang.«

Pilcher führte ihn durch einen langen Gang bis in den hinteren Teil des Raums und dann in einen weiteren Durchgang zwischen den Maschinen.

»Da wären wir«, sagte er.

Hassler sah ein Tastenfeld mit mehreren Anzeigen und Messgeräten sowie ein digitales Namensschild:

THERESA LIDEN BURKE
SUSPENSIONSDATUM: 19.12.13
SEATTLE, WA

Vorn an der Maschine befand sich eine dicke, fünf Zentimeter breite Glasscheibe.

Dahinter sah er schwarzen Sand und ein Stück Haut: Theresas Wange.

Unwillkürlich berührte Hassler das Glas.

»Wir können in Kürze anfangen«, erklärte Pilcher.

»Träumt sie?«, wollte Hassler wissen.

»Keiner unserer Tests, von denen wir wirklich viele durchgeführt haben, deutete darauf hin, dass man während der Suspension etwas empfindet. Es gibt keine Gehirnwellenaktivitäten. Die längste Zeit, die unsere Testpersonen in Suspension verbracht haben, betrug neunzehn Monate. Keiner von ihnen hatte währenddessen irgendein Zeitgefühl.«

»Dann ist es einfach, als würde man einen Lichtschalter umlegen?«

»So etwas in der Art. Haben Sie das Merkblatt in Ihrem Zimmer nicht gelesen? Jeder hat eins bekommen.«

»Nein, ich habe die medizinische Untersuchung abgeschlossen und bin danach direkt hierhergekommen.«

»Ah, dann stehen Ihnen einige Überraschungen bevor.«

»Geht jeder aus unserer Gruppe heute Nacht in die Suspension?«

»Eine kleine Gruppe hat beschlossen, weitere zwanzig Jahre zu warten. Sie werden Vorräte zusammentragen und Vorkehrungen treffen. Dafür sorgen, dass uns die neueste Technologie zur Verfügung steht. Und ein paar andere Dinge erledigen.«

»Aber Sie gehen.«

»Natürlich.« Pilcher lachte. »Ich werde ja auch nicht

jünger. Da hebe ich mir meine Zeit lieber für die nächste Welt auf. Aber wir sollten jetzt wieder nach draußen gehen.«

Hassler folgte ihm in die Höhle.

Pilchers Leute warteten bereits, die sich alle in Schale geworfen hatten.

Die Männer trugen Smoking, die Frauen schwarze Abendkleider.

Pilcher stieg auf ein Podest und sah auf die Menschenmenge herab.

Er lächelte.

Im Licht der riesigen Kugel, die an einem Kabel von der Felsdecke hing, glaubte Hassler, Emotionen in Pilchers Augen zu erkennen.

»Heute Nacht kommen wir zum Ende einer Reise, die zweiunddreißig Jahre gedauert hat«, begann Pilcher. »Aber wie alle Enden ist es gleichzeitig ein Anfang. Und wir sagen zwar Lebewohl zu der Welt, die wir kennen, aber wir freuen uns gleichzeitig auch auf die Welt, die uns erwartet. Die Welt, in der wir in zweitausend Jahren leben werden. Ich bin sehr aufgeregt, und ich weiß, dass es Ihnen genauso geht. Möglicherweise haben Sie auch Angst, doch dessen müssen Sie sich nicht schämen. Angst bedeutet, dass Sie am Leben sind. Dass Sie an Ihre Grenzen gehen. Es gibt kein Abenteuer ohne Angst, und wir stehen schließlich kurz vor einem gewaltigen Abenteuer.« Er hob sein Glas. »Ich möchte gern einen Toast aussprechen. Auf jeden Einzelnen von Ihnen, der so weit mit mir gegangen ist und der jetzt auch noch den letzten Schritt mit mir tun will. Ich verspreche Ihnen, dass Sie es nicht bereuen werden.« Einige in der Menge lachten nervös auf. »Vielen Dank. Danke für Ihr Vertrauen. Für Ihre Freundschaft. Auf Sie.«

Pilcher trank.

Alle tranken.

Hasslers Handflächen wurden feucht.

Pilcher sah auf seine Armbanduhr.

»Es ist 23:00 Uhr. Es wird Zeit, meine Freunde.«

Er reichte Pam sein Champagnerglas. Dann nahm er die Krawatte ab und schleuderte sie zur Seite. Er zog seine Jacke aus und ließ sie auf den Felsboden fallen. Einige applaudierten. Er schob die Hosenträger herunter und knöpfte sein Hemd auf.

Jetzt fingen auch die anderen an, sich auszuziehen.

Arnold Pope.

Pam.

Alle Männer und Frauen, die um Hassler herumstanden.

Es wurde ruhig in der Höhle.

Man hörte nur noch, wie sich die Menschen ihrer Kleidung entledigten und diese auf den Boden fallen ließen.

Was soll's?, dachte Hassler.

Wenn er nicht bald mitmachte, wäre er schon sehr bald der Einzige im Raum, der noch bekleidet war, und das kam ihm dann noch unangenehmer vor, als sich vor völlig Fremden auszuziehen.

Er nahm die Krawatte ab und tat es den anderen nach.

Nach gerade mal zwei Minuten standen einhundertzwanzig nackte Menschen in der Höhle.

Pilcher, der noch immer auf seinem Podest stand, ergriff

wieder das Wort. »Entschuldigen Sie bitte die Kälte. Das ließ sich leider nicht verhindern. Und da, wo wir hingehen, wird es leider noch kälter.«

Er kletterte von der Kiste herunter und ging auf nackten Füßen zu der Glastür, hinter der die Suspension lag.

Als er sich gerade mal dreißig Sekunden darin aufhielt, zitterte Hassler bereits am ganzen Körper, teilweise aus Angst, teilweise vor Kälte.

In den Gängen bildeten sich lange Reihen, und Männer in weißen Kitteln wiesen die Menschen an.

Hassler ging auf einen von ihnen zu. »Ich weiß nicht, wo ich hinmuss.«

»Haben Sie das Merkblatt denn nicht gelesen?«

»Nein, tut mir leid, ich bin gerade erst …«

»Schon okay. Wie heißen Sie denn?«

»Hassler. Adam Hassler.«

»Kommen Sie mit.«

Der Techniker führte ihn in die vierte Reihe und deutete die Reihe der Maschinen entlang. »Sie müssten links und auf halber Höhe sein. Suchen Sie nach Ihrem Namensschild.«

Hassler folgte vier nackten Frauen über den Gang. Der Dampf schien dichter zu werden als zuvor, sein Atem bildete Wölkchen in der Luft, und das Metallgitter über dem Stein fühlte sich unter seinen Füßen eiskalt an.

Er kam an einem Mann vorbei, der tatsächlich *in* eine Maschine kletterte.

Jetzt bekam er erst richtig Angst.

Während er die Namensplatten studierte, wurde ihm bewusst, dass er sich diesen Augenblick nie wirklich vorgestellt hatte. Er hatte sich nicht darauf vorbereitet. Natürlich hatte er gewusst, was passieren würde. Dass er sich freiwillig gemeldet hatte. Aber irgendwie hatte er sich unterbewusst vorgestellt, dass es so ähnlich sein würde, wie eine Narkose zu bekommen. Als würde man in einem warmen Operationssaal eine Maske auf sein Gesicht herabsenken, damit er bei gedimmtem Licht in einen von den Medikamenten ausgelösten Zustand der Glückseligkeit überging. Aber er war definitiv nicht davon ausgegangen, dass er nackt und mit über hundert anderen Menschen durch die Gegend laufen würde.

Da.

Sein Namensschild.

Seine – heilige Scheiße – Maschine.

ADAM T. HASSLER
SUSPENSIONSDATUM: 31.12.13
SEATTLE, WA

Er sah sich das Tastenfeld an.

Darauf war eine unverständliche Ansammlung von Symbolen.

Als er sich umblickte, stellte er fest, dass alle bereits in ihre Maschinen gestiegen waren.

Ein anderer Techniker näherte sich.

»Hey, können Sie mir vielleicht helfen?«, bat Hassler.

»Haben Sie das Merkblatt denn nicht gelesen?«

»Nein.«

»Darin stand alles, was Sie wissen müssen.«

»Können Sie mir nicht einfach helfen?«

Der Techniker gab etwas über das Tastenfeld ein und ging dann weiter.

Es ertönte ein pneumatisches Zischen, als würde Druckgas entweichen, und dann öffnete sich die vordere Abdeckung der Maschine wenige Zentimeter.

Hassler zog die Tür weiter auf.

Dahinter befand sich eine enge Metallkapsel. Er sah einen schmalen Sitz aus schwarzem Komposit mit Armlehnen sowie die Umrisse menschlicher Füße auf dem Boden.

Eine dünne, leise Stimme in Hasslers Kopf flüsterte: *Bist du völlig verrückt geworden, in dieses Ding zu steigen?*

Er tat es dennoch und setzte sich auf den eiskalten Sitz.

Halteriemen schossen aus den Wänden und legten sich um seine Hand- und Fußgelenke.

Sein Herz schlug rasend schnell, als die Tür lautstark geschlossen wurde, und zum ersten Mal bemerkte er das Plastikröhrchen an der Wand, in dem eine erschreckend dicke Nadel steckte.

Doch dann musste er an Theresas blutleeres Gesicht denken, und ihm war alles scheißegal.

Über ihm klickte es, als wäre ein Druckventil geöffnet worden. Er konnte das Gas nicht sehen, doch plötzlich roch es nach Rosen, Flieder und Lavendel.

Eine weibliche Computerstimme sagte: »Bitte atmen Sie tief ein. Genießen Sie den Duft der Rosen, solange Sie können.«

Pilchers Gesicht tauchte vor der Glasscheibe auf.

Die Computerstimme sagte: »Alles wird gut.«

Pilcher war nackt, lächelte stolz und reckte die Daumen in die Luft.

Hassler fror nicht mehr.

Er hatte keine Angst mehr.

Während »Dream Weaver« von Gary Wright aus den Lautsprechern zu hören war, fielen ihm die Augen zu. Er hatte noch vorgehabt zu beten, seine Gedanken auf etwas Schönes zu richten, beispielsweise die Zukunft, die neue Welt und die Frau, mit der er das alles teilen wollte.

Doch wie jeder wichtige, entscheidende Moment seines Lebens war auch dieser viel zu schnell vorbei.

* * *

Pam wartete in der Höhle auf ihn.

Sie trug einen Bademantel und hielt einen zweiten für Pilcher bereit, den sie sich über den Arm gelegt hatte.

»Meine Tochter?«, fragte er, als er die Arme hineinschob.

»Schläft tief und fest.«

Er sah sich in der Höhle um.

»Auf einmal ist es so ruhig«, meinte er. »Manchmal versuche ich mir auszumalen, wie es hier aussehen wird, wenn wir alle in Suspension sind.«

»David!«

Elisabeth kam über den Steinboden auf ihn zu.

»Ich habe überall gesucht«, sagte sie. »Wo ist sie?«

»Ich habe Alyssa runter in mein Büro geschickt, bevor sich alle ausgezogen haben.«

»Hallo, Mrs Pilcher«, sagte Pam. »Sie sehen heute Abend umwerfend aus.«

»Vielen Dank.«

»Ich war sehr traurig, als ich erfuhr, dass Sie uns nicht begleiten werden.«

Elisabeth starrte ihren Mann an. »Wann gehst du rein?«

»Bald.«

»Ich möchte heute Nacht nicht hierbleiben. Hast du jemanden, der Alyssa und mich zurück nach Boise fahren kann?«

»Natürlich. Was immer du willst. Du kannst auch den Jet nehmen.«

»Es ist vermutlich Zeit ...«

»Ja. Warum gehst du nicht runter in mein Büro? Ich bin in einer Minute bei dir. Ich muss mich nur noch schnell um etwas kümmern.«

Pilcher sah seiner Frau nach, als sie durch die Höhle zum Eingang zu Etage 1 ging.

Er wischte sich über das Gesicht.

»Ich sollte heute Nacht eigentlich keine Tränen vergießen. Zumindest nicht solche.«

* * *

Elisabeth verließ die Fahrstuhlkabine.

In ihrer Suite war es still. Das hatte ihr noch nie gefallen. Nichts an diesem Leben im Berg hatte ihr gefallen. Nicht die Klaustrophobie. Nicht dieses Gefühl der Isolation, an das sie sich nie gewöhnt hatte. Ihre Seele fühlte sich völlig ermattet an, nachdem sie so lange die Last ertragen und mit diesem getriebenen, nur auf ein Ziel ausgerichteten Mann zusammengelebt hatte. Aber heute Nacht würden sie und ihre Tochter endlich frei sein.

Die Türen zu Davids Büro standen offen.

Sie ging hinein.

»Alyssa? Schätzchen?«

Keine Antwort.

Sie ging zu den Monitoren. Es war spät. Ihre Tochter hatte sich vermutlich auf eines der Sofas gelegt und machte ein Nickerchen.

Doch als sie vor den Sofas stand, war ihre Tochter nicht dort.

Langsam sah sie sich in dem Raum um.

Vielleicht war Alyssa wieder nach unten gegangen? Sie konnten sich verfehlt haben, auch wenn das eher unwahrscheinlich war.

Ihr Blick fiel auf Davids Schreibtisch.

Er sorgte immer dafür, dass er tadellos aufgeräumt war. Nichts lag herum. Absolut gar nichts.

Aber jetzt entdeckte sie ein weißes Blatt Papier, das genau in der Mitte lag.

Das war alles.

Sie ging hinüber und zog das Blatt über die polierte Mahagonifläche, um es zu lesen.

Liebe Elisabeth, Alyssa kommt mit mir. Du kannst das Ende deiner Geschichte allein erleben. Zumindest das, was noch davon übrig ist. David.

Auf einmal hatte Elisabeth das Gefühl, dass jemand hinter ihr stand.

Sie drehte sich um.

Arnold Pope war direkt hinter ihr. Er hatte sich für die Feier sogar rasiert. Groß und breitschultrig stand er da. Mit seinem kurzen blonden Haar sah er fast schon attraktiv aus. Doch seine Augen machten alles zunichte. Darin war stets etwas, das zu grausam und zu leidenschaftslos war, wenn man genau hinblickte. Sie konnte den Champagner in seinem Atem riechen.

»Nein«, sagte sie.

»Es tut mir leid, Elisabeth.«

»Bitte.«

»Ich mag Sie. Ich habe Sie immer gemocht. Ich werde das so schnell wie möglich über die Bühne bringen. Aber Sie müssen mich dabei unterstützen.«

Sie sah auf seine Hände und erwartete schon fast, darin ein Messer oder einen Draht zu sehen.

Aber sie waren leer.

Sie bekam weiche Knie, und ihr wurde übel.

»Kann ich noch einen Moment für mich haben, bitte?«

Sie sah ihm in die Augen.

Sie waren kalt, intensiv und traurig.

Er wirkte, als würde er sich auf etwas vorbereiten.

Und eine halbe Sekunde bevor er auf sie losging, wusste sie, dass er ihr diesen Moment nicht geben würde.

IV

KAPITEL 22

Tobias wärmte seine schmutzigen Hände am Feuer.

Er lagerte am Fluss tief in den Bergen des einstigen Idaho.

Von seiner Position aus konnte er nach unten in die Schlucht sehen und beobachten, wie die Sonne in dem V unterging.

Er war jetzt so nah.

Früher an diesem Tag hatte er einen Blick auf den zackigen Steinkreis werfen können, der das Amphitheater an der Ostwand von Wayward Pines bildete.

Das Einzige, was ihn jetzt noch davon abhielt, den Zaun zu erreichen, war ein Rudel aus zweitausend Abbys, das sich im Wald an der Südgrenze der Stadt aufhielt. Selbst aus über drei Kilometer Entfernung konnte er sie noch riechen. Falls sie im Laufe der Nacht weiterzogen, konnte er morgen endlich nach Hause.

Die Versuchung, auf dem Boden zu schlafen, war groß.

Irgendwie erschien es ihm ungemein verlockend, auf den weichen Piniennadeln zu schlafen.

Aber das wäre dumm.

Er hatte sein Biwak bereits in neun Meter Höhe in einer der Pinien aufgebaut. Inzwischen schlief er schon seit sehr vielen Nächten nicht mehr auf dem Boden, da kam es auf eine mehr oder weniger nun auch nicht mehr an.

Wenn alles so lief wie geplant und er nicht an seinem letzten Tag in der Wildnis gefressen wurde, dann hätte er morgen Nacht ein warmes Bett, in das er hineinkriechen konnte.

Tobias öffnete seinen Rucksack und schob seinen Arm bis ganz nach unten.

Seine Finger berührten den Stoffbeutel, in dem sich seine Pfeife, das Streichholzbriefchen vom Hotel Andra in Seattle und der Tabak befanden.

Er legte alles auf einen Stein.

Es war schon seltsam. Er hatte so oft an diesen Moment gedacht.

Ihn sich bildlich vorgestellt.

Seine letzte Nacht in der Wildnis.

Er hatte ein Pfund mitgenommen, da er mehr Gewicht vor sich selbst einfach nicht rechtfertigen konnte, und in den ersten Monaten den Großteil davon geraucht. Doch einen kleinen Rest, genug Tabak für ein letztes Mal, hatte er aufgehoben, falls er es wirklich so weit schaffte. Trotzdem hatte es viele Nächte gegeben, in denen er diesen Rest beinahe geraucht hätte.

Wenn die Rechtfertigungen durch seinen Kopf gingen und immer überzeugender wurden.

Du könntest jederzeit sterben.

Du kommst vielleicht nie wieder nach Hause.

Du könntest sterben und noch immer den letzten Rest dabeihaben, der für eine halbe Stunde Rauchspaß gereicht hätte.

Dennoch hatte er es ausgehalten. Es ergab keinen Sinn. Seine Chancen, nach Hause zurückzukehren, lagen praktisch bei null. Aber als er den Plastikbeutel öffnete und den Geruch des Tabaks einatmete, war das zweifellos einer der glücklichsten Momente seines Lebens.

Er ließ sich beim Stopfen der Pfeife Zeit.

Dann drückte er alles mit einem Finger zurecht und sorgte dafür, dass jeder Krümel richtig lag.

Der Tabak brannte gut.

Er zog an der Pfeife.

Wie gut das roch.

Rauch umgab seinen Kopf.

Er lehnte sich mit dem Rücken an den Baumstamm und hoffte, dass dies der letzte Baum sein würde, auf dem er je schlafen musste.

Der Himmel hatte sich rosa verfärbt.

Er spiegelte sich sogar im Fluss.

Er rauchte, beobachtete das dahintreibende Wasser und fühlte sich zum ersten Mal seit einer Ewigkeit wieder wie ein Mensch.

KAPITEL 23

Um 20:00 Uhr saß Ethan wieder hinter seinem Schreibtisch auf dem Revier.

Sein Telefon klingelte.

Als er abhob, sagte Pilcher: »Dr. Miter ist sehr wütend auf Sie, Ethan.«

Vor Ethans innerem Auge erschien das Bild von Pilcher, der auf den Autopsietisch stieg und seine Tochter erstach.

Monster.

»Haben Sie das gehört?«, fragte Ethan.

»Was?«

Ethan schwieg fünf Sekunden lang und meinte dann: »Das ist das Geräusch, wie es mir am Arsch vorbeigeht.«

»Sie haben noch immer keinen Chip, und das gefällt mir nicht.«

»Passen Sie mal auf: Ich hatte keine Lust, mich so bald wieder unters Messer zu legen. Ich komme morgen früh in den Berg, dann können wir das erledigen.«

»Sie sind nicht zufällig Pam begegnet?«

»Nein, warum?«

»Sie hätte schon seit dreißig Minuten wieder zurück

im Berg sein müssen, aber ihr Signal kommt noch immer aus dem Tal.«

Als Ethan in die Stadt zurückgekehrt war, hatte er Pams blutigen Mikrochip in die Handtasche einer Frau geschmuggelt, die ihm auf dem Gehweg an der Main Street entgegengekommen war. Früher oder später würde sich Pilcher die Kamera-Feeds ansehen. Wenn Pams Chip auf einer Kamera auftauchte, sie aber nirgendwo zu sehen wäre, würde Pilcher wissen, dass etwas nicht stimmte.

»Wenn ich sie sehe, richte ich ihr aus, dass Sie nach ihr suchen«, versicherte ihm Ethan.

»Ich mache mir eigentlich keine Sorgen. Sie macht gelegentlich kleine Ausflüge. Momentan sitze ich mit einer Flasche Scotch in meinem Büro, sehe auf meine Monitorwand und warte darauf, dass die Show beginnt. Haben Sie noch irgendwelche Fragen?«

»Nein.«

»Haben Sie ins Handbuch gesehen? Ist Ihnen klar, in welcher Reihenfolge die Anrufe erfolgen müssen? Welche Anweisungen Sie geben müssen?«

»Ja.«

»Wenn Kate und Harold im Wald umgebracht werden, wenn sie woanders als im Stadtzentrum und auf der Main Street sterben, dann mache ich Sie persönlich dafür verantwortlich. Vergessen Sie nicht, dass sie Unterstützung haben, daher sollten Sie dem Festkomitee etwas mehr Zeit geben.«

»Verstanden.«

»Pam hat Ihnen die Telefoncodes heute ins Büro gebracht.«

»Sie liegen hier auf meinem Schreibtisch neben dem Handbuch, aber das sehen Sie vermutlich selbst, nicht wahr?«

Pilcher lachte nur.

»Ich weiß, was Sie mit Kate Ballinger verbindet«, meinte er. »Und es tut mir sehr leid, wenn das den heutigen Abend für Sie überschattet …«

»Überschattet?«

»… aber Feste sind nun einmal recht selten. Manchmal vergehen sogar ein oder zwei Jahre dazwischen. Daher hoffe ich, dass Sie sich trotz allem amüsieren werden. Auch wenn ich sie eigentlich hasse, so haben diese Nächte auch etwas wirklich Magisches an sich.«

Früher hatte Ethan die schlechte Angewohnheit aufzulegen, wenn er die Person am anderen Ende der Leitung oder das, was sie zu sagen hatte, nicht mochte. Glücklicherweise hatte er irgendwie die Kraft gefunden, sich in diesem Fall zurückzuhalten.

»Dann lasse ich Sie jetzt mal lieber in Ruhe, Ethan. Sie haben viel zu tun. Wenn Sie morgen früh keinen schlimmen Kater haben, dann lasse ich Sie von Marcus abholen, damit wir zusammen frühstücken und über die Zukunft reden können.«

»Ich freue mich schon darauf«, erwiderte Ethan.

* * *

Belinda war nach Hause gegangen.

Auf dem Revier war es ruhig. Es war 20:05 Uhr.

Es wurde Zeit.

Hecter Gaithers Klavierspiel kam aus dem Röhrenradio, das neben dem Schreibtisch stand. Er spielte die Rimski-Korsakow-Version von »A Night on Bare Mountain«. Der wilde, schreckliche Teil war vorüber, und er ging gerade zu der langsamen, beruhigenden Melodie über, die das Gefühl des Tagesanbruchs nach einer höllischen Nacht vermitteln sollte.

Ethans Gedanken waren bei Kate und Harold.

Saßen sie in diesem Moment beim Abendessen zusammen und hörten Gaithers Musik im Hintergrund?

Hatten sie nicht die geringste Ahnung, was passieren würde?

Ethan nahm den Telefonhörer in die Hand und klappte den Ordner auf, den Pam bei Belinda gelassen hatte.

Er sah sich den ersten Code an und wählte.

Eine Frauenstimme ging an den Apparat. »Hallo?«

Es ertönte ein Ping.

Das Klingeln setzte sich fort.

Jedes Mal wenn jemand den Hörer abnahm, war wieder ein Ping zu hören.

Zu guter Letzt sagte eine computergenerierte Stimme: »Alle elf Parteien sind jetzt zugeschaltet.«

Ethan starrte die Seite an.

Der Text stand unter dem Code.

Noch konnte er auflegen.

Es nicht tun.

Es gab so viele Möglichkeiten, wie die Sache schieflaufen konnte.

Keiner der zehn Einwohner von Wayward Pines, die in der Leitung waren, sagte ein Wort.

Ethan begann, den Text laut vorzulesen: »Dies ist eine Nachricht an die zehn Mitglieder des Festkomitees. Das Fest soll in vierzig Minuten beginnen. Die Ehrengäste sind Kate und Harold Ballinger. Ihre Adresse ist 345 Eighth Avenue. Treffen Sie sofort alle Vorbereitungen. Es ist von größter Wichtigkeit, dass Kate und Harold lebendig und unverletzt in den Kreis an der Ecke Eighth und Main getrieben werden. Haben Sie verstanden, was ich gerade gesagt habe?«

Er hörte einige Personen in der Leitung Ja sagen.

Ethan legte auf und startete den Timer seiner Armbanduhr.

Die Mitglieder des Festkomitees *lebten* für das Fest.

Sie waren die einzigen Einwohner, die richtige Waffen im Haus aufbewahren durften: Macheten, die sie von Pilcher erhalten hatten. Alle anderen mussten sich selbst mit Waffen behelfen und rüsteten sich mit Küchenmessern, Steinen, Baseballschlägern, Äxten, Beilen, eisernen Schürhaken und allem anderen, was einen Griff, eine Spitze oder eine Schneide hatte, aus.

Er hatte sich den ganzen Nachmittag gefragt, wie er sich in dieser Zeit wohl fühlen würde, in diesen vierzig Minuten zwischen dem Moment, in dem er alles in Gang gesetzt hatte, bis zum letzten Telefonanruf.

Und jetzt, wo es so weit war, schien die Zeit zu rasen.

Er fragte sich, ob sich die letzte Mahlzeit eines Insassen der Todeszelle so anfühlen mochte.

Als würde die Zeit mit Lichtgeschwindigkeit vergehen.

Sein Puls beschleunigte sich.

Vor seinem inneren Auge lief eine schaurige, emotionale Bilderreihe all der Dinge ab, die zu diesem Moment geführt hatten.

Und dann sah er die letzten zehn Sekunden auf seiner Uhr ablaufen und fragte sich, wo die Zeit geblieben war.

Er deaktivierte den Alarm.

Nahm den Telefonhörer ab.

Gab den zweiten Code ein.

Dieselbe computergenerierte Stimme sagte: »Bitte lesen Sie Ihre Nachricht nach dem Ton.«

Er wartete.

Der Ton kam.

Er las den zweiten Text vor: »Hier spricht Sheriff Ethan Burke. In diesem Moment beginnt ein Fest. Die Ehrengäste sind Kate und Harold Ballinger. Sie müssen gefangen und unverletzt zur Main und Eighth gebracht und …« Die letzten Worte fielen ihm schwer. »Und im Kreis exekutiert werden.«

Nach einer langen Pause sagte die Computerstimme: »Wenn Sie mit Ihrer Nachricht zufrieden sind, drücken Sie die Eins. Um Ihre Nachricht vor dem Abschicken noch einmal anzuhören, drücken Sie die Zwei. Um die Nachricht neu aufzuzeichnen, drücken Sie die Drei. Für alle anderen Optionen drücken Sie die Vier.«

Ethan drückte die Eins und legte auf.

Dann stand er auf.

Der Nickelbeschlag seiner Desert Eagle, die auf dem Schreibtisch lag, glänzte im Licht der Lampe.

Er lud sie nach, holsterte sie und ging dann zum Schrank, um den Kopfputz und den Bärenfellumhang herauszuholen.

Als er noch drei Schritte von der Tür entfernt war, ging das Klingeln los.

Das erste hörte er im Radio.

Das Klavierspiel wurde unterbrochen.

Die Bank knarrte, als Gaither aufstand.

Die Schritte des Mannes wurden leiser.

Er nahm den Telefonhörer ab.

Sagte: »Hallo?«

Dann kam Ethans Stimme mit der Nachricht, die er gerade aufgezeichnet hatte, leise aus dem Lautsprecher.

»Großer Gott«, flüsterte Gaither, doch plötzlich kam nur noch Rauschen aus dem Radio.

Ethan ging durch den Flur und dachte an Kate.

Hat dein Telefon geklingelt?

Bist du rangegangen und hast meine Stimme gehört, die deinen Tod befohlen hat?

Glaubst du jetzt, ich hätte dich verraten?

Er kam an Belindas Schreibtisch vorbei und ging durch die dunkle Lobby.

Am Himmel war kein Mond zu sehen, aber da waren unzählige Sterne.

Er hatte dieses Geräusch schon einmal gehört, als sein eigenes Fest begonnen hatte, aber an diesem Abend kam es ihm noch viel unheilvoller vor, da er jetzt genau wusste, was dahintersteckte.

Mehrere Hundert Telefone, die gleichzeitig klingelten. Eine ganze Stadt, die die Anweisung erhielt, einen der ihren zu ermorden.

Einen Moment lang stand er einfach nur da und lauschte ebenso verschreckt wie staunend.

Das Geräusch hallte wie das Läuten verfluchter Kirchenglocken durch das Tal.

Jemand lief auf der Straße an ihm vorbei.

Einige Blocks weiter schrie eine Frau, aber er wusste nicht, ob sie es vor Aufregung oder vor Schmerz tat.

Er ging über den Bürgersteig und sah durch die großen Glasscheiben des Bronco. Sie waren getönt, und da die Straßenlaterne die einzige Lichtquelle darstellte, war es nahezu unmöglich, etwas im Wageninneren zu erkennen.

Vorsichtig öffnete er die Fahrertür.

Da war kein Geräusch.

Keine Bewegung.

Er warf den Umhang und den Kopfputz auf den Beifahrersitz und setzte sich hinter das Lenkrad.

* * *

Es war, als würde er an Halloween durch seine alte Wohngegend fahren.

Überall liefen Menschen herum.

Auf den Bürgersteigen.

Auf den Straßen.

Sie taumelten herum und hielten Gläser in den Händen.

Fackeln.

Baseballschläger.

Golfschläger.

Die Kostüme hatten schon bereitgelegen.

Er fuhr an einem Mann in einem blutbefleckten Smoking vorbei, der ein Kantholz in der Hand hielt, das an einem Ende zu einem Griff geschnitzt worden war, während man am anderen Ende Metalldornen eingelassen hatte, sodass es wie ein Streitkolben aussah.

Taschenlampen leuchteten in Büsche und Seitenstraßen.

Lichtkegel strichen durch Bäume.

Selbst aus der Entfernung konnte Ethan die Unterschiede in der größer werdenden Menschenmenge erkennen.

Einige Menschen sahen das Fest offenbar nur als Gelegenheit, um sich zu verkleiden, zu betrinken und ein wenig gehen zu lassen.

Andere wirkten richtig wütend und schienen die Absicht zu haben, jemandem zu schaden oder ihren gewalttätigen Hang auszuleben.

Manche konnten es kaum ertragen, und ihnen liefen die Tränen über die Wangen, als sie sich auf das Zentrum des Geschehens zubewegten.

Er nahm die Seitenstraßen.

Zwischen der Third und der Fourth tauchte eine Gruppe von etwa dreißig Kindern auf der Straße auf, die lachten wie Hyänen, alle kostümiert waren und Messer in ihren kleinen Händen hielten.

Er hielt Ausschau nach den Mitgliedern des Festkomitees, die in Schwarz gekleidet und mit Macheten bewaffnet waren, aber er konnte sie nicht entdecken.

Ethan bog auf die First ein und fuhr in Richtung Süden aus der Stadt.

Auf der Straße neben den Weiden hielt er den Wagen an.

Er schaltete den Motor ab und stieg aus.

Die Telefone klingelten nicht mehr, aber die Geräusche einer sich versammelnden Menschenmenge nahmen zu.

Plötzlich ging ihm auf, dass er an genau dieser Stelle vor vier Nächten Alyssa Pilchers Leiche gefunden hatte.

Wie schnell doch alles gegangen war.

Noch war es nicht Zeit für seinen großen Auftritt, aber sie würde bald anbrechen.

Läufst du noch weg, Kate?

Haben sie dich schon gefangen?

Schleifen sie dich und deinen Mann schon zur Kreuzung?

Hast du Angst?

Oder hast du dich auf gewisse Weise schon vor langer Zeit darauf vorbereitet?

Warst du bereit dafür, dass dieser Albtraum endlich zu Ende geht?

Er fühlte sich merkwürdig isoliert.

Es war, als würde er vor einem Stadion stehen und den Geräuschen des laufenden Spiels lauschen.

In der Stadt explodierte etwas.

Scheiben zersprangen.

Menschen johlten.

Er wartete fünfzehn Minuten, in denen er auf der Motorhaube des Bronco saß und die Motorwärme genoss, die durch das Metall austrat.

Sie sollten sich versammeln.

Sie sollten ruhig durchdrehen.

Ohne ihn würde gar nichts passieren.

Solange er nicht da war, würde kein Blut vergossen.

* * *

Als Pam die Augen aufschlug, war es dunkel.

Sie zitterte.

In ihrem Kopf wummerte es.

Ihr linkes Bein schien in Flammen zu stehen und fühlte sich an, als hätte jemand ein Stück herausgerissen.

Sie setzte sich auf.

Wo zum Teufel war sie?

Es war eiskalt und dunkel, und das Letzte, woran sie sich erinnerte, war, dass sie nach ihrer letzten Therapiesitzung des Tages das Krankenhaus verlassen hatte.

Moment mal.

Nein.

Sie hatte Ethan Burkes Bronco südlich der Stadt gesehen und war ihm zu Fuß gefolgt …

So langsam fiel ihr alles wieder ein.

Sie hatten gekämpft.

Offenbar hatte sie verloren.

Was zum Teufel hatte er mit ihr gemacht?

Als sie aufstand, schrie sie auf, weil ihr Bein so stark schmerzte. Sie griff nach hinten. Ein großes Stück ihrer Jeans war herausgeschnitten worden und das Blut lief aus einer offenen Wunde ihr Bein herunter.

Er hatte ihren Mikrochip rausgeschnitten.

Dieses verdammte Arschloch.

Der Zorn kam wie eine Dosis Morphium über sie. Sie spürte keinen Schmerz mehr, selbst dann nicht, als sie loslief, weg vom Zaun, auf die Stadt zu, schneller und immer schneller durch den dunklen Wald rannte, während das elektrische Summen hinter ihr leiser wurde.

Das Geräusch von Schreien in der Ferne ließ sie innehalten.

Das waren die Schreie von Abbys.

Verdammt vieler Abbys.

Aber irgendetwas stimmte da nicht.

Wieso kamen die Schreie aus der Richtung, in die sie lief?

Dort lag Wayward Pines.

Sie müsste die Straße eigentlich gleich erreichen …

Scheiße.

Scheiße.

Scheiße.

Sie wusste nicht, wie lange sie gerannt war, aber sie hatte trotz der Schmerzen alles gegeben. Sie musste inzwischen bestimmt eineinhalb Kilometer vom Zaun entfernt sein.

Nicht weit vor sich hörte sie nicht nur die Schreie von so vielen Abbys, dass es sich nur um ein riesiges Rudel handeln konnte, sondern auch abbrechende Äste, zertretene Zweige – sie kamen auf sie zu.

Außerdem hätte sie schwören können, dass sie sie bereits roch, denn ein widerlicher Aasgestank schien von Sekunde zu Sekunde stärker zu werden.

Sie hatte in ihrem ganzen Leben noch nie einen derart starken Drang verspürt, jemandem wehzutun.

Ethan Burke hatte ihr nicht nur den Mikrochip rausgeschnitten.

Irgendwie hatte er es außerdem geschafft, dass sie auf der anderen Seite des Zauns in der gemeinen Wildnis festsaß.

* * *

Ethan stieg wieder in den Bronco, ließ den Motor an und trat aufs Gaspedal.

Der Wagen fuhr mit quietschenden Reifen los.

Er raste in den Wald und nahm die große Kurve, die ihn wieder zurück in die Stadt führen würde.

Mit einhundertdreißig km/h raste er am Willkommensschild vorbei.

Dann nahm er den Fuß vom Gas und wurde langsamer.

Er war auf der Main Street und noch wenige Hundert Meter von seinem Ziel entfernt, aber er konnte in der Ferne bereits Flammen erkennen, Gebäude, die vom Feuerschein erhellt wurden, und die tanzenden Schatten der Menschenmenge.

Er kam am Krankenhaus vorbei.

Vier Blöcke von der Kreuzung der Eighth und der Main Street entfernt musste er um Menschen auf der Straße herumlenken.

Jemand hatte das Schaufenster des »The Sweet Tooth« eingeschlagen, und die Kinder plünderten den Süßwarenladen.

Das war alles akzeptabel und zu erwarten.

Die Menge wurde dichter.

Ein Ei zerplatzte am Beifahrerfenster, und das Eigelb lief am Glas herunter.

Inzwischen kam er kaum noch vorwärts, da ihm ständig jemand vor den Wagen lief.

Alle waren kostümiert.

Er lenkte um eine Gruppe von Männern herum, die als Dragqueens verkleidet waren. Sie waren grell geschminkt und trugen die BHs und Höschen ihrer Frauen über langen Unterhosen. Einer von ihnen war mit einer gusseisernen Pfanne bewaffnet.

Eine ganze Familie – inklusive der Kinder – hatte die Augen mit schwarzem Lidschatten geschminkt und sich die Gesichter bemalt, damit sie aussahen wie lebende Tote.

Er sah Teufelshörner.

Vampirzähne.

Perücken.

Engelsflügel.

Zylinder.

Angespitzte Spazierstöcke.

Monokel.

Capes.

Wikinger.

Könige und Königinnen.

Scharfrichtermasken.

Huren.

Jetzt war die Straße komplett voller Menschen.

Er drückte auf die Hupe.

Widerwillig teilte sich die Menschenmenge vor ihm.

Als er langsam weiterfuhr, sah er, dass noch weitere Geschäfte geplündert wurden, und vor sich konnte er auch endlich erkennen, was da überhaupt brannte.

Man hatte einen Wagen mitten auf die Main Street geschoben und in Brand gesteckt. Die Fensterscheiben lagen nun auf dem Asphalt, und die Glassplitter glitzerten im Licht des Feuers, während die Flammen aus der Windschutzscheibe leckten und die Sitze und das Armaturenbrett schmolzen.

Direkt darüber schaltete die Ampel weiterhin ihre Phasen durch.

Ethan parkte und stellte den Motor aus.

Die Energie auf der anderen Seite der Windschutzscheibe war dunkel und explosiv, sie wirkte wie ein lebendiges, böses Wesen. Er musterte die geröteten Gesichter im Licht des Feuers und die glasigen Augen, die auch daher kamen, dass selbst gebrannter Gin in Massen konsumiert und weitergereicht wurde.

Ethan fand es seltsam, dass Pilcher recht behalten hatte. Das Fest schien die Menschen anzusprechen und ein tief sitzendes, drängendes Bedürfnis zu erfüllen.

Er sah kurz nach hinten und dann auf die Uhr.

Bald.

Die Innenseite des Kopfputzes war mit Wolle gepolstert worden, und es passte ihm gut. Er streckte den Arm aus und verriegelte die Beifahrertür, auch wenn er bezweifelte, dass das letzten Endes irgendjemanden aufhalten würde. Dann nahm er den stinkenden Umhang und das Gewehr und öffnete die Tür, um sich ins Gemenge zu stürzen.

Unter seinen Stiefeln knirschten Glassplitter.

Der Geruch von Alkohol lag in der Luft.

Er legte sich den Umhang um.

Bahnte sich den Weg durch die Menge.

Die Leute um ihn herum begannen zu applaudieren und zu jubeln.

Je weiter er auf die Ampel zuging, desto lauter wurde alles.

Der Applaus, die Rufe, die Schreie.

Und alles nur für ihn.

Sie riefen seinen Namen und klopften ihm auf den Rücken.

Jemand drückte ihm ein Glas in die Hand.

Er ging weiter.

Die Menschen standen so dicht nebeneinander, dass es schon fast warm in der Menge war.

Endlich war er im Auge des Sturms angelangt, einem Kreis, der einen Durchmesser von maximal zehn Metern hatte.

Er betrat ihn.

Bei dem Anblick, der sich ihm bot, schnürte es ihm die Kehle zu.

Harold lag auf dem Boden und versuchte aufzustehen, während er aus mehreren schweren Kopfwunden blutete.

Zwei schwarz gekleidete Komiteemitglieder hielten Kate, die Frau, die er einmal geliebt hatte, fest, wobei jeder einen Arm umklammerte, damit sie aufrecht stehen blieb.

Während Harold wie betäubt aussah, war Kate bei klarem Verstand und starrte ihn direkt an. Sie weinte, und er spürte, dass ihm ebenfalls die Tränen über die Wangen liefen, bevor er diese Emotion überhaupt registrierte. Ihr Mund bewegte sich. Sie schrie ihn an, brüllte ihm Fragen entgegen, konnte es nicht fassen und flehte zweifellos um ihr Leben, aber ihre Stimme ging im Gebrüll der Menge unter.

Kate trug ein zerfetztes Nachthemd und stand zitternd und barfüßig da. Ihre Knie waren mit Gras und Erde bedeckt, eines war bis zum Knochen aufgerissen und blutig, und ihr linkes Auge schwoll langsam zu.

Allmählich bekam er eine Ahnung davon, wie sich alles abgespielt hatte.

Kate und Harold waren früh zu Bett gegangen, da sie von der Nacht davor vermutlich sehr erschöpft waren. Dann waren die Komiteemitglieder in ihr Haus gestürmt. Sie hatten nicht einmal Zeit gehabt, sich anzuziehen. Kate war durch ein Fenster gesprungen und hatte vermutlich versucht, zu einem der Abwassertunnel unter der Stadt zu fliehen. Das hätte er an ihrer Stelle getan. Aber ihr Haus war von zehn Mitgliedern des Festkomitees umstellt worden. Wahrscheinlich hatten sie sie schon nach einem Block erwischt.

Er hätte nichts lieber getan, als zu ihr zu gehen.

Sie in die Arme zu nehmen und ihr zu sagen, dass alles gut werden würde.

Dass sie die Sache überleben würde.

Doch stattdessen wandte er ihr den Rücken zu und bahnte sich erneut den Weg durch die Menge.

Als er wieder bei seinem Bronco ankam, kletterte er auf die Motorhaube und über die Windschutzscheibe aufs Dach.

Das Metall bog sich unter seinem Gewicht durch.

Die Menge schrie erneut wie wild, als wäre der von

ihnen angebetete Rockstar endlich auf der Bühne erschienen.

Von dieser Position aus konnte Ethan alles erkennen: die vom Feuer beleuchteten Gesichter zwischen den Gebäuden, den brennenden Wagen, den Kreis, in dem Kate und Harold auf den Tod warteten. Theresa und Ben waren nirgendwo zu sehen, und das erleichterte ihn ein wenig. Er hatte auch nicht gewollt, dass seine Frau herkam. Er hatte sie angewiesen, ihren Sohn zu nehmen, auch gegen seinen Willen, und das Fest in der relativen Sicherheit der Gruft zu überstehen.

Jetzt hob er sein Glas mit Schnaps in die Luft.

Die Menge tat es ihm nach, und Hunderte von Glasflaschen wurden erhoben und fingen das Licht des brennenden Wagens ein.

Ein höllischer Toast.

Er trank.

Sie alle tranken.

Es schmeckte widerlich.

Dann warf er das Glas auf die Straße, zog die Desert Eagle und feuerte drei Schüsse in den Himmel.

Das wirkte wie eine zusätzliche Anfeuerung, und die Menge drehte durch.

Er holsterte die Pistole und nahm das Megafon, das ihm an einem Riemen über der Schulter hing.

Plötzlich wurden alle ganz still.

Alle bis auf Kate.

Sie schrie seinen Namen, rief: »Warum um Gottes willen tust du mir das an? Ich dachte, du liebst mich! Warum?«

Lass sie ausreden, lass zu, dass sie alles rausschreit.

Er hob das Megafon.

»Willkommen beim Fest!«

Wieder Schreie und Jubeln.

Ethan zwang sich zu einem Grinsen, als er sagte: »Von *dieser* Seite des Megafons gefällt es mir sogar noch besser.«

Das brachte ihm einige Lacher ein.

Im Handbuch war genau aufgeführt gewesen, wie der Sheriff in diesem Moment zu handeln hatte, wenn sich alle versammelt hatten und der Zeitpunkt der Exekution gekommen war:

Einige Einwohner werden durchaus bereit sein, ihre Nachbarn zu töten, oder es sogar genießen, doch wenn der Zeitpunkt der Exekution tatsächlich gekommen ist, dann werden die meisten Menschen davor zurückschrecken, Blut zu vergießen. Daher ist Ihre Aufgabe als Anführer des Fests so entscheidend für seinen Erfolg. Sie bestimmen den Ton der Feierlichkeiten. Sie erschaffen die Stimmung. Erinnern Sie die Menge daran, was die Ehrengäste auszeichnet. Rufen Sie ihnen ins Gedächtnis, dass das Fest letzten Endes die Sicherheit von Wayward Pines bewahrt. Führen Sie ihnen vor Augen, welche Konsequenzen es hat, die Regeln zu übertreten, und dass es beim nächsten Mal vielleicht schon einer von ihnen sein kann, der sich im Inneren des Kreises wiederfindet.

»Ihr alle kennt Kate und Harold Ballinger«, rief Ethan. »Viele bezeichnen sie als ihre Freunde. Ihr habt mit ihnen gegessen, mit ihnen gelacht und geweint. Und vielleicht glaubt ihr, dass das die Sache heute Abend so viel schwerer macht.«

Er sah auf seine Uhr.

Es war über drei Stunden her.

Um Himmels willen. Es muss doch jetzt bald passieren.

»Aber jetzt werde ich euch etwas über Kate und Harold erzählen. Darüber, wie sie wirklich sind. Sie hassen diese Stadt!«

Die Menge buhte aggressiv.

»Sie schleichen sich nachts raus, und jetzt kommt das Schlimmste: Sie treffen sich dann mit anderen. Anderen wie ihnen, die unser kleines Paradies verabscheuen.« Er versuchte, die Menge in Rage zu bringen. »*Wie kann man diese Stadt denn nur hassen?*«

Einen Moment lang war der Lärm ohrenbetäubend.

Er brachte sie mit einer Handbewegung zum Schweigen.

»Einige dieser Leute, der geheimen Freunde der Ballingers, sind heute Nacht unter uns. Sie stehen auch hier in der Menge, sind verkleidet und tun so, als wären sie wie ihr.«

Jemand rief: »Nein!«

»Aber in ihrem Herzen hassen sie Wayward Pines. Seht euch um. Es sind mehr, als ihr denkt. Aber ich verspreche euch, dass wir sie alle aufspüren werden!«

Das war gewagt, aber als die Menge erneut losbrüllte, spürte Ethan, wie der Bronco merklich wackelte.

»Da stellt sich doch die Frage: Warum hassen sie Wayward Pines so sehr? Wir haben hier alles, was wir brauchen. Nahrung. Wasser. Häuser. Sicherheit. Uns fehlt es an nichts, und dennoch finden einige Menschen, das wäre nicht genug.«

Etwas schlug von unten gegen das Metalldach, auf dem Ethan stand.

»Sie wollen mehr. Sie wollen die Freiheit, diese Stadt verlassen zu können. Ihre Meinung sagen zu dürfen. Sie wollen wissen, was man ihren Kindern in der Schule beibringt.«

Es wurde wieder gebuht, doch dieses Mal weniger überzeugend.

»Sie besitzen die Frechheit, wissen zu wollen, wo wir sind.«

Nun buhte niemand mehr.

»Warum wir hier sind.«

Die Menge war totenstill geworden, und die Leute legten die Köpfe schief und runzelten die Stirn, als sie merkten, dass die Rede des Sheriffs eine unerwartete Wendung nahm.

»Warum wir diese Stadt nicht verlassen dürfen. Wie können Sie es wagen!«, brüllte Ethan durch das Megafon.

Dabei dachte er: *Siehst du auch genau hin, Pilcher?*

Der Bronco wackelte unter ihm, und er fragte sich, ob die Menge den Lärm hören konnte.

Ethan fuhr fort: »Vor fast drei Wochen sah ich in einer kalten, regnerischen Nacht aus diesem Fenster dort«, er deutete auf das Apartmenthaus an der Main Street, »mit an, wie ihr eine Frau namens Beverly totgeschlagen habt. Ihr hättet auch mich getötet. Versucht habt ihr es auf jeden Fall. Aber ich konnte entkommen. Und jetzt stehe ich hier und tue so, als würde ich dieses Fest der Verderbtheit *leiten*.«

»Was zum Teufel tun Sie denn da?«, brüllte irgendjemand.

Ethan ignorierte ihn.

»Ich möchte euch eins fragen: Gefällt euch das Leben in Wayward Pines? Mögt ihr es, im Schlafzimmer von Kameras beobachtet zu werden? Gefällt es euch, über nichts Bescheid zu wissen?«

Keiner in der Menge wagte es, ihm zu antworten.

Ethan entdeckte zwei Komiteemitglieder, die sich den Weg durch die Menge bahnten und es zweifellos auf ihn abgesehen hatten.

»Habt ihr denn alle resigniert?«, fragte Ethan. »Wollt ihr weiterhin im Dunkeln in dieser Stadt leben? Oder liegen einige von euch doch nachts wach im Bett, neben einer Frau oder einem Mann, die oder den ihr kaum kennt, und fragt euch, warum ihr überhaupt hier seid? Wollt ihr nicht wissen, was auf der anderen Seite des Zauns ist?«

Leere, erstaunte Gesichter blickten ihn an.

»Wollt ihr wissen, was auf der anderen Seite des Zauns ist?«

Ein Komiteemitglied war durchgebrochen und rannte mit der Machete in der Hand auf den Bronco zu.

Ethan zog die Desert Eagle, richtete sie auf die Brust des Mannes und sagte durch das Megafon: »Wussten Sie, dass Ihr Herz allein durch die Schockwelle eines dieser Geschosse stehen bleiben kann?«

Das hintere Fenster auf der Fahrerseite des Bronco explodierte, und die Glassplitter bedeckten alle, die sich auf dieser Seite des Wagens versammelt hatten.

Na endlich.

Ethan sah nach unten und erblickte einen klauenbewehrten Arm, der durch das Loch in der Scheibe griff.

Dann verschwand der Arm und schoss sofort erneut nach draußen.

Die Menge zog sich zurück.

Ein Schrei, der unmöglich von einem Menschen stammen konnte, drang aus dem Inneren des Bronco nach draußen.

Die Menge keuchte auf.

Diejenigen, die am nächsten am Bronco standen, wichen zurück, während andere, die nichts sehen konnten, versuchten, weiter nach vorn zu gelangen.

Der Abby drehte im Wageninneren durch und zerfetzte mit seinen Klauen die Sitze, während er versuchte, die Kette loszuwerden, die ihm Ethan um den Hals gelegt hatte.

Ethan hatte die Desert Eagle noch immer auf das Komiteemitglied gerichtet, aber der Mann achtete schon gar nicht mehr auf ihn. Stattdessen starrte er durch die Windschutzscheibe des Bronco das Wesen an, das verzweifelt versuchte, sich zu befreien.

»Ich möchte euch ein Märchen erzählen«, sagte Ethan ins Megafon. »Es war einmal ein Ort namens Wayward Pines. Er war der letzte Ort auf der Erde, und die Menschen, die dort lebten, waren die letzten ihrer Art.«

Jetzt hörte Ethan die Kette nicht mehr rasseln.

Der Abby hatte sich befreit und kletterte auf den Vordersitz.

»Sie hatten zweitausend Jahre lang in einer Art Kapsel geschlafen. Doch das wussten sie nicht. Sie wurden im

Ungewissen gelassen. Sie sollten Angst haben. Manche bekam man nur mit Gewalt unter Kontrolle. Viele ließ man glauben, sie wären tot oder würden träumen.«

Der Abby versuchte, die Windschutzscheibe zu zertrümmern.

»Einige der Einwohner, wie beispielsweise Kate und Harold Ballinger, wussten, dass etwas nicht stimmte. Dass nichts davon real war. Andere entschieden sich, die Lüge zu glauben. Wie gute Menschen passten sie sich an. Sie machten das Beste aus einer beschissenen Situation und versuchten, einfach ihr Leben zu leben. Aber das war kein Leben. Es war nichts weiter als ein wunderschönes Gefängnis, das von einem Psychopathen geleitet wurde.«

Ein großes Stück der Windschutzscheibe flog auf die Motorhaube.

»Dann wachte eines Tages ein Mann namens Ethan Burke in der Stadt auf. Er wusste es nicht, ebenso wenig wie die Bewohner von Wayward Pines oder das kranke Schwein, das diese Stadt gebaut hatte, aber er war gekommen, um ihnen den Schleier vor den Augen wegzuziehen. Um ihnen die Wahrheit zu zeigen. Um ihnen die Chance zu geben, wieder wie echte menschliche Wesen zu leben. Und darum stehe ich heute hier. Also sagt mir: Wollt ihr die Wahrheit wissen?«

Der Abby hockte jetzt keuchend unter ihm und hämmerte wütend auf das Glas ein.

»Oder wollt ihr lieber weiterhin im Ungewissen leben?«

Sein Kopf schaute nach draußen.

Er schnaubte.

Tobte.

Ethan fuhr fort. »Es ist zweitausend Jahre später, als ihr denkt, und unsere Spezies hat sich zu Monstern wie dem in meinem Wagen entwickelt.«

Ethan richtete die Pistole auf den Kopf des Abbys.

Er verschwand.

Schweigen senkte sich über die Menge herab.

Die Leute starrten ihn einfach nur an.

Rissen die Münder auf.

Wussten nicht, was sie tun sollten.

Auf einmal sprang der Abby durch die Windschutzscheibe. Seine Klauen kratzten über das Metall, und er prallte gegen den Mann vom Festkomitee, der vor der Stoßstange stand und noch nicht einmal mehr die Machete hochreißen konnte.

Ethan visierte den Hinterkopf des Abbys an und schoss.

Der Abby erschlaffte, und der Mann unter ihm schrie und versuchte, das Gewicht von seinem Körper zu stemmen, was ihm jedoch erst gelang, als ihm zwei der als Dragqueens verkleideten Männer dabei halfen.

Der Mann vom Festkomitee, der jetzt voller Blut war, setzte sich auf. Seine Unterarme waren zerfetzt, und die Haut hing an den Stellen, mit denen er sein Gesicht hatte schützen wollen, herunter.

Aber er war am Leben.

»Kommt ihr damit nicht klar?«, rief Ethan. »Wollt ihr lieber wieder zwei eurer Leute umbringen? Oder wollt ihr lieber mit mir ins Theater kommen? Ich weiß, dass ihr Fragen habt. Ich habe Antworten. Wir treffen uns dort in zehn Minuten, und ich schwöre bei Gott, wenn einer von euch Hand an Kate oder Harold anlegt, dann werde ich denjenigen auf der Stelle erschießen.«

Ethan nahm den Kopfputz ab und warf den Umhang zu Boden.

Er sprang auf die Motorhaube und dann auf die Straße.

Die Menge wich zurück und machte ihm respektvoll Platz.

Er hielt noch immer die Desert Eagle in der Hand, sein Blut war am Brodeln, und er war kampfbereit.

Er schubste eines der beiden Festkomiteemitglieder zur Seite und trat in den Kreis. Harold saß in seinem Pyjama auf der Straße, und die beiden Männer hielten Kate noch immer fest.

»Habt ihr gehört, was ich eben gesagt habe?«

Einer der Männer nickte.

»Warum zum Teufel haltet ihr sie dann noch fest?«

Sie ließen sie los.

Kate brach zusammen.

Ethan lief zu ihr und kniete sich auf die Straße. Er zog seinen Parka aus und legte ihn um ihre Schultern.

Sie sah zu ihm auf.

»Ich dachte, du hättest …«

»Ich weiß. Es tut mir so leid, aber es gab keinen anderen Weg.«

Harold stand völlig neben sich und war in einer anderen Welt.

Ethan hob Kate hoch.

»Wo bist du verletzt?«, erkundigte er sich.

»Nur am Knie und am Auge. Mir geht es gut.«

»Dann bringen wir dich mal zum Arzt.«

»Danach«, beharrte sie.

»Wonach?«

»Nachdem du uns alles erzählt hast.«

KAPITEL 24

Ethan führte die Stadtbewohner ins Theater.

Der tote Abby wurde auf die Bühne gelegt, wo ihn jeder sehen konnte.

Jeder Platz war besetzt, und auch in den Gängen und auf der Bühne saßen Menschen.

Ethan sah seine Familie an, die in der ersten Reihe saß, aber er musste immer wieder an Pilcher denken. Was würde der alte Mann tun? Schickte er seine Männer bereits in die Stadt? Würde er Ethan jagen? Theresa und Ben? Es mit der ganzen Stadt aufnehmen?

Nein. Die Informationen waren ans Licht gekommen. Und trotz allem hatte Ethan Pilcher oft genug von der Stadt und »meinen Leuten« sprechen hören. Sie waren noch immer sein höchstes Gut. Möglicherweise würde er sich an Ethan rächen, aber die Einwohner von Wayward Pines kannten jetzt die Wahrheit, und das war das Wichtigste.

Jemand schaltete einen Scheinwerfer ein.

Ethan trat ins Rampenlicht.

Nun konnte er ihre Gesichter nicht mehr sehen.

Er sah nur das grelle Licht, das aus dem hinteren Teil des Theaters kam.

Er erzählte ihnen alles.

Wie sie entführt, suspendiert und in dieser Stadt gefangen gehalten worden waren.

Wie die Abscheulichkeiten entstanden waren.

Alles über Pilcher und seinen inneren Kreis im Berg.

Einige gingen raus – sie konnten die Wahrheit nicht ertragen oder wollten es einfach nicht glauben.

Aber die meisten blieben.

Er konnte spüren, wie die Stimmung im Saal von Ungläubigkeit in Traurigkeit und dann in Wut umschlug, als er ihnen beschrieb, wie Pilcher jeden noch so privaten Augenblick filmte und unter die Lupe nahm.

Als er ihnen von den Mikrochips erzählte, sprang eine Frau auf, schwenkte die Faust und rief in die Richtung, in der sie eine versteckte Kamera in der Decke vermutete: »Komm hier runter! *Beobachtest du uns auch jetzt?!* Komm her und rechtfertige dich, du Schwein!«

Wie als Antwort darauf wurde das Licht im Theater gedimmt.

Ein Projektor im Vorführraum sprang an und warf ein Bild auf die Kinoleinwand hinter Ethan.

Er drehte sich um und starrte die weiße Wand an, auf der auf einmal David Pilcher zu sehen war.

Er saß in einer Pose, die entfernt an die Rede eines Präsidenten erinnerte, hinter seinem Schreibtisch, stützte die Ellenbogen auf die Tischplatte und hatte die Hände verschränkt.

Alle schwiegen.

»Ethan, würden Sie bitte zur Seite treten und mich ein paar Worte sagen lassen?«, bat Pilcher.

Ethan trat aus dem Rampenlicht.

Einen Moment lang starrte Pilcher nur in die Kamera, die ihn filmte.

Endlich sagte er: »Einige von Ihnen kennen mich als Dr. Jenkins. Mein wahrer Name ist David Pilcher, und ich werde mich kurzfassen. Alles, was Ihnen unser guter Sheriff erzählt hat, ist wahr. Falls Sie jedoch glauben, ich würde das hier tun, um Ihnen alles zu erklären oder um mich zu entschuldigen, dann haben Sie sich geirrt. Alles, was Sie sehen, einfach *alles*, wurde von mir erschaffen. Diese Stadt. Dieses Paradies. Die Technologie, die es ermöglicht hat, dass Sie hier sein können. Ihre Häuser. Ihre Betten. Das Wasser, das Sie trinken. Die Nahrung, die Sie essen. Die Jobs, die Sie ausüben und dank derer Sie sich wie Menschen fühlen. Sie atmen nur aus dem Grund, weil ich es gestatte. Ich möchte Ihnen etwas zeigen.«

Pilcher wurde durch die Luftaufnahme einer gewaltigen Ebene ersetzt, auf der ein Rudel aus mehreren Hundert Abbys über das Gras wanderte.

Während das Bild blieb, war erneut Pilchers Stimme zu hören.

»Wie ich sehe, liegt eines dieser Monster tot auf der Bühne. Sie sollten es sich gut ansehen und sich bewusst machen, dass es davon Abermillionen außerhalb der Sicherheit von Wayward Pines gibt. Hier sehen Sie eines der kleineren Rudel.«

Dann war erneut Pilcher zu sehen.

»Lassen Sie mich eins klarstellen: In den letzten vierzehn Jahren bin ich der einzige Gott gewesen, den Sie gekannt haben, und es könnte in Ihrer aller Interesse sein, dass das auch weiterhin so bleibt.«

Ein Stein wurde aus der Dunkelheit gegen die Leinwand geworfen.

»Verpiss dich!«, schrie jemand aus der Menge.

Pilcher wandte den Blick ab und beobachtete auf seiner Monitorwand, was geschah.

Ethan sah, wie drei Männer auf die Bühne kletterten und anfingen, die Leinwand in Stücke zu reißen.

Als Pilcher erneut etwas sagen wollte, riss jemand den Projektor aus der Wand und zertrümmerte ihn.

* * *

Pilcher saß allein an seinem Schreibtisch.

Er nahm die Flasche Scotch in die Hand.

Als sie leer war, warf er sie in Richtung der Bildschirme.

Er musste sich am Schreibtisch festhalten, als er aufstehen wollte.

Er schwankte.

Er hatte getrunken.

Jetzt war er besiegt.

Taumelnd lief er über den Hartholzboden.

Vincent van Gogh beobachtete ihn von der Wand aus mit rasiertem Gesicht und bandagiertem rechtem Ohr.

Pilcher fing sich gerade noch rechtzeitig, bevor er auf den großen Tisch in der Mitte des Raumes stürzen konnte. Er starrte das Modell von Wayward Pines durch das Glas an und fuhr mit dem Finger über die Kreuzung der Eighth und Main Street.

Schon beim ersten Versuch zertrümmerte seine Faust das Glas und das komplizierte Modell des Opernhauses.

Als er die Hand wieder herauszog, schnitt er sie sich an den Glassplittern auf.

Er stieß seine blutige Faust an einer anderen Stelle erneut hinein.

Dann noch ein drittes Mal.

Als das ganze Glas zerbrochen war, blutete seine Hand stark, und die winzigen Scherben und Splitter lagen in der Stadt herum, als wäre darüber ein Hagelsturm biblischen Ausmaßes niedergegangen.

Er taumelte am Tisch entlang, bis er zu Ethans gelbem viktorianischem Haus kam.

Auch das zertrümmerte er.

Ebenso wie das Büro des Sheriffs.

Und das Haus von Kate und Harold Ballinger.

Dann packte er den Tisch, ging in die Knie, hob ihn an und warf ihn um.

* * *

Auch nachdem Ethan ihnen alles gesagt und nachdem die Leute die Leinwand zerfetzt hatten, blieben die meisten sitzen.

Keiner wollte gehen.

Einige saßen katatonisch da, waren wie betäubt.

Andere weinten offen.

Allein.

Oder in kleinen Gruppen.

An den Schultern der Partner, die sie hatten heiraten müssen.

Die Emotionen im Raum waren überwältigend. Es glich der lautlosen Verzweiflung bei einer Beerdigung. Und in vielerlei Hinsicht war es das auch. Die Menschen trauerten um den Verlust ihres früheren Lebens. Um die Personen, die sie nie wiedersehen würden. Um das, was man ihnen geraubt hatte.

Sie hatten so viel zu verarbeiten.

So viel zu betrauern.

Und noch immer so viel zu fürchten.

* * *

Ethan saß mit seiner Familie auf der Bühne hinter dem Vorhang und drückte sie an sich.

»Ich bin so stolz auf das, was du heute getan hast«, flüsterte ihm Theresa ins Ohr. »Falls du dich je fragen solltest, welches der beste Moment deines Lebens war, dann hast du ihn gerade erlebt.«

Er küsste sie.

»Das, was ich heute zu dir auf der Bank gesagt habe …«, stammelte Ben weinend.

»Vergiss es, mein Sohn.«

»Ich habe gesagt, du wärst nicht mein Vater.«

»Du hast es nicht so gemeint.«

»Ich dachte, Mr Pilcher wäre gut. Ich dachte, er wäre Gott.«

»Das ist nicht deine Schuld. Er hat dich ausgenutzt, ebenso wie jedes andere Kind in der Schule.«

»Was passiert jetzt, Dad?«

»Das weiß ich nicht, Junge, aber was auch passiert, von diesem Moment an gehört unser Leben wieder uns. Und das ist alles, was zählt.«

* * *

Immer mehr Leute kamen, um sich die tote Abscheulichkeit anzusehen.

Es war kein großes Exemplar, sondern wog gerade mal fünfundfünfzig Kilogramm. Ethan vermutete, dass die Wirkung der Betäubung aufgrund seines geringeren Gewichts länger angehalten hatte, als geplant gewesen war.

Es war schon nach Mitternacht, und er musterte all die Menschen, deren Leben er für immer verändert hatte, als er auf einmal hörte, dass das Telefon in der Lobby klingelte.

Er stieg von der Bühne, ging durch den Gang nach vorn und stieß die Türen auf.

Das Klingeln kam aus der Kasse.

Er setzte sich an den Schalter und hob den Hörer ab.

»Wie geht es Ihnen, Sheriff?«

Pilchers Stimme klang whiskyschwer und ungewöhnlich glücklich.

»Wir sollten uns morgen treffen«, sagte Ethan.

»Möchten Sie wissen, was Sie getan haben?«

»Wie bitte?«

»Möchten Sie wissen, was Sie getan haben?«, fragte Pilcher noch einmal, diesmal langsamer und betonter.

»Das kann ich mir, glaube ich, ganz gut vorstellen.«

»Ach ja? Ich werde es Ihnen trotzdem sagen: Sie haben sich gerade eine Stadt gekauft.«

»Ich kann Ihnen leider nicht folgen.«

Immer mehr Leute kamen nach draußen und versammelten sich vor der Kasse.

»Sie können mir nicht folgen? Das bedeutet, dass jetzt alles Ihnen gehört. Jeder Einzelne dieser Menschen. Herzlichen Glückwunsch.«

»Ich weiß, was Sie Ihrer Tochter angetan haben.«

Daraufhin herrschte Schweigen in der Leitung.

»Was sind Sie nur für ein Monster …«

»Sie hat mich verraten. Mich und jeden in diesem Berg. Sie hat die Einwohner von Wayward Pines in Gefahr gebracht. Sie hat den Leuten nicht nur von den blinden Flecken in der Stadt erzählt, sie hat sie selbst geschaffen. Sie hat alles sabotiert …«

»Sie war Ihre Tochter, David.«

»Sie hatte so viele Gelegenheiten …«

»Sie war Ihre *Tochter*.«

»Es musste getan werden. Vielleicht nicht auf die Weise, wie es geschehen ist, aber … Ich habe den Kopf verloren.«

»Aber ich hätte zu gern gewusst, warum ich in dem Fall ermitteln sollte. Warum musste ich ihre Leiche auf der Straße finden? Ich nehme doch mal an, dass Sie das eingefädelt haben. Was wollten Sie dadurch erreichen?«

»Alyssa hat Ballingers Gruppe nie verraten. Ich war der Ansicht, dass Sie erst gegen Ihre ehemalige Partnerin ermitteln würden, wenn sie tatsächlich jemanden umgebracht hat. Und Sie sollten zu dem Schluss kommen, dass Kate es getan hat. So wäre es auch gekommen, wenn Sie ihr Haus durchsucht hätten. Ich habe die Mordwaffe in einem Werkzeugkasten im Schuppen der Ballingers verstecken lassen. Sie sollten sie dort finden, aber Sie haben gar nicht erst danach gesucht, weil Sie vermutlich nie daran geglaubt haben, dass Kate es getan haben könnte. Aber das ist jetzt auch ohne Belang.«

»Wie können Sie nachts eigentlich noch schlafen, David?«

»Ich weiß immerhin, dass ich all das nur getan habe, um Wayward Pines zu erschaffen und zu beschützen. Und es gibt nichts Wichtigeres für mich. Daher schlafe ich ganz hervorragend. Ich habe übrigens einen neuen Spitznamen für Sie.«

»Wir müssen uns treffen«, beharrte Ethan. »Wir müssen uns darüber unterhalten, wie es weitergehen soll.«

»Lichtbringer. Das ist mein neuer Spitzname für Sie. Übersetzt aus dem Lateinischen von Luzifer. Kennen Sie die Mythologie von Luzifer? Sie passt ziemlich gut auf Sie. Er war ein Engel des Herrn. Die wundervollste Kreatur von allen. Aber seine Schönheit hat ihn geblendet. Er fing an zu glauben, dass er ebenso großartig wie der Schöpfer wäre. Dass er vielleicht selbst Gott sein sollte.«

»Pilcher …«

»Luzifer hat eine Gruppe von Engeln bei einer Revolte gegen den Allmächtigen angeführt, und ich möchte Sie jetzt eines fragen: Wie ist das wohl für sie ausgegangen?«

»Sie sind ein kranker Mann. Diese Leute haben ihre Freiheit verdient.«

»Ich kann Ihnen verraten, dass es gar nicht gut ausgegangen ist. Wissen Sie, was Gott mit ihnen gemacht hat? Er hat sie rausgeworfen. Er hat einen Ort für Luzifer und seine gefallenen Engel geschaffen und ihn Hölle genannt.«

»Und wer bin ich in dieser Geschichte?«, wollte Ethan wissen. »Luzifer? Dann macht Sie das vermutlich zu Gott?«

»Sehr gut, Sheriff.« Ethan konnte hören, dass Pilcher lächelte. »Und Sie fragen sich jetzt bestimmt, wo Sie diesen Ort ewiger Höllenqualen finden werden, den ich für Sie zu schaffen gedenke, aber da müssen Sie nicht lange suchen.«

»Wie meinen Sie das?«

»Die Hölle wird zu Ihnen kommen.«

Dann hörte Ethan zwei Sekunden lang ein Tuten aus dem Hörer.

Danach gingen alle Lichter aus.

KAPITEL 25

1040 Sixth Street
Wayward Pines
Vor drei Jahren und sieben Monaten

An ihrem letzten gemeinsamen Tag kochte sie ihm seine Leibspeise.

Sie stand den ganzen Tag in der Küche, schnippelte, rührte und mixte.

Es ging nur darum, dass ihre Hände beschäftigt waren und sie irgendwie von einem Augenblick zum nächsten brachten.

Doch sie musste sich konzentrieren, denn in dem Moment, in dem sie nicht aufpasste, würde alles zusammenbrechen.

Dreimal hatte sie die Nerven verloren.

Sie war am Boden zerstört gewesen, und ihr Weinen war durch das leere Haus gehallt.

Es war unerträglich gewesen.

Sie war ängstlich, einsam und letzten Endes hoffnungslos gewesen.

Doch dann war er gekommen. Es war wie ein Traum gewesen.

Sie hatten einander getröstet, und für einige Zeit war alles besser geworden.

Sie war in dieser seltsamen kleinen Stadt sogar glücklich gewesen.

Die Haustür ging auf und wurde wieder geschlossen.

Sie legte das Messer auf das Schneidbrett.

Wischte sich die Augen mit einem Geschirrtuch trocken.

Drehte sich zu ihm um.

Er stand auf der anderen Seite der Kücheninsel.

»Du hast geweint«, erkannte er.

»Nur ein bisschen.«

»Komm her.«

Sie lief zu ihm, legte die Arme um ihn und weinte an seiner Brust, während er mit den Fingern durch ihr Haar strich.

»Hast du mit ihnen geredet?«, fragte sie.

»Ja.«

»Und?«

»Keine Veränderung.«

»Das ist nicht fair.«

»Ich weiß.«

»Was wäre, wenn du einfach sagst …«

»Ich habe in der Angelegenheit keine Wahl.«

»Kannst du nicht …«

»Bitte mich nicht darum.« Er senkte die Stimme und flüsterte ihr ins Ohr: »Du weißt, dass ich nicht darüber reden darf. Dass es Konsequenzen gibt.«

»Es macht mich verrückt, dass ich es nicht verstehe.«

»Sieh mich an.« Er hielt ihr Gesicht in seinen Händen

und sah ihr in die Augen. Nie zuvor hatte sie jemand so geliebt wie dieser Mann. »Wir stehen das durch.«

Sie nickte.

»Wie lange?«, wollte sie wissen.

»Das weiß ich nicht.«

»Ist es gefährlich?«

»Ja.«

»Kommst du zurück?«

»Natürlich komme ich zurück. Ist er oben?«

»Er ist noch nicht aus der Schule zurück.«

»Ich habe versucht, mit ihm zu reden, aber …«

»Es wird ihn schwer treffen.«

Er legte ihr die Hände um die Taille.

»Es ist nun mal so, und wir können nichts dagegen tun, also lass uns die Zeit einfach genießen, die wir haben. Okay?«, meinte er.

»Okay.«

»Sollen wir für eine Weile nach oben gehen? Ich hätte gern etwas, das mich an dich erinnert.«

»Ich will nicht, dass das Essen anbrennt.«

»Scheiß auf das Essen.«

* * *

Sie lag im Bett, in seinen Armen, und beobachtete durch das Fenster, wie der Himmel dunkler wurde.

»Ich kann mir nicht vorstellen, wie es sein wird«, sagte sie.

»Du bist stark. Stärker, als du denkst.«

»Was ist, wenn du nicht zu mir zurückkommst?«

»Dann darfst du nie vergessen, dass die Zeit, die ich mit dir hier in diesem Tal, in diesem Haus verbracht habe, die schönste meines Lebens war. Schöner als alles, was ich zuvor erlebt habe. Ich liebe dich, Theresa. Ich liebe dich wahnsinnig und für immer …«

Sie küsste ihn und zog ihn auf sich.

In sich hinein.

Sie weinte wieder.

»Sei einfach da«, murmelte sie. »Ich liebe dich. Gott, ich liebe dich so sehr, Adam. Verlass mich nicht, bitte, verlass mich niemals …«

V

KAPITEL 26

Im letzten Tageslicht schlug Tobias sein in Leder gebundenes Tagebuch auf und las sich die Inschrift auf der ersten Seite zum bestimmt eintausendsten Mal durch.

Wenn du zurückkommst, und du wirst zurückkommen, werde ich dich ficken, als wärst du gerade aus dem Krieg heimgekehrt, Soldat.

Er blätterte durch die Seiten, bis er an der Stelle ankam, an der er aufgehört hatte.

Sein Stift schrieb schon fast nicht mehr.

Seine Pfeife ging langsam aus.

Er zerstieß die Asche und holte tief Luft, um seine Gedanken zu sammeln, während der Fluss an ihm vorbeigluckerte.

Von seiner Position aus konnte er die Sonne nicht mehr sehen, auch wenn sie den Berggipfel auf der anderen Seite des Flusses, der sich achthundert Meter über ihm befand, noch erhellte.

Das Abby-Rudel schien weiterzuziehen.

Er konnte sie kreischen und schreien hören, während sie sich durch das Tal bewegten und ihm den Weg nach Hause frei machten.

Tobias schrieb:

Tag 1 308

Ich werde mich kurzfassen. Das ist meine letzte Nacht in der Wildnis, und mir geht so vieles durch den Kopf. Ich kann von meinem Lager aus die Berge sehen, die Wayward Pines umgeben, und mit etwas Glück bin ich morgen Nachmittag nicht mehr in der Kälte. Es gibt so vieles, auf das ich mich freue. Ein warmes Bett. Eine warme Mahlzeit. Wieder mit einem anderen Menschen reden zu können. Mich mit einem Glas Whisky hinsetzen und anderen berichten zu können, was ich gesehen habe.

Ich allein habe den Schlüssel zu dem, was uns alle retten kann. Ich bin im wahrsten Sinne des Wortes der einzige Mann auf der Welt, der die Welt retten kann. Ich trage dieses Wissen in mir, aber es ist jetzt nicht mehr wichtig.

Denn je näher ich Wayward Pines komme, desto mehr denke ich an dich.

Es ist kein Tag vergangen, an dem ich nicht an dich gedacht habe. An unsere gemeinsame Zeit. Daran, wie gut es sich angefühlt hat, dich in der letzten Nacht in den Armen zu halten.

Und morgen werde ich dich wiedersehen.

Meinen süßen Engel.

Spürst du schon, dass ich in der Nähe bin? Fühlst du es irgendwie, dass wir in wenigen Stunden wieder zusammen sein werden?

Ich liebe dich, Theresa Burke.

Ich werde dich immer lieben.

Ich hätte nie gedacht, dass ich diese Worte einmal schreiben würde, aber …

Das war Adam Tobias Hassler …

Ich melde mich ab.

KAPITEL 27

Der verbrannte Wagen rauchte noch immer. Die Ampel war ebenso erloschen wie die Straßenlaternen. Im ganzen Tal brannte kein einziges Licht, sodass die Sterne am Himmel umso strahlender wirkten.

Ethan ging mitten auf der Straße, während sich Theresa an einer Seite an seinen Arm klammerte und Kate auf der anderen neben ihm herlief. Falls Theresa Kates Nähe störte, dann ließ sie es sich nicht anmerken. Tatsächlich war sich Ethan nicht einmal sicher, wie er sich zwischen den beiden Frauen fühlte.

So viel Liebe, Leidenschaft und Schmerz.

Es war, als wäre er zwischen einander abstoßenden Kräften gefangen.

Als wären sich dieselben Pole zweier Magneten gefährlich nahe.

Immer mehr Leute verließen das Theater.

Ethan reichte Kate das Megafon. »Tu mir einen Gefallen. Bitte alle hierzubleiben. Ich muss etwas überprüfen.«

»Was ist los?«, wollte Theresa wissen.

»Ich bin mir nicht sicher.«

Er entzog sich ihr und ging auf den Bronco zu.

Aber der Abby hatte ihn völlig zerstört. In der Mitte

der Windschutzscheibe klaffte ein großes Loch, und die Vordersitze waren voller Glassplitter und herausgerissenem Schaumstoff. Er kletterte auf die Motorhaube und trat das restliche Glas heraus.

Dann fuhr er in Richtung Süden über die Main Street, und der Wind, der durch die Fensteröffnung hereinwehte, ließ seine Augen tränen.

Als er zur Kurve kam, verließ er die Straße und folgte den Reifenspuren, die er bei seinem letzten Besuch hinterlassen hatte, während das Licht der Scheinwerfer durch die Bäume fiel.

Er fand den Weg zurück zu dem toten Pinienbaumstumpf und schaltete den Motor aus.

Dann trat er in den dunklen Wald hinaus.

Irgendetwas stimmte nicht, und als er sich dem Zaun näherte, begriff er, dass es die Stille war, die ihn nervös machte.

Es war viel zu ruhig.

Die Leiter und Kabel müssten brummen.

Er ging an dem deaktivierten Zaun in Richtung Westen.

Dann begann er zu laufen.

Schließlich rannte er.

Nach einhundert Metern kam er zum Tor, einem neun Meter hohen, beweglichen Abschnitt, durch den man ins Tal gelangen konnte. Auf diesem Weg zogen die Nomaden los und kehrten – gelegentlich – wieder zurück. Pilcher schickte manchmal Lkws in die Wildnis, um Feuerholz zu holen oder kurze Aufklärungsmissionen durchzuführen.

Bis zu diesem Moment hatte sich Ethan nicht vorstellen können, wie erschüttert er sein würde, wenn er das Tor offen vorfinden würde.

Als er da stand und durch das Tor in das unvorstellbar feindliche Land dahinter starrte, packte ihn die nackte, kalte, schreckliche Erkenntnis, dass er Pilcher völlig falsch eingeschätzt hatte.

Ein Schrei hallte aus dem Wald zu ihm herüber.

Der Abby war nicht viel mehr als einen Kilometer von ihm entfernt.

Dann antwortete ein zweiter Schrei.

Ein weiterer.

Und noch einer.

Die Geräusche wurden lauter und lauter, bis der Boden zu wackeln schien, als wäre im Wald die Hölle ausgebrochen.

Und kam auf den kaputten Zaun zu.

Und das offene Tor.

Und Wayward Pines.

Zwei Sekunden lang stand Ethan wie erstarrt da, während ihm eine einzige Frage durch den Kopf ging und seine Panik und seine Angst immer größer wurden.

Was hast du nur getan?

Dann rannte er los.

DANKSAGUNG

David Hale Smith, Richard Pine, Alexis Hurley, Nathaniel Jacks und allen bei Inkwell Management danke ich für die Unterstützung und Beratung.

Angela Cheng Caplan und Joel VanderKloot: Ihr seid die Größten! Ich bin unglaublich dankbar, euch auf meiner Seite zu haben.

Ein besonderes Dankeschön gilt Jacque Ben-Zekry, meinem herausragenden Lektor bei diesem Buch.

Jenny Williams danke ich für die hervorragende Redaktion sowohl von »Psychose« als auch von »Wayward«.

David Vandagriff: Danke. Du weißt, wofür.

Ich danke dem Team bei Thomas & Mercer und Amazon: Andy M. F. Bartlett, Alan Turkus, Daphne Durham, Vicky Griffith, Jeff Belle, Danielle Marshall, Jon Fine, Sarah Tomashek, Rory Connell (von uns gegangen, aber niemals vergessen), Mia Lipman, Paul Diamond, Amy Bates, Reema Al-Zaben, Kristi Coulter, Philip Patrick, Sarah Gelman und Jodi Warshaw: Was soll ich sagen? Jeder von euch erbringt jeden Tag Höchstleistungen. Es ist eine Freude und ein Privileg, dass ihr an meinen Büchern mitarbeitet.

Joe Konrath, Barry Eisler, Marcus Sakey, Jordan Crouch, Jeroen ten Berge und Ann Voss Peterson: Vielen Dank für die Anfeuerung, die Tritte in den Hintern und für eure Freundschaft.

Brian Azzarello: Ich hätte dir beim letzten Mal schon für die Inspiration zum Buchtitel danken sollen. Das hole ich hiermit nach: Danke!

Will Dennis bei Vertigo: Du hast mir in der Anfangsphase der Reihe sehr geholfen und mir eine Vorstellung davon gegeben, wie groß eine Welt sein kann.

An meine Familie Rebecca, Aidan, Annslee und den noch namenlosen Crouch #3: Ich liebe euch alle. Ich hoffe, ihr wisst, wie sehr.

Der fulminante Abschluss der großen Wayward-Pines-Trilogie

400 Seiten, auch als E-Book und Hörbuch erhältlich, erscheint Dezember 2019

Drei Wochen ist es her, dass Secret-Service-Agent Ethan Burke in die Kleinstadt Wayward Pines kam – und damit alles hinter sich ließ, was sein Leben bisher ausmachte. Denn das scheinbar idyllische Wayward ist keine normale Stadt, sondern eine Festung, umgeben von einem Elektrozaun, und davor lauert eine fürchterliche Gefahr. Lange Zeit hielt die Gemeinschaft der Stadt dieser Bedrohung stand. Doch durch Ethans Ankunft ist das zerbrechliche Gefüge ins Wanken geraten. Und die Bewohner von Wayward Pines stehen vor einem blutigen Kampf ums Überleben ...

Blättern Sie um und lesen Sie,
wie es im dritten Band weitergeht …

Ethan rannte zurück durch den Wald, und seine Panik wuchs mit jedem Schritt, mit jedem verzweifelten Atemzug. Er rannte neben dem lautlosen Zaun her zwischen den Bäumen hindurch.

Sein Bronco stand nicht weit entfernt, und schon jetzt wurden die Schreie lauter und kamen näher.

Er setzte sich hinter das Lenkrad, ließ den Motor an und raste in den Wald, wobei er die Aufhängung an ihre Grenzen brachte und die letzten Glassplitter, die noch von der Windschutzscheibe übrig waren, herausbrach.

Kurz darauf hatte er die Straße erreicht, die zurück in die Stadt führte, und raste über den Standstreifen und auf den Asphalt.

Er trat das Gaspedal ganz durch.

Der Motor jaulte.

Dann kam er aus dem Wald und fuhr an einer Weide entlang.

Die Scheinwerfer fielen auf ein Schild am Stadtrand, auf dem eine vierköpfige Familie zu sehen war, die grinste und aussah wie aus den 1950er-Jahren. Darunter stand:

WILLKOMMEN IN WAYWARD PINES,
WO DAS PARADIES ZU HAUSE IST

»Nicht mehr«, dachte Ethan.

Wenn sie Glück hatten, kamen die Abbys zuerst zur Molkerei und schlachteten das Vieh ab, bevor sic über die Stadt herfielen.

Da war sie.

Direkt voraus.

Die Stadt Wayward Pines.

An einem klaren Tag sah sie perfekt aus. Ordentliche Blöcke mit bunten viktorianischen Häusern. Weiße Lattenzäune. Saftiges grünes Gras. Die Main Street hätte auch dafür errichtet worden sein können, dass Touristen auf ihr flanierten und davon träumten, hier im Alter ein schönes Leben zu führen. Ein ruhiges Leben. Die Berghänge, die die Stadt umgaben, versprachen Schutz und Sicherheit. Auf den ersten Blick sah nichts danach aus, als wäre das hier ein Ort, den man nicht verlassen konnte, ein Ort, an dem man allein für den Versuch sterben musste.

Doch heute Abend war das anders.

An diesem Abend lagen die Wohnhäuser und die anderen Gebäude in unheilvoller Dunkelheit da.

Ethan bog auf die Tenth Avenue ein und raste an sieben Blocks entlang, bevor er das Lenkrad so hart herumriss, um auf die Main Street zu fahren, dass die Reifen auf der linken Seite des Wagens vom Boden abhoben.

Direkt vor ihm an der Kreuzung Main und Eight standen die meisten Stadtbewohner noch so, wie er sie verlassen hatte, vor dem Theater. Über vierhundert Seelen warteten in der Dunkelheit, als wären sie alle gleichzeitig rausgeworfen worden, und trugen noch immer ihre lächerlichen Kostüme, die sie für das Fest angezogen hatten.

Ethan stellte den Motor ab und stieg aus dem Wagen.

Es war irgendwie unheimlich, die Main Street im Dunkeln zu sehen, deren Schaufenster nur vom Licht der Fackeln erhellt wurden.

Da war das *Steaming Bean*.

Wooden Treasures, der Laden, in dem Kate und Harold Ballinger Spielzeug verkauften.

Richardsons Bäckerei.

Der Biergarten.

Das Süßwarengeschäft *Sweet Tooth*.

Das Immobilienbüro von Wayward Pines, in dem Ethans Frau Theresa arbeitete.

Die Menschenmenge machte einen unfassbaren Lärm. Nach und nach hatten die Menschen die Fassungslosigkeit und den Schreck, die sie nach Ethans Entschluss, ihnen die Wahrheit über Wayward Pines zu sagen, befallen hatten, überwunden. Nun sprachen sie miteinander, und für viele stellte es das erste richtige Gespräch dar, dass sie hier miteinander führten.

Kate Ballinger kam zu Ethan geeilt. Sie und ihr Mann Harold hatten an diesem Abend beim Fest auf dem Henkersblock gestanden, und seine Enthüllung hatte ihnen vorerst das Leben gerettet. Jemand hatte die Wunde über ihrem linken Auge schnell genäht, aber ihr Gesicht war noch immer blutüberströmt, ebenso wie ihr vorzeitig ergrautes Haar. Kates Verschwinden in Wayward Pines hatte Ethan vor zweitausend Jahren überhaupt erst in diese Stadt geführt. In einem anderen Leben hatten sie zusammen beim Secret Service gearbeitet. Sie waren Partner gewesen und für sehr kurze Zeit sogar mehr als das.

Ethan nahm Kates Arm und führte sie hinter den Bronco, wo die anderen sie nicht mehr hören konnten. Kate wäre an diesem Abend beinahe ums Leben gekommen, und als Ethan ihr jetzt in die Augen sah, wurde ihm klar, dass sie sich nur noch mit Mühe und Not zusammenreißen konnte.

»Pilcher hat den Strom abgestellt«, sagte er.

»Ich weiß.«

»Ich will damit sagen, dass er auch den Strom für den Zaun abgestellt und das Tor geöffnet hat.«

Sie musterte Ethan, als müsse sie erst darüber nachdenken, wie schlecht die Nachricht wirklich war, die sie da gerade gehört hatte.

»Dann werden diese Dinger …«, begann sie. »Diese Abscheulichkeiten …«

»Sie können jetzt einfach in die Stadt eindringen. Und das werden sie auch tun. Ich habe sie am Zaun gehört.«

»Wie viele?«

»Das weiß ich nicht. Aber selbst eine kleine Gruppe wäre schon eine Katastrophe.«

Kate drehte sich zu den anderen um.

Die Gespräche verstummten, und die Leute kamen näher, um die Neuigkeiten zu hören.

»Einige von uns haben Waffen«, meinte sie dann. »Und andere Macheten.«

»Das wird nicht reichen.«

»Kannst du nicht noch mal mit Pilcher reden? Damit er seine Meinung ändert und den Strom wieder anstellt?«

»Dazu ist es viel zu spät.«

»Dann müssen wir alle wieder ins Theater schaffen«, erwiderte sie. »Das Gebäude hat keine Fenster. Es gibt nur einen Ausgang auf jeder Seite der Bühne und die Doppeltür hinein. Wir können uns darin verbarrikadieren.«

»Und was ist, wenn wir tagelang belagert werden? Wir haben da drin nichts zu essen oder zu trinken. Und es gibt auch keine Barrikade, die die Abbys ewig draußen halten wird.«

»Was machen wir dann, Ethan?«

»Ich weiß es nicht, aber wir können die Leute auch nicht einfach nach Hause schicken.«

»Einige sind bereits gegangen.«

»Ich habe allen gesagt, dass sie hierbleiben sollen.«

»Ich habe versucht, sie aufzuhalten.«

»Wie viele sind schon nach Hause gegangen?«

»Fünfzig oder sechzig.«

»Großer Gott.«

Ethan entdeckte Theresa und Ben, seine wundervolle Familie, die durch die Menge auf ihn zukamen.

»Wenn ich irgendwie in die Superstruktur komme, kann ich Pilchers innerem Kreis vielleicht zeigen, wie der Mann wirklich ist, für den sie arbeiten. Dann haben wir möglicherweise noch eine Chance«, sagte er.

»Dann geh, und zwar auf der Stelle.«

»Ich werde meine Familie nicht verlassen. Nicht in dieser Situation und ohne richtigen Plan.«

Theresa hatte sie erreicht. Sie trug ihr langes blondes Haar jetzt als Pferdeschwanz, und Ben und sie hatten dunkle Kleidung an.

Ethan küsste sie und zerzauste Bens Haare. Er konnte den Mann, der aus diesem zwölfjährigen Jungen werden würde, bereits in Bens Augen sehen. Er wurde langsam erwachsen.

»Was hast du rausgefunden?«, wollte Theresa wissen.

»Nichts Gutes.«

»Ich habe eine Idee«, rief Kate auf einmal. »Wir brauchen ein sicheres Versteck, während du in die Superstruktur einbrichst.«

»So ist es.«

»Einen Ort, der gut geschützt ist und sich gut verteidigen lässt. Und an dem es genug Lebensmittel und Wasser gibt.«

»Genau.«

Sie lächelte. »Zufälligerweise kenne ich genau so einen Ort.«